काग़ज़ की नाव

[उपन्यास]

TM

ISO 9001:2008

किताबघर प्रकाशन

नयी दिल्ली

काग़ज़ की नाव

[व्यास सम्मान से पुरस्कृत कृति]

नासिरा शर्मा

प्रकाशक
किताबघर प्रकाशन
4855-56/24, अंसारी रोड, दरियागंज, नई दिल्ली-110002
फ़ोन : 011-23266207, 41584421
E-mail : kitabgharprakashan@gmail.com
website : www.bookshindi.com

द्वितीय संस्करण : अगस्त 2023

आवरण : 'तलाश' नरेन्द्रपाल सिंह

मूल्य : पांच सौ पंचानबे रुपये

मुद्रक : राष्ट्रीय प्रिंटर्स
शाहदरा, दिल्ली-110032

KAAGAZ KI NAAV *(Novel in Hindi)*
by Nasera Sharma
Price : ₹ 595

ISBN— 978-93-83233-86-1

बिहार की उस माटी को
जिसने रशीदतुन्निसां की क़लम से
उर्दू उपन्यास के अस्तित्व का पहला
शब्द लिखा
और
संस्कृत भाषा के विद्वान्
अमरनाथ झा को, जो इस उपन्यास
से पहले मेरे बिहार को जानने
का कारण बने

1

रात ढल रही थी। पेड़ों की पत्तियों पर शबनम की बूंदें टपक रही थीं। आसमान पर चांद का चेहरा फीका सा लग रहा था। ज़हूर मियां जब पलंग पर करवट बदलते-बदलते थक गए तो अल्लाह का नाम लेकर उठ बैठे। कमरे में अभी अंधेरा छाया था। बिजली पिछले दो दिन से नहीं आई थी। कमरे से ज़्यादा अंधेरा उनके ज़हन के दरीचों में छाया था जहां बरसात के मौसम के बिना रह-रहकर बिजली कड़क जाती थी। उसकी तड़पती लहर में उन्हें एक ही इबारत लिखी नज़र आती थी।

"साउदी मिस काल मारीं? जी के जंजाल हटाईं..."

उनका सारा बदन कांपकर रह गया। वह मजबूर नहीं हैं मगर जाने कौन सी बात उन्हें रोकती है जो वह बेटे से कुछ कह नहीं पाते हैं। शायद उसके गुस्से से डरते हैं या फिर घर में नन्हे-नन्हे बच्चों की परवरिश को लेकर अपने को रोक लेते हैं। उनकी तजर्बेकार निगाहें सब कुछ देख रही थीं, समझ रही थीं। उन्हें मोहल्ले वालों की भी फ़िक्र है कि वह क्या सोचते होंगे?

क्या करें वह? इस अंधेरे में उठकर न नमाज़ अदा कर सकते हैं और न टहल सकते हैं। टॉर्च जब से बिगड़ी है तब से बनी नहीं है। लालटेन भी जाने कब से बिना तेल सूखी पड़ी है। उन्हें पता है यह सज़ा उन्हें किस बात की मिली है। ज़हूर मियां ने गहरी लंबी सांस ली और दिल मसोसकर बिस्तर पर दराज़ हो गए। चश्मे का नंबर भी बढ़ गया है लेकिन फ़िक्र किसे है। उनकी आंखें छलक पड़ीं। पानी के बीच उनकी स्वर्गवासी पत्नी का चेहरा उभरा। वह हलके से मुस्कराए। दिल पर इतमीनान का फाया रखा महसूस हुआ। उन्होंने करवट बदली और आंखें निचोड़ीं। तकिया गीला होने लगा। वह किसी बच्चे की तरह फ़फ़ककर रो पड़े, उस घर की याद में जहां ज़िंदगी हंसती थी। हर छोटे-बड़े की इज़्ज़त और प्यार ही नहीं उनकी ज़रूरतों का पूरा ख़याल किया जाता था। मां के साथ बाप और भाई-बहन के चेहरे उभरे। उनका दिल और तेज़ी से पिघला और एक छोटी सी नहर में बदलने लगा।

पास की मस्जिद से अज़ान की आवाज़ आई तो वह मुंह पोंछते हुए हड़बड़ाकर उठे और दरवाज़ा खोल तेज़ी से मस्जिद की तरफ क़दम बढ़ाने लगे। जल्दबाज़ी में छड़ी लेना भूल गए थे। कई जगह ठोकर लगी और पैर मुड़ने से बच गया।

"ज़हूर चाचा! चशमा त चशमा, छड़िओ भुला अइली?" उनको लड़खड़ाते देख एक नमाज़ी ने टोक दिया जिसकी उसी मोहल्ले में छोटी सी पंचूरिया की दुकान कभी थी, जो आज बड़े से स्टोर का मालिक बन गया था।

"आपका चेकअप तो बराबर हो रहा है न चचा?" बेटे के दोस्त सलीम ने पूछा।

"हां बेटे, सब कुछ हो रहा है।" कहते हुए ज़हूर मियां मस्जिद में दाख़िल हुए जहां सफ में सब खड़े हो रहे थे। वह भी वुज़ू करके दालान की तरफ बढ़े और दिल ही दिल में कहने लगे कि आसपास की मस्जिदों में आगे-पीछे अज़ान होने से नमाज़ियों की नमाज़ क़ज़ा तो दूर उन्हें पेश इमाम के पीछे सफ में खड़े होकर नमाज़ पढ़ने की सहूलियत भी मिल जाती है।

ज़हूर मियां जब घर लौटे तो चाय की गर्म प्याली की जगह उन्हें फटकार सुननी पड़ी।

"अब्बा, आप भी, दरवाज़ा खुला छोड़ गए। कुत्ता घर में घुस आया और रात के सारे बर्तन चाट गया। अब गर्म राख से ग़ोता तहारत मैं करूं। मेरी कमर वैसे ही दर्द से फटी जा रही है।" महलक़ा की आवाज़ गूंजी।

"दादा नहीं अम्मां, गोलू दरवाज़ा खुला छोड़कर गया था।" छोटी बेटी रेशमा बोली।

"कहां गया था गोलू इतनी सुबह?" महलक़ा के तेवर पहले से ज़्यादा खिंच गए।

"आपने ही तो बासी दाल पेड़ के पास डालने को भेजा था।" चार साल के बेटे तनवीर ने कहा।

गुस्से में बेटे को घूरती हुई महलक़ा ने दांत पीस बेटे को जलती आंखों से घूरा और बड़बड़ाई, "दादा का पालतू..."

घर में चहल-पहल बढ़ गई थी। तीनों बच्चे स्कूल जाने को तैयार हो रहे थे और हर तरफ से दस साल के नौकर गोलू की पुकार मच रही थी। महलक़ा ने सबके नाश्ते के डिब्बे तैयार कर दिए थे। अब वह गर्म चाय की प्याली मुंह

से लगाए अपने बेडरूम की तरफ बढ़ रही थी। तभी तनवीर के रोने की आवाज़ सुन महलक़ा पलटी और चाय की प्याली ग़ुस्से में रखकर उसके गालों पर दाएं-बाएं चपत मारकर ग़ुस्से से बोली, "रोज़ वही हरकत! नहीं छुड़ाती आज!"

"मम्मी!" भाई को रोता देख रेशमा तड़प गई। महलक़ा ने तनवीर को गोद में उठा तख़्त पर लिटाया और कसी पेंसिल जींस के आगे लगी ज़िप को धीरे से खोला जिसमें बेचारे तनवीर की खाल फंस गई थी।

"जब कहती हूं मैं बंद कर दूं ज़िप तो मानते नहीं हो। एक दिन ऐसा आएगा कि तुम खुद अपना ख़तना अपने हाथों कर लोगे।" चाय की प्याली लेकर बड़बड़ाती महलक़ा कमरे की तरफ बढ़ गई।

गोलू और अनवर जो अपनी हंसी दबाए थे खिलखिलाकर हंस पड़े। रोते तनवीर ने उन्हें देखा। चेहरे पर दर्द के भाव में खिसियाहट घुल गई और उसने तख़्त से उतर झपटकर गोलू के हाथ और अनवर की पीठ पर दांत काटा। फिर बैग घसीटता कमरे से बाहर की तरफ दौड़ा।

गोलू हाथ मलता हुआ अनवर और रेशमा का बैग उठा दरवाज़े से निकला और तनवीर के पास पहुंच धीरे से बोला, "चुसनी जींसवा...चुसनी जींस वाला बाबू।" तनवीर ने रूठी नज़रों से गोलू को देखा फिर गर्दन हिला बोला, "शाम को मम्मी से कहूंगा कि तुम भोजपुरी में बात करते हो, जब वह कान मरोड़ेगी तब पता चलेगा कि टाम कौन है और जेरी कौन है?"

"नारायण...नारायण!" गोलू ने हाथ ऊपर उठा ठीक रामायण सीरियल के चरित्र की तरह कहा।

बच्चों के बीच कुछ कुत्ते-बिल्ली वाले इशारे हुए। गोलू ने शरारत भरी मुस्कान के साथ तनवीर को देखा। चाय का पानी चढ़ाया। अपने और दादा मियां के लिए झटपट चाय उबाल प्याली में उड़ेली। तीनों बच्चे गोलू के पीछे दादा के कोठरीनुमा कमरे की तरफ बढ़े। चारों के चेहरे पर खट्टी-मीठी परछाइयां नाच रही थीं।

"बुढ़ऊ, चहवा ले लीन।" कहता गोलू दरवाज़े की तरफ लपका जहां दूध वाला सायकिल की घंटी बजा रहा था।

"दिल लगाकर पढ़ना।" दादा ने प्यार से उनके सिर पर हाथ फेरा और उनके मुड़ते ही तेज़ी से प्याली तिपाई से उठा होंठों से लगाई। सूजी आंखें अभी जल रही थीं। उन्होंने चाय के पहले गर्म घूंट से अपने अंदर एक सुकून-सा महसूस किया।

दोपहर के क़रीब तंग गली में मोटरसाइकिल की आवाज़ गूंज उठी। घंटी बजने से पहले दरवाज़ा खुल गया। आज उन्होंने रोज़ की तरह उठकर खिड़की से बाहर गली में झांका नहीं। उन्हें बहू का ज़हर में बुझा जुमला अभी भी कानों में बजता महसूस हुआ जिसने उन्हें बुज़ुर्ग से बच्चा बना दिया था। वह कांप के रह गए।

"मिस काल मारीं? द्वार से बाहर भिकवाई, चिंता ख़त्म हो जाईं।"

उनके नाश्ते की जूठी प्लेटें गोलू आकर ले गया था।

वह रोज़ नाश्ते के बाद आंगन में फैली नर्म धूप में कुछ देर बैठकर गली के नुक्कड़ तक टहलने निकल जाते हैं मगर आज उनका दिल नहीं चाहा। चश्मे के बिना वह कुछ पढ़ नहीं सकते। इसलिए जो नातें और मुनाजतें उन्हें मुंहज़बानी याद थीं उन्हें धीमी आवाज़ में पढ़ने लगे।

उनके कानों में चूड़ियों की खनखनाहट के साथ मोटरसाइकिल के स्टार्ट होने की आवाज़ सुनाई पड़ी। वह पढ़ते-पढ़ते रुक गए। दोनों हाथ ऊपर उठा उन्होंने घर और बच्चों की सलामती के लिए दुआ मांगी और छड़ी कमरे के कोने से उठा कोठरी से बाहर की तरफ बढ़े फिर ठिठक गए।

उनका सिर दांतों की वज़ह से बुरी तरह दुख रहा था। खाना खाना कठिन लगता तो चाय पी-पीकर पेट भरते। दिल में बार-बार यह सवाल उठ रहा था कि मौक़ा अच्छा है पी. सी. ओ. में जाकर ज़ाकिर से बात करने का मगर फ़ायदा क्या? बात राज़ में कहां रह पाएगी? वह पी. सी. ओ. वाला लड़का सब कुछ महलक़ा से कह देगा और उन पर ज़ुल्म व सितम और बढ़ जाएंगे। ख़त भी कैसे लिखें? डाकखाने जाना, टिकट या लिफ़ाफ़ा लाना क्या महलक़ा से छुपा रहेगा? उसके क़ब्ज़े में सारे दुकानदार हैं। हर बात की ख़बर उसे देते हैं। वह तो अपने घर में नज़रबंद होकर रह गए हैं।

उन्होंने दिल ही दिल में हिसाब लगाया। अभी ज़ाकिर के घर आने में पूरे नौ माह बाक़ी हैं। तब तक उन्हें इंतज़ार करना होगा।

"बुढ़ऊ, चहवा पिअबा?" गोलू पूछ रहा था।

"हां, पीअब।" दादा का छोटा सा जवाब हमेशा की तरह होता। जब तक दादा चाय राहत के साथ खुली हवा में बैठकर पीते तब तक गोलू सारे घर में झाड़ू लगाकर कपड़े धोने बैठ जाता था। ज़ोर-ज़ोर से गाना गाता और अपनी आज़ादी का खुलकर जश्न मनाता। उसकी यह हालत देखकर महलक़ा के बड़े बेटे अनवर ने उसका नाम 'भीगी बिल्ली' रख दिया था। मम्मी के सामने दब्बू बना, धीरे-धीरे बोलता मगर फुर्ती से काम करता था।

महलक़ा अभी लौटी नहीं थी मगर बच्चे स्कूल से लौटकर सारे घर में धमाचौकड़ी मचा रहे थे। गोलू भी उनके साथ ऊंच-नीच का पापड़ा खेल रहा था। तभी गली में मोटरसाइकिल की आवाज़ गूंजी और आंगन में अचानक मौत का सन्नाटा फैल गया। गोलू ने मेज़ पर से जूठे बर्तन तेज़ी से समेटने शुरू कर दिए और बच्चों ने अपने उछाले जूते-मौज़े सलीक़े से किनारे रखे और कपड़े बदलने लगे।

मोटरसाइकिल बंद दरवाज़े के सामने रुकी। चूड़ियों की खनखनाहट के साथ मीठी आवाज़ में मिली-जुली हंसी उभरी और फिर दरवाज़े के खुलने की आवाज़ में मोटरसाइकिल का शोर डूब गया।

"यह दरवाज़ा भी..." महलक़ा ने लटके दरवाज़े के पल्ले को देख झुंझलाते हुए फ़ोन मिलाया, "तुम कब आओगे दरवाज़ा ठीक करने? क्या हम तुम्हारा मेहनताना नहीं देते हैं जो कह रहे हो बहुत काम है?"

गोलू दरवाज़े के पास रखे झोलों को उठाकर अंदर बेडरूम की तरफ ले गया।

"बच्चे कहां हैं?"

"बुलाते हैं," कह गोलू दरवाज़े के पास से चीख़ा, "बबुआ, बबुनी आओ।"

"कितनी बार कहा कि बेबी कहा करो बबुनी नहीं।" महलक़ा ने झिड़का। तभी बच्चे उछलते-कूदते कमरे में दाख़िल हुए।

"लो अम्मां! बेबी बबुनी आ गईं।" कहता गोलू बाहर निकलते हुए शरारत से ज़बान दिखाकर हंसा तो जवाब में बच्चों ने भी मुंह चिढ़ाया। सैंडिलें उतार महलक़ा बच्चों की तरफ पलटी।

"होमवर्क मिला है?"

"हां।" अनवर ने कहा।

"फिर शुरू हो जाओ, मैं बहुत थक गई हूं। कुछ देर सोऊंगी, अगर शोर हुआ तो फिर जान लो..." धमकाती हुई महलक़ा काजल से भरी आंखें और शोख़ रंग से रंगे होंठों वाले चेहरे पर सख़्ती लाती हुई बोली।

बच्चे कुछ बोले नहीं।

गोलू अपनी चटाई बिछाकर उस पर लेट गया। लेटते ही खर्राटे भरने लगा। उसके खर्राटे सुन तीनों को हंसी आ गई मगर वह खुलकर नहीं हंसे। सिर्फ़ तनवीर फुसफुसाया, "कुंभकर्ण!"

अंदर कमरे में पहुंच महलक़ा बड़े से शानदार पलंग पर अधलेटी-सी पड़ गई। रिमोट उठा टी. वी. खोला और कुछ सोच मुस्कराने लगी। तभी फ़ोन की घंटी बजी। फ़ोन उठाया और टी. वी. बंद किया।

"हलो, आप कैसे हैं?" शहद-सी मीठी आवाज़ निकली।

"ठीक हूं। बच्चे कैसे हैं? अब्बा की तबीयत कैसी है? चश्मा तो बन गया होगा? उनका ख़याल रखना। पिछली बार के निमोनिया ने बड़ा कमज़ोर कर दिया है उन्हें..."

"कभी अपनी इस क़नीज़ की भी फ़िक्र कर लिया कीजिए हुज़ूर...जो इंतज़ार में आंखें बिछाए रहती है।" बीच में महलक़ा ने बात काट दी।

हंसी की आवाज़ के साथ ज़ाकिर कहता, "अरे पूछो न, तन्हाई में यह रात-दिन कैसे काटता हूं, यह मेरा दिल ही जानता है। दिन तो काम में निकल जाता है मगर रात तो किसी तरह काटे नहीं कटती। बच्चों के चेहरे आंखों के सामने घूमते रहते हैं। काश! तुम सब साथ होते।"

"यह तो है।" महलक़ा ने लंबी गहरी सांस ली।

"मैंने पैसे भेज दिए हैं। अब्बा से पूछ लेना...या फिर मैं खुद ही फ़ोन करके पूछ लूंगा कि उन्हें कुछ चाहिए तो नहीं...और हां, परसों फ़ोन मिलाया था मगर..."

"अरे, क्या बताऊं। मस्जिद गए थे। किसी ने जेब से निकाल लिया।"

"ओह! कोई बात नहीं, तुम दूसरा ले दो, नंबर मुझे दे देना...और हां, अपनी ख़ैरियत बताओ, सेहत तो ठीक है न?"

"अरे, मुझे क्या होगा, आप अपना ख़याल रखिएगा।" इतना कहकर महलक़ा रोने लगी।

"यह क्या? मेरा हौसला बढ़ाने की जगह तुम रोकर मेरा दिल छोटा न करो, तुम तो जानती हो, वहां नौकरी मिलती तो मैं यहां आता ही क्यों? कम से कम हमारे क़र्ज़े उतर गए। रहन पड़े खेत छूट गए। और तो और, तुम्हें तुम्हारी पसंद के जेवरों से सजा सका...गांव वाला घर बेच सीवान में घर ले लिया। यही सब सोचकर तन्हाई से लड़ने का हौसला पैदा करता हूं, अगर तुम हिम्मत छोड़ दोगी तो फिर...वही फ़ाक़ा और वही बदहाली होगी...उसे सोचकर मेरे रोंगटे खड़े हो जाते हैं। इसलिए खुश रहो और सिसकने की जगह ज़रा खिलखिलाकर हंस तो दो...यह बात हुई न...अच्छा फिर रात को फ़ोन करूंगा, खुदा हाफ़िज़!"

महलक़ा ने फ़ोन रख टी. वी. खोला और बेड के पायताने पड़े थैलों से

ख़रीदे कपड़े निकाले। उन्हें खोल-खोलकर अपने शाने पर डालती, फिर आईने में अपने को निहारती हुई कभी हंसती तो कभी शरमा जाती। बिस्तर पर फैले कपड़ों के बीच वह टी. वी. देखते-देखते गहरी नींद में डूब गई।

ज़हूर मियां कमरे में अकेले बैठे शाम की चाय का इंतज़ार कर रहे थे। कई बार दिल किया कि गोलू को आवाज़ दें फिर महलक़ा के कड़वे लहज़े के डर से दिल मसोसकर रह गए। बेटे ने उनके आराम का सारा सामान कमरे में सजा दिया था। बिजली की केतली, मोबाइल, छोटा सा टी. वी., रेडियो वगैरह ताकि अब्बा खुश रहें मगर महलक़ा उनकी हर ग़लती पर बच्चों की तरह उन्हें सज़ा देती और बहाने-बहाने से एक-एक करके चीज़ें वहां से उठा ले जाती। ढेरों तस्वीहें थीं। वह तक नहीं छोड़ीं। अच्छे कपड़े धुलने और सूखने के बहाने ग़ायब हो जाते और...

उन्होंने अपनी पेशानी सहलाई।

'पता नहीं किस गुनाह की सज़ा मिल रही है मुझे?' उन्होंने गहरी लंबी सांस खींची और दरवाज़े की तरफ देखा। वहां कोई न था। वह बेचैनी से उठे और कमरे में टहलने लगे। मोहल्ले में एक-दो घर हैं जहां उनका आना-जाना बना हुआ था मगर वहां भी बहुओं के आने के बाद जूतियों में दाल बंटने लगी है। बुज़ुर्ग औरतों की इतनी बुरी हालत नहीं है, जितनी मर्दों को विधुर पाकर बहुओं ने अपना हिसाब बेबाक़ कर दिया है। मर्द बोलें क्या? इफतेख़ार मियां बोले थे तो बहू ने उनकी पाकदामनी पर कीचड़ की छींटें उछाल दीं। बेटे की नज़रों में जो गिराया सो गिराया नाते-रिश्तेदारों, मोहल्ले और दोस्तों तक में उन्हें रुसवा करके रख दिया। ज़हूर मियां की रूह वह वाक़या याद करके कांप उठी। उनकी चाय की तलब एकाएक जाने कहां ग़ायब हो गई। उन्होंने तकिए के नीचे से बेटे की तस्वीर निकाली और धुंधली आंखों से उसे घूरने लगे जैसे पुराने कमज़ोर दिल में ताक़त हासिल कर रहे हों।

अगर शगुफ़्ता न मरती तो शायद उनकी हालत इतनी बदतर न होती। बीवी की जुदाई तो वह जैसे-तैसे झेल गए थे मगर बेटी...जवान बेटी की मौत उन्हें तोड़ गई। ऊपर से नवासे को देखने की भी मनाही है...वह पूरा क़िस्सा उन्हें याद आ गया और हाथ में पकड़ी तस्वीर गिरते-गिरते बची। उन्होंने कांपते वजूद को संभालना चाहा मगर जख़्म की खुरंद उखड़ गई थी। ताज़ा ख़ून पुराने ज़ख़्म से छलका और वह उस पर फाया रखने की जगह उसे और कुरेदने लगे।

'अगर तब उसकी बातें संजीदगी से लेते तो...' उन्होंने सोचा फिर दूसरे ही लम्हे हाथ पर हाथ मारकर बोले, 'तो क्या कर लेते?'

'हां, बोलो ज़हूर मियां तो क्या कर लेते?'

'लड़का परदेस में, बीवी क़ब्र में, बताओ किसके भरोसे ताव दिखा रहे हो? उखाड़ तो लाई तुम्हें बरसाती घास की तरह तुम्हारे बाप-दादा के घर से कि बच्चों का वहां स्कूल नहीं, शहर चलो, शहर में बसो। बस गए पुराने दोस्तों और बिरादरी वालों को छोड़कर यहां, कुछ कर पाए तब? लड़की की मिन्नतें जब नहीं सुन पाए बहू से डरकर तो अब क्यों पछता रहे हो? काहे कलेजा ख़ून कर रहे हो?'

उन्हें अपने चारों तरफ अजीब तरह की आवाज़ें और चीख़ें सुनाई पड़ने लगीं। उसी के साथ कफ़न में लिपटा बेटी का चेहरा। बैन करती मां और...

"अरे, कब से पुकार रही हूं, बुढ़ऊ सुन क्यों नहीं रहे हैं?" महलक़ा कोठरी के दरवाज़े पर खड़ी थी। उसे देखकर वह भौचक्का रह गए। एकाएक समझ नहीं पाए वह कहां हैं और शोर एकाएक कैसे महलक़ा की आवाज़ में बदल गया?

"यह लीजिए मोबाइल। रात को इनका फ़ोन आएगा। मेरी शिकायत न करिएगा, समझे।" इतना कह महलक़ा ने पुराना मोबाइल तिपाई पर रखा और तेज़ क़दमों से वापस चली गई।

"बेटे का फ़ोन?" उनके होंठ कांपे।

तभी कमरे में गोलू चाय की प्याली के साथ दाख़िल हुआ। साथ में गर्म हलवे की कटोरी भी थी। वह सब कुछ भूलकर गर्म चाय के घूंट भरने लगे और दिल ही दिल में इस लावारिस नौकर को लाखों दुआएं देने लगे जो उनकी चाय की तलब को किसी न किसी तरह मौक़ा मिलते ही पूरी कर देता है।

"आज तहरा पसंद के गोस्त बनल बा।" गोलू ने मुस्कराती आंखों से कहा और हलवे का कटोरा आगे बढ़ाया।

"अच्छा! अच्छा!" वह सिर्फ़ इतना कह पाए। उनके नथुने देसी घी की ख़ुशबू से फड़क रहे थे।

"हम सांझ के खाना लेके आ जायब।" गोलू ने कहा तो उन्हें जैसे यक़ीन नहीं आया। फिर याद आया–'अरे हां! आज रात ज़ाकिर का फ़ोन आने वाला है।'

उनके चेहरे पर एक बेबसी भरी मुस्कराहट उभरी और मुंह से निकला,

'अल्लाह तू जवना हाल में रख, तहार सुक्रिया बा।'

मीठा हलवा नमकीन आंसुओं में घुल रहा था।

"दादाजान, आज आप कोई नई कहानी सुनाएंगे।" रेशमा बोली।

"सोचने दो।" ज़हूर मियां बोले।

"पुरानी कहानी को नई मत बना दीजिएगा, हम समझ जाएंगे।" तनवीर बोला।

"कुछ सोचने दो मुझे...ठीक है आज मैं वह कहानी तुम्हें सुनाऊंगा जो मुझे मेरी दादी सुनाती थीं।"

"ठीक है दादाजान, चलेगी।" रेशमा ने गर्दन हिलाई।

ज़हूर मियां को कहानी कहां से याद आती। उन्हें तो इस बात पर हैरत हो रही थी कि आज उनके कमरे में कैसे महलक़ा ने बच्चे भेज दिए?

अभी वह कहानी सुनाना शुरू ही करने वाले थे कि फ़ोन की घंटी बज उठी।

"हम जाएं?" रेशमा ठुनकी उनको फ़ोन उठाता देखकर।

"ठहरो अभी।" उन्होंने हाथ के इशारे से उन्हें रोका।

"हलो, कईसन बाड़अ बबुआ? जियत रहा।"

"हम एकदम ठीक बानी, तू कईसन बाड़अ, तहार चशमा ठीक से बन गईला की न?"

बेटे के पूछने पर उनका गला रुंधा मगर गला साफ़ कर चहके, "अरे बेटा, लाजवाब है, जुग-जुग जियो...महलक़ा मेरा बहुत ख़याल करती है। मुझे किसी वक़्त अकेला नहीं छोड़ती। यक़ीन न हो तो देखो, तुम्हारे तीनों जिगर के टुकड़े मेरे बिस्तर पर जमे हैं। मुझसे कहानी सुनने की ज़िद कर रहे हैं।"

"हां पापा, हमको आज मम्मी ने भेजा है।" बड़े पोते अनवर ने एकाएक दादा से फ़ोन छीनकर कहा।

"कैसे हो तुम? अब दादाजान को फ़ोन दो, मैं तुमसे कल बात करूंगा, शाबाश!" पोते ने दादा को फ़ोन लौटा दिया।

"हां, अब्बा, मैंने त्रिपाठी जी के क्लीनिक में फ़ोन किया था। कंपाउंडर बता रहा था कि आप कई महीनों से अपने चेकअप के लिए नहीं गए हैं। मेरे अच्छे अब्बा! ऐसा मत करें। आपका साया हम सबके लिए बहुत ज़रूरी है। आप नहीं जानते आपकी शिफ़क़त के लिए मैं यहां कितना तड़पता हूं। और..."

“परेशान न हो, मैं कल ही जाऊंगा।”

“हम माहेलक़ा कह देब, ऊ खुद्दे तहरा के लेके जाई।”

“ठीक बा बेटा अपन खयाल रखींहा। खोदा हाफिज।”

इसी तरह की कुछ और बातें करके बाप-बेटे ने एक-दूसरे से खुदा हाफ़िज़ कहा। बड़े मियां का दिल ख़ुश था। चुल्लुओं ख़ून बढ़ गया था जो किसी भी बढ़िया टॉनिक से हज़ार गुना बेहतर था।

“चलो, उठो बात हो गई है।” बड़ा पोता बोला।

“क्यों, कहानी नहीं सुनोगे तुम लोग?” ज़हूर मियां ने हैरत से पूछा।

“नहीं दादाजान, नींद आ रही है, मम्मी ने कहा था फ़ोन सुनकर फ़ौरन वापस आना।” रेशमा बोली।

ज़हूर मियां के चेहरे पर जो अनार खिला था, पोती की बात सुनकर बुझ गया। चेहरे पर ख़ौफ़ का या फिर सदमे का पीलापन फैल गया। बच्चे एक-एक करके कमरे से बाहर निकले और गोलू कमरे में दाख़िल होकर बोला–“अम्मां, अपन मोबाइलवा वापस मांगत तारी।”

2

आमिल बदरुउद्दीन के घर औरतों की ग़ज़ब की भीड़ थी। काले कढ़े बुर्क़ों में पता ही नहीं चल रहा था कौन किसकी बीवी और मां-बहन थी। उस भीड़ में महजबीं भी जाकर शामिल हो गई थीं। उनका दिमाग़ फिरा हुआ था। वे चार बातें इस आमिल को सुनाने आई थीं। जब इसके बाप करीमउद्दीन दस साल पहले गिरे बोसीदा मकान में रहते थे तो तावीज़े सही देते थे। मगर जब से बाप-बेटे ने अमल शुरू किया है, दिन दूनी रात चौगुनी आमदनी होने लगी है, तब से बाप-बेटे का दिल अपने पुराने आने वालों से हट गया है, जिनकी बदौलत वे आज दोमंजिले मकान के मालिक बन बैठे हैं। महजबीं ने गर्दन घुमाकर पास वाली औरत को देखा मगर पहचान न पाईं। सिर से पैर तक साउदी बुर्क़े में लिपटी थी। चेहरा भी ढका था। आंखों पर उसने काला धूप का चश्मा लगा रखा था। महजबीं ने इधर-उधर गर्दन घुमाई मगर कोई अपना नज़र नहीं आया। सब उसी की तरह काले बुर्क़े में थीं। जिनकी आंखें खुली थीं उनमें पहचान का कोई अक्स नाच नहीं रहा था कि पास जाकर सलाम-दुआ करके, कुछ सच्ची-झूठी कह-सुनकर दिल हलका कर लेतीं।

घंटे भर बाद औरतों की भीड़ आधी रह गई थी। उसे भी अब अपनी बारी के आने का इंतज़ार था। दिल में हौल उठ रही थी। एक तिलमिलाहट थी जो उसके सारे बदन में ऐंठन पैदा कर रही थी। उसके ज़हन में बेटी की बताई रात की बातें चक्कर लगा रही थीं। रह-रहकर ख़ून खौल रहा था कि जिस काम के लिए पचास हज़ार की रक़म देने पर वह राज़ी हुई थीं, वह मसला फिर उभरकर आ गया है। बात जहां से शुरू हुई थी, वहीं पर आकर ख़त्म हुई है।

'अब जो आमिल ने मोटी रक़म फिर ऐंठनी चाही तो?' यह सोचकर उनके माथे पर बल पड़ गए। फिर अपनी मजबूरी सोचकर अपने को तसल्ली देने लगी कि इसके मुंह में ख़ून लग चुका है। बिना रुपए लिए यह कोई काम नहीं करने वाला। क्या पता कुछ उलटा ही कर बैठे तो?

अल्लाह-अल्लाह करके इंतज़ार ख़त्म हुआ और महजबीं की बारी आई।

बड़ा सा चमचमाता हैंडबैग झुलाती वह कमरे में दाख़िल हुईं। कमरा ठंडा था। ए. सी. चल रहा था। उन्हें कमरे की शीतलता बहुत भायी। अपने आप चेहरे पर न चाहने के बावजूद मुस्कराहट आ गई। बड़े अदब से झुक उन्होंने अधेड़ उम्र के आमिल को सलाम किया और सोफे पर बैठ गईं।

"का हाल बा मोहतरमा?" बदरुउद्दीन ने पूछा।

"कहां जनाब, वह बूढ़ा मरने का नाम नहीं ले रहा है, ऊपर से बाप-बेटे के ताल्लुक़ात फिर खुशगवारी की तरफ बढ़ रहे हैं।"

"फितरी मुहब्बत का तकाज़ा है। उस पर तो रोक लगाई नहीं जा सकती है। दूसरे, मारने-जिलाने वाला तो ऊपर वाला है।"

"ऊपर वाला वसीला भी तो लगाता है। आप मेरी ख़्वाहिश अपनी दुआओं और इबादत के साथ खुदा के बारगाह में रखेंगे तो मुराद पूरी होने में कोई कोर-कसर बाक़ी नहीं रहेगी। मैं चाहती हूं दामाद मियां मेरी बेटी के दीवाने बने रहें। किसी की बात पर कान न धरें।"

"देखिए, मेरी कोशिशों से ही इतने दिन सन्नाटा रहा। बेटा पलटकर बाप का नाम नहीं लेता था। वह पूरी तरह आपकी बेटी का गिरविदा, कहिए जोरू का गुलाम बनकर रह गया था। मानेंगी यह बात आप या नहीं?"

"मानती हूं इसीलिए मुंहमांगी रक़म भी आपको दी थी।"

"मेहनताना तो देना ही पड़ता है। आप जानती हैं कि हम ख़ैरात लेने के क़ायल नहीं हैं और न मुफ़्त में तोहफ़े-तहायफ़। अब यह बताइए आपकी परेशानी क्या है?"

"आपकी दुआ से बेटी की नंद का ऐसा घर बर्बाद हुआ कि उसने तो गर्दन में फांसी लगा ली, मियां उसका मर-खप गया मगर ससुर जेल में झूठे मुक़दमे में ज़रूर फंसा है। मेरी बेटी का एक शाने का बोझ तो हलका हुआ, अब उस बूढ़े गिध का भी कुछ हला-भला कर दें।"

"अल्लाह की मर्ज़ी के बिना तो पत्ता भी नहीं हिलता। मगर हम उन्हें मौत और ज़िंदगी के बीच झुला देंगे।" इतना कहकर वह मुस्कराए फिर बोले, "छोटी बेटी का रिश्ता मिला?"

"जी, मंगनी हो गई है। शादी की तारीख़ भी तय है। घर में जायदाद काफ़ी है। सब नौकरी-पेशा लोग हैं। चार भाई हैं। पांचों में बला की मुहब्बत है। मैं चाहती हूं कि आप ऐसी तावीज़ दें कि बेटी अपने हिस्से की जायदाद लेकर अलग हो जाए। सास-ससुर ज़िंदा हैं। दो कुंवारी नंदें अभी सीने पर

कुंवारी बैठी हैं।"

"बड़ी बेटी का नाम..." आमिल सोच में पड़ गए।

"महलक़ा...।" जल्दी से महजबीं बोल पड़ीं।

"छोटी का नाम जिसका छेका हुआ है?"

"माजदा...।"

"लड़के का नाम, ख़ानदान, ख़ासकर लड़के की मां का नाम, सारी मालुमात लिखकर दे दें।"

"मैं साथ लाई हूं," कहकर महजबीं ने रबरबैंड से बंधा एक सफ़ेद रंग का मोटा सा लिफ़ाफ़ा और चार-पांच काग़ज़ आगे बढ़ाए।

"यह तो महलक़ा को दे दीजिएगा।" आमिल ने एक बोतल में पानी और तावीज़ देते हुए कहा।

"जी।"

"और रहा छोटी बबुनी का मामला तो उस पर ज़रा मुझे काम करने दीजिए।"

"जी, बहुत बेहतर।"

"ख़ुदा हाफ़िज़।"

महजबीं कमरे से बाहर निकलीं और बड़े हॉल में जाकर बेटी को फ़ोन मिलाने लगीं।

"महलक़ा तुम्हारा सामान मेरे पास है। अब मैं घर जा रही हूं। या तो घर आ जाओ या फिर बीच में कहीं मिल लो।"

"मम्मी, मैं किसी को घर भेज दूंगी घंटा भर बाद।"

"किसे?"

"राशिद को।"

"राशिद कौन?"

"फिर बताऊंगी।"

"अच्छा, तो फिर मैं घर जाती हूं।"

महजबीं जब तक घर पहुंचतीं उससे पहले राशिद वहां पहुंच चुका था। उन्होंने उसकी आवभगत कर झोला उसके हवाले कर दिया मगर ज़हन उलझ गया कि इस लड़के को पहले कहीं देखा है, मगर कहां? बहुत याद किया मगर कुछ याद नहीं आया। झुंझलाकर उन्होंने बेटी के जहेज़ का बक्स खोला और जोड़े बाहर

निकालने लगीं।

'खुदा करे मेरी बेटी का पैर उस घर में ऐसा पड़े कि घर का बंटवारा हो जाए ताकि उसे दोबारा वहां जाने की नौबत ही न आए। जैसे महलक़ा मियां की कमाई की तन्हा मालिक है उसी तरह माजदा भी अपने अलग घर की महारानी बनकर रहे।' उनके दिल में ख़्वाहिशों का सैलाब उमड़ रहा था।

इस बेज़ा सैलाब के पीछे की कहानी बड़ी दर्दनाक है।

महजबीं जब ब्याहकर आई थीं तो सिर्फ़ सोलह साल की थीं। उम्र से कम लगती थीं। अक़्ल भी खुदा ने कम दी थी। बस, शक्ल-सूरत में चांद का टुकड़ा थीं जिसके चलते उनका ब्याह भी अच्छे घराने में हो गया, मगर कुछ अरसे बाद महजबीं को लगने लगा कि वह घराना नाम भर का बड़ा और दौलतमंद है। अंदर से उन सबका तौर-तरीक़ा बहुत ठीक-ठाक नहीं था। सास के साथ तीनों नंदों ने उसका नातक़ा बंद कर रखा था। मियां भी कभी-कभी चौथी नंद से लगते थे। सुनते वे अपनी मां की थे। छोटी उम्र और कमअक़्ली के चलते महजबीं को अपनी ग़लतियां कभी नज़र न आतीं और सारा इलज़ाम वह सास और नंदों के सिर थोप देतीं। मां-बाप के समझाने पर भी उसके दिल से ससुराल वालों के लिए नफ़रत कम नहीं हुई। अधेड़ उम्र तक आते-आते तीनों नंदें ब्याह दी गईं। सास-ससुर अमेरिका अपने बड़े लड़के के साथ बस गए। तब कहीं जाकर इन्होंने राहत की सांस ली और अपनी मर्ज़ी की जी भरकर चलाई।

अपना भुगता वे बेटियों को भुगतवाना नहीं चाहती थीं। घर-घर की कहानी कुछ फेरबदलकर तो उनकी जैसी ही थी। वह समाज को अकेले बदल नहीं सकती थीं। उन्होंने दिल में ठान ली थी कि उनकी बेटियों की ज़िंदगी से अमावस की काली रात दूर रहेगी। किसी कमज़ोर लम्हे में वह आमिल बदरुउद्दीन के पास अपनी किसी सहेली के साथ पहुंच गईं और दुआ-तावीज़ के फेरे में पड़ गईं। वही दोस्त उन्हें एक ओझा से भी मिलवा चुकी थी जिसने महलक़ा की विदाई के वक़्त मंत्र-पढ़े पांच लड्डू पत्तल पर रखकर सिंदूर के साथ उसके पर्स में रखवा दिए थे जो चमत्कार करने वाले थे।

महजबीं इस शहर की अकेली औरत थोड़ी थी जो जादू-टोने से अपने हालात सुधारने की कोशिश में जुटी थीं। पूरा शहर न सही मगर आधे शहर की औरतें खुदा और ईश्वर से ज़्यादा आमिलों और ओझाओं के करिश्मे और जादू-टोने पर यक़ीन रखने लगी थीं क्योंकि उन्हें मियां के दिल पर हुक्मरानी और ससुराल वालों के दिल जीतने की जगह मियां की कमाई पर क़ब्ज़ा करने

की तमन्ना थी ताकि वह खुलकर अपनी मर्ज़ी से जी सकें। इस सोच में अनपढ़ से ज़्यादा पढ़ी-लिखी महिलाएं शामिल थीं। जो अब किसी प्रकार का अत्याचार, अंकुश और जकड़न सहन करने की क़ायल नहीं रह गई थीं। घी सीधे हाथ से न निकले तो उंगली टेढ़ी करने में कोई हर्ज नहीं है। इसलिए जब मांएं लड़कियां विदा करती हैं तो घर तोड़ने के नुस्ख़े, रिश्ते फोड़ने की तावीज़ें साथ करती हैं और जब बहू ब्याहकर घर लाती हैं तो उसके पर्स से लेकर सामान तक की जामातलाशी ले लेती हैं ताकि कोई चीज़ बेटे को खिलाकर वह अपना न बना ले। यहां तक कि बेटे को सख़्त हिदायत होती है कि साल-दो साल वह न बीवी को मायके भेजे, न खुद ससुराल जाए।

"मम्मी, आप आमिल के घर गई थीं?" माजदा ने पूछा।

"हां।"

"मेरे लिए कुछ अमल कराने?" माजदा की तेवरी पर बल पड़ गए।

"और नहीं तो क्या? पूछ क्यों रही हो? बोलती क्यों नहीं?" महजबीं ने उसका चेहरा देख पूछा।

"मम्मी, मुझे यह सब पसंद नहीं है। यह ग़ैरमज़हबी और ग़ैरइनसानी हरकत है।" तेज़ आवाज़ में माजदा बोली।

"वह तो मैं भी जानती हूं। मगर एक जगह तो इनसान चैन से रह ले। मरने के बाद कौन कहां जाएगा नहीं जानती। मगर जीते-जी जहन्नुम भोगने से कहीं अच्छा है अपने लिए जन्नत तलाश करे।"

"उसके लिए दूसरी तदबीरें और तरीक़े हैं मम्मी।"

"जानती हूं, जो औरतें ऐसा सोचती थीं, वह गुज़रे कल की औरतें थीं जो ग़म और जुल्म के पाटों में पिसकर भी उफ नहीं करती थीं। अब ज़माना बदल चुका है। कंप्यूटर और मोबाइल का ज़माना है। सारी दुनिया पल भर में अपनी मुट्ठी में करने का दौर है इसलिए मुझे रोको, टोको नहीं। जो कर रही हूं मैं, तुम्हारे भले के लिए कर रही हूं।"

"मम्मी, दूसरों का बुरा चाहकर अपना भला क्या होगा, इसमें मुझे शक है?"

"अपनी बहन महलक़ा की ज़िंदगी देखो।"

"जो बुढ़ापे में अप्पी को यह सब झेलना पड़ा तो?"

"तेरे मुंह में ख़ाक़, क्या अनाप-शनाप बक रही है।"

"आख़िरी बार कह रही हूं मम्मी, मेरे साथ ऐसा नहीं करेंगी आप।"

"अगर किया तो...?"

"मैं निकाह के वक़्त इनकार कर दूंगी।" इतना कहकर माजदा तेज़ी से अपने कमरे की तरफ भाग गई और कमरे का दरवाज़ा अंदर से बंद कर लिया।

"बित्ते भर की लौंडिया के तेवर तो देखो।" हैरत से पलक झपकाती महजबीं ने बेटी के कमरे के बंद दरवाज़े को देखा और गुस्से में हाथ में पकड़ी गोटाबांकड़ी उठाकर दूर फेंकी।

दूसरे कमरे में बैठे महजबीं के मियां अमजद यह सब देख-सुन रहे थे। अफ़सोस से गर्दन हिलाकर रह गए। वह वक़्त से पहले बूढ़े हो गए थे। उन्होंने घरेलू हिंसक दृश्य इतने देखे थे कि उनका हौसला पस्त हो चुका था। उनमें तो महजबीं को मना करने और समझाने की भी ताक़त नहीं रह गई थी मगर आज जैसे उन्हें अपने ख़ून में हलकी सी हरारत महसूस हुई। बेटी की बातों ने उनके ठंडे पड़े ख़ून में गर्मी-सी ला दी थी। उनका दिल चाह रहा था कि वह बीवी की बेजा हरकतों पर रोक लगाएं और अपने शौहर होने का सही इस्तेमाल करें। इस तरह हर बात में सर झुका लेना कहां का इंसाफ़ है। बहुत हो गया, अब पानी सर से ऊपर जा चुका है।

"महजबीं!" उन्होंने पुकारा।

"जी।" वे चौंककर मुड़ी और आवाज़ की तरफ निगाहें उठाईं। फिर काम में व्यस्त हो गईं।

"महजबीं!" दूसरी आवाज़ गूंजी तो वह झुंझलाकर उठीं और दूसरे कमरे के दरवाज़े पर जा खड़ी हुई। कुछ पल यूं ही गुज़रे। अमजद को कहना पड़ा, "बैठिए, मुझे आपसे कुछ ज़रूरी गुफ़्तगू करनी है।"

"अच्छा जी!" वे कुछ झेंपी, चकराई-सी बैठ गईं।

"आप जो सोचती हैं क्या वह सही है?"

"किस बारे में?"

"दूसरों के बारे में।"

"मैं समझी नहीं।"

"आप मेरा इशारा बख़ूबी समझ रही हैं। अगर और खुलकर समझना चाहती हैं तो सुनिए, माजदा के ख़यालात मुझसे अलग नहीं हैं। मुझे हमेशा से उस पर नाज़ था। आज उसकी बातों ने एक खुशनसीब बाप का सेहरा मेरे सिर पर बांध दिया है। मैं सचमुच आज बेटे के न होने की कमी को भूल गया, पूरी तरह से भूल गया।"

“पढ़े-लिखों की बातें अमजद साहब मेरे समझ से परे हैं। मैं तो आम इनसान के दुःख-सुख को जानती हूं। इसलिए जो कहना है साफ़-साफ़ कह डालो।” स्वर में कटाक्ष था।

“एक नज़रिया रखकर इस दुनिया को और उसमें रहने वालों को एकतरफा देखना आप छोड़ दें।”

“यह आप कह रहे हैं जिसने झूठों कभी अपनी बीवी का साथ नहीं दिया। क्या वे सारी बातें भूल गए जब मैं रात-रात भर आपके पहलू में पड़ी सिसकती थी?” ज़हरीला स्वर उभरा।

“ताली कभी एक हाथ से नहीं बजती। आपने कभी अपने को सुधारने और मेरे घर वालों को समझने की कोशिश नहीं की। और आज उसका नतीजा सामने है कि आप ग़लत राह पर चल पड़ी हैं और मैं उन गुनाहों की सज़ा भुगत रहा हूं जिन्हें आंखों से देखकर भी आप पर कभी सख़्ती नहीं की, हमेशा लहू के घूंट पीकर ख़ामोश रहा। आज उस बुज़दिली का नतीजा भुगत रहा हूं कि पिछले पांच साल से मैं मां-बाप की शिफ़क़त और मुहब्बत से दूर एक क़ैदी की ज़िंदगी जी रहा हूं।”

“क्या कहा आपने?” महजबीं के नथुने फड़क उठे।

“जी हां, अपनी लड़कियों की वजह से मैं चुप रहा कि घर न बिखरे। उन्हें मां-बाप दोनों का प्यार मिले। मगर अब मैं आज़ाद होने वाला हूं। मेरी बेड़ियां, ज़हनी बेड़ियां मेरी बेटी ने काट दी हैं। उसकी रुख़सती के बाद मैं आज़ाद हूं चाहे आपके साथ रहूं या भाई के पास अमेरिका में रह बाक़ी की ज़िंदगी मां-बाप की ख़िदमत में गुज़ार दूं। अब मुझे कोई नहीं रोक सकता है।”

“अपनी बीवी के लिए आपके फ़र्ज़?” महजबीं ने तंजिया तेवर में पूछा।

“यह लंबा-चौड़ा घर, भारी बैंक बैलेंस, कीमती ज़ेवर, ज़मीन-जायदाद सब आपके हैं। जी भरकर मौलवियों और पंडितों पर लुटाइएगा और दूसरों के बने-बनाए घर को उजाड़, उनकी ख़ुशियों में आग लगाइएगा ताकि आपके सुलगते दिल को ठंडक पहुंचे।”

“आप अपने होश में तो हैं। बेटी की हफ़्ते भर बाद शादी है। घर को अखाड़ा मत बनाइए वरना...”

“आपको भी कोई तावीज़ पहना दूंगी, कुछ चटा दूंगी, बस यही है न आपकी बहादुरी?”

“मेरा मतलब यह हरगिज़ न था। मैं कहना चाह रही थी कि वरना हमारे

घर की बात बाहर जाएगी। घर में मेहमान आने शुरू हो चुके हैं।"

"मुझे पता है। मुझे यह भी पता है कि आपने मेरी शराफ़त का नाजायज फ़ायदा उठाते हुए अपने को हर क़ैद व बंदिश से आज़ाद कर लिया है। आपके लिए कोई भी इनसान इनसान नहीं रह गया है। अपने ही दामाद और लड़की का घर आप जहन्नुम बनाने पर तुली हुई हैं, आख़िर क्यों?"

"देखिए, मैं बड़े सब्र से काम ले रही हूं। मुझे ज़्यादा उकसाइए नहीं। मेरी बेटी की शादी है। घर में इस तरह का माहौल मत पैदा कीजिए। जहां आप ज़िंदगी भर चुप रहे हैं वहीं हफ़्ते भर और अपनी ज़बान पर ताला डाल लें तो बेहतर होगा।" महजबीं ने हमेशा की तरह अपनी बात मनवाने का हथकंडा इस्तेमाल किया।

"मैं तब तक चुप नहीं बैठूंगा जब तक आप वायदा नहीं करती हैं कि माजदा की ख़्वाहिशों का ख़याल रखते हुए उसके नए घर में किसी तरह की दख़लअंदाज़ी आप नहीं करेंगी।"

"ख़ूब कही, यानी कि मैं चुपचाप तमाशबीन बन लड़की को कुढ़ते, जलते, मरते देखती रहूं, वह भी इंसानियत के नाम पर? दूसरों की तरफदारी करने से पहले उनका ज़ुल्म भी देख लेते।"

"अभी तो लड़की उस घर गई नहीं, कोई शिकवा-शिकायत वजूद में नहीं आया फिर किस बात का डर और शक? अगर इतने बुरे लोग हैं तो फिर वहां रिश्ता क्यों किया? अभी भी तुम्हें ख़दशा है कि उस घर में तुम्हारी बेटी सुखी नहीं रहेगी तो रिश्ता तोड़ दो। हम कोई और घराना देख लेंगे।"

"आप चाहते क्या हैं? मेरे मामलात में टांगें क्यों अड़ा रहे हैं। ये मसले औरतों के हैं। उन्हें हल करने दीजिए। आख़िर रिश्तों को लेकर पापड़ तो उन्हें बेलने पड़ते हैं। बेज़बान जानवर की तरह उन्हें गृहस्थी की गाड़ी अकेले खींचनी पड़ती है। मर्दों का क्या! वे सुबह नहा-धोकर ऑफिस चले जाएंगे। शाम को दोस्तों के साथ ख़ुशगुज़रानी में और रात को खाना खाकर आराम फरमा लेंगे। उनकी शरीके ज़िंदगी क्या सहती है, क्या चाहती है, उन्हें इसकी ज़रा भी परवाह नहीं होती है।"

"कमाल है महजबीं...तुम्हें मुझसे और मेरे घर वालों से बड़ी शिकायतें हैं मगर एक बात सच-सच कहना, तुम्हारी बेटी महलक़ा को क्या कमी है? उस पर कौन ज़ुल्म कर रहा है, वे बुज़ुर्ग सत्तर साल के बूढ़े?"

"हां-हां, न मरता है, न मेरी बेटी आज़ाद होती है। अभी बूढ़े की वजह

से वह मियां के पास जाकर नहीं रह पाती है। इस भरी जवानी में वह तनहा बच्चों को पाल रही है। क्या अपनी औलाद का दुःख आपको नज़र नहीं आता है?"

"शादी से पहले बाखुदा अगर तुम्हारे ख़यालात मुझे पता होते तो मैं तुम्हें राय देता कि मेरी जगह किसी यतीमख़ाने में पले-बढ़े लड़के को दामाद बनाओ। अभी भी देर नहीं हुई है। मैं सलाह देना चाहूंगा कि माजदा के लिए कोई ख़ानदानी नहीं लावारिस लड़के की तलाश करो ताकि वह एक दिन वीरान घर की मलिका बने।"

"अल्लाह तौबा, खुदा न करे मेरी बेटी वीरान घर की बहू बने।"

"तो फिर चाहती क्या हो?"

"अपनी बेटियों की खुशियां। काश! आप मां होते।" महजबीं की आंखें भर आईं। अमजद को लगा उसने महजबीं के दिमाग़ का इलाज कराने में बड़ी देर कर दी है। यह तो बीमार है। अपनी सोच में सौ फ़ीसदी बीमार।

"आप नहीं जानते मैंने कितना सहा है।" वह भरे गले से कहने लगीं।

कुछ देर कमरे में ख़ामोशी छाई रही फिर भारी आवाज़ से अमजद ने पूछा, "क्या वह सब तुम भूल नहीं सकती हो?"

"कैसे भूलूं?" महजबीं ने नाक साफ़ करते हुए बेबसी से अमजद को देखा। अमजद गहरी सोच में डूब गए। महजबीं सिसकती रहीं।

"कैसे?" वे धीरे से बोले। फिर गहरी आवाज़ में कह उठे, "यह तो मैं भी नहीं जानता महजबीं। मगर एक बात मेरे बस में है, वह मैं कर सकता हूं। वह यह कि अपने मां-बाप, भाई-बहनों की तरफ से तुमसे माफ़ी मांगता हूं और गुज़ारिश करता हूं कि अगर उन्होंने तुम्हें सताया है जो मैं नहीं देख पाया तो उन सारी ग़लतियों को नज़र में रखते हुए हम सबको तुम एक मोमिना बनकर माफ़ कर दो। मैं अपनी औलाद की खुशियों के सदक़े में तुमसे भीख मांग रहा हूं।" अमजद ने खड़े हो हाथ जोड़ महजबीं के आगे सिर झुकाया फिर बोले, "यह मंजूर नहीं तो मेरी लाश के सिरहाने चूड़ियां तोड़ने को तैयार हो जाओ...मेरी खुदकुशी शायद तुम्हें बदल सके।"

अमजद की बात सुनकर महजबीं को हज़ार ततइयों का डंक एक साथ लगा। वे सोज़िश से भरी हक्का-बक्का सी खड़ी मियां के चेहरे को ताकने लगीं जिस पर आख़िरी फ़ैसले की इबारत पुख़्ता इरादों से उन्हें साफ़ लिखी नज़र आई। वे हकलाकर पूछ बैठी, "क्या... क्या...?"

"जो सुना तुमने अभी, क्या मैं फिर से दोहराऊं?" अमजद की आवाज़ में

गहरा ठंडापन था।

महजबीं ने पहले अपनी चूड़ियों से भरी कलाइयों को देखा। फिर उनके कांपते हाथ गर्दन के गुलूबदन पर गए और थरथराती उंगलियों से उन्होंने नाक की कील छुई। मुंह से निकला, "नौज़बिल्लाह! मैं इतनी भी गिरी औरत नहीं हूं जो अपने शौहर की मौत की वजह बनूं, यह...यह आपने अचानक क्या कह दिया...मुझे तो आपने कहीं का नहीं रखा अमजद, न दीन का, न दुनिया का?"

कुछ पल वह मियां को खड़ी-खड़ी घूरती रहीं फिर एकाएक जैसे गहरी नींद से चौंकीं और दोनों हाथों से मुंह पर ज़ोर-ज़ोर से तमाचे मार रो पड़ीं।

"मुझे गुनहगार मत बनाइए।" रोते-रोते वह अमजद के पैरों की तरफ झुकीं।

"अब...अब ये सारे ड्रामे छोड़ो महजबीं। मैं तुम्हें ख़ूब पहचानता हूं।" अमजद ने झिड़का।

"मैं अपने लिए जहन्नुम की आग नहीं चाहती अमजद, इस तरह की हराम मौत से बाज़ आइए...मैं वायदा करती हूं कि बेटियों के लिए मैं जन्नत की ख़्वाहिश के चलते आपको खोना नहीं चाहती, मुझे रुसवा मत कीजिए, मुझे भी खुदा को मुंह दिखाना है।" इतना कहकर महजबीं किसी बच्ची की तरह हिचकियां ले-लेकर रोने लगीं।

"तुम्हारे दिल से खुदा का खौफ़ भी जाता रहा फिर यह आंसू क्यों?" अमजद बोल पड़े तो वह सिर पटककर इस तरह रोई कि अमजद को न चाहने के बावजूद उठकर उनके कांपते शानों पर मजबूरन अपना हाथ रखना पड़ा। तो महजबीं उनसे लिपट गईं और अमजद के सीने पर सिर रख कह उठीं, "आपको आपकी अम्मा के सिर की क़सम। हमको माफ़ कर दें...मैं सुधरूंगी...अपनी सोच बदलूंगी।"

"ठीक है...अपने को संभालो।" अमजद को महजबीं की बेचैनी देख घबराहट में अपनी ज़बान खोलनी पड़ी। उनका दिल भी बीवी की यह हालत देख पिघल गया था। तौबा के लिए जब खुदा का दरवाज़ा खुला है तो वे तो उसके बंदे हैं। यह सोचकर उन्होंने रोती महजबीं को गले लगाया और उनकी मांग का बोसा लिया और दिल ही दिल में कहा, 'काश, ऐसा ही हो!'

3

कमरे में बैठी माजदा के कानों में घर में होते हंगामे की सरसराहटें बंद दरवाज़े के टूटे शीशे से पहुंच रही थीं। उसकी लाल डोरे पड़ी आंखों के आंसू थम गए थे। उनमें हैरत भरी वीरानी फैल रही थी।

'ख़ुदकुशी...पापा... उसके पुरसुकून मिज़ाज पापा ऐसा कर सकते हैं?' उसका रोआं-रोआं कांप रहा था। उसकी आंखों से वह सच छुपा था जो तकरार के बाद ख़ामोशी से मां-बाप के बीच पेश आया था। उसे तो सिर्फ़ सुने अलफ़ाज़ों का सच मालूम हुआ था जो उसे ऊपर से नीचे तक झिंझोड़ गया था। बचपन से ऐसी झड़पें सुनने की वह आदी थी मगर...बात आज हद पार कर गई थी।

'इस घर में अब क्या होने वाला है? मम्मी की ज़िद कहीं उसके पापा को सचमुच उससे दूर न ले जाए। बेहतर है कि वह अपनी जान की क़ुर्बानी देकर मां को हमेशा के लिए एक सबक़ सिखाया जाए...! शायद यही राह इस माहौल में, मुझे चुननी होगी जो घर में हमेशा के लिए सुकून ला सकती है और पापा...उन्हें मेरी उम्र लग जाए।'

"माजदा! दरवाज़ा खोलो...माजदा बेटी।" पापा की आवाज़ गूंजी।

"माजदा..." मम्मी की आवाज़ के साथ ही दरवाज़े पर दूसरी थाप पड़ी तो उसकी जड़ता टूटी। वह अपनी जगह से उठी और मरे क़दमों से दरवाज़े की तरफ बढ़ी। खुले दरवाज़े के सामने उसके मां-बाप खड़े थे जिनके चेहरे आंसुओं से धुले नज़र आ रहे थे। उसके अंदर कुछ उछला मगर वह पूरी ताक़त से उसे निगल गई।

"मेरी बच्ची!" मम्मी आगे बढ़ उससे लिपट गई। जबकि वह पापा से लिपटना चाहती थी आख़िरी बार। कल सुबह तो वह होगी नहीं। उसकी आंखें इस ख़याल से भर आईं।

"तेरी मां को होश आ गया है मेरी लाडो।" मां उसके गालों पर प्यार कर रही थी। "तेरी मर्ज़ी से बढ़कर मेरे लिए और कुछ नहीं है। यक़ीन कर मेरी नाज़ो।" वह जज़्बाती लहजे में बड़बड़ाए जा रही थीं।

"पापा!" उसके मुंह से दर्द भरी आवाज़ उभरी।

"जाने पापा!" अमजद ने अपने दोनों हाथ फैला दिए। मां से अलग हो वह बाप की तरफ लपकी और उनके सीने से लगकर फूट पड़ी।

"नहीं पापा, नहीं...कभी नहीं पापा!" वह अपनी रौ में कहे जा रही थी।

"जाने पापा..." अमजद का गला रुंध गया।

"पापा...आप..." इतना कहते-कहते माजदा रोते-रोते नीम बेहोश सी हो गई। अमजद और महजबीं जवान बेटी की यह हालत देख घबरा गए।

'क्या उसने सब कुछ सुन लिया है?' अमजद ने अपने आप से पूछा।

"क्या हुआ?" बौखलाई-सी महजबीं जम-सी गई। चुल्लू में पानी भर बेटी के चेहरे पर छींटे मारे तो वह होश में आई मगर कस के अमजद से लिपट गई और सुबकने लगी। अमजद बेटी का सिर सहला रहे थे। उनकी आंखों से आंसू की बूंदें टपक रही थीं जो बरसों से उनके अंदर एक तालाब की शकल में जमा थीं। उनके दिल में कितने घाव थे जो रोज़ रिसते थे जिनका उपचार घरेलू था मगर घर में तो घमासान युद्ध छिड़ा होता। जिस तरह एक कंकड़ ताल में फेंकने से लहरें बनती हैं, वही हाल घर का था। उन्हें याद आ रहा था कि बरसों पहले महजबीं का दाख़िला घर में जितना अरमान भरा था कुछ दिनों बाद उतना ही लानत से भरा साबित हुआ। मुहब्बत जैसे रूठ गई थी, नफ़रत ने अपने डैने फैला लिए थे। कोई दिल ऐसा न था जो ज़ख़्मी न हो और भाभी-भैया जीत गए। अम्मा-अब्बा अपना घर-मोहल्ला छोड़ उनके साथ अमेरिका जा बसे। ऐसा बसे कि बस ईद-बक़रीद पर फ़ोन पर बात होने के अलावा उनका कुछ भी साझा नहीं रह गया था। यहां तक कि उनकी दुआएं भी...तभी तो महजबीं बेलगाम घोड़ी की तरह बेक़ाबू होकर मनमानी पर उतर आई थी।

"बस बेटी, बस।" अमजद ने बेटी को अपने से अलग कर उसे कुर्सी पर बिठाया, मां ने आगे बढ़कर जग से गिलास में पानी उड़ेला और बेटी की तरफ बढ़ाया।

"घूंट भरो, घूंट।" अमजद ने कुछ इस तरह कहा जैसे बचपन में स्कूल जाते हुए उसको गिलास से दूध पिलाते थे।

"पापा..." सुबकती हुई माजदा एकदम से हंस पड़ी।

"तेरी आंखों के ये आंसू बहुत क़ीमती हैं। बेकार में इन्हें बहाकर इनकी क़ीमत कम मत कर मेरी रज़िया सुल्तान।" अमजद ने उसे उस ड्रामे की याद दिला दी जो वह स्कूल में खेल चुकी थी।

"तेरी मां, तेरी दुश्मन नहीं है, ममता में अंधी होकर मैं ग़लत तौर-तरीक़ा अपना बैठी थी। खुदा की बारगाह में गिरकर उनसे अपने गुनाहों की माफ़ी मांगूंगी मगर पहले, हां पहले मैं तेरा शुक्र अदा कर दूं जो तूने मुझे दोज़ख की आग में जलने से बचा लिया। सही कहते थे अब्बा मरहूम कि बचपन में जिस तरह जवान मां-बाप बच्चों को चलना, बोलना सिखाते हैं, सही और ग़लत की समझ देते हैं, ठीक उसी तरह जवान होकर बच्चे बूढ़े मां-बाप की देखभाल कर उनको सेहतमंद सोच देते हैं।" इतना कहकर महजबीं ने माजदा का माथा चूमा।

"मम्मी।" माजदा मां की कमर में अपनी बांहें लपेट उनके सीने से जा लगी फिर धीरे से बोली, "मम्मी, अप्पी को बचा लो, वह अंधे कुएं की तरफ बढ़ गई हैं।"

"ज़रूर, उसका रास्ता मैं ही मोड़ूंगी, मुझ पर यक़ीन रखो।" लंबी सांस ले महजबीं ने बड़े यक़ीन भरे लहज़े से कहा।

"चलो, अरसे बाद हम एक साथ सत्तू पीकर जश्न मनाएं, क्यों महजबीं?" अमजद ने माहौल को तोड़ा ज़रूर मज़ाक़ करके, मगर दिल पर शंका के बादल उसी तरह घिरे रहे। महजबीं ने होंठ दबा गर्दन हिलाई और आंसू पीती हुई कमरे से निकल बावर्चीख़ाने की तरफ बढ़ीं। सुबह से किसी ने कुछ खाया नहीं था। उसे आज शौर के इस तरह छेड़ने में पहली बार मज़ा आया था वरना सत्तू के नाम से वह सिर्फ़ चिढ़ती नहीं, लड़ पड़ती थीं मगर आज वह तीन गिलास सत्तू बड़े मन से बना रही थीं।

रात ढल रही थी। अमजद गहरी नींद में सो रहे थे। पिछले कई सालों से वह दूसरे कमरे में सो रहे थे। उनकी हैसियत इस घर में किसी अजनबी जैसी रह गई थी जिसे खुद उन्होंने अपनी पसंद से चुना था। शुरू-शुरू में महजबीं को ग़ुस्से के दौरे पड़े मगर बाद में उनके इस ठंडे फ़ैसले ने कि "बैठे मेरे ठेंगे पर, मुझे भी कौन सी मुसीबत घेरे है जो उनकी खुशामदें कर अपनी ज़बान सुखाऊं। चैन से हाथ-पैर फैला अकेली छप्परखट पर लेटूंगी," दोनों के बीच बर्फ़ की बड़ी सी सिल रख दी थी।

बिस्तर पर बैठी महजबीं की आंखों से नींद कोसों दूर थी।

उनकी आंखों के सामने से उसकी अपनी ज़िंदगी किसी फ़िल्म की तरह गुज़र रही थी। उन्हें आज अपनी सास, नंद और जेठ-जेठानी का मुहब्बत भरा बर्ताव समझ में आ रहा था। उन्होंने खुद अपनी जन्नत में अपनी नासमझी से आग

लगाकर उसे जहन्नुम में बदला था। वह ब्याहकर आई थीं। कमसिन थीं। उन्हें नए घर में उनके मुताबिक़ चलना था, गुलाम बनकर नहीं बल्कि उस घर का एक फर्द बनकर मगर उन्होंने हमेशा यही याद रखा–"यह सब हमारे घर में नहीं होता था। मुझसे नहीं होगा। मैं तो ऐसा ही करूंगी, जो करना है कर लो।"

'यही सब मैंने बेटी को ससुराल ज़ाने से पहले समझाया था कि हर जगह अपनी मनवाकर दम लेना। पहली रात ही तनख़्वाह अपने हाथ में लेने का वायदा ले लेना मगर याद रहे ये पांचों लड्डू किसी न किसी बहाने खिलाकर दम लेना, कमाल तो तुम दूसरे दिन देखोगी जब वह बहन, बाप और बाक़ी सबके लिए तोताचश्म बन जाएगा। यह तावीज़ उसके तकिये में सिल देना और बिना अपनी बात मनवाए उसकी एक बात न मानना...'

महजबीं ने गहरी सांस ली और अमजद के चेहरे की तरफ निगाहें घुमाईं। कुछ पल अंधेरे में टटोलती नज़रों से उन्हें देखती रही फिर आह भरकर दिल ही दिल में कह उठी, 'शाबाश मेरे शेर! ख़ूब झेला मेरी चिंघाड़ों और तेज पंजों की खरोंचों को, अगर कोई और होता मर्द का बच्चा, तो ले आता किसी और को या फिर बिना निकाह के डाल लेता अपनी पसंद की कोई और...लेकिन यह वफ़ादार रहा। मेरी सास ने भी कभी इनको बहकाया और मजबूर नहीं किया। जेठानी ने भी कभी जानबूझकर मुझे नीचा नहीं दिखाया मगर मुझे हमेशा लगता था कि इनके दिल में खोट है। आख़िर क्यों? क्यों मैं इस तरह की हरकतें करती थी? इसकी वजह क्या थी?'

महजबीं गहरी सोच में डूब गईं।

उसका ज़हन यादों की तहों को खोलने लगा।

कुछ लम्हे बाद एक धुंधला-सा चेहरा उभरा साथ में सिसकने की आवाज़, कुछ फुसफुसाहटें। महजबीं ने बेचैनी-सी महसूस की। दिमाग़ पर ज़ोर डाल वह या ों की सुरंग में गहरे उतरने लगी। धुंधला चेहरा और फुसफुसाहटें उसकी कनपटी के पास वाली रग की तपकन बन फड़कने लगीं। उसने आंख बंद कर उंगलियों से कनपटी को दबाया...ज़ोर से दबाया। एकाएक उसके ज़हन में बिजली-सी कौंधी। धुंधलाया चेहरा साफ़ और रोशन उसे नज़र आया।

वह फूफी का चेहरा था। सबसे छोटी फूफी का चेहरा।

उनके सारे ज़ेवर और जहेज़ ससुराल वालों ने रखकर उन्हें वापस मायके भेज दिया था। वजह तो वह नहीं जान पाई थी मगर जब भी उसकी नींद टूटती तो उसके कानों में सिसकियों की आवाज़ें सरसरातीं। 'हम बहनों के साथ लेटी

फूफी पता नहीं क्या-क्या याद करके रोती रहती थीं।'

फिर एक दिन वह उठीं नहीं, दिन चढ़ आया था, धूप छिटक गई थी।

जब उन्हें दादी जगाने गईं तो छाती पीट वहीं बेहोश हो गई थीं।

वह पहली मौत थी जो महजबीं ने देखी थी।

घर में सन्नाटा छाया रहा अरसे तक। कोई फूफी या उनकी अचानक मौत के बारे में कुछ नहीं बोलता था। सबकी आंखें या तो सुर्ख़ रहतीं या डबडबाई रहतीं। उस मरे-मरे माहौल में महजबीं जवानी की तरफ धीरे-धीरे बढ़ रही थी। इस उलझन भरे दबाव के साथ कि ससुराल कोई अच्छी जगह नहीं होती है। जब कोई शादी होती, वह दुलहन को देख भय से सोचती, अब इसका क्या होगा?

उसे याद आया कि एक दिन हिम्मत करके उसने मां से पूछा था–

'क्या हुआ था फ़ूफी को?'

'कुछ तो नहीं?'

'फिर अचानक वह मर क्यों गईं?'

'मौत ऐसे ही आती है।'

'नहीं, तुम मुझसे कुछ छुपा रही हो, बोलो न?'

'छोड़ो ये बातें, जाकर होमवर्क पूरा करो।'

'वह ससुराल से क्यों निकाली गई थीं?'

'ज़िद क्यों कर रही हो?'

'इसलिए कि वह रोज़ रात को मेरे ख़्वाब में आती हैं। उनके रोने से मेरी नींद टूट जाती है।'

'ओह!'

'हां, अब तो बता दो!'

'पता नहीं तू कितना समझेगी?'

'मैं समझूंगी क्यों नहीं, अब मैं बड़ी हो गई हूं।'

'बेमेल शादी थी।'

'मतलब?'

'तेरे फूफा को फूफी पसंद नहीं थीं। उनके घर वाले भी फूफी पर जुल्म करते थे। ढेरों काम करवाते, ज़रा सी ग़लती पर सलवातें सुनते। तेरी फूफी अपनी सफ़ाई में मुंह न खोलतीं। उन्हें कुछ समझ में ही नहीं आता था कि किसको कैसे संभालें। उनकी हर बात में ऐब निकालते थे। फिर तेरे फूफा को बाहर की

नौकरी मिल गई और उनके जाते ही ससुराल वालों ने उन्हें मायके भेज दिया।'

'अच्छा!' महजबीं को याद आया कि उनके मुंह से सिर्फ़ इतना निकला था मगर अंदर दु:ख और गुस्से का ज्वालामुखी खदबदाने लगा था। उन्हें शादी, ससुराल, शौहर, नंद और सास-ससुर के नाम से सख़्त नफ़रत हो गई थी।

उन्हें याद आया जब वह विदा हो रही थी भय और सवालों में उलझी हुई थी, उन्हें मां की सीख सुनाई पड़ी थी, 'महजबीं, ससुराल में सबकी ख़िदमत करना, सास-ससुर को मां-बाप समझना और कड़वे घूंट को शरबत की तरह पीना...'

तब उन्होंने शिकायती नज़रों से मां को घूरा था और दिल ही दिल में क़सम खाई थी-'हरगिज़ नहीं...कभी नहीं।'

उन्हें मां और बाप से शिकायत थी कि उनके न चाहने पर भी उनकी शादी कर दी और अब उसे दक़ियानूसी सोच दे रहे हैं। फूफी का बदला लेना है। इन ससुराल नाम के इंस्टीट्यूशंस से बग़ावत करनी है। ज़हर खाकर फूफी की तरह मरना नहीं...मरना नहीं। तब उनके आंसू अचानक रुक गए थे। उनके अंदर के भय की जगह एक तरह का विश्वास उभरा था।

'ठीक कर दूंगी सबको।'

उस ज़िद ने, उस कुंठा ने उनकी आंखों के सामने कैसा पर्दा डाल दिया था। उन्हें वह सब दिखता जो वे सोचती थीं। वह सब क़तई नज़र न आता जो हक़ीक़त थी।

'या ख़ुदा यह बचपन, बचपन की यादें, अच्छे-बुरे अनुभव कैसे इनसान की सोच पर हावी हो जाते हैं। उन यादों ने मेरी आधी से ज़्यादा ज़िंदगी तबाह कर दी। मुझे दूसरों की ज़िंदगी में दखल देने और उकसाने के लिए मजबूर कर बैठे और...और मैं अपने घर को राख कर बेटी के घर में आग लगाने की कोशिश में जुट गई? माफ़ी मेरे ख़ुदा!"

महजबीं ने अपने घुटनों पर सर रख दिया।

चंद लम्हे उसी तरह बैठी रहीं, फिर धीरे से बुदबुदाईं, 'मैंने तहे दिल से अपने गुनाहों के लिए तौबा की है।'

महजबीं के दिल का बोझ उतर गया। दिल व दिमाग़ में सुकून छा गया। पलकें भारी होने लगीं।

अभी पलक झपकी ही थी कि ज़हन में सवाल कौंध गया।

'यह राशिद कौन है, उसका महलक़ा से मिलना-जुलना कब हुआ?'

नींद काफ़ूर हो गई। उसने करवट बदली। तकिया को दोहरा किया मगर चैन नहीं मिला। उसने साइड टेबल से मोबाइल उठाया और बटन दबाकर वक़्त देखा। सुबह के चार बजे थे।

'अब सोना बेकार है।'

बिस्तर से उठकर उसने अंगड़ाई ली। अपने को जिस्मानी तौर से जितना थका महसूस कर रही थी उतना ही ज़हनी तौर पर हलका। बावर्चीख़ाने की तरफ बढ़ी तो देखा वहां रोशनी हो रही है।

'कौन होगा? माजदा...इतनी सुबह?'

बावर्चीख़ाना ख़ाली था। चाय की केतली और बिस्कुट का डिब्बा गैस के चूल्हे के पास स्लैब पर पड़ा था।

उसने केतली भरी जो हलकी सी गर्म थी। उसने गैस पर पानी रखा और माजदा के कमरे की तरफ बढ़ी। माजदा जाग रही थी। मेज़ पर झुकी कुछ लिख रही थी।

"माजदा!"

"जी।" माजदा चौंककर मुड़ी।

"चाय बनाने जा रही हूं, तुम लोगी?"

"आप बैठिए मम्मी, मैं बनाती हूं," माजदा कलम बंद करती हुई उठी।

"सारी रात पढ़ती रही हो?"

"नहीं, पता नहीं कैसे तीन-साढ़े तीन बजे नींद टूटी फिर नींद ही नहीं आई। सोचा नोट्स ही पूरे कर लूं।"

"चलो, हम दोनों बढ़िया नाश्ता तैयार कर अमजद को सरप्राइज देते हैं।"

"वंडरफुल, मज़ा आएगा!" माजदा हंस पड़ी।

दोनों किचन में व्यस्त हो गईं।

पौ फट चुकी थी।

अमजद आदत के मुताबिक़ नमाज़ के वक़्त उठे और नमाज़ पढ़ने के बाद टहलने वाले जूते पहनने के लिए पलंग के नीचे झांका तो वहां जूते नहीं थे। याद आया कि वह तो दूसरे कमरे में होंगे। वे कमरे से निकले तो देखा खाने की मेज़ सजी हुई थी। पास पहुंचकर जो हॉटकेस खोला तो सूजी के हलवे की वही मानूस खुशबू से उनका चेहरा खिल उठा। दूसरे हॉटकेस में आलू के क़तले वाली सब्ज़ी थी।

"कहां हो तुम महजबीं?" उनके मुंह से निकला।

"आप जाग गए?"

"गुडमॉर्निंग पापा!"

"वेरी गुडमॉर्निंग! तुम लोग बड़ी जल्दी उठ गईं आज?"

"मैं तो सारी रात सोई ही नहीं।"

"आख़िर क्यों?"

"पुराने जाले साफ़ करती रही?" हंसी महजबीं।

"कहां के?"

"दिमाग़ के।"

"अच्छा यह बताओ अगर आज टहलने न जाऊं तो..."

"तो कौन सा आसमान टूट पड़ेगा? हम पहले नाश्ता करते हैं फिर तीनों मिलकर सुबह की सैर को जाएंगे।" महजबीं का फ़ैसला अभी पूरा सुनाया भी नहीं गया था कि अमजद कुर्सी घसीटकर बैठ चुके थे और प्लेट सीधी करके नाश्ता निकालने लगे। अरसे बाद आज की सुबह उन्हें अपनी सी लगी थी।

दोपहर को तीनों बाज़ार की तरफ निकले ताकि शादी की बाक़ी ख़रीदारी पूरी कर ली जाए। रोज़ की तरह आज कार ड्राइवर नहीं चला रहा था, न महजबीं पीछे की सीट पर अकेली बैठी थीं। आज वह आगे की सीट पर अमजद के पास बैठी थीं जो कार चला रहे थे और पीछे की सीट पर माजदा बैठी ख़रीदारी की लिस्ट देख रही थी।

"मम्मी, अप्पी को भी साथ ले लेतीं।"

"आज नहीं, परसों वह हमारे साथ होगी।"

"आज क्यों नहीं?" अमजद ने महजबीं से पूछा।

"है कुछ बात, कल सुबह हम दोनों पहले उसके घर जाएंगे फिर बाक़ी काम निबटाएंगे।"

"जैसी तुम्हारी मर्ज़ी।"

"मम्मी, कल मेरे कॉलेज का आख़िरी दिन है और..."

"तुम कल हमारे साथ नहीं चलोगी, अपनी सहेलियों को 'गुडबाय' करके आना फिर शाम की शाम को देखी जाएगी।"

"वह लड़का...?" एकाएक पास से गुज़रती मोटरसाइकिल पर राशिद को बैठा देखकर महजबीं चौंक पड़ी तो अमजद ने गर्दन घुमा बीवी को देखा।

"वह लड़का देखा-देखा सा लग रहा है।" महजबीं ने सफ़ाई दी।

"उसने हेलमेट पहन रखा है, कैसे लड़का देखा-देखा लग रहा है?" अमजद चिढ़कर बोले।

"अरे, राशिद की मोटरसाइकिल का नंबर और टी-शर्ट पर छपी यह तस्वीर...मुझे याद है उस दिन जब घर आया था तब यही टी-शर्ट पहने था।"

"बेचारा! उसके पास यही एक टी-शर्ट पहनने की हो सकती है।" अमजद ने मज़ाक़ में कहा तो माजदा हंस पड़ी।

बाज़ार क़रीब आ चुका था। उसकी रोशनी जगमगा रही थी। कार तेज़ी से उस तरफ मुड़ी।

"देखते-देखते अपना बाज़ार क्या से क्या हो गया है। हर चीज़ मिल जाती है।"

"लोगों में ख़रीदी का शौक़ बढ़ा है।"

"हां, यह नकली नोटों का नहीं बल्कि यह कमाल बाहर से आई करेंसी की वजह से है। कहते हैं मिडिल ईस्ट से कारीगरों और मज़दूरों का भेजा मेहनताना करोड़ों के क़रीब है।" अमजद ने तीखे लहज़े में कहा।

"हां भई, बहुतों के रंग-ढंग बदल गए। एक से एक घर बन गए। अच्छा है।" महजबीं ने धीरे से कहा।

"तुम लोग उतरो, मैं कार पार्क कर आता हूं।" अमजद ने गाड़ी रोकी। दोनों मां-बेटी पर्स संभालती नीचे उतरीं और सड़क पार कर एक दुकान के सामने खड़ी हो अमजद का इंतज़ार करने लगीं।

आज रात भर जागने की बारी शायद अमजद की थी।

वह गहरी सोच में डूबे थे। उन्हें एक ख़याल बेचैन किए हुए था कि क्या सचमुच महजबीं बदल गई है या बेटी के शादी से इनकार और मेरी धमकी से डरकर उसने सिर्फ़ कुछ दिनों के लिए यह रूप धरा है?

'अगर उसने अंदर-अंदर वह सब किया जिसकी उसे पिछले पंद्रह सालों से आदत पड़ चुकी है तो...?'

पिछले कई सालों से ज़िंदगी नाइटमेयर बनकर रह गई थी। तो क्या यह बदलाव भी सिर्फ़ एक छलावा भर है?

इस ख़्वाब की भी कोई ताबीर होगी या फिर बाक़ी बची ज़िंदगी नाइटमेयर की तरह गुज़रने वाली है?

4

महलक़ा अभी सोकर उठी थी कि उसने देखा मम्मी और पापा उसके घर के आंगन में खड़े हैं। वह ताज्जुब से आगे बढ़ी। सलाम कर उन्हें अपने कमरे की तरफ ले जाने लगी तो अमजद ने कहा, "पहले ज़हूर साहब से मिल लूं फिर आता हूं।"

महलक़ा के चेहरे का रंग यह सुनकर उड़ गया मगर वह बड़ी ख़ुशदिली से बोली, "क्यों नहीं पापा।"

गोलू आगे-आगे चलता हुआ उन्हें ज़हूर मियां के कमरे की तरफ ले गया। कमरे में घुसते ही बदबू का एक भभका दोनों की नाक में घुसा। ज़हूर चुपचाप बैठे थे। पास में रखी चाय की जूठी प्याली पर मक्खियां भिनभिना रही थीं। कमरे में धूल और गंदगी थी। बिस्तर की सफ़ेद चादर पर कई तरह के धब्बे थे।

ज़हूर मियां ने धुंधली आंखों से देखा और पूछा, "कौन?"

"मैं अमजद, महलक़ा का पापा..." अमजद ने बड़े संकोच भरे स्वर में कहा। यह सुनकर ज़हूर मियां सटपटा से गए। हड़बड़ाकर जो खड़े हुए तो लड़खड़ाकर गिरते-गिरते बचे।

"बैठे रहिए...बैठे रहिए।" अमजद ने उन्हें सहारा दिया। महजबीं का चेहरा फक़ था। बदन का ख़ून जैसे जम गया था। आवाज़ गले में ऐसी फंसी कि वह आगे बढ़कर सलाम तक न कर सकीं।

"आप अगर पसंद करें तो कुछ देर के लिए बाहर दालान में चलकर बैठते हैं।" अमजद ने ज़हूर मियां से आग्रह भरे लहज़े में कहा।

"अम्मां मना करेली।" गोलू झट से बोल उठा।

ज़हूर मियां का सिर इतना झुका कि सीने से जा लगा।

"आइए, मैं आपको लेकर चलता हूं..." अमजद ने उन्हें सहारा दिया फिर महजबीं से बोले, "तब तक तुम इस कमरे की सफ़ाई करवा चादर, तकिया, गिलाफ़ बदलवा दो।"

गोलू डरकर तेज़ी से कमरे से निकला और तीर की तरह अपनी मालकिन

के पास जाकर बोला, "हमने मना किया था मगर वह दादा मियां को यहां ला रहे हैं।"

"यहां?" महलका़ की तेवरी पर बल पड़ गए।

"गोलू झाडू लाना।" महजबीं की आवाज़ सुन महलका़ चौंक पड़ी। वह पापा के साथ ससुर को देख ठिठकी। ससुर के कपड़े गंदे थे। लुंगी में बड़ा सा खोंचा लगा था। उसे तेज़ गुस्सा आया मगर किस पर, पापा पर या ससुर पर?

"पापा, आपने फ़ोन कर दिया होता?" वह धीमे से बोली।

"फ़ोन कर देता बेटी, तो यह सब देखने को मिलता?" उनका जवाब सुनकर वह अंदर से भन्नाई, मां की आवाज़ की तरफ बढ़ी और ससुर की कोठरी में घुसते ही मां पर बरस पड़ी।

"यह क्या मम्मी? बताना तो था या फिर..." उसका जुमला पूरा नहीं हो पाया और वह फटी आंखों से मां को देखने लगी जो ससुर के कमरे की चीज़ें सलीक़े से लगा रही थी।

"यह...यह क्या कर रही हैं आप?"

"वही, जो तुम्हें करना चाहिए था।"

"आप कहना क्या चाह रही हैं?"

"यही कि इस कमरे की सफ़ाई कब से नहीं हुई?"

"मुझे क्या पता? झाडू मैंने दे रखी थी। मगर उन्हें तो सारे दिन बैठकर माज़ी में सैर करने की आदत है।"

"अपना कमरा तुम ख़ुद साफ़ करती हो?"

"मैं क्यों करूं, गोलू जो है। यह घर मेरा है, जैसे चाहूं रखूं। आपको..."

"सही है।"

"अच्छा, अब आप यहां से चलिए। बदबू से नाक फटी जा रही है... चलकर बताइए जो आपने भेजा है उसका इस्तेमाल कैसे करना है।"

"पहले धुली चादर और तकिया-गिलाफ़ लेकर आओ।"

"ठीक है।" लगभग पैर पटखती सी महलका़ जाने को मुड़ी तभी दरवाज़े की घंटी बजी। महलका़ चादर लाने की जगह दरवाज़े की तरफ बढ़ी, जहां राशिद खड़ा उसका इंतज़ार कर रहा था।

"तुम तैयार नहीं हुईं अभी तक?" खुले दरवाज़े से आवाज़ उभरी।

"वह...मम्मी-पापा आए हैं। तुम जाओ, कल आना।" थोड़ा घबराए लहजे से महलका़ बोली।

"कौन आया है?" महजबीं ने गोलू से पूछा।

"उहै, जे अम्मां के रोज़ घुमाए ले जालेन।" गोलू ने कूड़ा उठाते हुए कहा।

"चादर मांगकर लाओ।" महजबीं ने कहा।

"अभी हम न जायब, काहे के उ डांट दीहें हमराके...उहां अभी खड़े बाल वाला मरदे आइल बा।" गोलू इतना कहकर चुप हो गया।

"लीजिए चादर।" महलका़ ने लगभग चादर फेंकते हुए कहा।

"यह तो फटी है जगह-जगह से?" महजबीं ने चादर खोली तो देखा।

"उनके लिए ठीक है।" उकताए लहजे़ में उसने कंधा उचकाकर कहा।

"जाओ, कोई मुनासिब सी चादर लाओ।" महजबीं का लहजा़ इस बार सख़्त था जिसे सुनकर अचकचाकर बेटी ने मां को घूरा।

उधर अमजद और ज़हूर किसी बात पर क़हक़हे लगा रहे थे। महलका़ ने ताज्जुब से पापा को देखा, तब तक मैले कपड़े का गट्ठर उठा गोलू महजबीं के पीछे-पीछे आया।

महजबीं ने साबुन से मल-मलकर हाथ धोए। मुंह पर छींटे मारे। फिर बेटी से कहा, "अब अच्छी सी चाय पिलाना, सिर दुख रहा है।"

"अभी लाती हूं।" कुछ शर्मिंदा सी होकर महलका़ बोली।

"आप नहाएंगे?" अमजद ने पूछा और उनके खोंचा लगे तहमत और मलगिजे कुर्ते को देखा।

"जी...नहाना तो चाहता हूं मगर..."

"कपड़ा फीचल नईखे।" गोलू फुसफुसाया।

"क्यों?"

"पिछले कअ दिन से बुढ़ऊ बीमार रहलन, ए के खातिर कपड़ा न फीच पइलन।" गोलू ने सफ़ाई दी। सुनकर अमजद ने ठंडी सांस ली और सोचा कि यह उस बाप का हाल है जिसका लड़का हर माह हज़ारों रुपया मेरी बेटी को भेजता है।

चाय तीनों ने पी ली तो महलका़ ने मां को कुछ याद दिलाया। महजबीं ने उसे अमल किए सामान लाने को कहा। जब वह ले आई तो वहीं आंगन में खड़े-खड़े उन्होंने बोतल का पानी और पुड़िया का पाउडर ज़मीन पर पेड़ की जड़ में गिरा दिया।

"अब अमल की चीज़ों की नहीं आमाल ठीक करने का वक़्त है।"

“यह क्या मम्मी?” महलक़ा हैरत भरी आवाज़ से चीख़ी।

“बस, बहुत हो चुका। मैं तो होश में आ गई हूं, अब तुम भी सुधर जाओ।”

“मतलब?”

“अभी ससुर के नहाने का इंतज़ाम करो फिर बाद में फ़ुरसत से समझाऊंगी।” इतना कहकर महजबीं ने गुस्से भरी आंखों से बेटी को घूरा। उनके दिल में अफ़सोस था। शदीद अफ़सोस! उन्हें शिकायतें थीं ससुराल वालों से मगर ऐसी हरकतें उन्होंने कभी नहीं की थीं। बेटी ने बदतमीज़ी की हदें पार कर दी हैं।

“यह सब मेरी ग़लती है।” उन्होंने ठंडी सांस भरकर आसमान की तरफ देखा, “अल्लाह! तू मुझे माफ़ करना। इसकी सज़ा मेरी बच्ची को मत देना।”

मम्मी-पापा के जाने के बाद महलक़ा पूरी तरह बौखला सी गई थी। सिर में भी शदीद दर्द हो रहा था। इस बीच तीनों बच्चे पिट चुके थे। अब बिस्तर पर औंधे पड़े सुबक रहे थे।

“का पता आज का होकी?” गोलू ने बुज़ुर्ग की तरह गर्दन हिलाकर जैसे अपने से कहा हो फिर दाल धोकर गैस पर रखी। प्रेशर कूकर सूं-सूं करने लगा था।

उसका दिमाग़ भी सनसना रहा था।

उधर कमरे में लेटी महलक़ा मियां को मिस कॉल पर मिस कॉल मार रही थी मगर वहां से कोई जवाब नहीं मिल रहा था। तंग आकर एस. एम. एस. करके वह आंखें बंद करके लेट गई। जाने कब उसकी आंख लग गई।

उधर ज़हूर परेशान थे यह सोच-सोचकर कि महलक़ा के मां-बाप को मेरी सुध क्योंकर आई? कहीं इसमें उनकी कोई चाल तो नहीं है? महलक़ा बीबी जैसी ताना मारने वाली, नाक पर मक्खी न बैठने देने वाली आज मेरे कमरे की सफ़ाई कर गई, या इलाही यह माजरा क्या है?

‘यह ख़्वाब है या हक़ीक़त?’

बहुत दिनों बाद नहाए थे। बदन पर साफ़ कमीज़ और धोती थी। धुली चादर बिछी थी। मोंगरे की ख़ुशबू वाली अगरबत्ती धीरे-धीरे अपनी महक पूरे कमरे में फैला रही थी। उनके पपोटे भारी हो रहे थे। उनकी आंखें मुंदने लगीं और वह गहरी नींद में डूब गए।

दिमाग़ ने ख़्वाब बुनना शुरू कर दिया।

उनका सामान कमरे से बाहर फेंक दिया गया है। उनकी कनपटी पर महजबीं बेगम ने पिस्तौल तान रखी है और अमजद कह रहे हैं, 'बड़े मियां, जल्दी से काग़ज़ात पर दस्तख़्त करो वरना...'

वह घबराहट में इनकार करते हैं तो दो हट्टे-कट्टे मर्द आगे बढ़ते हैं। इससे पहले कि उनके हाथ उनकी गर्दन पर पहुंचते, उन्होंने काग़ज़ पर दस्तख़्त कर दिए।

तभी कहीं से ज़ाकिर आता है और माथा पीटकर कहता है, 'अब्बा! आपने यह क्या कर डाला? मकान उसके नाम लिख दिया और वह तो मकान बेच राशिद के साथ भाग गई है। अब यह तीन बिना मां के बच्चों को मैं कैसे पालूंगा? अरे अब्बा! आपने यह क्या कर डाला है?" ज़ाकिर सीना पीट दहाड़ें मार रो पड़ा। 'आपने यह क्या कर डाला अब्बा, कुछ तो सोचा होता?'

रिकॉर्ड सा उनके दिमाग़ में घूमने लगा। उनकी आंखें खुल गईं और वह बेचैन से उठकर बिस्तर पर बैठ गए।

बाहर गली में मोटरसाइकिल की आवाज़ गूंज रही थी।

दरवाज़ा दो बार खटखटाया गया मगर खोला नहीं गया।

उनके ऊपर हैरतों का पहाड़ गिर चुका था जिसके मलबे के नीचे दबे-दबे वह चीख़-चिल्ला रहे थे। मदद को पुकार रहे थे। लेकिन उनके हाथ-पैर तो जम से गए थे जैसे किसी ने उनको पत्थर में बदल दिया हो।

मोटरसाइकिल जैसे आई थी वैसे ही शोर करती वापस चली गई मगर घर में कोई सनका नहीं।

शाम की चाय पीते हुए महलक़ा सोच रही थी कि कल मम्मी-पापा आए थे। मैं समझी वह बहन की शादी का न्योता देने आए हैं मगर उन्होंने तो न शादी का ज़िक्र किया, न मांझे का? ऊपर से उस बूढ़े की ख़िदमत में ऐसे लग गए जैसे कि...

'कहीं ज़ाकिर को राशिद की भनक तो नहीं लग गई? नहीं, ऐसा नहीं हो सकता। उसे मुझ पर यक़ीन है, वह मेरी मुहब्बत में अंधा है। फिर...फिर मम्मी का यह बदला रूप? सुधरने के लिए यूं तम्बीह करना?'

'इस गोलू के बच्चे ने तो कहीं आग नहीं लगाई? कल लपर-लपर भोजपुरी बोल तो रहा था। उफ! मेरी तो अक़्ल पर पत्थर पड़ गए हैं जो उस बेचारे चूहे

पर शक कर रही हूं जो बिल के अलावा कोई दूसरी जगह जानता ही नहीं है।' वह हंस पड़ी। हंसने से उसका दिल कुछ हलका हुआ और फ़िक्र का गैरज़रूरी धुंधलका ग़ायब हुआ। वह गुनगुनाती आईने के सामने जाकर अपने को देखने लगी।

फ़ोन की घंटी बजी।

"हलो, सॉरी राशिद। जानती हूं तुम आकर लौट गए...वह कुछ बात ही ऐसी थी। यक़ीन करो...खफ़ा मत हो। मुझे पता है तुम्हें रुपयों की सख़्त ज़रूरत है। मैंने निकलवा लिए थे लेकिन...अच्छा बाक़ी बातें कल मिलने पर करूंगी...बाय डार्लिंग।"

महलक़ा ने एक अदा से माथे पर आई लट को पीछे झटका फिर मोबाइल को उछालकर बिस्तर पर फेंका और एक ज़ोरदार अंगड़ाई लेकर आईने में ज़बान निकाल अपने को चिढ़ाया और शाने से दुपट्टा गिरा दिया।

"मम्मी, आप क्या कर रही हैं?" बेटी ने कमरे में घुस मां को देखकर हैरत से पूछा।

"मैं...कुछ तो नहीं।" महलक़ा सकपका गई।

"मुंह चिढ़ा रही थीं न?" रेशमा ने हैरत से पूछा।

"अगर किसी से कहा तो..." महलक़ा ने मारने के लिए हाथ उठा धमकी दी। महलक़ा जानती थी कि अब यह बात छुपने वाली नहीं है। पहले यह अपने भाइयों को बताएगी फिर...फिर...

उसका मूड ख़राब हो चुका था। सुबह का मां का बर्ताव उसे याद आया। वह तड़पकर रह गई। आख़िर मां ने वह फुका पानी और पुड़िया में बंधा सुफूफ क्यों मिट्टी में मिला दिया? हज़ारों रुपए उस आमिल के बच्चे के हाथों में रखे होंगे और पल भर में बहा दिए, क्यों भला?

"गोलू...एक प्याली चाय मसाले वाली बना के लाना।" महलक़ा वहीं कमरे से चीख़ी। उसके अंदर झुंझलाहट का बवंडर उठ रहा था। उसने मां को फ़ोन मिलाया फिर काट दिया।

"मैं खुद जाकर उनसे मिलती हूं। आमने-सामने बैठकर बातें करूंगी। तभी बात की तह तक पहुंचूंगी।"

"इधर रखना चाय।" महलक़ा ने सख़्त लहजे में कहा फिर घूंट भर बोली, "तुमने बच्चों को दूध दिया?"

"जी।"

"तुम घर का ध्यान रखना, मैं ज़रा बाहर होकर आती हूं। देर लगे तो दाल-चावल बना लेना।" कहकर उसने पर्स उठाया।

"वह...वह त अभी नइखन आइल?" गोलू ने खाली प्याली उठाते हुए कहा।

"वह कौन?" चौंक पड़ी महलक़ा।

"जी, उहै मोटरसाइकिलवा वाला..." कहता वह बाहर निकला और महलक़ा के पैरों को जैसे ज़मीन ने जकड़ लिया हो।

"मम्मी, आप कहां जा रही हैं?" अनवर आन खड़ा हुआ।

'इन बच्चों के बीच कुछ भी राज़ में नहीं रहता।' महलक़ा ने सोचा और बेटे के गाल थपथपाकर कहा, "नानी के घर।"

"तो फिर मैं भी चलूंगा।" अनवर ने ज़िद की।

"हम भी साथ चलेंगे।" छोटी बेटी रेशमा और मझला बेटा तनवीर भी दौड़े-दौड़े पहुंच गए थे।

"मुझे ज़रूरी काम है। डॉक्टर से सूई लगवानी है।" महलक़ा ने बहाना बनाया।

"अच्छा, ठीक है।" अनवर ने सुस्त आवाज़ में कहा। दोनों छोटे बच्चों का मुंह लटक गया। उनका उदास चेहरा देख जाने क्यों महलक़ा का दिल पसीज गया।

"अच्छा चलो, मगर गोलू घर पर अकेला रह जाएगा।"

"तो क्या, अंदर से वह बंद कर लेगा, बाहर से हम ताला लगा लेंगे उस दिन की तरह।" अनवर चहक उठा।

"सोचने दो।" महलक़ा चंद लम्हे चुप रही फिर बच्चों को इशारा किया। बाहर निकलने के बाद उसने कमरे में चाबी घुमाई और उसे पर्स के हवाले कर बोली, "गोलू, हम सब जा रहे हैं। ध्यान से रहना और उस बूढ़े को खाना अच्छा न लगे तो सत्तू घोलकर दे देना। रोज़-रोज़ गोश्त-पुलाव तो पक नहीं सकता और उन्हें दाल-चावल खाना पसंद नहीं। हां, ध्यान से खाना पकाना मगर खबरदार बूढ़े के पास बैठकर भोजपुरी में बात न करना समझे! टी. वी. नहीं खोलना। और जो बिजली आ जाए तो यूनिफ़ॉर्म पर इस्तिरी कर लेना, ठीक है...चल आ।" इतना कह तीनों बच्चों के साथ महलक़ा बाहर निकली और कुंडी लगा ताला बंद किया।

गोलू ने अंदर से कुंडी लगाई और ज़ोर-ज़ोर से गाना गाने लगा। उसे इतने बड़े घर में अकेले डर लगता है। उसने दो प्याली चाय बनाई और डिब्बे से बिस्कुट निकाल दादा मियां की कोठरी की तरफ बढ़ा।

"बुढ़ऊ, उठा सतुइ पी ल। ए में मसाला, धनिया, पियाज, पूदीना मिलाके बनल बा, पियला के बाद मिजाज फरफर हो जाई।"

ज़हूर मियां लेटे-लेटे उंगलियों के निशानों पर अंगूठा रखते हुए तस्बीह पढ़ रहे थे। चाय स्टूल पर रख गोलू कमर पर हाथ रखकर खड़ा बड़े गौर से बूढ़े दादा मियां को देखता रहा जिनका चेहरा नहाने के बाद रंग बदल चुका था। एकाएक उसके दिल में ममता सी उमड़ी। आगे बढ़कर उसने ताक़ पर रखी कटोरी उठाई और स्टूल पर रख अपने सोने वाली जगह पर गया। गद्दे के नीचे से लूटा मंझा निकाला और छुरी लेकर कमरे में लौटा तो देखा दादा मियां हाथ उठाकर बिस्तर पर लेटे-लेटे दुआ मांग रहे थे।

"सतुई!" गोलू ने ऊंची आवाज़ से कहा।

"खूब जिया, अउर मस्त रहा।" दादा मियां बोले और कराहते हुए उठ बैठे।

"का हो गइल?"

"पसली दुख रही है, लगता है नहाने में हवा लग गई है।"

"पानी तो धीकल बा।" चाय का घूंट भर गोलू बोला।

"बुढ़ापे का बदन है...यह...यह तस्बीह के दाने के साथ मत खेलो।

"तस्बीह तहार गूंथते बानी...सतुई के मजा ल।" गोलू ने किसी बुज़ुर्ग की तरह कहा और मंझे में तस्बीह के टूटे दाने पिरोने लगा।

ज़हूर मियां के दिल में कुछ चटखा। आंखें भर आईं। आंखों के धुंधलेपन में उन्हें लगा सामने गोलू नहीं, उनकी बीवी बैठी है और उनकी टूटी तस्बीह को गूंथ रही है।

"मंझा तागा से गूंथ तानी अब इ कहियो न टूटी।" गोलू ने तेज़ी से हाथ चलाते हुए कहा।

"मालिक तोहरा के बनवले रहस।" यह आवाज़ ज़हूर मियां के दिल से निकली मगर फ़ौरन ही वह रुक गए। बहू ने भोजपुरी बोलने पर उन्हें कई बार यह कहकर खरी-खोटी सुनाई कि वह बच्चों की ज़बान ख़राब कर रहे हैं।

"हई ला, गिन के बताव की गांठ लगा दीं।" गोलू ने कच्ची गांठ लगाकर तस्बीह दादा के हाथ में थमाई।

ज़हूर मियां धीरे-धीरे दाने घुमाने लगे।

"ठीक है...शाबाश!" कहकर जेब में हाथ डाला फिर उदास हो गए। गोलू समझ गया मगर कुछ बोला नहीं। कुछ देर वहीं बैठा तस्बीह को गूंथता रहा फिर उसका फुंदना बना चाकू की धार से काटने लगा।

"हई पकड़ा तस्बीह, हम चलत तनी दाल चढ़ावे के बा।" कमरे से जूठे बर्तन उठा वह इक्कठ-दुख्खट खेलने के अंदाज़ से आंगन में गाना गाता अंगूठे से सिटकी पर चोट करता बावर्चीख़ाने की तरफ बढ़ने लगा।

दीवार पर बैठी बिल्ली ने उसे देखकर म्याऊं कहा तो वह हंस पड़ा फिर उसकी नक़ल करता उससे बातें करने लगा।

आंगन में अंधेरा उतर आया था।

उसने बिजली जलाई और ख़ौफ़ज़दा आंखों से घर के अंधेरे कोनों को देखकर दिल ही दिल में कांप उठा।

प्रेशर कुकर की सीटी ज़ोर से बज उठी तो उसका दिल तेज़ी से धड़क उठा जैसे अंधेरे दालान में कोई दबे पैर चल रहा हो। उसने माथे पर छलक आए पसीने को पोंछा और उबलते चावल की पीच पसाई। रोज़ की तरह आज उसका मन माड़ पीने को नहीं चाहा। उसके कान आहट पर लगे थे और आंखें आंगन के दरवाज़े पर टिकी थीं।

5

बाज़ार में कपड़ों की दुकानों पर सबसे ज़्यादा रौनक़ थी। रंगीन थानों के बीच बैठा दुकानदार अपने सामने बैठी औरतों, लड़कियों को कपड़े और सूट दिखा उनकी तारीफ़ों के पुल बांध रहा था। उसे पता था कि अरब बुर्क़े वाली औरतों के पर्स में मोटी गड्डियां रहती हैं इसलिए उनके आदर-सत्कार में कोई कमी नहीं होने देता।

आज से दस-पंद्रह साल पहले इसी तरह की चांदी पी. सी. ओ. वालों की थी। कान्फ्रेंस मिलाने के चक्कर में ख़ूब-ख़ूब कमाई भी हुई और एक-आध कच्चा-पक्का इश्क भी चला। कभी-कभी औरतें इतनी लंबी बातें करतीं कि उन्हें टोकना पड़ता कि दूसरे लोग लाइन में लगे हैं तो तुनककर जवाब मिलता—"पैसा देंगे न, पैसे के ख़ातिर आपने दुकान खोली है न, दो पैसे की कमाई की जगह देखिए बिल दो हज़ार से ऊपर का आया है, लीजिए पकड़िए, अब हम दूसरे पी. सी. ओ. पर जाएंगे जहां जी भरकर बात तो कर सकते हैं।"

उनके यह तेवर देख पी. सी. ओ. वाले चुप हो जाते क्योंकि कभी-कभी ऐसी औरतों के बिल बीस-पच्चीस हज़ार तक आते थे। यह औरतों के शौहरों की हैसियत पर होता कि वे कितना कमाकर भेज रहे हैं। अब तो सबके हाथ में अपनी-अपनी मैना है। उसके बिना किसी का गुज़ारा नहीं चलता है।

आजकल दिल्ली-मुंबई से सीधा माल यहां के बाज़ारों में आता है और लड़कियां ठीक टी. वी. सीरियलों की तरह तैयार होने की चाहत रखने लगी हैं। वही हाल मर्दों का है।

इसी बाज़ार में रमज़ान की भी दुकान है। उसने नया-नया दुकान पर बैठना शुरू किया है इसलिए एक-दो कॉलेज के दोस्त काउंटर पर जमे रहते हैं।

"यार, दुकान आज जल्दी बंद कर देना।"

"हई देखअ, तीन-तीन गो-भइंसया।" एक बोला।

"भैंसें!" रमज़ान चौंका।

"काली बुर्क़े वाली, ऊपर से नीचे तक काला कपड़ा ओढ़े तो फिर भैंस

हुईं न।" वही लड़का हंस पड़ा।

"मार डाला।" दूसरा लड़का हंसा जब लड़कियां उसी दुकान की सीढ़ियां चढ़ने लगीं। रमज़ान ने उन तीनों का स्वागत किया और कपड़े दिखाने लगा।

"आप हमारी पुरानी ग्राहक हैं। आपको ख़राब माल थोड़ी दिखाएंगे।"

"इसका दाम कुछ कम करें न।" इतना कह उस लड़की ने अपनी नाक पर कसा कपड़ा ढीला किया तो उसकी दोनों दोस्तों ने भी अपने को आज़ाद किया।

"कुछ पिएंगी?" रमज़ान ने मुस्कराते हुए पूछा।

"तो पिलाइए न इसमें पूछना क्या है?" उसके इस तरह कहने पर सब हंस पड़े।

रमज़ान को इस तरह घुले-मिले बातों में चटखारा लेता देख दोस्तों का माथा ठनका। उनके जाने के बाद रमज़ान की शामत आ गई। सवाल पर सवाल।

"ए लोग के कब से जानअ तारा?"

"तीनों से चक्कर चलत बा कि गलवा पर तिलवा वाली से?"

"चुप रहो यार, ग्राहकों से इस तरह छेड़छाड़ और बदतमीजी दुकानदार नहीं कर सकता है।"

"ज़्यादा सीरियस मुंह न बनाओ, बता दो वरना..."

"तो सुनो, इनमें से गाल पर तिल वाली लड़की लाला रामप्रसाद की बेटी है जूही और उसके साथ आई लड़कियों को मैं नहीं जानता मगर वे भी मुझे मुसलमान नहीं लगीं।"

"भला रामप्रसाद की बेटी नकाब ओढ़ी? सरऊ गोली मत खियाव।"

"अब तुम यक़ीन न करो तो मैं क्या करूं? जो सच था कह दिया।" रमज़ान ने उकताए स्वर में कहा।

"मेरे सर पर हाथ रखकर खा क़सम कलाम पाक की।"

"देख भाई, न तेरा सर मुफ़्त का है, न हमारा कलाम पाक ऐसी बेतुकी बातों पर क़सम खाने की इजाज़त देता है। रहा तेरे ताज्जुब का तो जब मुझे पहली बार पता चला था तो मैं भी हैरान रह गया था मगर सच है कि बड़ी तादाद में साउदी के यह काले कढ़े बुर्क़े हिंदू लड़कियों में भी फ़ैशन के एक लिबास की तरह क़ुबूल हो चुका है। अगर अब भी शक हो तो दुकानदारों के बीच सर्वे कर सच पता लगा लो।" रमज़ान हंसते हुए बोला।

"हैरान करे वाली बात बा।"

"मैंने पूछा भी था तो जूही बोली कि इसके पहनने के बहुत फ़ायदे हैं भैया। सुनकर मैं चुप रह गया।" रमज़ान ने थान लपेटते हुए कहा।

"मुझे तो अभी भी यक़ीन नहीं आ रहा है।"

"यार, यह बाज़ार की दुनिया है। बाक़ी दुनिया से अलग।"

"पता नहीं, इनके मां-बाप को पता भी है या नहीं?"

"तुम काहे शहर के अंदेशे से दुबले हो रहे हो? जानते हो इस शहर में अरब देशों से हमारे मज़दूरों और कारीगरों के द्वारा कमाया धन आकर कहां जाएगा? जब हमारे लोग वहां का रुपया कमाकर लाते हैं तो साथ में वहां के तौर-तरीक़े भी साथ चले आते हैं। तोहफ़ों में एक तोहफ़ा बुर्क़ा भी है। मुझे तो ताज्जुब होता है कि ये वहां रहकर अरबी बोलना सीख लेते हैं। वैसे उर्दू का सही उच्चारण, मेरा मतलब है सही तलफ़्फ़ुज भी यहां उनके लिए मुश्किल होता है। अब ख़ुदा हाफ़िज़ की जगह सब अल्लाह हाफ़िज़ कहने लगे हैं।" रमज़ान इतना कहकर सामने से आते ग्राहकों की तरफ देखने लगा। उसे व्यस्त देख उसके दोनों दोस्तों ने उससे विदा ली।

"क्या दिखाऊं आपको?"

"यह शेड चाहिए।" माजदा ने थैले से रेशमी कपड़ा निकाल दिखाया।

"देखता हूं।"

"मम्मी, कल मैं शाम को आने वाली थी मगर घर से निकल नहीं पाई।" महलक़ा ने मां से कहा।

"हां, तभी तो फ़ोन कर तुम्हें बुला लिया।" महजबीं ने जवाब दिया। फिर दुकान में सजे कपड़े देखने लगीं।

महलक़ा कल शाम की बात छुपा गई थी। वह जब घर से निकल रिक्शे की तलाश में गली के मोड़ पर खड़ी थी तभी राशिद आ गया और ज़िद कर आइसक्रीम खिलाने ले जाने लगा। बच्चे भी उसकी तरफदारी करने लगे तो महलक़ा मजबूर हो गई थी।

रेस्ट्रां में बैठ बच्चे आइसक्रीम खाने में मशगूल हो गए और राशिद व महलक़ा बातों में। एक-दो जानने वाले दिखे भी तो महलक़ा को परेशानी नहीं महसूस हुई क्योंकि वह बुर्क़ा पहने हुई थी। राशिद को कौन सा फ़र्क़ पड़ने वाला था।

"तुमसे कहा तो है कि मैंने तुम्हारे लिए पैसे निकाल रखे हैं। कल आकर

ले जाना।" उसने कह तो दिया था पूरे यक़ीन से मगर उसे मालूम न था कि सुबह-सुबह मम्मी का फ़ोन आ जाएगा और वे उसे अंसारी क्लॉथ हाउस पहुंचने के लिए कहेंगी। उसका दिल घर की तरफ लगा था। वह बड़ी बेदिली से कपड़े देख रही थी। महलक़ा सब कुछ ताड़ रही थी फिर एकाएक बोल उठी।

"क्या बात है महलक़ा, कुछ परेशान सी लग रही हो? राशिद के आने का वक्त हो रहा है इसलिए?"

"जी...जी नहीं।" चोरी पकड़ने से महलक़ा घबरा सी गई।

"तुम जाना चाहो तो जाओ।"

"नहीं मम्मी, ऐसी कोई बात नहीं।"

महलक़ा पूरी तरह उखड़ चुकी थी और महजबीं ने तय कर रखा था कि आज यह सिलसिला उखाड़ फेंकेंगी।

"चलो फिर घर चलो, खाना खाकर जाना।"

"जी।" महलक़ा सामान का थैला उठाए कार की तरफ बढ़ी।

खाना खाने के बाद माजदा अपने कमरे में सोने चली गई और महलक़ा मां के कमरे में आराम करने लेट गई।

"यह राशिद है कौन?" महजबीं ने बेटी से सीधा सवाल किया।

"कोई नहीं।"

"फिर वह क्यों रोज़-रोज़ आता है?"

"आपसे किसने कहा?"

"ख़ुद उसने बताया था।"

"आपको याद होगा मम्मी बी. ए. में मेरी एक सहेली अफ़रोज़ थी। यह उसी का बड़ा भाई है।"

"करता क्या है?"

"बेकार है।"

"तुम्हारे मिलने का कोई तुक सहेली के भाई से इस तरह, मेरी समझ से बाहर है। इतना जानती हूं कि ऐसी बातें छुपती नहीं हैं। बदनामी फैली तो तुम ख़ुद नहीं जी पाओगी, समझीं।"

"आप ग़लत समझ रही हैं मम्मी।"

"मैंने बेटी के सुख के लिए कोशिशें की थीं जो सरासर ग़लत राह पर थीं।

मगर मैं यह कभी सोच नहीं सकती थी कि तुम अपने ससुर को इस हालत में रखोगी और एक ग़ैरमर्द से यूं मेलजोल बढ़ाओगी? जानती हो शौहर की ग़ैरहाज़री में किसी अजनबी का घर आना क्या मतलब रखता है? मैंने तुम्हें बेवफ़ाई का सबक़ नहीं दिया था। ख़बरदार जो तुमने उस बेकार शख़्स को फिर घर आने की इजाज़त दी वरना मैं ख़ुद ज़ाकिर को सब कुछ बता दूंगी।" महजबीं ग़ुस्से से कांप रही थीं।

"जी।" ख़ौफ़ज़दा महलक़ा रुआंसी सी हो उठी।

"अभी तक कितने पैसे ऐंठ चुका है तुमसे?" इस सवाल पर महलक़ा बुरी तरह चौंक पड़ी और मां के चेहरे की तरफ देखने लगी जैसे पूछ रही हो यह बात आपको पता कैसे चली?

"तेरी अक्ल घास चरने गई है? एक कुंवारा जवान एक ब्याहता, वह भी तीन बच्चों की मां से मुहब्बत नहीं करता, फ़ायदा उठाता है। अपना मतलब और आराम तलाश करता है। इतनी भी समझ तुममें नहीं रही महलक़ा?"

"मम्मी!" महलक़ा सच्चाई खुल जाने से मां के सामने पानी-पानी हो गई। बात संभालने की सारी तेज़तर्रारी जाती रही। किसी मुजरिम की तरह सिर झुकाए मुंह दुपट्टे से ढके रोती रही।

"मैंने तुम्हें कई बातों में ग़लत मशविरे दिए, वह मेरी ममता की ख़ुदगर्ज़ी थी। अब मेरी आंखें खुल चुकी हैं। जैसे मैंने अपनी ग़लती मान ली है, अब तुम भी मान लो और तौबा करो। तौबा का दरवाज़ा हमेशा खुला रहता है। उस नेक बंदे को जो तुम्हारे शौहर का बाप है उसकी ख़िदमत कर अपना कफ़्फ़ारा अदा करो वरना मैं तुम्हें दूध बख़्शने वाली नहीं हूं, यह मेरा आख़िरी फ़ैसला है।"

कमरे में सिर्फ़ महलक़ा की सिसकियां गूंजती रहीं। महजबीं ख़ामोश सिर पर हाथ रखे छत को ताक़ती लेटी रहीं।

चंद मिनट यूं ही गुज़र गए।

"उठो, जाकर मुंह धो लो और घर जाने की तैयारी करो। ड्राइवर तुम्हें ले जाएगा और जब कभी तुम आओगी तो गाड़ी तुम्हें लेने जाएगी।" इतना कह महजबीं उठीं और कमरे से बाहर निकलीं।

महलक़ा उसी तरह बैठी सुबकती रही।

रमज़ान जब दुकान बंद कर घर पहुंचा तो घर में फैले सन्नाटे को देख फ़िक्रमंद हो उठा। बच्चे बाहर वाले दालान में घूमते नज़र नहीं आए, न ही कैरम चल रहा था। अंदर घर में दाख़िल हुआ तो पता चला भाभी के भाई जो साउदी में हैं उनका बड़ा भयानक एक्सीडेंट हो गया है। उनका शेख़ कंपनी के ख़र्च पर उन्हें दिल्ली इलाज करने को भेज रहा है। सारी औरतें इबादत में डूबी थीं। एक फ़िक्र उनकी जान की थी तो दूसरी तरफ यह फ़िक्र थी कि कहीं शेख़ उन्हें दोबारा काम पर बुलाए ही न, तो? फिर वही बेकारी? फिर वही भटकन? दूसरी ख़बर उससे भी ज़्यादा दर्दनाक थी कि सिन्हा साहब के चचा का देहांत साउदी के किसी शहर में हुआ और पंद्रह दिन गुज़र जाने के बाद उनकी लाश भारत पहुंच नहीं पा रही है। वहां न श्मशान घाट है, न इस तरह की कोई सुविधा। आना तो उसे बिहार ही होगा। घर के सारे मर्द सिन्हा साहब के घर गए हुए थे।

रमज़ान कुछ देर गुमसुम बैठा रहा फिर अपने कमरे की तरफ चला गया। सारे दिन की थकान के बाद कहीं आने-जाने का मन नहीं होता है। बस, नहाकर खाना खा, सोने का दिल चाहता है।

सुबह जब रमज़ान घर से निकला तो जाड़े की धूप खिली थी। घरों के छज्जों पर कंबल फैले थे। गली से गुज़रने वाला बजाय नीचे देखने के ऊपर नज़रें गड़ाए रंग-बिरंगे, मख़मली ख़ूबसूरत कंबलों को देखता गुज़रता है। धूप पड़ने से इन कंबलों के रंग की अजीब छटा आंखों को लुभाती है। हर दूसरे घर का कोई न कोई मध्यपूर्वी देशों में गया हुआ है इसलिए हर घर में वही एक सा सामान है। जो नहीं गए वहां, वे पड़ोसियों से अपनी पसंद का सामान मंगवा लेते हैं। खजूर, सूखे मेवे हर घर में मौजूद हैं जो यहां कमाने वाले ख़रीदने की हैसियत नहीं रखते हैं मगर बाहर गया कामगार वहां का पिस्ता मेवा बड़े आराम से लाता है और ख़ुद भी फांकता है दूसरों को खिलाता भी है। यह सारी ख़ुशी चार दिन की चांदनी की तरह लुप्त हो जाती है जब कोई वहां से अपना कॉन्ट्रेक पूरा कर लौटता है या फिर बीमारी के कारण उसे बीच में ही लौटना पड़ता है। तब वह न इलाज करा पाता है और न कोई नौकरी ढूंढ़ पाता है।

बिहार से बाहर मज़दूरों के जाने का बहुत पुराना सिलसिला है। देश-विदेश दोनों जगह जाकर वे कड़ी मेहनत से अपनी रोज़ी कमाते हैं। लेकिन उसके पुराने प्रांत में उसके लिए सिवाय बेकारी और भुखमरी के कुछ नहीं है। यही सब सोचता रमज़ान तेज़ी से अपने क़दम बढ़ा रहा था।

वह भी दोस्तों के कहने पर एक बार साउदी हो आया है। उसे महसूस हुआ कि इतनी मेहनत अगर हिंदुस्तानी आदमी यहां कर सकता है तो फिर अपने मुल्क में कामचोरी क्यों करता है? वह घूम-फिरकर लौट आया क्योंकि उसे अपनी ख़ानदानी दुकान पर बैठना था। लेकिन हर बाहरी जवान के पास घर की चलती तिजारत और ज़मीन-जायदाद तो नहीं है इसलिए उन्हें जाना ही होगा।

"रमज़ान...रमज़ान, इस तरह सिर झुकाए सोच में डूबे किधर चल दिए?"

"दुकान। मुल्ला की दौड़ मस्जिद तक, तुम सुनाओ क्या कर रहे हो?"

"कुछ सुना तुमने..."

"कोई बुरी ख़बर हो तो मत सुनाना अभी सारा दिन गुज़ारना है।"

"कमाल है, बुरी ख़बर से इतना परहेज़ तो फिर खुशख़बरी सुनाता हूं। तुम्हारी उसकी...मंगनी हो गई है और अब चार दिन बाद शादी है, मुबारक हो।" इतना कहकर शेखर मुड़कर जाने लगा और रमज़ान को वहीं खड़ा छोड़ गया। कुछ देर बाद रमज़ान ने कंधे उचकाए और तेज़ी से आगे बढ़कर शेखर के कंधे पर धौल जमा बोला, "एकतरफा मुहब्बतों का यही अंजाम होता है। तुम परेशान न हो। यह बता मेरा एक काम करेगा? मेरी तरफ से उसकी शादी में पांच रुपए नेग के दे खाना खाकर आ जाना, क्यों जाएगा न?"

"यार!" इतना कह शेखर ने लज्जित हो उसे अपनी तरफ खींच दोनों बांहों में भर लिया।

"इतना कुछ चारों तरफ घट रहा शेखर, मेरे साथ तो जानो कुछ हुआ नहीं, चल दुकान पर कॉफ़ी पिलाता हूं।" इतना कह रमज़ान हंस पड़ा।

दोनों बराबर से क़दम उठाते हुए भीड़ के बीच से बाज़ार की तरफ बढ़ने लगे।

घर के दरवाज़े के बाहर लगातार मोटरसाइकिल की घड़घड़ाहट गूंज रही थी। हॉर्न बजाने और दस्तक देने के बाद भी घर का दरवाज़ा नहीं खुला था। महलक़ा ने फ़ोन बंद कर रखा था। इतनी जल्दी नए सिमकार्ड का वह इंतज़ाम नहीं कर सकती थी इसलिए पुराने मोबाइल को दराज़ से निकाल उससे ज़ाकिर को फ़ोन किया और बताया कि बाज़ार में उसका मोबाइल चोरी चला गया है इसलिए अब यही नंबर चालू रहेगा। अभी तक राशिद ने उससे साठ-सत्तर हज़ार रुपए क़र्ज़ के नाम पर ले लिए हैं। वह तो उसे मीठी बातें करके वहां तक ले जा चुका था जहां वह मौक़ा मिलते ही अपना सब कुछ सौंपने वाली थी। घर

में तीन कमरे होने की वजह से मौक़ा हाथ नहीं लगा और शहर से बाहर जाने का कोई मौक़ा न मिला सिवाय पार्क में बैठने, सिनेमा देखने और रेस्ट्रां में चाय पीने के। उसके दिल में ख़्वाहिशें मचलतीं। बदन जागता-सोता उसे बेचैन बनाए रखता था।

बस ग़नीमत यही है कि उसके पास कोई ख़त या तस्वीर उसकी नहीं है जो ब्लैकमेल की वजह बनता या फिर बात के खुल जाने पर सबूत बनता। करवट पर करवट बदलती हुई वह आने वाले ख़तरे से बच जाने का शुक्र अदा करती तो दूसरी तरफ जवान दिल की चाहत के खो जाने पर अफ़सोस करती। उसका बदन अजीब दर्द से उसे बेचैन किए हुआ था। उसे याद आया कि पापा ने कहा था, 'सोच लो महजबीं, तुम्हीं हज़ार बार इस बात पर एतराज़ कर चुकी हो कि यहां शादी के फ़ौरन बाद लड़के जवान बीवी को साल-दो साल के लिए छोड़कर नौकरी करने चले जाते हैं जो ठीक नहीं है और अब तुम्हीं उस घर और लड़के पर लट्टू हुई जा रही हो?'

'हम अपने समाज से बाहर कोई अनोखे लोग तो हैं नहीं। हमें भी भेड़ चाल में चलना पड़ेगा, चाहे पसंद हो या नहीं।'

'लड़के और भी हैं, सब्र करो ज़रा।'

'मगर किसी की कमाई लाख तो दूर पचास हज़ार तक नहीं है फिर घर में सिर्फ़ ससुर और नंद...बाक़ी रिश्तेदार पाकिस्तान में हैं। इससे अच्छा घर लड़की को कहां मिलेगा?'

'ख़ैर, अभी हां नहीं करना है। मुझे और दो-चार लड़कों को देखने दो।'

'ठीक है।'

मगर वह दो-चार लड़के पापा को नहीं मिले या फिर क़िस्मत में ज़ाकिर लिखे थे। मैं हर तरह से खुश और मुतमइन थी मगर वरग़लाने वाले शायद अपनी महारत से इबादतगुज़ार को भी गुमराह कर देते हैं। तेरह साल पुरानी शादीशुदा ज़िंदगी में जब कभी पैर नहीं डगमगाए तो अब कैसे लड़खड़ा गए? ख़ासकर तब जब हर खुशी खुदा ने दे रखी है।

महलक़ा ने करवट बदली।

मैंने मम्मी से झूठ बोला है। राशिद का पी. सी. ओ. था जहां से वह शुरू-शुरू में फ़ोन करती थी। सभी औरतें जमा रहतीं। किसी को बाजी, किसी को भाभी कहता था। फिर घर में तार खिंचा तो कान्फ्रेंस से बात करवाता था। मोबाइल आने के बाद धीरे-धीरे उसका धंधा बैठने लगा तो उसने कोई और

काम शुरू करने के लिए कई पुरानी पहचान वालियों से मदद मांगी जिसमें एक मैं भी थी।

दूसरों ने मदद की या नहीं, यह तो मैं नहीं जानती। मैं तो यह भी नहीं जानती कि उसके हाथों मेरी तरह और कितनी बेवकूफ़ बन रही हैं। उनकी वक़्ती ज़रूरत के चलते उसने जाने कितनों का ईमान ख़राब किया होगा? मैं तो यह भी नहीं समझ पाई कि ज़िंदगी कैसे गुनाह और सवाब के बीच खड़े इनसान का इम्तहान लेती है?

6

ज़ाकिर की छोटी बहन शगुफ़्ता के ससुर और नंद को दो माह पहले बेल मिल गई थी। मुक़दमा अलबत्ता चल रहा था। पैरवी कौन करता, इसलिए तारीख़ पर तारीख़ पड़ती जाती थी। शगुफ़्ता के ससुराल वालों ने कई बीघा खेत और दो आम के बाग़ देने का लालच देकर ज़ाकिर से एफ. आई. आर. वापस लेकर समझौते की बात कहलवाई थी। उस वक़्त ज़ाकिर पर ग़म और ग़ुस्से का जुनून सवार था। उसने जवाब भिजवाया कि वह दोनों को फांसी पर लटकवाए बिना चैन से नहीं बैठने वाला है चाहे पूरी उम्र केस लड़ने में गुज़र जाए। शगुफ़्ता उसकी इकलौती बहन थी। हट्टा-कट्टा हसीन जमील बहनोई था। घर में ज़मीन-जायदाद थी। ससुर और दोनों बेटे नौकरीपेशा थे। घर की ख़ुशहाली देखकर ज़ाकिर ने इंजीनियर लड़का पसंद किया था ताकि बहन हर तरह से आराम और चैन से रहे मगर ऊपर वाले को मंजूर न था।

शादी के साल भर बाद ही बहनोई ऐसा बीमार पड़ा कि नौकरी छोड़ घर वापस आ गया। कहने वाले कहते हैं कि मां ने चारों तरफ फैले ख़तरे के चलते अपने बेटे को खो दिया। शादी के बाद उन्होंने दूसरों की बातों में आकर किसी अमल करने वाले से बेटे को बचाने के लिए कि वह बीवी और ससुराल का न होकर रह जाए, अमल कराना शुरू करा दिया था, जिससे वह दिन ब दिन सुस्त पड़ता जा रहा था जिसका सारा आरोप सास शगुफ़्ता के सिर मढ़ती थीं। उनका दिमाग़ तब और ख़राब होता जब बेटी मायके आती और भाभी की हर चीज़ देख जलकर मां के कान भरती थी।

शगुफ़्ता और इरफान में बड़ी मुहब्बत थी। उसकी ख़ुशी देख ज़ाकिर का दिल संतोष से भर उठता था मगर नियति को कुछ और मंजूर था। बीमार लड़के की हालत से कुढ़ी सास उस दिन शगुफ़्ता को कोस-काट रही थीं तभी बेटी आ गई और जलती आग पर तेल का पूरा कनस्तर उलट दिया। पहली बार शगुफ़्ता ने बड़ी नंद के ख़िलाफ़ ज़बान खोली थी। नंद ग़ुस्से से ऐसी बौराई कि पास पड़े गन्नों के ढेर से गन्ना उठा जो भौजाई की पिटाई शुरू की तो बीमार

शौहर को उठना पड़ा और बीच-बचाव करना पड़ा था। बात इतनी बिगड़ी कि आमिल को जाकर नंद बुला लाई और मां से बोली, "कुछ करो वरना इस घर में नहीं रह पाओगी। देखा था भाई ने भाभी का कैसा साथ दिया? अब इसको पिछवाड़े बिठा अमल करवाओ ताकि यह मनहूस हमेशा के लिए जाकर मायके रहे, जो भाई की सेहत दीमक की तरह चाट गई है। भाई को चैन मिले...नई भाभी शायद भाई की सेहत भी वापस ले आएं।"

ससुर और देवर के आने से पहले घर का माहौल सहज हो उठा था। यह मां-बेटी की समझदारी थी कि मर्दों के कानों में हर बात का पहुंचना ज़रूरी नहीं इसलिए गन्ने के टूटे-बिखरे टुकड़े आंगन से समेट दिए गए और भाई को पुड़िया खिलाकर बाहर दालान में लगे बिस्तर पर सुला दिया गया था। रात को ऐसा क्या हुआ मगर जब सुबह-सवेरे शगुफ़्ता नहीं उठी तो सास ने आवाज़ दी और ग़ुस्से से भरी जो कमरे में पहुंची तो देखा बच्चा सोया पड़ा है और शगुफ़्ता पंखे से लटक रही है। सास के हाथों के तोते उड़ चुके थे। बेटी तो सुबह अंधेरे ही शायद उठकर अपने घर चली गई थी क्योंकि दरवाज़ा खुला था। मजबूर हो छोटे बेटे को जगाया और बताया तो वह इतना भयभीत हो उठा कि अपनी जगह से हिलडुल न सका। बेटे की यह हालत देख वह घबराई सी मियां के पास पहुंची और सारी बात बताई तो उन्हें भी सकता-सा हो गया। कुछ देर बाद तीनों ने मिलकर लाश ऊपर से उतार पलंग पर लिटाई। पोते को तो वह पहले ही बाप की बग़ल में जाकर लिटा आए थे। आमिल ने जो पिछवाड़े दालान से यह सब देखा तो वह अपना सारा सामान समेटकर भाग लिया। वह समझ गया कि बड़ी आपा सबको फंसा चंपत हो गई है। मोहल्ले वाले शगुफ़्ता की अचानक हुई मौत की ख़बर को गले नहीं उतार पा रहे थे। शाम की चीख़-पुकार तो उन्होंने सुनी थी मगर उससे मौत का क्या वास्ता? खाना तो रात वही पका रही थी। मोहल्ले के ओवरसियर साहब को दाल में कुछ काला लगा। जब शगुफ़्ता के मायके से कोई न पहुंचा तो उन्होंने थाने को फ़ोन मिला दिया। एक बार नहीं कई-कई बार ताकि पुलिस यहां आना टाले नहीं। जब शगुफ़्ता को नहलाने ले जाया जा रहा था तो पुलिस आन धमकी और उसी के साथ मोहल्ले वाले भी जैसे होश में आ गए। पूछताछ शुरू हुई। ससुर ने चिकनी-चुपड़ी बातों से दरोगा जी को शीशे में उतार लिया था। तभी सनसनी सी फैल गई। नहलाने वालियों ने शगुफ़्ता के बदन पर नील और जमे ख़ून के कई जख़्म देखे तो आकर सास से बोलीं और बात जंगल की आग की तरह फैल गई।

पुलिस ने लाश का मुआयना करना ज़रूरी समझा और सच्चाई जान पोस्टमार्टम के लिए भेजने की बात उठी। शगुफ़्ता के घर वालों का फ़ोन नंबर मांगा जाने लगा ताकि उन्हें इत्तला दी जाए।

ख़बर सबसे पहले महलक़ा को मिली थी।

वह नंद जो कांटे की तरह उसे चुभती थी उसकी मौत की ख़बर सुन वह समझ नहीं पाई कि वह हंसे या रोए? उसने ज़ाकिर का फ़ोन पुलिस वालों को दे दिया और मां को फ़ोन लगाया ताकि यह अच्छी-बुरी ख़बर वह उन्हें सुना सके। धीरे-धीरे महलक़ा को एक अनजाने ख़ौफ़ ने जकड़ लिया था। उसे शगुफ़्ता का वजूद अपने चारों तरफ सरसराता सा महसूस हुआ जैसे वह सरगोशी में कह रही हो, 'सच भाभी, मैं वहां की बातों से तंग आ गई हूं। भैया से डरकर नहीं कहती हूं कि...इनकी तो कोई ख़ता नहीं है और ऊपर से वह इतना बीमार रहते हैं...तुम्हीं बताओ भाभी मैं क्या करूं?' ज़ाकिर हाथ-पैर मारकर रह गया मगर सीवान नहीं पहुंच पाया। और नतीजा यह निकला कि दो दिन बाद घर वाले बेल पर रिहा कर दिए गए और लाश दफ़ना दी गई। कुछ दिनों तक चर्चा रही फिर केस बिना पैरवी के ठंडे बस्ते में चला गया और पुलिस वालों की जेब भर गई।

ससुर और बेटा नौकरी पर बहाल हो गए और दोबारा काम पर जाने लगे। बस, जो सितम टूटा था वह दो साल के बेटे पर टूटा था क्योंकि हफ़्ते भर बाद ही शगुफ़्ता का शौहर भी सोते में मर गया। जाने अमल उसे ले गया या फिर कोई बीमारी जिसका पता इलाज के बाद भी डॉक्टर नहीं लगा पाए थे। सास जवान बेटा खोकर होश में आ चुकी थी। पोते का मुंह देख-देखकर जीती थी। बेटी को दोष देती या अपने भाग्य को?

बेटी के भी तीन बच्चे थे। हिरासत में जाने के बाद जब अपने घर लौटी तो शौहर के साथ सास-ससुर भी ख़फ़ा। उसका जीना मौत से बदतर हो गया था। केस लगभग दब गया था मगर उसकी चर्चा अभी ज़िंदा थी।

ज़ाकिर जब लौटा तो उसने दौड़-भागकर केस फिर खुलवाया। खोई फाइल ढूंढ़ निकलवाई और हरदम वह इस फिराक़ में रहता है कि कैसे मुजरिमों को सज़ा दिलवाए। सारी-सारी रात वह जागते गुज़ार देता और महलक़ा मियां की यह हालत देख कुढ़ जाती थी। ज़ाकिर को सलीम याद आता। बिना मां-बाप का बदनसीब बच्चा। जाने उसके साथ वहां क्या सुलूक होता होगा? उसकी कस्टडी उसे तभी मिलेगी जब यह लोग मुजरिम साबित हो जाएंगे। उसकी कोशिशों से

केस खुला और इस बार सारा घर तो नहीं मगर तफ़तीश के बाद सिर्फ़ सास और नंद को जेल में डाला गया। मुक़दमा चल पड़ा था। ज़ाकिर ने छुट्टी बढ़ाने की बहुत कोशिश की मगर पंद्रह दिन से ज़्यादा मोहलत न मिली।

उधर ज़ाकिर मन मारकर वापस साउदी गया, इधर कोशिशें शुरू हो गईं। मुट्ठियां गर्म होने लगीं और तेज़ी से फ़ैसले की तरफ बढ़ता मुक़दमा लड़खड़ाने लगा। मेडिकल ग्राउंड पर सास की बेल मंजूर हो गई और बच्चों की उम्र देखकर नंद को भी राहत मिल गई। धीरे-धीरे ही सही वक़्त तो कट रहा था। दिन महीना बना और महीना साल बना। ज़हूर के लिए बेटी की मौत ज़ख़्म की तरह रिसती हो तो रिसती हो मगर ससुराल में सब उसके वजूद को भूलने लगे थे और घर में छोटे बेटे के ब्याह की बातें शुरू हो गई थीं ताकि नई बहू आकर घर भी संभाले और बीमार सास की ख़िदमत भी करे। मसला था कि क्या कोई मां अपनी बेटी को ऐसे घर में ब्याहना पसंद करेगी जिसके यहां एक बहू ने पंखे से लटक अपनी जान गंवाई हो?

औरत को लेकर समाज की याददाश्त बड़ी कमज़ोर होती है। ख़ासकर तब जब सारा इल्ज़ाम उस औरत पर ही थोपा जाने लगे। अब यह मशहूर हो गया कि बेचारे शरीफ़ लोगों को फंसा गई बदचलन...ऐसी लड़की से ख़ुदा बचाए जो शादी के बाद भी अपना तौर-तरीक़ा न बदले। ये सब बातें अपने आप शगुफ़्ता के सास-ससुर की तरफदारी में जा रही थीं। इस बीच पुलिस अफसर और जज बदल चुके थे। मुट्ठी फिर गरम कर दी गई। केस फिर उल्टी चाल चलने लगा। ढेरों गवाहियां पहुंच गईं और ज़ाकिर दूर बैठा कुछ नहीं कर पाया सिवाय कुढ़ने और सब्र करने के। कुछ दिनों बाद जवान लड़कियों के मां-बाप की कोशिशें ऐसे ख़ुशहाल घर में बेटी देने के मुक़ाबले की शक्ल ले बैठी और एक दिन चमचमाता सुर्ख रंग का कार्ड महलक़ा और महजबीं के यहां भी डाक से पहुंचा। ज़िंदा इनसानों का मुक़दमा तो कोई लड़ता नहीं फिर मुर्दों को कोई कैसे न्याय दिलवाता?

लड़की के ख़ानदान वाले राज़ी न थे। लड़की के मामू तो शादी में शरीक भी नहीं हुए मगर लड़की की मां को महसूस हो रहा था कि शहर में ही नहीं, वह आसपास के गांवों में बाज़ी जीत गई है। फिर वह ख़ुद भी कौन सी दुआ-तावीज़ करने में पीछे थीं। यही काम तो सारे मुल्क के एक ख़ास तबके में ख़ूब पनपा है। ज़रा-ज़रा सी बात पर जादू-टोना करने वालों के पास पहुंच हो जाती। किसी नई-नवेली का पेट बंधवा दिया कि बच्चा न हो, किसी के बनते **मकान**

की नींव में बर्बादी के लिए तावीज़ गिरा दिया, किसी कमाने वाले का सिर बंधवा दिया ताकि दिमाग़ काम ही न कर सके, किसी की दुकान की चौखट पर फुंके सरसों बिखेर दिए ताकि धंधा ठप हो जाए, मियां को अपना बनाने के लिए जड़ी-बूटी का माजून चटाने लगी, जायदाद अपने बच्चों की रहे इस लालच में जेठ-देवर के मासूम बच्चों पर जादू कर उन्हें ज़िंदगी-मौत के बीच झुला देना। ग़रज़ कि खुदा पर ईमान तो साफ़ दिल वाले लाते हैं ऐसे बुरे काम के लिए, तो खुदा की जगह शैतान का महत्त्व है, इसलिए कुछ खुराफ़ाती लोगों ने इल्म का इस्तेमाल ग़लत रास्ता पकड़कर आम लोगों को इतना भरमा दिया कि लोग सही रास्ते पर चलना भूल गए। उनका विश्वास खुद पर से उठ गया है। छोटे भाई की बीवी शीरीं की मां ने शादी के बाद शेख़ी-शेख़ी में कुछ कह दिया। बात उड़ते-उड़ते समधियाने पहुंची। छोटे बेटे ने सुना तो उसका सिर भिन्ना गया। कहां तो बीवी का भौंरा बना रहता था। कहां शीरीं पर रोक लग गई कि वह मायके नहीं जाएगी और न ही उसका कोई रिश्तेदार घर में क़दम रखेगा। भाई की मौत से वह सबक़ सीख चुका था। मां-बाप तो जेल जाकर सुधर चुके थे। बहन का आना बंद था। कभी-कभी वह सोचता कि आख़िर वह कितने लोगों के लिए दरवाज़ा बंद करेगा? हर दूसरा आदमी इसी बीमारी में मुबतला है। अब तो यह जादू बंगाल की हांडी, काले जादू से आगे बढ़कर सारी दुनिया में फैल रहा है।

शीरीं को कहीं आने-जाने की इजाज़त न थी। घर में वह घुटती रहती थी। रोए बिना उसका निवाला हलक़ से नहीं उतरता था। मां को देखे छह माह से ज़्यादा का वक़्त हो गया था। मियां तो हुक्म सादिर कर मुंबई जा चुका था। पीछे छोड़ गया तनहा शीरीं को जहां उसके मरे हुए जेठ और जेठानी की दर्दनाक कहानियां कई-कई तरह से पड़ोस में रहने वाली औरतें खुसुर-फुसुर कर मौक़ा मिलते ही उसे सुनाती थीं। वह भी सुन-सुनकर हौलती थी। कई बार उसने ख़्वाब में देखा कि वह पंखे से लटकी है! शब-ए-बारात की रात को शगुफ़्ता की सास की चीख़ों से एबादत करते उनके मियां बौखला गए। शीरीं भी बिना स्लीपरों के नंगे पैर उनकी तरफ दौड़ी।

"क्या हुआ अम्मां?"

"अरे, शगुफ़्ता तो सीधे हमारे सीने पर चढ़कर हमारा गला घोंट रही थी।" बड़ी देर बाद जब वह अपने दिल व बदन को संभालकर किसी तरह बोलीं तो यह सुनकर ससुर बोले, "यह सब तुम्हारे दिमाग़ का फ़ितूर है।"

शीरीं ने डरी सास को देखकर तय कर लिया कि अब वह इस घर में नहीं रहेगी चाहे जो हो जाए। उसे अब सीधे मुंबई अपने मियां के पास जाना है। उनको वहां खाने-पीने की तकलीफ़ें हैं और यहां उसके हलक़ से खाने का निवाला बिना अटके उतरता ही नहीं है। यह कैसी ज़िंदगी है? उसे अपनी मां पर भी गुस्सा आ रहा था कि ऐसे घर में उसे जलती आग में झोंक दिया, वह भी गीली लकड़ियों के साथ जो न पूरी तरह सुलगती हैं और न ही उसे पूरी तरह जलाकर राख करती हैं। इस अधजली कैफ़ियत से उसे दूर भागना है...दूर चाहे जैसे भी हो।

सुबह होते ही उसने अपने चचाज़ाद भाई से कहकर मुंबई का टिकट बुक करवाया और दोपहर को सास से कहा कि इनकी तबीयत वहां बहुत ख़राब है। उसे जाना होगा वरना...

ससुर दो दिन के लिए दौरे पर गए हुए थे। दूसरे दिन अपनी अटैची संभालकर वह मुंबई जाने वाली गाड़ी को पकड़ने भाई के साथ सीवान स्टेशन पर पहुंच चुकी थी।

आज माजदा की शादी है। अमजद का घर सजा हुआ है। ज़ाकिर को छुट्टी नहीं मिली। महलक़ा अलबत्ता सबको लेकर एक दिन पहले मां के घर पहुंच गई थी। माजदा दुलहन बनकर बहुत हसीन लग रही थी। बारात बस पहुंचने ही वाली थी।

बच्चे शेरवानी, पठानी सूट और नए फ़ैशन के कपड़े पहने इधर से उधर दौड़ रहे थे। सजी-धजी औरतें एक-दूसरे के ज़ेवर-कपड़ों का मुआयना करती बैठी थीं। एकाएक शोर मचा—बारात आ रही है।

पटाख़ों की आवाज़ें पास आना शुरू हो गई थीं।

पूरे पंडाल में बाराती फैल गए। शरबत, कॉफ़ी से ख़ातिर शुरू हो गई। एकाएक अमजद की नज़र शगुफ़्ता के सास-ससुर पर पड़ी तो वह चौंक पड़े कि यह साहेबान यहां कैसे मौजूद हैं? ख़याल गुज़रा कि बच्चा भी साथ ज़रूर होगा। बच्चे तो वहां टोलियों में दर्जनों के हिसाब से खेलकूद रहे थे। कुछ ऐसा ही हाल महलक़ा और महजबीं का भी हुआ। उन्हें यह फ़िक्र हो रही थी कि कहीं ज़हूर की नज़र सलीम पर न पड़ जाए। ख़ुशी के मौक़े पर उनका रोना-धोना न शुरू हो जाए मगर चारा भी क्या था? यही सोचकर दिल को तसल्ली दी कि शायद वह बच्चे को पहचान न पाएं मगर...अंदर निकाह हो चुका था।

निकाह होने के बाद बाहर मुबारकबाद के शोर के साथ छुहारे बंटने लगे।

आपस में समधी गले मिलने लगे। खाना शुरू हो गया था। उसी मौक़े पर शगुफ़्ता के वालिद पर शगुफ़्ता के ससुर की नज़र पड़ गई। वह चौंक गए। उठकर दूसरी तरफ चले गए। नहीं चाहते थे कि नए बने रिश्तों में पुराने रिश्तों की तल्ख़ी भरी यादों का शामियाना तने।

माजदा की रुख़सती के बाद मेहमानों से भरा घर सूना-सूना लगने लगा। महजबीं से ज़्यादा मजीद फेसटावेल मुंह पर रख फूट-फूटकर रो रहे थे। बाक़ी लोग उन्हें देख अजीब उदासी में घिर गए।

"बस अमजद, बस। आपके इस तरह बिलखने पर मेहमान बेचारे परेशान हो रहे हैं, अल्लाह अपने को संभालिए।" महजबीं ने मियां का शाना थपथपाया और बेचारगी से वहां बैठे दोस्तों और रिश्तेदारों की तरफ देखा।

"रो लेने दो बहन।"

"बाप-बेटी की मुहब्बत की गहराई सिर्फ़ बाप का दिल जानता है।"

वहां बैठे लोगों ने अपनी अक़्ल से दिलासे भरी बातें कीं फिर आपस में इधर-उधर की बातों में लग गए।

महलक़ा ने ससुर के साथ दोनों बेटों और गोलू को सुला दिया और ख़ुद माजदा के कमरे में बेटी के साथ जाकर लेट गई।

मेहमान जा चुके थे। अमजद और महजबीं अपने कमरे में जाकर लेट गए। महजबीं इतना थकी थीं कि लेटते ही खर्राटे भरने लगीं मगर अमजद की आंखों से नींद कोसों दूर थी।

महलक़ा घर लौट आई थी। शादी की थकान थी। बच्चों को स्कूल भेज वह घोड़े बेचकर सोई। दोहपर के क़रीब दरवाज़े की घंटी बजी। नींद के खुमार में झूमता गोलू बिना पूछे दरवाज़ा खोल बैठा।

राशिद बिना कुछ कहे धड़धड़ाता अंदर दाख़िल हुआ और अंदाज़े से महलक़ा के कमरे में घुसा और दरवाज़ा अंदर से बंद कर लिया।

महलक़ा बेख़बर सो रही थी। नाइटी बेतरतीब सी थी। खुले बाल तकिये पर बिखरे थे। कुछ देर राशिद खड़ा-खड़ा महलक़ा को घूरता रहा फिर आगे बढ़ वह बिस्तर पर बैठ गया और हाथ बढ़ाकर उसने महलक़ा के चेहरे पर आए बालों को आहिस्ता से हटाया। फिर उसके गालों पर उंगलियां फेरीं तो महलक़ा कुनमुनाई और सीधी लेटने को करवट बदली तो उसका बदन राशिद के बदन

से छू गया। सेंट की तेज़ महक से उसकी नींद टूटी। अधमुंदी आंखों से जो देखा तो दंग रह गई। पहले समझी कि ख़्वाब देख रही है फिर एकाएक चीख़कर उठ बैठी।

"तुम...तुम यहां?" महलक़ा की आंखें फट गईं। साथ ही मां की फटकार भी याद आई और वह कांपकर रह गई।

"हां, मजबूर होकर ऐसा करना पड़ा।"

"ठीक है, अब ज़रा कुर्सी पर जाकर बैठो।" उसने अपनी नाइटी दुरुस्त करते हुए कहा। उसका दिल ज़ोर-ज़ोर से धड़क रहा था। डर के मारे उसके हाथ-पैर फूल गए थे। गला ख़ुश्क़ और माथे पर पसीना झलक आया।

"और जो न जाऊं तो?" दुलार से भरी आवाज़ में वह बोला।

"काश! ऐसा हो पाता।" इस परेशानी में भी उसके मुंह से निकला फिर हाज़िरजवाबी से बोली, "दूसरे कमरे में मेरे चचा और उनका बेटा सो रहा है जो पुलिस में हैं...तुम जाओ मैं कुछ सोच-समझकर कह रही हूं।"

"मुझे बेवकूफ तो नहीं बना रही हो?" वह उठते हुए बोला।

"तुम यहां ठहरो, मैं ज़रा बाहर की सिचुएशन देखकर आती हूं।" यह कहकर उसने मोबाइल उठाया और कमरे से बाहर निकलकर उसने बाहर से कुंडी लगा दी। वह बुरी तरह कांप रही थी। उसके हाथ-पैर कांप रहे थे। समझ नहीं पा रही थी कि पहले किसे फ़ोन करे, पुलिस को या मम्मी-पापा को?

उसने घर का फ़ोन लगाया। कई बार पूरी घंटी जा-जाकर रुक जाती थी। चौथी बार मां ने उठाया। नींद में डूबी आवाज़ आई, "हलो!"

"मम्मी, आप और पापा मेरे घर जल्दी से आइए। राशिद मेरे घर में घुस आया है। मैंने उसे बेडरूम में बंद कर रखा है।" एक सांस में वह कह गई।

"क्या...क्या कह रही हो, कौन कमरे में घुसा है?"

"राशिद मम्मी, जल्दी आइए।"

"अच्छा...अच्छा आती हूं।"

पांच मिनट गुज़र गए तो अंदर से हलकी दस्तक महलक़ा को सुनाई पड़ी और धीमी आवाज़ से पुकार, "महलक़ा...महलक़ा!"

"अंदर चुपचाप बैठो। चचा नमाज़ के लिए उठे हैं, वज़ू कर रहे हैं।" ख़ामोशी छा गई।

आधे घंटे बाद दरवाज़े पर कार रुकने की आवाज़ आई तो लपककर महलक़ा ने दरवाज़ा खोला और मां से लिपटकर रोने लगी।

"चलो अंदर चलो...पूरी बात तो बताओ।" अमजद ने कहा और दरवाज़ा बंद करते हुए पूछा, "यह मोटरसाइकिल बाहर किसकी खड़ी है?"

"उसी कमबख़्त राशिद की है।" महलक़ा ने कहा।

गोलू नींद से जाग गया था। उसे कुछ देर पहले की बात याद आई तो उसे डर लगा कि आज कस के पिटाई होगी! वह कोने में जाकर खड़ा हो गया।

"गोलू से पूछिए, इसी ने दरवाज़ा खोला था।" रुआंसी आवाज़ में महलक़ा बोली।

"सऽऽर, हम का करीं, मरदे मानते नइखन जबरदस्ती घुस गई लन।" इतना कह वह डरकर रोने लगा।

"पुलिस को बुलाना ठीक रहेगा?" जैसे महलक़ा ने अपने से पूछा हो।

"बिलकुल नहीं, बदनामी अपनी होगी।"

"तुम दरवाज़ा खोलो और गोलू तुम बाहरी दरवाज़े में अंदर से ताला लगा चाबी मुझे दो।"

महलक़ा ने आगे बढ़कर बेडरूम की कुंडी खोली। अंदर से फुसफुसाहट सुनाई पड़ी, "निकलूं?"

"हां, निकलो।" महलक़ा ने कहा और पूरा दरवाज़ा खोल दिया। राशिद बड़े इत्मीनान से मुस्कराता बाहर निकला मगर सामने दो लोगों को बैठा देखकर अचकचाकर कमरे की तरफ पलटा। तब तक महलक़ा दरवाज़ा बंद कर चुकी थी।

"कौन हो भई? इस तरह शादीशुदा औरत के कमरे में दाख़िल होने की सज़ा जानते हो? पुलिस बुलाऊं?" अमजद ने डपटकर कहा तो राशिद दरवाज़े की तरफ भागा मगर वहां ताला पड़ा देख वह बेबस हो उठा।

"ट्रेस पास्सर हो तुम, समझे। तुम्हारे बाप का क्या नाम है? नंबर बताओ ताकि मैं उन्हें यहां बुलाकर उनके सिपुर्द करके पूछूं कि तुम्हें कौन सी सज़ा दिलवाऊं?"

"मुझे माफ़ कीजिए। मैं आपके पैर पड़ता हूं। मैं कभी इधर का रुख़ नहीं करूंगा।"

"कैसे यक़ीन कर लूं?"

"मुझसे लिखवा लीजिए मगर मुझे पुलिस के हवाले मत कीजिए और न मेरे वालिद को इस उम्र में सदमा पहुंचाइए। राशिद ख़ौफ़ से कांप रहा था। आवाज़ पहले रुआंसी हुई फिर वह मुंह ढककर रोने लगा।

"गोलू, काग़ज़-क़लम लाओ।"

"जी।"

"लिखो कि तुमसे क्या ग़लती हुई है और अगर दोबारा तुमने वह ग़लती दोहराई या इस घर के आसपास नज़र आए तो यह काग़ज़ पुलिस को दे दिया जाए।"

राशिद ने कांपते हाथों से लिखना शुरू किया। इस बीच महलक़ा ने कपड़े बदल चाय बना ली थी। ज़हूर मियां को चाय भेज उसने गोलू को चाय पीने को दी फिर टिकोजी केतली पर लगा दी। राशिद ने पर्चा अमजद की तरफ बढ़ाया। कुछ जुम्ले सही इमला के नहीं थे मगर बात साफ़-साफ़ लिखी थी। उसके दस्तख़त के साथ अंगूठे का निशान भी लगवा उसे दरवाज़ा खुलवाकर बाहर निकाला।

"आइए पापा!" कहती चाय की ट्रे लेकर महलक़ा बेडरूम की तरफ बढ़ी।

चाय तीनों ने ख़ामोशी से पी। कुछ लम्हे कोई कुछ नहीं बोला। अमजद ने लंबी सांस लेकर कहा, "अब तुम्हारा इस मोहल्ले में रहना ख़तरनाक है। ऐसे क्रिमनल माइंडेड लड़कों का कोई ठिकाना नहीं कब क्या कर बैठें। मैं ज़ाकिर से बात करता हूं कि तुम लोग मेरे साथ रहो। छह कमरों का मकान है। हम सिर्फ़ दो हैं। यह मकान उठाकर किराए पर दे देंगे। मेरे जाने के बाद बिना पूछे दरवाज़ा न खोलना और हां सामान समेटना शुरू कर दो।"

"अरे, इतनी बड़ी गृहस्थी है, उसे एक बक्से में तो भर नहीं सकते हैं।" महजबीं कह उठीं।

"ज़माना कैसा बुरा आ गया है। हालात बद से बदतर होते जा रहे हैं।"

"हां, मुझे तो बच्चों की फ़िक्र लग गई है।" महजबीं के इस तरह कहने से महलक़ा के चेहरे पर पीलापन छा गया।

"लिल्लाह, पापा, आप इनसे यह मत कहिएगा कि वह मेरे..."

"पागल हुई हो क्या? यह बात यहीं दफ़न समझो। मर्दों की शक्की तबीयत से मैं वाकिफ़ नहीं हूं क्या?...अच्छा तो मैं ज़ाकिर से अपने अकेलेपन की बात कहकर अपनी ख़्वाहिश का इज़हार करता हूं।"

"जी पापा।" महलक़ा के चेहरे पर पहली वाली ताज़गी लौट आई।

"बच्चों के आने का वक़्त हो रहा है। मैं ज़रा खाने का इंतज़ाम कर लूं।" कहती महलक़ा जूठे बर्तन उठा किचन की तरफ बढ़ी।

"कैसी भारी बिपदा आई थी, उतनी ही आसानी से टल गई।" महजबीं

दिल ही दिल में कह उठीं।

कई बार फ़ोन लगाने के बाद ज़ाकिर ने उठाया। अमजद ने अपने अंदाज़ में अपनी बात कही तो ज़ाकिर हंस पड़ा।

"आज सुबह ही साली साहेबा की रुख़सती हुई और चंद घंटों बाद आप तन्हाई महसूस करने लगे?"

"जब तुम बेटी को ब्याहोगे तब पूछूंगा।" अमजद ने कहा।

कुछ देर इसी तरह की बातें चलती रहीं फिर यह कहकर ज़ाकिर ने बात ख़त्म कर दी कि वह पहले महलक़ा से भी राय-मशविरा कर ले तो फिर किसी नतीजे पर पहुंचेगा।

अमजद को दामाद की यह बात बहुत अच्छी लगी। फ़ोन रखकर बोले, "बहुत समझदार है ज़ाकिर। हमसफ़र को इज़्ज़त देना जानता है। खुदा उसकी उम्र दराज़ करे।"

"आमीन।" महजबीं ने कहा।

"सुम्मे आमीन।" महलक़ा ने होंठों ही होंठों में कहा।

7

महजबीं और अमजद ज़हूर से मिलकर अपने घर की तरफ लौट गए। ऊपर से वह हंस बोल रहे थे मगर अंदर से वे बहुत डरे और चिंतित से थे। अपना शहर धीरे-धीरे करके उनके लिए अजनबी बनता जा रहा था। वे लोग कहां चले गए जो अपनी इज़्ज़त से ज़्यादा दूसरों की इज़्ज़त का ख़याल करते थे। अपनी हद और हैसियत की उन्हें बखूबी पहचान थी। इस तरह दूसरों की आबरू और बहू-बेटियों की अस्मिता से खिलवाड़ करने की वे सोच भी नहीं सकते थे, ख़ासकर ऐसे घरानों से ताल्लुक़ रखने वाले जो पढ़े-लिखे, दीन व ईमान और खुदा से डरने वाले हों। कौन विश्वास करेगा कि हाफिज़े कुरान बशीर अहमद का बेटा राशिद इस तरह की गुंडागर्दी करेगा? अल्लाह जाने और क्या-क्या करता होगा? हो सकता है मामला थाना और कोतवाली तक भी पहुंचा हो, खुदा जाने?

"कल तक महलक़ा को हमारे पास चले आना चाहिए।" कुछ सोचती हुई महजबीं बोलीं।

"ठीक समझो तो ड्राइवर को एक-दो रात वहां सोने को कह दें।" अमज़द बोले।

"दिन-दहाड़े जो शख़्स दूसरों की आंखों में धूल झोंककर यूं दनदनाता घर में घुस आया उसके लिए रात की पहरेदारी का क्या मतलब?" ताज्जुब भरी आवाज़ से महलक़ा बोली।

"कुछ समझ में नहीं आ रहा, है...परसों माजदा की चौथी है। तुम्हें सारा इंतज़ाम करना होगा।" लंबी सांस ले अमजद बेबसी से बोले।

"बेकार सोच-सोचकर अपना दिल न जलाओ। यह मान के चलो कि वह लफंगा महीने-दो महीने सन्नाटा खींचे रहेगा, फिर बदला लेने की सोचे तो सोचे।" इतना कह महजबीं कार से उतरीं।

अमजद ने कार गैरेज में लगाकर बाग़ में काम करते माली को देखा। वह क्यारियों में पानी लगा रहा था। चंद लम्हे वे माली को खड़े-खड़े देखते रहे, फिर कुछ सोचते हुए घर में दाख़िल हुए।

'इस शहर को बाज़ार ने बिगाड़ा है और बाज़ार आया कहां से? बात सिर्फ़ पैसे की है। हमारा यह इलाक़ा पैसे का लालची हो चुका है। बाहर का आया पैसा जो हमारे मर्दों के ख़ून-पसीने की कमाई है, उनकी क़ुर्बानी और तन्हाई का निचोड़ है। वह अपनी जगह से चल हमारे बैंकों में जब पहुंचता है तो कभी दुगुना तो कभी चौगुना हो जाता है। उस मेहनतकश इनसान के कुनबे वाले उससे सिर्फ़ पेट नहीं भरते हैं बल्कि अय्याशी में लग गए हैं। गुलछर्रे उड़ाते हैं। इस पैसे ने हमारे रिश्तों में दरारें डाल दी हैं। मां हो या बाप, भाई हो या बहन, सास हो या ससुर, नंद हो या फूफी, सब सोने के अंडे देने वाली मुर्ग़ी को अपना बनाकर रखना चाहते हैं, कोई लुतरेपन से तो कोई भुस में चिंगी डालकर तो कोई शैतानी अमल करवाकर। और मारा जाता है वह इनसान जो रात-दिन मेहनत करता है अपने ख़ानदान के लिए ताकि सारे लोग घर के पढ़ सकें, साफ़-सुथरे घर में रह सकें। मां का इलाज हो सके, बाप की आंख खुल सके, बहन की डोली उठ सके और रहन पड़ी ज़मीन छूट सके...' अमजद के दिमाग़ के सारे दरवाज़े खुल चुके थे। वह चुपचाप जाकर कुर्सी पर बैठ गए।

'वही आदमी एक तरफ घरवालों से गन्ने की तरह चूसा जाता है तो दूसरी तरफ अपने मालिकों से...पूंजीपतियों को मुनाफ़ा चाहिए और...'

"आओ कुछ खा लो वरना तुम्हारी शुगर..." महजबीं ने मियां को बुलाया तो उनकी सोच का सिलसिला टूट गया।

"महजबीं, एक बात पूछूं?"

"पूछिए।"

"आज की औरत के बारे में कुछ बताओगी?"

"औरत! आज और कल की औरत तो हमेशा औरत ही रहेगी?" हंसीं महजबीं।

"हां, वह पढ़-लिखकर समझदार हो रही है या फिर..."

"कहना मुश्किल है। कोई दर्जन भर औरतें तो हैं नहीं कि कुछ कह दिया जाए?" फिर शोख़ी से बोलीं, "ख़ुद मुझमें एक साथ कई-कई औरतों की ख़स्लते मौजूद हैं, हर तरह का तजरुबा आपको हो चुका है फिर यह कैसा सवाल?" महजबीं शरारत से हंसीं।

"फिर भी?" महजबीं के हंसने पर अमजद भी हंसे मगर उनका इसरार जारी रहा।

"आपको सिर्फ़ औरत क्यों याद आई? मर्द भी तो फन काढ़ता है और

बिच्छू डसता है।"

"उसकी बारी बाद में आएगी, इस नए लिबास के अंदर छुपे पुराने मर्द को भी जानना चाहूंगा मगर अभी तो नई औरत, नई जामापोशी की बात करना चाह रहा हूं जिसने कुछ मायनों में मर्दों को भी पीछे छोड़ दिया है, उनकी ख़ूबियों की तारीफ तो करनी पड़ेगी?"

"और बदकारियों की?" एकाएक महजबीं के तेवर चढ़ गए फिर कुछ नर्म होकर बोलीं, "अल्लाह ने हमें लड़के की दौलत से नहीं नवाज़ा जो जानते कि उसकी परवरिश में कितने पापड़ बेलने पड़ते हैं और जब बहू आती तो हमारे घर का क्या हाल होता, तो भी उन घरों में जहां बड़े अरमान से बहू लाई जाती है बहुत कम मां-बाप को खुशी मिलती है। ज़्यादातर घर बहुओं के दाख़िले के बाद लड़ाई का मैदान नज़र आते हैं। दूर क्यों जाते हैं, मुझे ही देखिए। मैंने क्या किया था और..."

"भई ज़ाती बातों को बीच में लाकर मुझे शर्मिंदा न करो, जबकि तुम पूरी तरह बदल चुकी हो।" अमजद ने बीवी के दुखे दिल के दर्द को महसूस करते हुए कहा।

"और मैंने अपनी लड़की को ग़लत रास्ता दिखाया। यह तो हुई एक ख़ास क़िस्म की औरत जो होश आने पर तौबा कर अपनी ग़लतियों को सुधार लेती है मगर सारी औरतें ऐसी नहीं होती हैं। बाहर शहरों या फिर अपने मोहल्ले-टोले वाली औरतों को जो देखती हूं तो महसूस होता है कि औरतें तीन-चार तरह की होती हैं। पहली जो सिर्फ़ मुहब्बत देना जानती हैं, उनमें क़ुर्बानी, सब्र और सबको मिलाकर रखने की ललक होती है और इस ललक के चलते वे हर ज़ुल्म-ज़्यादती को सह लेती हैं। दूसरी वे होती हैं जो खुदग़र्ज़, नासमझ और जलन से भरी होती हैं। उन्हें सिर्फ़ वे खुद दिखती हैं या फिर अपना शौहर और बच्चे, कभी-कभी वे शौहर को ठेंगे पर रख बच्चों तक को अपने फ़ायदे में भुना लेती हैं। तीसरे क़िस्म की औरतें बड़ी चालाक और अपने नफ़े-नुक़सान को समझने वाली होती हैं। उनके पास दोमुंही ज़बान होती है। वे रिश्तों की जड़ों को पानी और ख़ून से नहीं ज़हर से सींचती हैं। उन्हें अपने ऊपर ज़रूरत से ज़्यादा एतमाद और घमंड होता है। वे खुद चैन से रहती हैं मगर किसी को चैन से रहने नहीं देती हैं। आप खुद देखें, एक ख़ानदान में तीनों तरह की औरतें आपको नज़र आ जाएंगी। इसमें आज की औरत और कल की औरत को अलग कर नहीं देख सकते हैं। अपनी-अपनी ख़सलत के साथ औरतें आज भी नए और पुराने लिबास

में नज़र आती हैं। घरों में क्या कुछ नहीं होता था। सब ढका-छुपा। वह सब न ख़बरों में उछाला जाता था, न छापा जाता था।"

"बात तो तुम्हारी किसी हद तक दुरुस्त है।" अमजद ने कहा।

"पहले ज़मीन-जायदाद को लेकर सब एक ख़ानदान में रहने को मजबूर थे। अब पैसे आने से ज़मीन ख़रीदने की हवस रखने वाले अलग-अलग अपनी माली हालत को बेहतर बनाने के लिए सिर्फ़ ज़मीन नहीं, बाग नहीं, बल्कि मकान, पॉलिसीज ख़रीदते हैं और सट्टा खेलते हैं और वक़्त पड़ने पर भाई क्या मां तक पर ख़र्च करने से कतराते हैं।"

"हां, पहले ज़मीन-जायदाद के चलते कई तरह के और जुर्म होते थे, बेवा भाभियों के बच्चों का हक़ मारना, भाई को कुछ खिलाकर पागल बना देना और पता नहीं क्या-क्या।" अमजद ने अतीत में डूबते हुए कहा।

"सारी बातों का निचोड़ सिर्फ़ इतना जानती हूं कि घर बिना औरत के नहीं चल सकता है। वह चाहे तो घर रहेगा, वह नहीं चाहेगी तो घर कभी बनेगा नहीं। और आज एक नए लिबास की नई औरत की एक क़िस्म हमारे इलाक़े में देखने को मिल रही है जो सास-ससुर का घर तोड़ अपना घर तामीर करना चाहती है। इसी नई औरत की एक और शाख है जो शादी न करके भी ममता से भरी है। वह अपने और ग़ैरों के लिए, यहां तक कि पूरे औरत समाज के लिए नए रास्ते खोल रही है। उनके दुःख-सुख में उनका साथ दे रही है।"

कमरे में कुछ देर के लिए ख़ामोशी छा गई जैसे दोनों तरह के किरदार वाली औरतों को अपने सामने से गुज़रता देख रहे हों। एकाएक फ़ोन की घंटी बज गई।

"हलो!" महजबीं बोलीं, "अरे माजदा, कैसी हो बेटी? यहां सब ख़ैरियत है। हां, हां, तुम्हारे पापा सामने बैठे हैं। लो बात करो पहले उनसे फिर मैं करूंगी, ठीक है मेरी चांद।" महजबीं ने मियां की तरफ मोबाइल बढ़ाया और ख़ुद जूठे बर्तन समेटने लगीं।

"रात को क्या पकाएं?" सलमा ने पूछा और सिमटे बर्तन उठा किचन की तरफ बढ़ी।

अमजद अपने बेडरूम की तरफ बेटी से बात करते हुए जा चुके थे।

शाम ढल चुकी थी जब ज़ाकिर का फ़ोन आया।

"हां महलक़ा, क्या सोचा तुमने?"

"मैं तो आपकी मर्ज़ी पर ही कोई क़दम उठाऊंगी। अकेली तो पिछले बारह-तेरह साल से रह रही हूं।"

"बात तो तुम्हारी सही है। सारा मुश्किल वक़्त तो तुमने अकेले ही काटा। फिर भी कोई ऐसी बात होगी जो पापा इस तरह इसरार कर रहे थे?"

"हां।"

"हमारा शहर भी तो बदल रहा है तेज़ी से, यहां बैठे-बैठे सब कुछ सुनता हूं और ताज्जुब करता हूं। जावेद को जानती हो न? उसकी चचाज़ाद बहन मलकानूर दो साल के बच्चे को छोड़कर लापता है महीने भर से। मां-बाप बेटे को डर के मारे असलियत नहीं बता रहे हैं कि वह उल्टा उन पर इल्ज़ाम न धर दे और न लड़की वाले बदनामी के डर से थाने में गुमशुदा की रिपोर्ट लिखवा रहे हैं।"

"ताज्जुब है। उसके ससुर तो घर के बाहर दालान में पलंग डाले पड़े रहते थे और सास अंदर ठीक चौखट के पास, फिर वह किधर से भागी होगी इतनी कड़ी पहरेदारी के बाद?"

"अल्लाह जाने, जब बेचारा शौहर दुबई से छुट्टियों में लौटेगा तो पता नहीं घर में कौन सा ग़दर मचेगा!"

"वह तो है, नदीम को गहरा सदमा लगेगा।"

"एक ज़रूरी बात, सलमान की भाभी ने अपनी सास के ख़िलाफ़ रिपोर्ट दर्ज करा दी है। उनकी ग़लती सिर्फ़ इतनी थी कि बहू से मिलने कोई आता था और उन्होंने उस पर एतराज़ उठाया। उसने कपड़े फाड़, चोट दिखा सास पर जुल्म-सितम और जहेज़ कम देने का इल्ज़ाम लगा दिया है। सलमान भागा-भागा गया है। शायद रुपयों की ज़रूरत पड़े, एक-दो लाख की, तो तुम दे देना, वह लौटा देगा।"

"लेकिन ज़ाकिर, उसकी मां तो बिस्तर पर पड़ी गठिया से कराहती रहती हैं?" मरी सी आवाज़ में महलक़ा बोली। उसका सारा बदन सिहर उठा था। ख़ौफ़ की एक लहर उठ पूरे बदन में दौड़ गई थी। कमज़ोरी के मारे वह खड़ी नहीं रह पाई और बिस्तर पर बैठ गई। पूरा बदन पसीने से नहा गया।

"सच पूछो तो हम मर्द ख़ुदा के सिपुर्द अपना घर और इ़ज़्ज़त करके समंदर पार आते हैं।" ज़ाकिर ने अजीब उदासी से कहा तो महलक़ा के दिल पर गहरी चोट लगी और आंखें टप-टप आंसू गिराने लगीं।

कुछ सेकंड दोनों तरफ से ख़ामोशी छाई रही।

"मैं फ़ैसला तुम पर छोड़ता हूं।"

"नहीं, आप घर के मालिक हैं। हमारा अच्छा-बुरा सोचने वाले।" अपने को संभालकर चहकती आवाज़ बना महलक़ा बोली।

"जब तक मैं यहां हूं तुम वहां रह सकती हो मगर मेरे आने के बाद नहीं। अगर अब्बा न जाना चाहें तो तुम भी न जाना।"

"जी, ठीक है। आप अब्बा से बात करेंगे या..."

"मैं बात करूंगा। यह कहकर कि यूं तनहा बैठे रहने से अच्छा है कुछ आबोहवा बदली जाए।"

"अरे हां, आपको बताना भूल गई। इधर जब-जब पापा आए थे उनकी और अब्बा की आपस में खूब घुटी थी, शायद अब्बा खुशी-खुशी राज़ी भी हो जाएं।" महलक़ा हंसते हुए बोली।

"तुम मुझे मिलीं, सच अम्मां की दुआएं मुझे लगी हैं। जब वे बीमार थीं। मैं उनकी ख़िदमत करता था तो वे एक ही दुआ देती थीं कि तुमको वफ़ादार, ख़िदमतगुज़ार बीवी मिले जो मेरे बाद तुम्हें संभाल ले। खुदा ने उनकी सुन ली महलक़ा। मैं तुम्हारी वजह से यहां चैन की नींद सोता हूं वरना अकसर मेरे दोस्त घर के मसलों को लेकर बेख़्वाबी के शिकार हैं। वही तो एक वक़्त हमें मिलता है जब हम अपनों के बारे में सोचते हैं...अच्छा अपना ख़याल रखना। कल इतवार है। बच्चों और अब्बा दोनों से सुबह बात करूंगा।"

बामुश्किल खुदाहाफ़िज़ कह महलक़ा तकिये में मुंह घुसा फूट-फूटकर रोने लगी। पछतावे और शर्मिंदगी का तेज़ाब उसके सारे बदन को झुलसा रहा था। दिल कोई मुट्ठी में लेकर मसल रहा था और दिमाग़ लट्टू की तरह घूम रहा था।

माजदा जब अपने शौहर नईम के साथ घर में दाख़िल हुई तो महजबीं उसके खिले चेहरे और हंसती आंखों को देखकर चौंक सी पड़ीं। बहुत कम लड़कियों पर खुशी की ऐसी अफशां बरसती है। उसके सारे वजूद से रोशनी फूट रही थी। यही हाल नईम का था। मुतमईन और खुश। चेहरे पर चमक और आंखों में नाचती शरारत।

उन्हें बिठाकर महजबीं तेज़ी से बावर्चीख़ाने की तरफ बढ़ीं और साबुत लाल मिर्च, राई, प्याज के छिलके को मुट्ठी में दबाए उन दोनों की नज़र उतारने बैठक की तरफ बढ़ीं।

अमजद बात-बात पर क़हक़हे लगा रहे थे। उनका दिल खुशी से बांसों

उछल रहा था। रस्म से पहले औरतों ने आना शुरू कर दिया था।

महजबीं ने फूलों के ज़ेवर भीगे मलमल से निकाले और चौथी के गुलाबी जोड़े के साथ बेटी की तरफ बढ़ाए।

फूफी की लड़कियां माजदा के साथ हो लीं।

खाना घर में न पकवाकर होटल से मंगवाया गया था। कुल बीस-पच्चीस लोग थे। महलक़ा वाले हादसे से यूं भी दोनों मियां-बीवी का जोश ठंडा पड़ गया था। अंदर-अंदर वह बेहाल थे। कल शाम दो-तीन अटैचियों और बच्चों के बस्तों के साथ महलक़ा का पूरा ख़ानदान बाप के घर आ चुका था।

ज़हूर सिल्क का कुर्ता पहने बड़ी शान से ड्राइंगरूम की कुर्सी पर बैठे खुशबूदार शरबत के घूंट भर रहे थे।

रस्म के शुरू होते ही घर खुशी से भरे क़हक़हों, मज़ाक़ और गानों से गूंज उठा था।

खाने के बाद एक-एक करके मेहमान बिदा हुए और दूल्हा-दुलहन भी आराम करने अपने कमरे में गए।

अमजद और महजबीं ने साथ-साथ शुक्राने की नमाज़ पढ़ी।

रात को बच्चों के साथ महलक़ा जब बिस्तर पर लेटी तो उसे अजीब सुकून का अहसास हुआ। सुरक्षित पथरीला किला उसके चारों तरफ था। दुश्मन के आने और किसी बेजा ख़्वाहिश के परिंदे के फड़फड़ाने की कोई गुंजाइश न थी। उसने करवट बदली और आंखें बंद कर लीं।

'गुनाह में तो मैं भी बराबर की हिस्सेदार थी मगर मैंने सारा इल्ज़ाम राशिद पर थोपकर ठीक नहीं किया, उसको बढ़ावा तो मैंने ही दिया था।' अचानक महलक़ा को ख़याल गुज़रा। वह बेचैन हो उठी। उसकी आंखों की नींद उड़ गई और दिल ज़ोर-ज़ोर से धड़कने लगा। पछतावा सा हुआ कि उसने मम्मी और पापा को उसमें शामिल कर अच्छा नहीं किया। वह भी तो उस परिस्थिति को संभाल सकती थी, फिर...?

'राशिद ने कई बार मेरी मदद की थी। मुझे वह अच्छा लगने लगा था फिर मैंने उसे इस अपमान से भरी खाई में क्यों धकेला...अच्छा नहीं किया मैंने...क्या सोचता होगा मेरे बारे में वह...खुदग़र्ज़...बेवफ़ा...मतलबपरस्त...सच पूछो तो मैं...मैं डर गई थी। उसकी इस तरह की हिम्मत से मैं दरअसल होश में आ गई थी। वरना...वरना गुनाह की घाटी...उफ!'

महलक़ा को शबाना याद आई जो गर्भवती हो गई थी। मियां साल भर से बाहर था। वह प्रेमी भी भाग गया और बौखलाई शबाना ने ख़ुदकुशी कर ली थी। वह घटना सोचकर महलक़ा घबरा सी गई। शबाना ही नहीं जाने कितनी लड़कियां जाने-अनजाने ऐसे रिश्तों की चपेट में आकर या तो हस्पताल के चक्कर लगातीं या फिर अपनी नादानी पर पछताती थीं।

'मैं बाल-बाल बच गई...' महलक़ा ने माथे पर छलक आए पसीने को दुपट्टे से पोंछा और सिरहाने रखे गिलास से घूंट भरने लगी।

कुछ देर पलंग पर पड़ी छत ताकती रही फिर सोने की कोशिश में करवट पर करवटें बदलने लगी।

आधी रात के लगभग उसके कानों में बेहद सुरीली आवाज़ ने उसको चौंका दिया! उस आवाज़ में कैसा जादू था जो उसे बांध रहा था। उसे ऐसा महसूस हो रहा था कि जैसे वह ख़ुद इस गाने के बोल अदा कर रही है।

उसकी आंखें भर आईं।

गाना सुनते-सुनते उसकी पलकें झपक गईं।

अभी वह गहरी नींद में डूबी ही थी कि फ़ोन की घंटी बज उठी।

उसने हाथ बढ़ा फ़ोन उठाया, "हलो!"

"आज कैसा रहा सब कुछ?" ज़ाकिर ने पूछा। "मुझे अपनी चौथी याद आती रही।"

"मुझे भी, सबको आपकी कमी बहुत खल रही थी।"

"मैंने इतनी रात को तुमको इसलिए फ़ोन किया कि जावेद की चचाज़ाद बहन का पता मिल गया है। जावेद ने मुझसे कहा है कि भाभी को भेजकर सारा क़िस्सा मालूम करवाओ ताकि वह बहनोई को बता सके और ज़रूरत पड़ने पर वे दोनों आ सकें।"

"ठीक है। मगर वह मिली कहां?"

"किसी घर में काम करते देखकर सब्ज़ी वाले ने पहचान लिया कि यह तो अपने कल्लू मियां की नातिन है। बस, उसने अपने मालिक को मिस कॉल मार दी। उसके बाद कोई बात न हो सकी। फ़ोन ख़राब है या बंद है, जावेद को फ़िलहाल कुछ पता नहीं चल पा रहा है। अब मैं मना भी नहीं कर सकता हूं, बात ही कुछ ऐसी है।"

"मैं चली जाऊंगी, आप परेशान न हों। उनकी जगह है ही कितनी दूर। कार

से जाऊंगी आप इतमीनान रखें।"

"मैं कल रात फिर फ़ोन करूंगा। सबको घर में पूछ देना।"

सुबह नाश्ते पर महजबीं ने महलक़ा की सूजी आंखों को देखकर बेटी की तरफ सवालिया नज़रें उठाईं।

"मम्मी, रात को गाना कौन गाता है?" महलक़ा ने उलटा सवाल कर दिया।

"अरे वह महुवा पासिन की बहू गंगा है। वह आधी रात में गाकर सबकी नींद ख़राब कर देती है। अब तो आदत हो गई है।" मजहबीं ने हंसकर कहा।

"बड़ा दर्द है उसकी आवाज़ में।" महलक़ा ने कहा।

"क्यों न हो, कुछ बात ही ऐसी है।" अमजद ने कहा।

"क्या बात है पापा?" बेचैन सी आवाज़ में महलक़ा पूछ बैठी।

"इसका पति रामलखन पिछले साल मज़दूर बन मिडिल ईस्ट के किसी मुल्क में गया था। दो-तीन महीने तक उसका फ़ोन आता रहा फिर आना बंद हो गया। बेचारी कहां और कैसे पता लगाती। ससुर ने उस आदमी को बहुत ढूंढ़ा जिसने पैसा लेकर उसके जाने का जुगाड़ बनाया था मगर वह तो दुकान ही बढ़ा गया। उसके साथ पांच और लड़के गए थे। उनका भी कुछ पता नहीं। उनके घरवाले दिल्ली, कलकत्ता तक भटके मगर कोई इत्तला न मिली और मिलती भी कैसे? ग़ैरक़ानूनी तरीक़े से दाख़िले का कोई सरकारी काग़ज़-सनद तो होती नहीं है। अब बेचारी ससुराल में पड़ी है।"

"और ससुराल वाले?"

"सास-ससुर तो नेक बंदे हैं। इकलौता लड़का था। बस गंगा की क़िस्मत में आगे क्या लिखा है कौन क्या कह सकता है?" अमजद ने इतना कह अख़बार उठाया और उसमें डूब गए।

महलक़ा, बहन-बहनोई के साथ बातों में मशगूल ज़रूर हो गई मगर उसके ज़हन में अभी भी गंगा की आवाज़ का टेप घूम रहा था।

8

महलक़ा जब महजबीं के साथ जावेद की चचाज़ाद बहन मलकानूर के गांव पहुंची तब तक सूरज बीच आसमान पर पहुंच चुका था। उसके घर का पता आसानी से लग गया।

मां-बेटी का स्वागत तो वहां हुआ मगर दोनों बुज़ुर्गों ने जैसे ज़बान न खोलने की क़सम खा ली थी। जब काफ़ी देर गुज़र गई और कोई टस से मस न हुआ तो महजबीं ने उठते हुए कहा, "बात पुलिस तक न पहुंचे इसलिए आई थी। जावेद ने तो महलक़ा के अब्बा के दोस्त से सिफारिश करने को कहा था। मगर मैंने सोचा कि पहले असली बात तो पता चले...अब चलती हूं। आप जैसा मुनासिब समझें, ख़ुदा आपकी मदद करे।"

"कवन थाना में बाड़न?" नदीम की मां चुप न रह सकी।

"दिल्ली में आई. जी. हैं और पटना वाला दरोगा उनका भानजा है। उसका बहनोई सिवान थाने में थाना इंचार्ज है।" महलक़ा ने तुक बिठाया।

"ठीक बा।" लड़की का ससुर बोल उठा।

"देखा बहिन, ई दुनिया में लोग बड़ा चतुर बा, तहरा पेट के बात जान लीं बाकी आपन हवा तक ना लागे दीं, मदद कईल त बड़ी दूर के बात बा।" दुःख से सास बोली।

"लौटे ख़ातिर थोड़े कोई भागे ला?" ससुर ने कड़वाहट भरे स्वर में कहा।

"घर के बात घरहे में रहे द, बाहर जाई बदलामी होई। पुलिस घूसो ली और कुछ करबो न करी, उलटा, अंट-बंट उड़ा दी। पतोहिया के नईहर में लोग भी इहे चाहता।" सास ने कहा।

"बच्चा छोड़ के गई है अपना।" महलक़ा ने कहा।

"पता न बच्चा जन्मे के पीड़ा भुला गईली कि बच्चा के ए तरे छोड़ गईली।" सास ने आंखों में भर आए आंसू पोछते हुए कहा।

"मगर आपको तो पता चल गया न कि अब वह कहां है?" महलक़ा उलझकर बोल पड़ी।

"पकड़ाए गई फिर भी बेसरम की तरह आवे खातिर तैयार नाखी।" ससुर ने सोते बच्चे के मुंह पर मक्खी झलते हुए कहा।

"जेकरा साथे भागल बाड़ी ओहि के साथ मौज करे।" सास ने पोते के मुंह से बहती राल को पोंछते हुए कुढ़े स्वर में कहा।

"भागी किसके साथ है। आप तो उनके यहां जाकर उससे मिल तो आए हैं न?" महजबीं ने बात को तिखारा।

"अऊर का, ओकरे माई-बाप के साथे गइ रहवीं, न पहचनुइ और ऊपर से कहतिया कि ज़हर खालेब न त कहीं भाग जाब।" सास ने माथे पर हाथ रख बेज़ारी से कहा।

"नदीम को इन सारी बातों की इत्तला दी?" महजबीं ने ताज्जुब से पूछा।

"कल फ़ोन आइराहूवे तब नदीमवा बतानी कि कब तक छुपा के रखेब, छुट्टी का कोसिस कराता...मिल जाई ता आई। ...उ बेचारा आके का करी, सरम से उ मर जाई।" ससुर ने पसीना पोंछने के बहाने मुंह पर अंगोछा इस तरह फिराया ताकि आंसू कोई देख न पाए।

"आपसे बिनती है...तोहारो लगे बेटी भी है ज़्यादा उड़ावा मत, हम ई बात घर में खतम कर देब, पुलिस की मदद न चाही।" ससुर बोले।

"ठीक है। हमारा नंबर ले लें। ज़रूरत पड़ी तो हमें याद कर लेना। इतना कह महजबीं उठीं और महलक़ा भी। उसकी नज़र दो साल के सोए बच्चे पर टिकी थी।

रास्ते में मां-बेटी कुछ देर ख़ामोश रहीं फिर महलक़ा ने मां की तरफ चेहरा घुमाकर कहा, "पता नहीं उस लड़की के दिल में कौन सा नासूर तपकन बनकर टीस रहा है जो न वह मायके जाने पर राज़ी है, न ससुराल लौटने पर। बेटे को छोड़ किसी और के घर का झाड़ू-पोंछा कर रही है?"

"हां, हैरत की बात है। अपनी इतनी लंबी ज़िंदगी में मैंने जब भी सुना यही सुना कि औरत फलां लड़के या फलां मर्द के साथ भागी है। यह पहली लड़की है जो अपने माहौल से भागी है। ज़रूर कोई गहरा राज़ होगा।" महजबीं ने पेशानी सहलाते हुए कहा।

"मेरा तो सिर घूम रहा है मम्मी।" महलक़ा ने कनपटी को उंगलियों से दबाया।

"यहां चाय भी कहां पिएं?"

"यह दर्द चाय से भी जाने वाला नहीं है। यह तभी जाएगा जब उस लड़की के ज़ख़्म की वजह पता चलेगी।"

"तो चलो, लड़की से मिलने चलते हैं। उसका गांव कौन सा कोसों दूर है।" महजबीं कह उठीं।

"आप मज़ाक़ कर रही हैं?"

"नहीं, यह मज़ाक़ की बातें नहीं हैं। इस क़िस्से में कई ज़िंदगियां दांव पर लगी हैं।"

"हर तरफ यह सब क्या हो रहा है?" महलक़ा ने खोए लहज़े में इस तरह कहा जैसे वह अपने से पूछ रही हो।

"सब हमारा बोया हुआ है तो हमीं को काटना पड़ेगा।" महजबीं ने भी कुछ इस तरह कहा जैसे किसी और से नहीं अपने को सुना रही हों।

"ड्राइवर, यह पता देखो और छाता की तरफ चलो," इतना कहकर वह किसी सोच में पड़ गईं फिर फ़ोन मिलाकर बोलीं, "अमजद, अब हम मलकानूर जहां है उधर की तरफ जाना चाह रहे हैं। यहां तो सब ख़ैरियत रही, लौटकर तफ़सीली बात करते हैं। अच्छा हुआ जो तुमने उनका पता साथ कर दिया था। ख़ुदा हाफ़िज़।"

दोनों मां-बेटी जब शरीफ़ सिद्दीक़ी के घर में दाख़िल हुईं तो उन्होंने मुंह ढके एक जवान औरत को आंगन में झाड़ू देते देखा। दोनों का माथा ठनका कि हो न हो यह वही लड़की है जिसका नाम मलकानूर है जो घर की सल्तनत छोड़ बांदी बनी हुई है।

साथ आया लड़का उन्हें कमरे में बिठाकर चला गया। घर की मालकिन अधेड़ उम्र की ख़ातून थीं। सलाम-दुआ के बाद ख़ुद ही बोल उठीं, "अब हम क्या बतावें, सांप के मुंह की छछूंदर वाला हाल है बहन। न उगली जाए, न निगली जाए। जब से पता चला है कि यह बेसहारा नहीं अच्छे ख़ुशहाल घर की लड़की है तब से घर के काम को मना करते हैं मगर मानती नहीं है। हमारे सिर पर दोनों तरह से गुनाह का बोझ आन पड़ा, क्या पता कहीं दुश्मनी इसके चलते न हो जाए।"

"ऐसा न कहें, आप एक दुखियारी की मदद कर रही हैं, यह तो सवाब का काम है। कोई जानबूझकर ज़बर्दस्ती आपने उसे क़ैद थोड़ी कर रखा है।"

"नहीं बहन, यह लड़की बहुत दुखी है। इसे आराम और अच्छे खाने-पीने

की ज़रूरत है और यह हमारी चाकरी कर रही है। गुनाह ही तो है किसी मजबूर पर गधे का बोझ डालना।"

"मैं इसके मियां को जानती हूं, वह मेरे मियां के दोस्त हैं। इसकी शादी में भी हम जा चुके हैं। शादी के बाद इसके चचाज़ाद भाई ज़ावेद के साथ भी हम मिल चुके हैं। अगर आप इजाज़त दें तो मैं अकेले में मिल लूं।" महलक़ा ने मनाने वाले लहज़े में कहा।

"मेरा कहना इस मामले में नहीं सुनेगी। तुम खुद जाओ। घर में कोई मर्द नहीं है। तुम आराम से जाकर उससे मिल लो।"

"जी।" इतना कह महलक़ा कमरे से बाहर निकली और कूड़ा समेटती उस लड़की के पास जाकर खड़ी हो गई।

"सलाम अलैकुम!" महलक़ा का इस तरह वहां पहुंच सलाम कहना उसे करेंट सा मार गया।

"को?" उसने मुंह छुपाए-छुपाए पूछा।

"वही, जिसे आपने अपने हाथ से अंडे का सालन और सब्ज़ी-पुलाव बनाकर खिलाया था। कुछ याद आया?" महलक़ा ने चहकते लहज़े से कहा।

वह जड़ सी खड़ी रही। जैसे इस अचानक मुलाक़ात की उसे आशा न हो।

"ये लोग आपके कौन लगते हैं मलकानूर?" महलक़ा ने पूछा तो वह चौंक पड़ी।

"केहू न हमार," उसने गर्दन हिलाई, "हम घर से भाग गइल बानी।" उसने सपाट लहज़े में कहा फिर बिलबिलाकर रो पड़ी।

"आइए, कहीं बैठते हैं।" महलक़ा उसके बाजू को आहिस्ता से छूकर बोली तो उसने दालान की तरफ क़दम बढ़ाया और अंदर कमरे में जाकर पलंग पर बैठ गई। चेहरे से दुपट्टा तो हटा दिया मगर रोना कम नहीं हुआ। महलक़ा की आंखें भी भर आईं।

"एक दू महीना हो गईल तहरा देवर के हमार कोई चिंता ही नइखे...हम जीयता कि मर गईनी।" वह रोते-रोते बोली।

"उन्हें बताया न गया हो शायद?" महलक़ा धीरे से बोली।

"तू सही बोलत तरु, उनका से सब छुपा देत होइलो...खाली हमार बात झूठ-झूठ बोल देत होइलो।" उसने उसी तरह रोते-रोते कहा फिर मुंह दुपट्टे से छुपा कुछ इस तरह से फफककर रोई कि महलक़ा ने उठकर उसे गले लगा, उसकी पीठ सहलानी शुरू कर दी।

उसकी हिचकियां बंध गई थीं। एकाएक वह चकराकर बिस्तर पर गिर पड़ी। परेशान महलक़ा ने इधर-उधर देखा। पानी की बोतल और गिलास तिपाई पर रखा था। उसने बोतल का पानी ले उसके चेहरे पर छींटे मारे और दुपट्टे के पल्लू से हवा करने लगी। धीरे-धीरे करके उसने आंखें खोलीं। महलक़ा को कुछ पल घूरती रही फिर थके अंदाज़ से उठकर बैठ गई।

"पानी पी लो।" महलक़ा ने प्यार से उसके चेहरे पर आए बाल हटाकर पानी से भरा गिलास आगे बढ़ाया। उसने कई घूंट एक साथ भरे फिर गिलास पकड़े कुछ पल यूं ही बैठी रही। गहरी ठंडी सांस भर बोली, "हमरा ऊपर सक करत रहेली।" फिर चुप हो गई। महलक़ा उसे देखती रही।

"हमारे ऊपर शक करती थीं।" एकाएक वह भोजपुरी छोड़ हिंदुस्तानी में बोली तो महलक़ा चौंक पड़ी। "हम नौ कक्षा पास हैं, अंग्रेज़ी मीडियम स्कूल में पढ़े और शादी यहां कर दी जहां कोई कुछ नहीं समझता।" फिर लंबी सांस खींच बोली, "छत की सीढ़ी वाले दरवाज़े में ताला डाल दिया। बाहर निकल ही नहीं पाती थी। छत पर भी जाना बंद हो गया। घर फ़ोन पर मां से बताया तो वह सास से बात करने के उलटे हमें समझाने लगीं। मायके जाने को कहा तो इनकार। इनका फ़ोन आया तो बोले, हमारे मां-बाप की बात मानो। हमारा दुःख सुनने का किसी के पास टाइम न था। बच्चे को हमसे दूर रखती थीं। इस सबके बाद हम उस घर में रहकर क्या करते? शादी से पहले तय हुआ था हम आगे पढ़ाई ज़ारी रखेंगे मगर अब कहते हैं कि हमें कुछ भी याद नहीं।"

"शक क्यों करते थे?"

"छत से मिला दूसरा घर था। मैं कपड़े फैलाने ऊपर जाती थी। पड़ोसी लड़के की पतंग कटकर हमारी छत पर गिरती तो उसके मांगने पर मैं उसे उठाकर थमा देती। लड़का कितना बड़ा था, दस साल का। बोलीं, कब से यह सब चल रहा है? एक दिन उसके साथ भाग न जाना। लड़का वहीं छत पर खड़ा-खड़ा सुन रहा था। डरकर बिना पतंग लिए भाग गया। मैं पतंग पकड़े बेइज़्ज़ती के मारे पानी-पानी हो गई।" वह इतना कहकर चुप हो गई।

"तुम्हारे घर मैं गई थी अभी, उनसे मिलकर आई हूं।" महलक़ा के कहने पर वह बुरी तरह चौंक पड़ी।

"देखा, कैसा घुटा-घुटा घर है? कमरे की खिड़की जो गली की तरफ खुलती थी उसे चुनवा दिया। गर्मी और हब्स से बच्चा सारी-सारी रात रोता था

तो भी हमें बातें सुनातीं–बच्चा पालना नहीं जानती, मायके वालों ने वायदा किया था कि मोटरसाइकिल के साथ नक़द लाख रुपया देंगे मगर अस्सी हज़ार देकर कुड़क मुर्ग़ी हो गए।" उसने ठंडी गहरी सांस ली।

"पहले से थे या बाद में ऐसे हो गए?"

"नहीं, पहले ठीक थे, पैसा हमारे नाम से आता था। सब कुछ उन्हीं को ले जाकर देती थी। पता नहीं पतंग वाली बात ने जैसे उनकी अक़्ल पर पत्थर डाल दिए और...मैं थक गई थी। लगता था कि कुएं में कूद जाऊं, नींद की गोली खा लूं, नब्ज़ काट लूं फिर सोचती कि यह तो मैं अपने ख़िलाफ़ क़दम उठाने जा रही हूं। इनको तो मौक़ा दे दूंगी कि यह मेरी बदचलनी साबित कर दें। तब कौन हमारे लिए रोएगा, मां, बाप, शौहर? जो ज़िंदगी में साथ न दे रहे हों वह मरने के बाद मेरा कौन सा बचाव करने वाले हैं? दिल में समाया कि सारे दिन घर के काम में मरती हूं तो क्यों न मज़दूरी करके पेट पालूं और..." इतना कह वह रुकी। उसकी आंखों से आंसू टपकने लगे।

"और क्या?"

"उनके कान भरकर मुझे घर से निकाल, वह दूसरी ले आतीं तो मैं क्या कर लेती? कहती थीं कि मेरे बेटे को लड़कियों की कमी नहीं। शरीफ़ लड़कियां भरी पड़ी हैं। सुन–सुन कान पक गए थे। एक दिन ऐसा आया जब मुझे समझ में आ गया कि यह कल मुझे बेइज़्ज़त कर झूठे इल्ज़ाम लगा घर से निकालें, इससे अच्छा है कि मैं सब कुछ ठुकराकर खुद घर छोड़ दूं...बस चली आई पैदल रास्ता तय करती हुई।" इतना कह वह चुप हो गई। उसके चेहरे पर ग़म की जगह एक इत्मीनान सा उतर आया था जो उसके चेहरे पर नर्म सी पर्त बन फैल गया था।

"लौटोगी नहीं?"

"नहीं, मुझे तलाक़ चाहिए!...तू हमरे के तलाक़ दिवा द।" उसने खुशामद भरी आवाज़ से कहा।

"तलाक़?" महलक़ा चौंक पड़ी। इस लफ़्ज़ के बारे में तो उसने ख़्वाब में भी नहीं सोचा था। वह भी कमसिन सी लड़की के मुंह से। वह भी इतने पिछड़े रिवायती माहौल में?

"तलाक़ की सूझ तुम्हें कहां से आई और तुम्हारी उम्र क्या है?"

"बीस साल, सत्रह साल में शादी हुई थी। तब मैं पढ़ रही थी। हमारी वह पढ़ाई देखकर तो हमको पसंद किया था।" वह इतना कह हलके से मुस्कराई।

पता नहीं किस बात पर। महलक़ा समझ नहीं पाई।

"मुझे नहीं पता मैं यह सब कुछ क्यों सोच रही हूं। क्यों वह घर छोड़ आई मगर इतना जानती हूं, मैं इससे ज़्यादा सह नहीं सकती थी। मेरे ऊपर इल्ज़ाम लगा जिसने मुझे नफ़रत से भर दिया है। मैं उस घर में न लौटूंगी, न मायके जाऊंगी। अब मेरा कोई रिश्ता किसी से नहीं है।"

"बेटे से?"

"बेटा वे लोग नहीं देंगे। हमको चाहिए भी नहीं, लड़का पास रहेगा तो कल मैं भी इसी तरह उसकी बहू को सताऊंगी या वह मुझे तड़पाएगी। इन सारे रिश्तों से क्या मिलना है, कुछ नहीं।"

"गुस्से में ऐसा कह रही हो?"

"अपने हालात के चलते, या तो मर जाऊं या फिर आज़ादी पा लूं।"

"इस तरह से बात करना कहां से सीखीं?" महलक़ा उसका जवाब सुन सन्नाटे में आ गई।

"हमारी तरह जो जिएगा ऐसी ही बात करेगा...हम जैसों को बोलने कौन देता है जो हमारा दर्द कोई समझे?"

"महलक़ा!" महजबीं की आवाज़ आई।

"जी मम्मी, आई।" कहती हुई महलक़ा उठी और मलकानूर को गले लगाकर धीरे से बोली, "तुम परेशान मत होना, मैं फिर आऊंगी।"

"अगर यह रखेंगी तो रहूंगी वरना जहां पनाह मिलेगी वहीं चली जाऊंगी।"

"कहीं और जाने से अच्छा है तुम मेरे पास आ जाना। सिवान में हमारा घर है। बड़े सिनेमा के पास 35 नंबर का घर पापा का है और पानी की बड़ी टंकी के पास 115 नंबर का मेरा घर है।"

"ठीक है," इतना कह वह रुकी फिर पूछ बैठी, "तू हमार मुन्ना के देखुस?"

"हां, तब वह सो रहा था।" महलक़ा ने कहा तो उसके चेहरे पर कई रंग आए गए। वह चुप रही।

"अपना ख़याल रखना।" कहकर महलक़ा कमरे से निकल बैठक की तरफ बढ़ी।

महलक़ा की भरी आंखें देख महजबीं ने पूछा, "क्या हुआ? क्या कहती है?"

"लौटने पर राज़ी नहीं है।" महलक़ा ने ज़बर्दस्ती मुस्कराते हुए कहा।

"बहन चलती हूं। आपको इस लड़की को रखने में कोई दिक़्क़त हो तो मुझे बस फ़ोन कर दीजिएगा!" महजबीं इतना कहकर उठीं।

"जी, बहन।" इतना कह उन्होंने अंदर खुसा पर्स जंपर के अंदर से निकाला और फ़ोन लिखा पर्चा मोड़ उसमें रखा।

जब वे तीनों घर का आंगन पार कर रही थीं तो वह तेज़ क़दमों से चलती हुई उनके क़रीब आकर रुकी और महजबीं को सलाम कर उसी तेज़ी से वापस चली गई।

शाम की चाय पर सब साथ बैठे थे। महलक़ा कुछ ताज्जुब, कुछ ग़म, कुछ जोश से मिले-जुले लहज़े में मलकानूर और अपनी बातों का खुलासा सुना रही थी। सबको गहरा ताज्जुब था। इस इलाक़े में औरतें बगावत करती हैं। मगर ज़बानी, चीख़-चिल्लाकर कोसने और गाली बककर या फिर बच्चों को पीटकर, बहुत हुआ तो हंड़िया में नमक-मिर्च झोंककर, कच्ची-पक्की रोटी पका और खड़े चावल उतारकर, मगर तलाक़ की बात तो वह ज़बान से निकाल नहीं सकती थीं।

"यह कुछ अजीबोग़रीब वाक़या है।" अमजद ने गहरी सोच में डूबे-डूबे कहा। फिर कह उठे, "अजूबा लड़की है? नाम है मलकानूर..."

"उसका दिमाग़ हो सकता है हालात के दबाव से असर में आ गया हो?" फूफी बोलीं।

"नहीं फूफी, वह पूरे होश में थी, बहकी बातें या पागलों वाली बातें नहीं कर रही थी।" महलक़ा ने फ़ौरन फूफी का शक रद कर दिया।

"बज्जो, वक़्त बदल रहा है। हमारे लिए यह पहला सदमा हो सकता है मगर बदलते हालात का तकाज़ा ऐसे फ़ैसलों को जन्म देता है।" महजबीं बोल उठीं।

"एक वक़्त ऐसा आता है जब क़ैदी भी जेलख़ाने से भाग जाता है।" अमजद ने धीमे लहज़े में कहा।

"और बिना जुर्म के अच्छा-भला आदमी क़ैदी बना दिया जाए तो?" माजदा ने सवाल उठाया।

"ऐसी हालत में ऐसा शख़्स जुर्म करने पर भी मजबूर हो जाता है।" नईम ने कहा।

"ऐसा क्यों?" फूफी पूछ बैठीं।

"क्योंकि उसकी सुनवाई के सारे दरवाज़े बंद हो जाते हैं।"

इसके बाद ख़ामोशी सी छा गई। सब अपनी तरह सोचते चाय का घूंट भरने लगे।

रात को ज़ाकिर से महलक़ा ने बड़ी लंबी बातें कीं और मलकानूर की भी कहानी कह सुनाई।

"इस कहानी का ख़ात्मा मुझे दो ही तरह का नज़र आ रहा है। पहला हैप्पी एंडिंग, दूसरा ख़ून से नहाया हुआ अंत।" ज़ाकिर ने गहरी लंबी सांस लेकर कहा।

"अल्लाह! ऐसे मत कहिए आप।" महलक़ा कह उठी।

"अब तुम या मम्मी उधर मत जाना। मामला बहुत संगीन लगता है, जावेद बता रहा था कि नदीम छुट्टी की कोशिशें कर रहा है।"

"ठीक है। अगर आपने ख़तरे की बू सूंघ ली है तो हम उधर नहीं जाते।" महलक़ा ने सुस्त लहजे में कहा। उसके सामने मलकानूर का चेहरा कौंध गया।

"ख़तरा नहीं, हादसा।" इतना कहकर ज़ाकिर ने बात का मौज़ूं बदल डाला, "इधर कोई फ़िल्म देखी?"

"बस टी. वी. पर, बिजली भी नख़रे दिखाती है।" कहकर महलक़ा हंस पड़ी।

"ठीक है, फिर बात करूंगा। माजदा और नईम से दोपहर में बात की थी।"

"बता रहे थे नईम बहुत समझदार लड़का है। दोनों की जोड़ी देखते बनती है। काश! आप यहां होते।"

"अपना ख़याल रखना।"

"आप भी।"

दोनों तरफ से हलकी हंसी एक-दूसरे को फ़ोन बंद होने से पहले साफ़ सुनाई दी।

9

रात के खाने के बाद जब महजबीं और अमजद बाहर टहलने को निकले तो उन्हें महसूस हुआ रात बहुत ख़ूबसूरत है। आसमान पर चांद का बड़ा सा थाल जगमगा रहा था और बिखरी चांदनी रात की रानी की गंध से सराबोर थी। अंदर-बाहर सुख का सैलाब उमड़ रहा था। दोनों कभी चलते-चलते आपस में टकरा जाते और हल्की मुस्कान के साथ अपनी दूरी बना लेते थे। एकाएक अमजद बोले, "महजबीं, शाहनामा आख़िरश ख़ुशअस्त, फारसी की यह कहावत फिरदौसी के शाहनामा की तरह हमारी ज़िंदगी पर भी खरी उतरती है।"

"वह कैसे?"

"हम इस मामले में ख़ुशनसीब मां-बाप हैं कि हमारी दोनों बेटियां अपनी शादीशुदा ज़िंदगी से ख़ुश और मुतमईन हैं।"

"हां, जवानी में तो हम रुस्तम सोहराब की तरह बिना वजह लड़ते रहे और बुढ़ापे में आकर दोस्त बन गए, तो ठीक है। शाहनामा आख़िर में ख़ुशी दे रहा है, वह भी बच्चों की शक्ल में।"

"सोचता हूं हम दोनों हज को चलें, हज पर जाने से पहले अम्मां-अब्बा की क़दमबोसी के लिए अमेरिका का भी एक चक्कर लगा लेते। वैसे तो भाई साहब हमारी बेटी की शादी में शरीक नहीं हुए मगर जाऊंगा तो घर से निकाल थोड़ी देंगे और इस तरह सारे गिले-शिकवे भी ख़त्म हो जाएंगे।"

"हां, इस बहाने शायद मुझे अम्मां-अब्बा माफ़ भी कर दें।" पछतावे भरे लहजे में महजबीं धीरे से बोलीं।

"हमारा ख़ानदान फिर एक हो जाएगा।" उम्मीद भरी चहक से अमजद ने कहा और अपनी बांहें बड़े प्यार से महजबीं के कंधे के पीछे रखीं। महजबीं ने मियां की हथेली अपनी हथेलियों में लेकर बड़े ख़ुलूस से उसे दबाया।

"मैंने इतनी ख़ूबसूरत रात पहले कभी नहीं देखी।" महजबीं ने कहा।

"यह तुम्हारे अंदर की ख़ुशी बोल रही है वरना रातें तो इससे भी ज़्यादा ख़ूबसूरत गुज़री होंगी मगर हमें ही फ़ुरसत न थी उसके हुस्न को महसूस करने

की।" अमजद ने कहा।

"शायद!" महजबीं ने धीरे से कहा।

"कुछ देर यहां बैठते हैं।" कहकर अमजद पोर्टिको की सीढ़ियों पर जाकर बैठ गए और चुपचाप चांद को देखते रहे।

"बचपन में गर्मी की रातों में मुझे चांद और तारों से भरा आसमान देखना बहुत अच्छा लगता था।"

"कहो जवानी की शुरुआत में, आंगन में बिछे पलंग पर लेटकर..." अमजद इतना कहकर हलके से हंस पड़े।

"वे दिन भी कितने मासूमियत भरे थे।" महजबीं भी चांद पर नज़रें टिकाए उसके हुस्न को निगाहों से पीते हुए फुसफुसाईं।

एकाएक अमजद को छींक आ गई। एक नहीं, एक साथ दो-तीन।

"मौसम बदल रहा है, चलिए अंदर चलते हैं।"

"हां, जवानी की याद भी सच पूछो बुढ़ापे की हड्डियों में गर्मी नहीं भरती है।" अमजद ने व्यंग्य भरे स्वर में कहा और हंसते हुए उठ खड़े हुए।

हवा पहले से ज़्यादा सुगंधित हो उठी थी। चांदनी में शीतलता बढ़ गई थी।

कमरे की बत्ती बुझी हुई थी। खुली खिड़की से चांदनी कमरे में छन-छनकर आ रही थी। ज़हूर बिस्तर पर लेटे तस्बीह के दाने घुमा रहे थे। कुछ दूर चटाई पर गोलू लेटा था। उसे नींद नहीं आ रही थी। धीरे से उसने ज़हूर को पुकारा।

"दादा, अगर हम हमेशा के लिए यहां रुक जाएं और अपने घर लौटें ही न, तो?"

"यह कैसे हो सकता है कि मेहमान हमेशा के लिए वहीं का हो जाए?"

"यहां आराम है लेकिन भोजपुरी बोलने पर रोक है और यह शहरी बोली बोल के मुंह दुखता है।"

"तुम कहना क्या चाह रहे हो?"

"हमारा तो यहां दिल लग गया है। आप भी ख़ुश हैं। देखिए सुनहरा चश्मा बन गया है। दांत में दर्द भी नहीं होता, वक़्त से खाना भी आप खाते हैं। घूमने भी जाते हैं फिर किसलिए वहां लौटना?"

"अकेले में भोजपुरी बोलने के लिए।" ज़हूर ने उसे छेड़ा।

"वह तो हम यहां भी अकेले में बोल सकते हैं।" गोलू हंसा।

"पगले, वह हमारा घर है।" ज़हूर उसकी मासूमियत पर हंस पड़े।

"हमारा घर...?" इतना कह गोलू चुप हो गया। उसके दिमाग़ में उसके अपने घर की कोई याद बाक़ी नहीं थी सिवाय उस शाम के जब मां को सफ़ेद चादर में लपेटकर कुछ लोग ले गए थे। वह अकेले उस झोंपड़ी में रह गया था। बाहर तेज़ बारिश हो रही थी और उसे कस के भूख लगी थी।

मां रात को अकसर ख़्वाब में उसका पीछा करती है। उसका धुंधला चेहरा याद आता है। अपना बिलख-बिलखकर रोना। कभी-कभी वह सचमुच सोते से रोता हुआ उठता है।

उसकी मां कौन थी, कहां रहती थी? और बाप, बाप क्या करता था? क्या वह मां से पहले मर गया था? किससे पूछे? उसे न जगह याद थी न झोंपड़े का रास्ता। उसका सिर दुखने लगता था।

एक दिन वह मां को ढूंढ़ता हुआ निकला था। पैदल चलता हुआ बहुत आगे निकल गया फिर थककर उसने रोना शुरू कर दिया था। वह रास्ता भूल गया था। अंधेरा बढ़ा तो वह कांप उठा था। डर और भूख से परेशान जाने कब वह सो गया था। कई दिनों तक गलियों में भटकता फुटपाथ पर सोता रहा फिर कोई उसे महलक़ा के घर में पहुंचा गया था। चार साल का गोलू अब दस साल का हो गया था।

गोलू ने लंबी गहरी सांस ली फिर धीरे से पुकारा, "दादा!...दादा सुत गईलआका?"

कोई जवाब नहीं मिला तो उसने करवट बदली और सोने की कोशिश करने लगा। तभी उसके कानों में गाने की आवाज़ आई तो उसे डर लगा और वह बड़बड़ाया...

'आधी रात के इ कौन चुड़ैल गावततीया?'

उसने पायताने से चादर घसीट मुंह तक खींची और आंख बंद कर ली। खुली खिड़की से हवा टुकड़े-टुकड़े में गीत के बोल अपने साथ बहाकर ला रही थी। गाना सुनते-सुनते गोलू गहरी नींद में डूब गया।

ज़हूर को जो आदर और स्नेह अमजद के घर में मिल रहा था, उसने उनके बदन के उखड़े दरख़्त को फिर से ज़िंदगी की ज़मीन पर मज़बूती से खड़ा कर दिया था। रोज़ धुला कुर्ता-लुंगी नहाकर पहनते, पार्क में टहलने जाते, पेड़ के नीचे बैठ अपने हमउम्रों से दुनिया-जहां की बातें करते। कभी अमजद साथ होते तो कभी नहीं। खाने की मेज़ पर इसरार कर महजबीं मज़ेदार खाना खिलातीं और डॉक्टर

की दी दवाओं का पूरा ध्यान रखती थीं।

इस सारी आवभगत के बाद किसका दिल उस कोठरी में जाने को करेगा जहां चूहा, छिपकली, मक्खी का राज हो? वे अपना दिल गोलू की तरह खोलकर नहीं रख सकते हैं। वह बच्चा है। ज़िंदगी की पेचीदगियों और रिश्तों की नज़ाकतों को नहीं समझता है।

अपने से बातें करते हुए ज़हूर खिड़की से बाहर खुले आसमान को देख रहे थे। उनकी कोठरी की खिड़की से न आसमान दिखता है और न ही कोई पेड़-पौधा, जो दिखता है वह सिर्फ़ दूसरे घर की दीवार दिखती है और कच्ची गली की नाली, जिसमें बत्तखें सारे दिन चोंच डालकर जाने क्या तलाश करती रहती हैं।

"दादा, हम नहाकर आते हैं। आपको कुछ चाहिए तो नहीं?"

"नहीं, तुम आराम से जाकर नहाओ।" इतना कहकर ज़हूर खिड़की के पास से हट गए और ट्रांजिस्टर खोल ख़बरें सुनने लगे।

महलक़ा राशिद को पूरा का पूरा दिमाग़ से खुरच चुकी हो, ऐसा नहीं था। जिस ढर्रे की उसे आदत पड़ चुकी थी उसकी हुड़क उसे अकसर परेशान करती थी। शर्मिंदगी और ख़ौफ़ के बावजूद वह राशिद से नफ़रत नहीं कर पाई थी। राशिद ने उसकी एक तरह से मदद भी बहुत की थी मगर उस दिन उसका बर्ताव उसे बुरी तरह खल गया था। कभी-कभी वह सोचती थी कि आते-जाते कभी राशिद आन टकराया तो वह क्या करेगी? पहचानने से इनकार कर देगी या फिर राशिद अपनी बेइज़्ज़ती का उससे बदला लेगा जो उसे रंगे हाथों पकड़वाया था। उसके पास चारा भी क्या था? दिनदहाड़े वह एक ख़तरनाक काम की शुरुआत थी जिसमें ज़िल्लत और बदनामी के अलावा कुछ भी न था। ससुर और बच्चे राशिद को उसके कमरे में देखकर क्या कहते? ससुर को तो नागवारी उसके आने से ही होती थी।

महलक़ा का इस तरह जब भी दिल घबराता, तीखे सवाल उसे बेचैन करते तो वह नमाज़ पढ़ने बैठ जाती थी। दुआ मांगती, तौबा करती और दिल में पड़ गई ठंडक के साथ वह सलाम फेर दुनियावी कामों में लग जाती थी। घर के काम के लिए नौकर थे मगर वह कुछ न कुछ बच्चों की पसंद का बनाती थी। उन्हें खुद बैठकर होमवर्क कराती थी। लगभग रोज़ रात को वह मियां से बात करके ही सोती थी।

ज़ाकिर के आने में सिर्फ़ तीन महीने बाक़ी रह गए थे। उसे घर लौटना होगा। एकाएक उसे ख़याल आया कि क्यों न घर की सफ़ाई-पुताई करवा ले। कुछ हिस्से मरम्मत भी होने थे। अच्छा है यह काम अभी निबट जाए। उसने अपनी बात पापा से कही तो उन्होंने भी उसकी हां में हां मिलाई और कहा कि वे कल ही ठेके पर काम देने के सिलसिले में कुछ राजमिस्त्री बुलाएंगे जो उनके जान-पहचान वाले हैं, जिनको वह ज़रूरत पड़ने पर बुलाते रहते हैं।

अमजद को यह जानकर ताज्जुब हुआ कि उनके जितने भी जानने वाले ठेकेदार और राजमिस्त्री थे, सब सीवान छोड़ बाहर कमाने निकल गए हैं। उन्हें रिटायर हुए भी अभी कौन सा वक़्त गुज़रा है? ज़माना इस तेज़ी से करवट बदल रहा है और हम वहीं के वहीं किसी पत्थर की तरह जमे पड़े हैं? कुछ देर अमजद डायरी खोले बैठे रहे फिर सभी मोबाइल नंबरों पर पेन से क्रॉस का निशान लगा दिया।

ख़याल आया भोलानाथ को फ़ोन करते हैं, देखें वह शहर में है या वह भी...मेरे एक साल बाद रिटायर हुआ था। उन्हें उसका काला, माता के दाग़ से भरा चेहरा याद आया। आंखें बड़ी-बड़ी और जमे हुए सफ़ेद दांत। हंसता रहता था। शाम होते ही गर्म भुंजा काग़ज़ की पुड़िया में दबाए लाकर मेज़ पर रख देता, "खाइए सर।"

"इसकी लत लगती जा रही है भोलानाथ।" अमजद फंकी पर फंकी मारते बड़े मगन होकर चबैना चबाते।

"अब सुनिए...हमारी तरफ का बिरहा..." इतना कह भोलानाथ शुरू हो जाता।

इस महकमे में तरक़्क़ी कर अमजद छह माह पहले आए थे। भोलानाथ वहां पहले से क्लास फोर में लगा हुआ था। ऑफिस में सभी ऊंची जाति के थे। भोलानाथ की कोई औक़ात किसी तरह की नहीं थी। लेकिन अमजद के आते ही विभाग का माहौल बदल गया। बंद कमरे में भुंजा के साथ गाना और पुराने अफसर और ठेकेदारों के बेईमानी के क़िस्से भी चलते थे। उससे अमजद को फ़ायदा ही पहुंचता था कि टेंडर भरने वालों के टांके कहां से जुड़े हैं।

भोलानाथ...दोहराते हुए, अमजद ने फ़ोन पर पुराने नंबर पड़े रहने दिए थे सो भोलानाथ का नाम मिल गया। रिंग जाती रही।

"हलो।"

"राम-राम, सर जी।"

"कैसे हो? क्या कर रहे हो?"

"जी, सर जी।" कहकर हंसा फिर झिझकते हुए बोला, "ठेकेदार साहब।"

"वाह! कमाई तो ख़ूब हो रही होगी, माशाअल्लाह?"

"अरे सर जी, आप बोलें, कैसे हैं?" उसने झेंपे स्वर में कहा।

"घर आ जाओ टाइम निकालकर वरना बता दो कहां आकर मिलूं?"

"नहीं, हम आएंगे सर जी, अच्छा नमस्ते।"

अमजद ने फ़ोन बंद किया और सोचने लगे कि इस शहर में जिधर देखो उधर कुछ टूट और बन रहा है। ये जवान मज़दूर आए कहां से? शायद उन्हीं राजगीरों की औलादें हों या फिर बेरोज़गार जवानों ने मजबूरी में यह काम शुरू कर दिया हो।

अभी अमजद अपनी गहरी सोच में डूबे थे कि घर के दरवाज़े पर उन्होंने भोलानाथ को खड़े देखा।

"अरे...यह कैसा चमत्कार?" अमजद ने खुशी भरी आवाज़ से कहा।

"मैं इसी मोहल्ले में था जब आपका फ़ोन मिला...यह जो बड़ा बरगद है उसी के सामने डिप्टी कलक्टर शिवराम जी का बंगला है, वहीं पर आपके आशीर्वाद से काम चल रहा है।" भोलानाथ सफ़ेद धोती-कमीज़ पहने हाथ जोड़े खड़ा था। पूरा व्यक्तित्व बदला हुआ।

"आओ बैठो..." अमजद ने पास पड़ी बेंत की कुर्सी आगे बढ़ाई मगर भोलानाथ कुछ झिझकता हुआ उसी तरह खड़ा रहा।

"भुंजा तो नहीं मगर हम तुमको गर्मागर्म समोसे खिलवाते हैं।" कहकर अमजद ने ज़ोर का ठहाका मारा तो भोलानाथ की ठेकेदारी वाली केंचुली उतर गई और वह सहज हो उठा।

"सर, आप बहुत याद आते रहे...अभी हम ननिहाल गए थे, डिटो आपकी तरह वहां एक अफ़सर देखा था..." उसका बातूनीपन फूट पड़ा।

"अच्छा यह बताओ आजकल इमारती काम का हिसाब-किताब क्या है? मुझे बेटी के मकान की मरम्मत करवानी है।"

"अच्छा जी।" वह गहरी सोच में डूब गया फिर वहीं ज़मीन पर उकड़ूं बैठ गया। अमजद ने कुर्सी पर बैठने का इशारा किया मगर वह ज़मीन से उठा नहीं।

"क्या हुआ?" अमजद ने उसके बदलते भाव देख पूछा।

"क्या बताएं सर जी, बड़ा बुरा हाल है। कारीगर अब कारीगर नहीं रहा,

सब नौसिखिए हैं। न हाथ साफ़ है और न मन, बस दिहाड़ी चाहिए। जो पुराने एक-दो हैं वे बीमार होकर बाहर से लौटे हैं और मेरी तरह ठेकेदारी कर रहे हैं।" वह सिर झुकाकर ज़मीन ताकने लगा।

"आज कुछ अच्छी चीज़ सुना दो, तुम्हारी भाभी भी आज सुन लेंगी तुम्हारी तहदार आवाज़।" अमजद ने बात टाली।

"अरे, अब गाना कहां सर जी! मन हलका हो तो गाना भी फूटता है।" उसने कहा तभी गर्म समोसे और चाय आ गई। अपने मातहतों से घुलने-मिलने की अमजद की इस आदत से विभाग वाले बहुत चिढ़ते थे। इस वक़्त नौकर ही नहीं ख़ुद महजबीं खिड़की से भोलानाथ को देखकर गर्दन झटककर माथा सहला रही थीं।

दोनों चाय पीते रहे।

"साहब जी, एक मिस्त्री दुबई से लौटा है। वह अपना काम शुरू करना चाहता है। उसे ढूंढ़ता हूं फिर पकड़कर लाता हूं...अब आज्ञा दें।"

अमजद उसकी बदली बोली और चाल-ढाल देखकर बड़ा आनंद ले रहे थे। उसने हाथ जोड़े तो अमजद ने भी हंसकर हाथ जोड़ दिए।

रमज़ान को जब पता चला कि लाला राम प्रसाद की लड़की जूही अपने कॉलेज के पीछे उससे मिलना चाहती है तो उसे दाल में कुछ काला लगा। जो लड़की पचासों बार उसकी दुकान पर काला बुर्क़ा पहन सहेलियों के संग ख़रीदारी करने आ सकती है वह तो एमरजेंसी में उससे मिलने अकेली भी आ सकती है या फ़ोन कर सकती है। दुकान का नंबर उसके पास है। वह अकेले में मिलना भला क्यों चाहेगी, सीधे घर नहीं आ जाएगी? रमज़ान मिलने तो नहीं गया मगर सारी दोपहर वह इसी उलझन में रहा कि ज़बानी संदेसा वह भी बिलकुल अजनबी छोकरे से जूही क्यों कहलाएगी?

शाम के लगभग जब दुकान पर ग्राहकों का जमघट था, रमज़ान बुरी तरह कपड़ा नापने में डूबा था, उस वक़्त उसे शरीफ़ और जमील कुबेर चबाते, पीक थूकते, हंसते हुए अपनी दुकान की तरफ आते दिखे। उनके चेहरे पर कुछ ऐसा था जिसकी वजह से रमज़ान की आंखें उन पर टिक गईं।

"भैया, नापना भूल गए?" लड़की हंसी तो रमज़ान चौंका और झेंपी मुस्कान के साथ कपड़ा नापने लगा।

रमज़ान का ज़हन भटक चुका था। अंदर-अंदर वह गुस्से से खौलने लगा

था। अगर यह शरारत इन लोफरों की हुई तो समझो आधी रात को इनके घर घुसकर इनका भुर्ता न बनाया तो रमज़ान मेरा नाम नहीं।

अज़ान की आवाज़ के साथ भीड़ छंटने लगी थी। कुछ देर बाद कीर्तन की आवाज़ से बजाजा पट्टी की तंग गलियां गूंज उठीं। शरीफ़ और जमील जब उसकी दुकान पर चढ़े तो एक अधेड़ उम्र की औरत अपने थैले उठा रही थी। उसकी नज़र जो इन पर पड़ी तो वह थैले काउंटर पर पटक उन पर झपट पड़ी।

"ऐ देखो, मैं बहुत धैर्य से काम लेती हूं...मुन्नू भाई और सलीम भाई का ख़याल न होता! तो मैं आज तुम लोगों को बाज़ार में नंगा कर पिटवाती, समझे। मेरी जवान लड़कियों पर...तुम्हारे घरों में जवान बहनें हैं, उनके साथ कोई ऐसा करे तब...बोलो मेरी लड़कियों का पीछा क्यों कर रहे थे?" वह औरत गुस्से से कांप रही थी।

"चाची, देखिए सब देख रहे हैं...इन्हें तो मैं सबक़ सिखाता हूं, आप जाएं..." रमज़ान को अपनी दुकान की साख़ की फ़िक्र थी। उसने हाथ जोड़ दिए।

"तुम्हारी बात मान छोड़ रही हूं।" कहती वह औरत दुकान की सीढ़ियों की तरफ बढ़ी।

"तुम लोग किसी दिन दंगा करवाओगे...अपनी इ़ज्ज़त संभलती नहीं क्या?" रमज़ान ने ताव में कहा।

"छोड़ यार।" शरीफ़ खिसियाए लहज़े में बोला।

"जूही का संदेशा भी तुम्हीं लोगों ने भेजा था न?" रमज़ान ने दांत पीसकर कहा।

"जूही, कौन जूही?" जमाल जल्दी से बोला।

"लाला राम प्रसाद की बड़ी बेटी, मुझे राखी बांधती है...निभाऊं भाई का कर्तव्य?" रमज़ान ने थान फेंक जमाल की गर्दन अपने पंजों में नापी।

"ए, ज़्यादा अंसारी बुद्धि मत लगाओ, समझे। हर बात में हम तुम्हारी तरह नफ़ा नहीं देखते।"

"हम बचपन के दोस्त हैं यार।" शरीफ़ ने उसके कंधे पर हाथ मारा।

"तुम दोनों मक्कार हो। तुमसे सिर्फ़ नफ़रत की जा सकती है...क़सम कलाम पाक की अगर फिर मेरी दुकान पर दोबारा नज़र आए तो दोनों की टांगें तोड़ दूंगा।" रमज़ान की आवाज़ में ऐसा कुछ था कि दोनों को ताव आ गया। शरीफ़ ने ज़मीन पर थूकते हुए कहा, "जब ख़ुद ख़तबाज़ी करते थे तो?"

"मैं मुहब्बत करता था उससे, समझे...तुम छिछोरापन करते हो, गुंडागर्दी... भागो यहां से या बाक़ी दुकानदारों को आवाज़ दूं।"

"देख लेना बेटे, इसका अंजाम। बचपन की दोस्ती तुमने तोड़ी है तो दुश्मनी भी अकेले तुम भुगतना।"

"चल, शरीफ़ चल, जुलाहे के मुंह मत लग...अपनी जात पर आ गया है...साला कफ़नफरोश!" जमाल ने जाते-जाते थान घसीटा।

"ठहर जा क़ब्र बिज्जू।" कहकर रमज़ान ने हाथ में नापने वाला लोहे का स्केल उठाया और जमाल की पीठ पर दे मारा, "ले बेटा, शेख़ की औलाद। खा मार जुलाहे से..." उसने स्केल दोबारा लहराया तब तक दोनों सरपट सीढ़ी उतर बाईं तरफ गली की भीड़ में खो गए।

"छिछोरी कमीनी हरक़तें और बात करते हैं शेख़ों और मुग़लों की..." रमज़ान ने माथे पर छलक आए पसीने को आस्तीन से साफ़ किया और काउंटर के पीछे बैठ गया।

"चाय पियो, एक दिन पकड़े जाएंगे ये दोनों थेतर।" चाय वाले लड़के ने पूरा तो नहीं मगर आख़िरी सीन देख लिया था।

"काश!" रमज़ान ने ज़बर्दस्ती की मुस्कान चेहरे पर लाकर कहा तो लड़का दो उंगलियां दिखा हंसता हुआ मुड़ा और पास की दुकान में जा घुसा।

10

रात को रमज़ान जब दुकान बंद कर घर की तरफ निकला तो चौराहे पर कई मोटरसाइकिलें जमा थीं और उनके सवारों के बीच आपस में तू-तू मैं-मैं चल रही थी। चौराहे का सिपाही हमेशा की तरह ग़ायब था और नाम भर की लगी ट्रैफिक लाइट टूटी पड़ी थी। मोटरसाइकिल का इंजन बंद कर रमज़ान वहीं बंद दुकान के चबूतरे पर खड़ा स्थिति को समझने की कोशिश करने लगा।

'सारे के सारे निकम्मे आवारा यहां जमा हैं...मोटरसाइकिल या तो अरब में कमाई की होगी, जो बाप रात-दिन मेहनत कर भेज रहा होगा या भाई की शादी में भाभी के बाप ने दी होगी।' दिल ही दिल में रमज़ान बड़बड़ा रहा था।

"ऐ देखो, ज़बान संभाल के, मुसहरे होंगे हमारे परदादा मगर अब ज़माना बदल चुका है। हम तुम्हारे साथ एक स्कूल, एक क्लास में पढ़ते हैं समझे, दबने वाले अब नहीं हैं, अव्वल नंबर में पास हुए हैं तो तुम्हारी गांड़ काहे फट रही है।"

ज़्यादातर लड़कों के हाथ में क्रिकेट का बल्ला था। वे एक लड़के को चारों तरफ से घेरे खड़े थे।

रमज़ान ने जो उस लड़के की कड़कदार आवाज़ सुनी तो सन्नाटे में आ गया। सारे बदन के रोंगटे खड़े हो गए। ये लोग इसकी आवाज़ को सदा के लिए दबा देंगे और कोई सुनवाई नहीं होगी।

रमज़ान ने परेशान होकर इधर-उधर देखा। ज़्यादातर गलियां अंधेरे में डूबी थीं। जो घर भी दुकानों के ऊपर थे वहां से टी. वी. की तेज़ आवाज़ें आ रही थीं। उसका दिमाग़ काम नहीं कर रहा था। तभी लड़कों ने उस पर हल्ला बोल दिया।

"गांड़ तो तेरी फाड़ेंगे...बोल फिर मिलेगा सुनीता मिश्रा से...बोल हंस-हंसकर बात करेगा उससे?" लड़कों के बल्ले हवा में लहराए। उसी के साथ रमज़ान के मुंह से आवाज़ निकली-"...पुलिस!" और सायरन बज उठा।

मोबाइल का बटन उसकी उंगली के नीचे दबा था और वह "पुलिस...

पुलिस आ गई..." कहता दौड़ा। उसी के साथ भीड़ छंटी और एक साथ मोटरसाइकिलें स्टार्ट हो तूफ़ानी रफ़्तार से अंधेरी सड़क पर दौड़ गईं। उसी के साथ किसी बच्चे की डरी चीख़ सुनाई पड़ी।

"मोटरसाइकिल, धधकिया आवत या।" लड़के को थोड़ी-बहुत चोट आई थी। सिर से ख़ून निकल रहा था। रमज़ान अब उसके पास पहुंचा तो वह तनकर खड़ा हो गया।

"डरो नहीं, मोबाइल से पुलिस गाड़ी का सायरन मैंने ही बजाया था। लो सुनो।"

"ओह!" वह हंसा फिर सिर पकड़कर बैठ गया। रमज़ान ने जेब से रूमाल निकालकर उसका ज़ख़्म बांधा और बेबसी से इधर-उधर देखा। कोई सवारी नज़र नहीं आ रही थी। उसने सुपारी के तने जैसे पतले, कांपते शरीर वाले उस कमज़ोर से लड़के को हाथों पर उठाया जो लगभग बेहोश हो गया था।

यह कोई नई घटना नहीं थी। रोज़ कहीं न कहीं कोई बवाल उठ ही जाता है। कई बार ऐसे अवसरों पर रमज़ान ने घायलों को बचाया था और पैसे-कौड़ी से भी मदद की थी। इसलिए अपनी मोटरसाइकिल वहीं छोड़ वह सधे पैर रख गलियों से गुज़रता, शॉर्ट कट से जल्दी ही सरकारी अस्पताल पहुंच चुका था। दूर-दूर तक न डॉक्टर का पता था, न नर्स का मगर एक स्ट्रेचर ज़रूर जर्जर अवस्था के बावजूद अपने पहियों पर खड़ा था।

रमज़ान ने उस लड़के को उस पर डाला और पास के कमरे में झांका तो वहां वार्ड ब्वाय ऊंघता नज़र आया।

"भाई, एमरजेंसी है। चलो, जल्दी चलो।"

इतना सुनते ही वह बदहवास उठा और स्ट्रेचर की तरफ बढ़ा और उसे धकेल एक कमरे में ले गया और हाथ धो ज़ख़्म साफ़ करने लगा।

"डॉक्टर, नर्स कहां हैं?"

"सब भांग पीकर पड़े हैं...हर ऑपरेशन के बाद यही होता है...मैं ही संभालता हूं।"

"शिकायत करूंगा..."

"किससे?" वार्ड ब्वाय हंसा, "सेवा करने वाले के विरुद्ध या फिर उन बड़े लोगों के ख़िलाफ़? परिणाम निकलेगा कि मैं नेकी से हाथ धो बैठूंगा...आगे आपकी इच्छा।"

"या अल्लाह!"

"बस आपने सही नाम लिया। उसी पर भरोसा रखें, उसी को पुकारते रहें। आपका रोगी कल-परसों तक ठीक हो जाएगा।"

"तुम वार्ड ब्वाय हो?"

"तो आप क्या समझे...यहां खेला चल रहा है?"

"तो तुम बताओ कौन हो?"

"एक कैंसर से मरे रोगी की आत्मा। जब सारे जीवित लोग सो जाते हैं तो मैं भूत बनकर ज़िंदा शरीर में प्रवेश कर जाता हूं।" इतना कह वह ठट्ठा मार हंस पड़ा।

रमज़ान उसकी बात से भन्ना उठा। दिल चाहा खींचकर एक साथ कई झापड़ मारे मगर ख़ून का घूंट पीकर रह गया। जो भी हो वह घायल की सेवा में लग चुका था। इस वक़्त भूत का नहीं, ईश्वर का अवतार उसे लग रहा था। उसने इंजेक्शन दे पट्टी बांधी और हाथ धोने लगा।

"आप चलें, मैं नहीं पूछूंगा कि कैसे चोट लगी, दुर्घटना हुई है तो पुलिस केस है वगैरह-वगैरह।" कहता वह अपने स्टूल पर जाकर बैठ गया।

"तुम साले?" रमज़ान की समझ में कुछ नहीं आया कि वह पूछे क्या?

"मेरा बाप आंत के कैंसर से बिना इलाज यहां मरा था। दवा होती तो डॉक्टर नहीं, डॉक्टर होता तो दवा नहीं। अच्छे इलाज के लिए पैसा नहीं। बस, जब पिताजी ने देह त्यागी तो मैंने प्रण लिया कि...खैर छोड़ो वह क़िस्सा। अब मैं रात को यहीं घूमता रहता हूं जब कोई ड्यूटी नहीं बजाता...देखो यह बौरौनी कब तक रहती है।"

"इसे रखो।" पर्स से कई बड़े नोट रमज़ान ने उसकी जेब में डाले।

"धन्यवाद। यह न भी देते तो भी चलता यार।"

वह हंसा तो रमज़ान भी हंस पड़ा।

रमज़ान जब अस्पताल से बाहर निकला तो आधी रात गुज़र चुकी थी।

सड़क पर आवारा कुत्ते घूम रहे थे। उसे देखकर भौंकने लगे। उसने कूड़े के ढेर से रस निकले गन्नों को उठाया और कुत्तों की तरफ फेंका और डपटा– धत्...धत्!

कुत्ते दुम दबाते पीछे हटे फिर बेहौसला हो, सड़क किनारे जाकर बैठ सुस्ताने लगे।

'ज़िंदगी भी क्या बनकर रह गई है। हर क़दम पर अड़चनें...आदमी जिए तो कैसे जिए?'

रमज़ान बड़बड़ाता अपने से बातें करता, कभी सीटी बजाता, कभी गाना गाता बड़े-बड़े डग भर रहा था! उसे अंधेरे भरे सन्नाटे से डर नहीं, घबराहट लग रही थी।

भोलानाथ दूसरे दिन सुबह-सुबह एक अधेड़ से आदमी को लेकर अमजद की कोठी पर पहुंच गया।

"यह कैलाश है। पिछले पंद्रह साल से साउदी, दुबई, मस्कट में काम करता रहा है, अभी लौटा है।"

"तो फिर क्या इरादे हैं?"

"सलाम साहब, काम तो करना है...मगर..."

"मगर क्या?"

"यहां काम करने का जी नहीं चाहता। मसाले में मिलावट, माल ग़लत, दिहाड़ी में चोरी...आदत हमारी भी ऐसी पड़ गई है कि हम बेईमानी का काम नहीं कर सकते हैं मगर यहां तो...। एक काम लिए थे। सरकारी ठेका था, बीच में छोड़ दिया। साहब चोरी-चमारी से वक़्ती आमदनी हो जाती है मगर बरकत नहीं। इसलिए हम कोई धांधली वाला काम नहीं लेते। वह तो भोला भाई ने आपकी चर्चा की तो मैं चला आया।"

"बड़ी साफ़ भाषा बोलते हो?"

"वहां तो सही ज़बान चलती है। अरबी भी बोल लेता हूं।" कैलाश हंसा।

"अब ऐसी बातें न सुनने को मिलती हैं और न ऐसे आदमी? तुम...घर देख लो। अपनी मर्ज़ी से काम करो, सरकारी ठेका नहीं, घर का काम है, बेटी का घर...बस हमें काम अच्छा चाहिए!"

"साहब, वहां जब हम टाइल्स लगाते हैं तो शेख़ कुंजी बजाकर देखता है। खोखली हुई तो बस...। यहां तो किसी चीज़ का डर नहीं, भगवान् तक का नहीं। इसलिए आप काम की तनिक चिंता न करें, वैसा काम हम नहीं करेंगे।"

"तय कर लो भोलानाथ के साथ, घर देख लो," अमजद ने कहा तो कैलाश बोला, "विश्वकर्मा की पूजा के बाद काम शुरू करूंगा, आने वाले बुधवार को मैं ख़ुद पहुंच जाऊंगा। यह रहा मेरा कार्ड।"

"एक बात बताओ..." कार्ड ले अमजद ने कुछ सोचते हुए कहा फिर कार्ड मेज़ पर डाल बोले, "तुम वापस क्यों आए?"

"साहब, अमेरिकन कंपनी थी, पगार अच्छी। खाना-रहना सब मुफ़्त था

मगर घर-परिवार का मामला था। तीनों लड़कियां जवान हो रही थीं। रोज़ टी. वी. पर तरह-तरह की बातें देख दिल घबराता था। लगता था ऐसी कमाई से क्या लाभ जब घर की बिटिया ही सुरक्षित न हो।" कैलाश ने इतने सहज स्वर में कहा तो अमजद चौंक सा पड़ा। पैसा कमाने की दौड़ में आगे निकल जाने पर कौन लौटता है?

"ठीक फ़ैसला लिया तुमने, परिवार से बढ़कर आदमी के लिए कुछ और होना भी नहीं चाहिए।" अमजद ने कहा।

"आपके आशीर्वाद से तीन लड़के हैं। अच्छे स्कूल में नाम लिखवाया मगर पढ़ाई से ज़्यादा क्रिकेट में मन लगता है। गांव में महामारी की तरह क्रिकेट पहुंच गया है। एक साल का बच्चा भी मां की गोद से उतर चलना सीखेगा तो सीधे क्रिकेट के मैदान की ओर भागेगा।" कैलाश हंसा।

"अच्छी दिलचस्प बातें करते हो" अमजद भी हंसे।

"अच्छा, साहब जी।" भोलानाथ हाथ जोड़कर बोला और कैलाश ने सैल्यूट जैसा हाथ उठाया।

दोनों के जाने के बाद अमजद कैलाश का हुलिया याद कर मुस्करा पड़ा। बदन पर बादामी रंग का पठानी सूट और आंखों पर धूप का चश्मा, जेब में मोबाइल, पेन और नन्ही सी डायरी। उंगलियों में नग वाली चांदी की अंगूठी और गर्दन में भारी सोने की चेन...इसके टोले वाले तो इसे अपना हीरो मानते होंगे। ऊपर से इस तरह के ख़यालात और बोलने का स्टाइल...। यहां सारी ज़िंदगी भी अगर यह कमाता तो यह विश्वास उसमें कभी न आ पाता। शायद किसी मुठभेड़ में मारा जाता या झुग्गी में आग लगा दी जाती और घर की औरतों का सरेआम बलात्कार होता।

'कुछ तो असली कमाई इसने की है जो उसके यह तेवर हैं वरना बाक़ी तो नक़दी ही यहां गिनते रह जाते हैं। किरदार को कौन खालिस गारे, ईंट से पुख़्ता बनाता है। जियो, कैलाश जियो।' अमजद सोचते हुए झुके और कार्ड उठा घर के अंदर की तरफ मुड़े।

माजदा और नईम नवादा लौट गए थे। घर महजबीं को बड़ा सूना-सूना लग रहा था। जबकि महलक़ा के तीनों बच्चे गोलू के साथ मिलकर चहल-पहल बनाए रखते थे।

"कैसी हो? सास क्या मिली तुम तो मां को भूल गईं।" महजबीं ने फ़ोन

पर बेटी से शिकवा किया मगर लहज़े में आई कड़वाहट को कम न कर पाईं।

"अम्मी, यह बात नहीं है।"

"फिर क्या बात है जो दो दिनों से मां की ख़ैरियत लेने की भी फ़ुरसत न मिली?"

"मम्मी, यहां इतने ढेर सारे लोग हैं कि वक़्त कैसे गुज़र जाता है पता ही नहीं चलता है।"

"बात तो सही है, रौनक़ भी ख़ूब होगी।"

"जी, गई रात तक गप्पें, फ़िल्म और तफ़रीह, सुबह देर तक सोना।" हंसते हुए माजदा बोली।

"क़ुर्बान जाऊं इस हंसी के।" महजबीं खिलखिलाकर हंस पड़ीं। चंद लम्हे दोनों मां-बेटी यूं ही हंसती रहीं।

"सास-ससुर ख़ुश हैं, कुछ पकाकर खिलाया?"

"रोज़ तो कहीं डिनर पर जाना होता है और नाश्ता दोपहर के खाने के वक़्त होता है।"

"दुलहन...कहां हो?" एकाएक मोबाइल पर महजबीं को एक और आवाज़ सुनाई दी।

"आई अम्मी...अच्छा मम्मी, आपसे फिर बात होगी, बाय।"

इतना कह माजदा ने फ़ोन काट दिया। महजबीं को झटका सा लगा। पता नहीं कैसी जलन भरी उदासी दिल पर छा गई। फ़ोन रख वह बिस्तर पर जाकर लेट गई और अपने को समझने की कोशिश करने लगी कि आख़िर उन्हें हो क्या रहा है? क्यों बुरा लग रहा है उन्हें बेटी का अपने ससुराल से इतना जुड़ाव?

"क्या बात है, तबीयत तो ठीक है न तुम्हारी?" अमजद ने कमरे में दाख़िल होते हुए पूछा और ब्रीफकेस पलंग पर रख खोला।

"ठीक हूं, बस कुछ काम न था इसलिए आराम करने के लिए ज़रा लेट सी गई थी। आप सुनाइए, काम बना?"

"हां, बाजी को लड़का पसंद आ गया है। इंजीनियर है। बाहर की डिग्री है। बस मैंने सिर्फ़ इतना कहा था कि यूं बातों पर एतबार न करके लड़के के घर और ख़ानदान के बारे में किसी को भेजकर पूरा पता लगवा लें।" इतना कह अमजद ने कुछ फाइलें निकाल दराज़ में रखीं और ब्रीफकेस बंद कर दीवार से टिकाकर खड़ा किया।

"तुम कुछ सुस्त हो? बेटी की याद आ रही है तो ख़ुद फ़ोन कर लो, यूं

इंतज़ार में घुलो मत।" अमजद ने शर्ट के बटन खोलते हुए कहा और बाथरूम की तरफ बढ़ गए।

ठंडी गहरी सांस ले महजबीं अपनी जगह से उठीं और ड्रेसिंग टेबल के सामने बैठ बाल ठीक करने लगीं। अपना अक्स आईने में देखकर बोलीं, 'महजबीं बेगम, जो गली पीछे छोड़ आई हो उधर मत जाना वरना इस बार माफ़ी नहीं मिलेगी।'

महजबीं कमरे से बाहर निकलीं ताकि मियां के लिए गर्म चाय का प्याला बना लाएं और ख़ुद भी गर्म-गर्म घूंट भरकर दिल पर आई मैल को धो डालें।

महलक़ा के घर में काम शुरू हुए कई रोज़ गुज़र चुके थे।

उसका वहां जाकर काम देखना ज़रूरी था। पहले दिन वह ठेकेदार को सब कुछ पता कर चली आई थी।

महलक़ा जब घर में घुसी तो यह देखकर हंस पड़ी कि सारी दीवारें गोल-गोल काले-सफ़ेद धब्बों से भरी थीं। मरम्मत की जगहें सीमेंट लगाने और पास की दीवार उसके छींटों से काले पड़े थे। आंगन में बड़े-बड़े ड्रम रखे थे।

"लगता है दस-बारह साल से घर में पुताई नहीं हुई।" ठेकेदार कैलाश बोला।

"बीच में हुई तो थी मगर पूरे घर की नहीं।"

"बस दो हफ़्ते और लगेंगे। आप चिंता न करें।"

महलक़ा कुछ देर वहां ठहरकर लौट आई थी। रास्ते में कई जगह फर्राटे भरती मोटरसाइकिलें देख वह अपना सिर कई बार झटक चुकी थी। एक-दो बार लगा जैसे राशिद जा रहा हो। उसे अपने इस पागलपन पर गुस्सा भी आया।

आख़िर वह उसकी यादों से मिट क्यों नहीं रहा है?

घर आकर भी वह कुछ देर तक खोई-खोई परेशान सी रही। दिल टटोला तो उसके लिए वहां घिन का अहसास पाया मगर दिमाग़...इस दिमाग़ के कैसिट से उसे कैसे ख़ारिज करे...कैसे?

रात खाने की मेज़ पर कुछ लतीफ़े और क़िस्से सुनाए गए। हंसी भी गूंजी मगर महलक़ा और महजबीं अपनी-अपनी दुनिया में ज़हनी तौर से परेशान रहीं। बार-बार दोनों के ख़यालात भटक जाते थे। ज़हूर को महसूस हुआ हो या नहीं लेकिन अमजद को समझ में आ रहा था मगर वे कारण नहीं समझ पा रहे थे।

माजदा की कमी उन्हें भी खल रही थी। साथ ही ख़ुशी भी महसूस हो रही थी कि लड़की अपने घर में ख़ुश है।

खाने के बाद ज़हूर और अमजद गप्प मारने बैठ गए। महलक़ा और महजबीं कुछ देर तक टी. वी. सीरियल देखती रहीं फिर अपने-अपने कमरों की तरफ़ चली गईं।

महलक़ा ने बच्चों की यूनिफ़ॉर्म, जूते और बस्ते चेक किए और नाइटी पहन सोने की तैयारी करने लगी।

"मम्मी, हम अभी और टी. वी. देखेंगे।"

"नहीं, सुबह जल्दी उठना है।"

"एक कहानी तो सुना दो न?"

"आज नहीं, मैं बहुत थकी हुई हूं। अब आंखें बंद करो और सो जाओ।" इतना कह महलक़ा ने स्विच ऑफ कर दिया।

बच्चे कुछ देर बेचैनी में करवटें बदलते रहे फिर गहरी नींद में डूब गए।

"कैसी बेचैनी है आज रात? इनका फ़ोन भी अभी तक नहीं आया है? जाने क्या बात है जो दिल यूं घबरा रहा है?" महलक़ा ने फ़ोन उठाकर देखा फिर तकिये के नीचे रख दिया।

खुली खिड़की से अब चांद झांकने लगा था। ठंडी मुलायम हवा चांदनी से छुलकर महलक़ा के गालों को सहला रही थी। माथे पर पड़ी लट हवा से हिलकर माथे पर सरसराहट सी पैदा कर रही थी। उसने झुंझलाकर साइड टेबल की दराज़ खोली और टटोलकर बालपिन निकाल उसने अपने बालों में लगाई फिर तकिये पर सिर रख आंख बंद कर ली।

'आधे घंटे में तीन मिस कॉल मार चुकी हूं मगर...शायद बेसमेंट में होंगे, ओवरटाइम कर रहे होंगे...'

वह इंतज़ार करते-करते गहरी नींद में गुम हो गई।

सारे दिन की घबराहट, भय और चिंता ने सपने के ताने-बाने बुनने शुरू कर दिए थे।

उसने देखा वह अपने घर में है। फैले सामान को सलीक़े से सजा रही है। बच्चे इधर-उधर घूम रहे हैं, वह डांट रही है।

'अम्मा, घर में एक बूंद दूध नहीं है।'

'ठीक है।'

'लेने जाएं?'

'नहीं, मुझे कुछ और ज़रूरी सामान भी ख़रीदना है। मुझे जाना होगा बाज़ार की तरफ। लौटते हुए दूध लेती आऊंगी।' इतना कहकर महलक़ा काम में मसरूफ़ हो गई।

बेडरूम ठीक कर वह बाहर निकली। नक़ाब उठाकर उसने झाड़ा और पहनकर पर्स उठाकर बाहर की तरफ बढ़ी। दरवाज़ा खोलकर वह गली में उतरी और पैदल चलने लगी। एकाएक उसके कानों में मोटरसाइकिल की फट-फट सुनाई दी। वह एक तरफ होकर जो मुड़ी तो देखा मोटरसाइकिल पर राशिद जा रहा था। एकाएक राशिद ने आगे जाकर मोटरसाइकिल रोक दी मगर इंजन बंद नहीं किया। महलक़ा एक पल वहीं जमी खड़ी रही फिर मुंह फेरकर तेज़ क़दमों से आगे बढ़ने लगी। जैसे ही वह गली के दहाने पर पहुंची वैसे ही राशिद ने मोटरसाइकिल खड़ी की और उतरकर उसकी तरफ आया और उसकी बाज़ू पकड़ अपनी तरफ खींचा और बोला, 'चलो चलकर पीछे बैठो, इस तरह पैदल-पैदल कहां जा रही थीं?'

'छोड़ो मेरा हाथ, छोड़ो...मुझे जाने दो।' उसने अपना बाज़ू उसके चंगुल से छुड़ाना चाहा।

'चलो...बैठो।'

'नहीं।'

'क्या मैं अब इतना बुरा लगने लगा हूं जो हाथ तुम इस तरह छुड़ा रही हो। कभी मेरी कमर के चारों तरफ कसती थीं। वह बांहें तुम्हारी थीं न, कुछ याद आया बेवफ़ा?'

'मानती हूं, वह मेरी ग़लती थी। लेकिन...मेरा हाथ छोड़ो।'

'तो फिर मेरी तरफ से लो यह तोहफ़ा।' कहकर उसने जेब से नन्ही सी शीशी निकाली और ढक्कन खोल उसमें भरा पानी उसके चेहरे पर छिड़क दिया।

'आह! यह क्या किया राशिद तुमने? मेरा चेहरा जल रहा है। या ख़ुदा यह तुमने क्या कर दिया राशिद?'

बॉक्सर मोटरसाइकिल धड़धड़ाती गुज़र गई। वह वहीं नाली की घास पर बैठ दर्द की शिद्दत से ज़ोर-ज़ोर से चीख़ने लगी।

अपनी चीख़ से उसकी नींद टूटी और वह एक झटके से उठी और घबराकर अपने चेहरे पर बार-बार हाथ फेरा फिर आंखों से गंगा की धाराएं बहाने लगी।

11

माजदा दिन चढ़े तक सोती रही थी। उसकी आंख तब खुली जब दर्ज़ी इंतज़ार करते-करते थककर जा चुका था। उसने एक भरपूर अंगड़ाई ली और घड़ी की तरफ नज़र डाली, "उफ! ग्यारह बज रहे हैं।"

वह तेज़ी से उठी। आदत के अनुसार उसने बिस्तर ठीक किया। मोबाइल उठाने से पहले उसने वाइब्रेशन ऑफ़ किया तो पता चला पांच मिस कॉल थीं। सब की सब मम्मी की थीं।

"अभी फोन कर नहीं पाऊंगी...पहले तैयार होती हूं।" वह तेज़ी से बाथरूम की तरफ लपकी।

इस बीच सास कमरे के दरवाज़े पर हलकी सी दस्तक देकर जा चुकी थीं। नईम अपने काम पर जा चुका था। दोपहर का खाना चढ़ चुका था। दोनों नंदें कॉलेज जा चुकी थीं।

"अम्मी, माफ़ करिएगा। पता नहीं आज मैं इतनी देर तक सोती क्यों रह गई?"

"कोई बात नहीं! सच पूछो तो यही उम्र है खेलने, खाने और सोने की। चलो कुछ खा लें। तुम्हारे इंतज़ार में सुबह से मैं भूखी बैठी हूं।"

"अल्लाह अम्मी!" माजदा प्यार से सास की गर्दन में बांहें डाल उनके गाल को चूमने लगी।

दोनों ने मेज़ पर सजे नाश्ते से थोड़ा-बहुत खाया और चाय की प्याली उठा ड्राइंगरूम में आकर बैठ गईं।

"जब मैं ब्याह के आई थी तब नवादा वाला हमारा घर ऐसा नहीं था। कच्चा-पक्का खपरैल की छत वाला घर था। दरवाज़े पर दो भैंसें, एक गाय और तीन बकरियां थीं जो मैं जहेज़ में लाई थी। उस वक़्त मेरी उम्र सिर्फ़ पंद्रह साल थी। तुम्हारे ससुर पढ़ रहे थे। घर में कुल मिलाकर दस लोग थे। रौशनी के लिए रात को सिर्फ़ एक ढिबरी जलती थी। बहू के नाते मुझे सब कुछ देखना पड़ता था। भागकर कभी जानवरों को देखती तो कभी रोटी सेकती। गाय के रंभाने पर

भागकर उसे पानी पिला चारा काटती और छोटे देवरों और नंदों को सुलाकर रात को सास के दुखते बदन की गर्म तेल से मालिश करती।"

"इतना काम अम्मी! आपका कोई साथ नहीं देता था?" कहते-कहते माजदा की आंखें भर आईं। उसके दिल की नर्मी देखकर सास ने प्यार से उसके गालों को थपका।

"खेत कौन देखता था। सास-ससुर...हम ग़रीब थे। मेहनतकश लोग थे। मां के घर में तो और भी तकलीफ़ें थीं। घर गिरवी रख अब्बा ने यह सोचकर दामाद को चुना था कि वह पढ़ रहा है। सरकारी नौकरी मिलेगी तो मेरी बेटी राज करेगी। मकान गिरवी रख उन्होंने दो भैंसें, एक गाय और तीन बकरियां और दस हज़ार नक़द दिया था। खेती ज़्यादा न थी। भैंस के दूध से घर में सब पेट भर लेते थे। छोटे दूध पीते रोटी के साथ, बड़े रोटी खाते दही के साथ। साग-सब्ज़ी, दाल तो तब चूल्हे पर चढ़ने लगी जब गाय, भैंस और बकरी का दूध हम बेचने लगे।" सास सांस लेने को रुकीं। तभी मोबाइल बज उठा। मम्मी का फ़ोन था। उसने दिल मसोसकर फ़ोन ऑफ़ कर दिया, 'इस वक़्त उनसे बातचीत करना ठीक नहीं है।'

"घर वालों की सारी उम्मीदें इन पर टिकी थीं।" अम्मी अपने अतीत में खोई हुई थीं।

"आपकी सास तो आपको बहुत प्यार करती होंगी न?"

"प्यार और दुश्मनी के लिए इस घर में तब किसी को फुरसत न थी। हम साथ-साथ मेहनत करते और थककर सो जाते थे। भूखे पेट को भरने के लिए हमें एक-दूसरे पर भरोसा करना पड़ता था। एक दूसरे का सहारा बनना पड़ता था। ऐसे मौक़ों पर लोगों के दिलों में एक-दूसरे के लिए दर्द उभरता था। इसे लगाव कहो या भरोसा, हमारे बीच बहुत गहरा था।" इतना कह सास चाय का घूंट भरने लगीं।

"आपको वे दिन अब भी याद आते हैं?" धीरे से माजदा बोली जैसे ख़ुद से कह रही हो।

सास चुप रहीं। खाली प्याली चाय की रखकर मुस्करा पड़ीं और बड़े मुहब्बत भरे लहजे में बोलीं, "चाहती हूं तुम इस घर को बड़े चाव से संवारो। जो चारों तरफ हो रहा है उसकी नक़ल न करना। ये सब बड़ी ओछी हरकतें हैं। यहां का सब कुछ तुम्हारा है, मैं भी और बेटा भी। छीना-झपटी का कोई मतलब नहीं है। जीतोगी तो अकेली हो जाओगी। हारोगी तो हम सबकी बनकर रहोगी

और वही तुम्हारी असली जीत होगी।"

"अम्मी, आप मुझ पर भरोसा रखें। अपने इस घर के ख़िलाफ़ मैं कभी कोई क़दम नहीं उठाऊंगी।" माजदा ने मेज़ पर चाय की प्याली रखी और अपनी बांहें सास के गले के चारों तरफ बांध अपना गाल उनके गाल पर रखा।

सास ने उसकी दोनों हथेयिलों को चूमकर कहा, "अभी हमारा आना-जाना रिश्तेदारों में होगा। बिरादरी में बहुत से ऐसे कैरेक्टर होते हैं जो उल्टी-सीधी बातें कर कान भरते हैं। तुम इन छिछोरी बातों में दिलचस्पी न लेना। अपनी पढ़ाई पर ध्यान देना। जानती हो जब हमारे यहां ख़ुशहाली ने अपना क़दम रखा तो सबसे पहले तुम्हारे ससुर ने मुझे तालीम देनी शुरू की। वे कहते थे कि शमा, हमें बहुत आगे बढ़ना है और हमारी यह तरक़्क़ी तुम्हारी रोशनी में ही मुमकिन है। तुम्हारी जलती लौ इस घर को रोशनी से भर देगी। मेरे सास-ससुर भी उनके हमख़याल बन गए। मेरे अब्बा..." इतना कह शमा की आंखों में आंसू डबडबा आए। उनका गला भर आया था।

"अम्मी!" माजदा ने उनका हाथ सहलाया।

"मेरे घर के बदले माहौल को देखकर बहुत ख़ुश होते थे जबकि उनका घर उनका नहीं रह गया था। आख़िरी वक़्त में उन्हें किराए के मकान में जाना पड़ा था। जब तुम्हारे ससुर की पहली पोस्टिंग हुई तो उन्होंने सबसे पहले उस बनिये के यहां रेड डाली और...लंबी कशमकश के बाद वह घर अब्बा को लौटवाया और किस्त बंधवाकर उसका थोड़ा-बहुत जो भी क़र्ज़ा था, अदा किया। यह सब बताना तुम्हें ज़रूरी था ताकि तुम जान सको कि इस घर की बुनियाद तुम्हारे बुज़ुर्गों ने अपने ख़ून-पसीने से डाली है, जिसमें मोहब्बत और रिश्तों की कसावट का हमेशा ध्यान रखा गया। इसलिए उस घर की नींव को खोदना मुनासिब नहीं है। इस घर को हमें एक मिसाली घर बनाना है ताकि चारों तरफ फैली जिहालत, तंगनज़री, जलन, हसद के अलावा भी हमारे आसपास वालों को कुछ दिख सके कि अरे इस रास्ते पर चलकर भी आदमी कामयाब हो सकता है। याद रखो अकेला पैसा तहज़ीब नहीं लाता है, कलह लाता है। ख़ुदग़र्ज़ी और दुश्मनी लाता है। आज हमारा शहर, हमारे लोग उसकी चपेट में आ गए हैं। पैसे के लालच ने उन्हें अंधा बना दिया है। अपने ख़ून के रिश्तों के ख़िलाफ़ खड़ा होना सीख गए हैं। तुम ऐसा हरगिज़ न करना। मुझे तुम पर पूरा भरोसा है। फिर भी तुमको ये बुनियादी बातें बताना और समझाना ज़रूरी समझती हूं।" इतना कहकर वह उठीं।

माजदा ने दोनों जूठी प्यालियां उठाई और उनके पीछे-पीछे ड्राइंगरूम से बाहर निकली।

अपने कमरे में जाकर माजदा ने फ़ौरन अपनी मम्मी को फ़ोन किया।

"हलो, मम्मी कैसी हैं आप और पापा?"

"ठीक हूं मेरी चांद, तुम कैसी हो?"

"मैं ठीक हूं...वह बात यह थी कि...आज देर तक सोती रही। ग्यारह बजे उठी। बस आपका फ़ोन नहीं उठा पाई, लो टोन में था। अप्पी कैसी हैं और बच्चे?"

"सब ठीक हैं, तुम्हें याद करते रहते हैं। मां हूं इसलिए फ़िक्रमंद रहती हूं कि तुम अच्छी तरह रस-बस गईं कि नहीं?"

"यहां का माहौल बिलकुल अलग है मम्मी। सब मेरा बेदह ख़याल रखते हैं। आज मैं देर तक सोती रही तो अम्मी ने नाश्ता नहीं किया। मेरे इंतज़ार में तब तक भूखी रहीं जब तक मैं नींद से जागी नहीं। हमने साथ नाश्ता किया। उन्होंने मुझे अपने बारे में बताते हुए कुछ नसीहतें कीं जो मैं हमेशा याद रखूंगी। आपको कैसे और क्या बताऊं, वे कितनी सुलझी और समझदार ख़ातून हैं।"

"लगता है कि धीरे-धीरे तुम अपनी मां को भूल जाने वाली हो?"

"अरे, नहीं मम्मी, आपकी जगह भला कोई ले सकता है? वे तो मेरी सास हैं, मुझे पैदा थोड़े किया हैं।" माजदा हंसी।

"याद रखना, मां से बढ़कर न कोई राज़दार होता है, न हमदर्द।" लंबी सांस ले महजबीं बोलीं, "उनकी चिकनी-चुपड़ी बातों के झांसे में मत आ जाना।" इतना कहते-कहते वह चौंक पड़ीं और दांतों के नीचे ज़बान दबा बैठीं। उधर माजदा को महसूस हुआ कि मम्मी को सास की तारीफ़ बुरी लगी है।

"अच्छा, फिर फ़ोन करना जब फ़ुरसत मिले।" कुछ सुस्त से लहजे में महजबीं बोलीं और एकाएक फ़ोन बंद कर दिया। अपने को लानत-मलामत करने लगीं कि ज़बान पर क़ाबू नहीं रहता। यह बचपना जलने-भुनने का कब तक चलेगा। सोफे पर बैठकर उन्होंने अपना माथा सहलाया। अपने बहके ख़यालात को झटका। उठकर बिस्तर पर जा आंखें बंद करके लेट गईं। जाने कब उनकी आंख लग गई।

उन्होंने ख़्वाब में देखा कि वे तंग पतली गलियों में तेज़ी से क़दम उठाती बढ़ रही हैं। गली दर गली घूम रही हैं। हर तरफ सन्नाटा है। थककर वे वहीं एक घर की चौखट पर बैठ सुस्ताने लग जाती हैं और एक राहगीर से पता पूछती

हैं तो वह उन्हें ग़ौर से देखता है फिर बड़े कड़वे लहजे में कहता है–'तुम सुधरोगी कभी नहीं...' इतना कह वह आगे बढ़ जाता है।

एकाएक उन्हें सामने से आमिल बदरुउद्दीन आते नज़र आते हैं। वे तेज़ी से आगे बढ़ती हैं और ठोकर खाकर औंधे मुंह गिर जाती हैं। वही आदमी जाने कहां से आता है। उन्हें उठाता है। उसकी आंखों में नफ़रत और हिक़ारत है। वह होंठ सिकोड़कर कहता है, 'तुम सुधरोगी नहीं? अब तो सुधर जाओ...सुधर जाओ...'

'तुम कब सुधरोगी?' यह जुमला पूरी गली में ज़ोर-ज़ोर से गूंजने लगता है।

"मम्मी, उठिए...बेवक्त कैसे सो गईं? चलिए खाना लग गया है। पापा भी आ गए हैं।" उन पर झुकी महलक़ा उनके बाजू सहला रही थी।

"आं....हां, उठती हूं।" उन्होंने दुपट्टे से मुंह पोंछा। कुछ देर उसी तरह बैठी रहीं फिर सर हिलाकर झटका जैसे कुछ फेंक रही हों।

"कोई ख़्वाब देखा क्या?"

"हां, बहुत ख़राब...तुम चलो मैं बाथरूम होकर आती हूं।" महजबीं ने बिस्तर से उतरते हुए पैरों में स्लीपर डालीं और उठ खड़ी हुईं।

खाने के बाद अमजद बेडरूम में आ गए। कुछ देर बाद महजबीं भी लौट आईं। चेहरे पर हलका सा तनाव साफ़ छलक रहा था। अमजद मैगजीन के वरक़ पलटते रहे। कनखियों से बीवी के चेहरे को देखकर उनके दिल का हाल जानने की कोशिश की मगर पूछा कुछ नहीं।

"तुम कब चलोगे हज के लिए? उस दिन बातें करके तुम जैसे सब कुछ भूल चुके हो।"

"नहीं, ऐसी बात नहीं है। अमेरिका का वीज़ा आसानी से नहीं मिलता। भाई साहब को ख़त डाला है। जवाब का इंतज़ार है।" अमजद ने बताया।

"फिर कहीं और चलो, मुझे सीवान से बाहर जाना है।" महजबीं ने कहा।

"पटना चलो, बेटी से मिल लेना। अब तो वे लोग नवादा से जा चुके होंगे न?"

"हां, मगर मैं किसी अजनबी जगह जाना चाहती हूं जहां पर कोई जान-पहचान वाला न मिले। मुझे हज पर जाना है।"

"ठीक है। हज का अभी वक़्त नहीं है, चलो नेपाल चलते हैं। मैं इंतज़ाम

करता हूं।"

"मगर जल्दी।" महजबीं ने कहा और दराज़ खोल उसमें कुछ ढूंढ़ने लगीं।

'कोई तो बात है जो महजबीं को अंदर-अंदर खाए जा रही है।' अमजद ने उसके चेहरे पर फैली उदासी को देखकर सोचा।

"अगले माह तक महलक़ा भी अपने घर जाना चाहेगी। ज़ाकिर के आने में अब दिन ही कितने रह गए हैं।"

"अरे हां, एक अहम ख़बर तो तुम्हें देना ही भूल गया।" अमजद चहके।

"कहो।"

"राशिद याद है...वही लफंगा। मुझे मिला था।"

"कहां?" दराज़ बंद कर महजबीं अमजद के पास आकर बैठ गईं।

"बाज़ार में, मोटरसाइकिल पर किसी को बिठाए जा रहा था। मैंने मुंह फेर लिया मगर उसने मुझे देख लिया था। मोटरसाइकिल मोड़कर मेरी तरफ आया। मोटरसाइकिल से उतरकर मुझे सलाम किया और पीछे बैठी मोहतरमा से बोला, 'नसरीन, चचा को सलाम करो।'

" 'चचा, मेरी शादी हो गई है। यह मेरी...मैंने फ़ोटोकॉपी की दुकान खोली है। कोई ख़िदमत हो तो बताइएगा।'

" 'मुबारक हो, तुम्हें इस तरह देखकर मुझे ख़ुशी हुई।' मैंने कहा और दिल ही दिल में शुक्र अदा किया कि इस तरफ से भी इतमीनान हुआ।"

"हां भई, डर मुझे लगता था, चलो पाप कटा।"

"हां, ख़ुदा का शुक्र है।"

"यह कब की बात है?"

"आज की, घर में घुसते ही तुम्हें सब कुछ बताना चाहता था मगर तुम सो रही थीं।"

"अच्छा।" इतना कहकर महजबीं ने अपने बाल खोले और ड्रेसिंग टेबल से तेल की बोतल उठाते हुए बोलीं, "सिर बड़ा दुख रहा है।"

"तो लाओ दबा देता हूं।"

"आप दबाते क्या हैं, बाल अलग उलझाकर रख देते हैं।" मुस्कराकर महजबीं ने कहा और तेल चंदिया पर मलने लगीं। नारियल के तेल की सुगंध कमरे में फैल गई।

"अपने को हल्का रखो, ज़हन पर क्यों बोझ रखती हो जो मुस्कराना तक भूल जाती हो?"

"हां, बात आपकी सही है...मगर इनसान अपनी बनावट से मजबूर है।" बड़ी संजीदगी से महजबीं बोलीं और गहरी सांस ली।

"बुराई से लड़ना आसान नहीं मगर तुम कामयाब होगी इस लड़ाई में...मुझे यक़ीन है।" अमजद ने अंधेरे में तीर छोड़ा।

'हां, मगर जलन हसद जीने कहां देता है?' दिल ही दिल में महजबीं ने कहा, "मेरा तो दिल इस वक़्त ऐसा सुलग रहा है कि उस सास का मुंह नोच लूं जो मुझसे मेरी बेटी को दूर कर रही है।'

"जवाब नहीं दिया तुमने?"

'अपने अंदर की फन पटकती नागिन को मार डालूं तो जवाब दूं...अभी तो लड़ाई जारी है।' महजबीं ने आंखें बंद किए-किए सोचा।

"टूमैटो सूप के लिए कहूं?" अमजद ने पूछा।

"नहीं, मैं ख़ुद बनाकर लाती हूं।" जूड़ा बांधकर तेल की शीशी उठाते हुए महजबीं ने कहा और कमरे से बाहर निकलीं।

ज़ाकिर का फ़ोन आया था कि वह पंद्रह तारीख़ तक पहुंच रहा है। फिर कहने लगा कि मलकानूर को उसका शौहर किसी तरह मनाकर घर लौटने पर राज़ी तो कर ही लेगा मगर वह अभी वहीं है। देखो आगे क्या होता है?

ज़ाकिर की बातों ने एक बार फिर महलक़ा को झिंझोड़कर रख दिया था। सच तो है। नई जगह नए माहौल में रहकर कमाना, अपना खाना ख़ुद पकाना, बीमार पड़ने पर अपनी देखभाल ख़ुद करना, अपने ख़र्चे में कटौती कर घर वालों के लिए तोहफ़े ख़रीदना और उम्मीद से भरे घर लौटना और यहां आकर देखना कि उसकी मेहनत का मज़ाक़ उड़ाया जा रहा है। सारी ग़लती ले-देके उसके माथे थोपी जाती है कि उससे बीवी तक नहीं संभलती। यह कैसी बेचारगी है? ऐसे मर्दों को औरतें और समाज किस ख़ाने में रखेंगे? ज़ालिम या मज़लूम?

महलक़ा अपनी सोच में गहरी डूबी थी कि महजबीं कमरे में दाख़िल हुईं और बेटी को देखकर मुस्कराईं।

"मुबारक हो, उस लफंगे राशिद ने शादी कर ली है। कहीं कोई काम भी कर रहा है। तुम्हारे पापा को मिला था। ख़ुदा का शुक्र है मेरे सिर से बोझ उतरा वरना मैं यह सोच-सोचकर हलकान होती थी कि तुम घर लौटोगी और यह बदमाश फिर कहीं कोई..."

"डरती तो मैं भी रहती थी मम्मी। परसों तो मैंने इतना डरावना ख़्वाब देखा

था कि क्या बताऊं?"

"ख़्वाब की कुछ न कहो, ख़्वाब हमें डराते भी हैं और आने वाले हादसों की इत्तला देकर हमको उनसे बचाते भी हैं...यही मेरा हाल है। जाने कैसे-कैसे ख़्वाब देखती हूं।"

"यह सब हमारी सोच का नतीजा है जो ख़्वाब बन जाता है।"

"पूरा क़िस्सा-कहानी कह जाता है।" हंसीं महजबीं।

"यह तो है मम्मी।" महलक़ा भी हंस पड़ी।

"तुम्हें कुछ कपड़े सिलवाने हैं...या ख़रीदने हों तो बताओ?" महजबीं ने पूछा।

"नहीं मम्मी। ज़ाकिर भी ढेरों सामान लेकर आएंगे...जो ख़रीदना होगा फ़िलहाल, वह तो किचन का सामान होगा। वह भी बाद में ख़रीदूंगी जब पुराना सामान छांट लूंगी।"

"ठीक है। मेरा दिल कहीं बाहर जाने का चाह रहा है। कहा तो है तुम्हारे पापा से, देखो कब तक जाना हो पाएगा।"

"अच्छा है मम्मी। आपका दिल बहल जाएगा। एक जगह रहते-रहते आदमी थकने लगता है। मेरा तो यहां आकर ही बहुत बड़ा चेंज हो गया है। सारे सूट कमर से टाइट हो रहे हैं।" महलक़ा हंस पड़ी।

"मायके तो लड़कियां आती ही इसीलिए हैं कि आराम करें," महजबीं इतना कहकर उठीं, "तुम्हें ससुर के लिए तो कुछ सिलवाना या ख़रीदना तो नहीं है?"

"उनकी ज़रूरत की हर चीज़ तो मौजूद है फिर भी एक बार पूछ लूंगी फिर बताऊंगी।" महलक़ा भी अपनी जगह से उठी।

"आज कोफ़्ते बनवा रही हूं रात के खाने में, नारियल की मिठाई भी बनानी है।"

"चलिए, मैं भी हाथ बंटाती हूं।" दोनों बावर्चीख़ाने में गईं तो सलमा कीमे के गोले बनाकर कढ़ाई में डाल रही थी।

"बादाम का डिब्बा कहां रखा है?" महजबीं ने सामान की अलमारी खोलते हुए इधर-उधर ढूंढ़ती नज़र दौड़ाते हुए कहा, "यह रहा।"

"ज़ाकिर को तो चने की दाल का हलुवा पसंद है न?"

"बस पूछिए न, हर दूसरे दिन घोटना पड़ता है। हाथ दर्द करने लगते हैं।"

"यह तो है, सबसे मुश्किल तो सूजी के हलवे को संभालना है मगर काम

कम होता है। चने की दाल का हलवा तो पूरा दिन खा जाता है। पहले दूध में दाल को उबालो, फिर पीसो और फिर भूनो।"

"सारी मेहनत के बाद भी मां के हाथों से पकाए खाने वाले मज़े की यादें।" महलक़ा हंस पड़ी।

"सलमा, चांदी का वरक़ और केवड़ा निकालकर रखना।" महजबीं ने कहा।

"महक तो बड़ी अच्छी उड़ रही है मम्मी। थोड़ा सा चख लूं।" महलक़ा ने पूछा।

"बचपन की आदत गई नहीं।" महजबीं दिल खोलकर हंस पड़ीं।

किचन का माहौल बड़ा ख़ुशगवार हो रहा था!

तीनों बच्चे और गोलू भी वहीं जमा हो गए थे। नानी से बार-बार नारियल का चूरा मांग रहे थे।

"मैं ज़रा ज़हूर भाई के साथ पार्क तक होकर आता हूं।" अमजद की आवाज़ आई।

"जाकर दरवाज़ा बंद करो।" महलक़ा ने गोलू से कहा।

"लो भई, चांदी का वरक़ चिपक गया और अब कटेंगी लौज़ें।" कहती हुई महजबीं ने छुरी में चिकनाई लगा थाली में फैले हलवे को लंबी-लंबी फिर तिरछी-तिरछी लकीरों से काटा। तीनों बच्चों ने खिलखिलाकर ताली बजाई और महजबीं उनकी इस अदा पर उन्हें एक साथ अपने से लिपटाकर हंस पड़ीं।

12

रात को जब महजबीं बिस्तर पर लेटीं तो दिल बहलाने के लिए मियां से इधर-उधर की गप्पें हांकती रहीं। जब अमजद की आंखें झपकने लगीं तो वे एक ठंडी सांस भर ख़ामोश हो गईं। अमजद के मद्धिम खर्राटे कमरे में चलती घड़ी के टिक-टिक के साथ लय पकड़ने लगे। उन्होंने बत्ती बुझाई और घूंट भर पानी पी गला तर किया। मुंह ही मुंह में कोई दुआ पढ़ती रहीं ताकि रात को बुरे ख़्वाब न आएं फिर अमजद की तरफ झुक उन्होंने दुआ दम की और तकिया ठीक कर उस पर सिर रखा।

आंखों में नींद का कोसों पता न था। उन्होंने बेचैनी में कई बार करवटें बदलीं मगर चैन नहीं मिला। बेबसी से अमजद पर नज़र डाली और दिल ही दिल में कह उठीं, 'यह शख़्स अपनी बनावट से मजबूर है। अपना हो या ग़ैर हर एक के साथ नेकी भरा बर्ताव करता है। बदले और गुस्से के पागलपन से कोसों दूर और एक मैं हूं, ज़रा सी बात नागवार गुज़री नहीं कि फ़लीते की तरह सुलग उठती हूं। सामने वाले को नेस्तनाबूद करने पर तुल जाती हूं। कितना भी ज़ब्त से काम लूं मगर आतिश फिशां को फटने से रोक नहीं पाती हूं।'

महजबीं ने छत को घूरते हुए सोचा, 'यह हसद और जलन का जज़्बा कब मेरे अंदर सूखेगा और मैं बिना किसी तकलीफ़ के जी सकूंगी। अपनी बेटी खुश है ससुराल में तो बुरा लग रहा है। सास-ससुर उसे इज़्ज़त दे रहे हैं तो कोफ़्त हो रही है। अरे, डायन भी सात घर छोड़ती है और मैं डायन से भी सौ क़दम आगे अपनी बेटी का घर जलाकर राख कर देने की सोच रही हूं। सिर्फ़ इतनी सी बात पर कि वह मेरा फ़ोन नहीं उठाती। मुझसे खुलकर बात नहीं करती है। या खुदा, मुझे तूने औरत क्यों बनाया। अगर यूं मेरी बनावट में ज़हर मिलाना था तो बना देता बिच्छू या सांप।'

उनकी सांसें तेज़ हो गईं तो वे उठकर बैठ गईं। पैरों को सिकोड़ लिया और घुटनों पर सिर रखा तो अजीब घुटन का अहसास जागा। आहिस्ता से बिस्तर से नीचे उतरीं और नंगे पैर फ़र्श पर टहलने लगीं। अमजद ने सोते में करवट ली

और कुछ बड़बड़ाए। वे ठिठककर खड़ी हुईं फिर धीरे-धीरे क़दम रखती चहलक़दमी करने लगीं।

'उनमें कोई सुधार नहीं आया है। वे तो दरअसल अमजद की धमकी से ख़ौफ़ज़दा होकर सिर्फ़ केंचुली बदल पाईं...आख़िर कौन औरत होगी दुनिया की जो अपना शौहर मरता देखेगी? सुहाग तो औरत की सजावट है और सिंगार-पिटार भी मर्द की ज़ात से है। वह मर्द जो समाज और परिवार में औरत का रुतबा बुलंद रखता है वरना...' हज़ारों बेवा औरतों के चेहरे उनके सामने किसी भीड़ के साथ आन खड़े हुए। जवान, अधेड़, बूढ़े हर तरह के ज़ुल्म व सितम सहते हुए। अब यह सब जानकर कौन औरत होगी जो तन्हा रहने की सोचेगी?

एकाएक उनके दिल में प्यार उमड़ा और वे बिस्तर की तरफ लौटीं। आंखें अंधेरे की आदी हो चुकी थीं। उन्हें अमजद का चेहरा फीकी चांदनी में नहाया सा लगा। प्यार भरा हाथ उन्होंने शौहर के बालों पर फेरा और टांगें उठा बिस्तर पर दराज़ हो गईं। आंखें बंद कर लीं। ख़याल गुज़रा कि सांप के ज़हर की थैली निकाल ली जाती है तो वह बेज़हर हो जाता है। अगर उनके अंदर का डंक जो उन्हें दूसरों के ख़िलाफ़ उकसाता है अगर वह तोड़ दिया जाए तो उनकी शख़्सियत का तेवर नहीं गिर जाएगा? उनके अंदर का जोश, जीने की उमंग सब कुछ कहीं दम न तोड़ दे?

महजबीं ने थककर अपनी आंखें बंद कर लीं। मिर्चे जैसा कुछ आंखों के पपोटों में गड़ रहा था। उन्हें दोपहर का ख़्वाब याद आया जिसमें वे भटक रही थीं, मौलाना के घर को तलाश करते-करते बदहवास हो चुकी थीं। यह इशारा किस तरफ है? सोचते-सोचते उनकी आंखें झपकने लगीं।

नींद में डूबने से पहले उन्हें फुसफुसाहट सी सुनाई पड़ी जैसे कोई कह रहा हो, 'महजबीं बेगम, आपने हिम्मत दिखाई जो अपने अंदर बसे नाग को मार डाला मगर नागिन को नहीं। वह अभी भी फन काढ़े आपके वजूद में मौजूद है। उसकी सरसराहटें आपको बदला लेने पर उकसाती हैं...हिम्मत से काम लें और उसके ज़हरीले फन को बेदर्दी से कुचल दें।'

नींद में गहरे डूबते हुए उनकी आवाज़ लहराई, 'कुचल डालूंगी...उसे भी कुचल डालूंगी...कुच...ल...डा...'

अब महजबीं बेख़बर सो रही थीं।

सुबह नाश्ते की मेज़ पर अमजद ने हंसकर महजबीं से पूछा, "कल रात कोई ख़्वाब देखा था क्या?"

"याद नहीं।" चाय की केतली उठा उन्होंने मियां की प्याली भरी।

"बार-बार कहे जा रही थीं...कुचल डालूंगी...कुचल डालूंगी। आख़िर किसको?" अमजद की आंखें शरारत से चमकीं।

"आप भी।" कुछ बुरा मानते हुए महजबीं ने बात टाली।

कुछ देर ख़ामोशी रही।

"यह बताइए, भाईजान का कोई जवाब अमेरिका से आया?"

"अभी तक तो नहीं।"

"बासी कढ़ी में अब क्या उबाल आएगा?" धीरे से महजबीं बोलीं।

"रिश्ते बासी कढ़ी नहीं होते, ख़ून के रिश्ते तो क़तई नहीं...डाकख़ाना भी कौन सा अपना काम मुस्तैदी से करता है। अटका-भटका ख़त हफ़्ते-दो हफ़्ते में पहुंच ही जाएगा।"

"फ़ोन कर लेते।"

"फ़ोन से वह बात नहीं बनती है।" इतना कह अमजद कुर्सी से उठे।

"तो फिर एक और ख़त लिख डालो।" महजबीं ने कहा।

"देखता हूं।"

महजबीं ने बड़ी बेदिली से जूस का घूंट भरा और अख़बार को अपनी तरफ खींचा। उनका दिमाग़ अभी भी भिन्नाया हुआ था। नींद भी पूरी नहीं हुई थी। अख़बार को पढ़ने में उनका दिल नहीं लगा। एक-दो ख़बरों की सुर्ख़ियां पढ़कर उन्होंने उसे तह किया और पास वाली सेंट्रल टेबल पर डाला।

फ़ोन की घंटी बज उठी।

उन्होंने फ़ोन पर नाम देखा और बटन दबा चहक उठीं।

"कैसी हो मेरी चांद, आज मां की याद कैसे आ गई? हां, यहां सब ख़ैरियत है। पापा नहाने गए हैं...अप्पी तुम्हारी अपने घर की तरफ गई हैं और बच्चे स्कूल ...ज़हूर चचा ठीक हैं...तुम सुनाओ अपनी जन्नत की ख़बरें...सब कैसे हैं?"

फ़ोन कान में लगाए-लगाए वे बेडरूम की तरफ बढ़ीं और खिड़की के पास पड़े बेंत के सोफ़े पर बैठ गईं।

"यह बताओ तुम्हारी तबीयत कैसी है? गांव जा रही हो मगर खाने-पीने में ज़रा एहतियात बरतना, वैसे भी तुम्हारा मेदा कुछ ज़्यादा ही नाज़ुक है...अरे, कुछ न पूछो सीवान के बाज़ारों का...कपड़े इतने महंगे हो गए कि...अरे भई,

दिल्ली, मुंबई में हर हैसियत वालों के लिए कपड़े दुकानों में रहते हैं मगर यहां तो सब दीनार, डॉलर के हिसाब से दाम लगाते हैं। चार पैसे की चीज़ सोलह पैसे में बेचते हैं।" इतना कह महजबीं क़हक़हा मारकर हंसीं, "हां-हां, सौ और हज़ार में बात करनी चाहिए मगर क्या करूं मुहावरे तो अभी वही पुराने ज़बान पर हैं, नए बने ही नहीं अभी तक...चलो अच्छी ख़बर दी कि गांव जाते वक़्त सीवान रुककर जाओगी...क्यों, क्यों छुट्टी नहीं...सिर्फ़ चंद घंटे रुकोगी, अच्छा ...घर में सबको सलाम-दुआ कहना ख़ासकर नईम को...पापा अभी बाथरूम में ही हैं, रुको मैं दरवाज़ा खटखटाती हूं...अच्छा फिर करोगी, ठीक है मेरी चांद ...ख़ुदाहाफ़िज़!"

फ़ोन रखकर महजबीं ने बाथरूम की तरफ नज़र फेरी फिर हंसकर बोलीं, "बचपन से बाय-बाय कहने वाली लड़की, ख़ुदाहाफ़िज़ कहने लगी है। पगली कहीं की।"

धूप की तेज़ी कमरे में उतर आई थी। उन्होंने उठकर खिड़की के पर्दे बराबर किए और बाथरूम की तरफ बढ़ी। दरवाज़े पर उंगली मोड़कर बजाई। जवाब नदारद। दोबारा खटखटाया तो वही ख़ामोशी। घबराकर हैंडिल घुमाया तो देखा अमजद बाथरूम के फ़र्श पर औंधे पड़े हैं और माथे पर लगी चोट से ख़ून रिस रहा था।

महजबीं अपने दोनों हाथ कान पर रख अपनी पूरी ताक़त से चीख़ पड़ीं। उनकी फटी आंखें अमजद के औंधे बदन पर गड़ी थीं।

"क्या हुआ...क्या हुआ?" गोलू भागता हुआ कमरे में दाख़िल हुआ और ठिठककर खड़ा हो गया।

"क्या करूं...घर पर तो कोई नहीं है।" घबराए लहजे में हाथ मलती महजबीं अमजद की तरफ झुकीं।

"बाहर माली है, बुलाएं?" गोलू ने रुआंसी आवाज़ में पूछा। उसके कहने पर उन्होंने चौंककर गोलू को देखा और गर्दन हिलाई।

गोलू बाहर की तरफ भागा तो उन्होंने मियां के माथे के ज़ख़्म पर रुई का फाया रखा और हड़बड़ाई सी महलक़ा को फ़ोन मिलाने लगीं।

"तुम्हारे पापा बेहोश हो गए...जल्दी आओ...माथे से..." इतना कह वे रो पड़ीं।

माली के साथ खाना पकाने वाली सलमा भी कमरे में घुसी और जल्दी-जल्दी बाथरूम की तरफ क़दम बढ़ाते हुए वे दोनों अमजद पर झुके। ज़हूर

भी शोरगुल सुनकर छड़ी टेकते अपने कमरे से निकल आए थे। अमजद को किसी तरह उठाकर सबने पलंग पर लिटा दिया था।

"अरे ग़ज़ब!" दरवाज़े की चौखट पर खड़े ज़हूर बोले फिर पूछ बैठे, "डॉक्टर को फ़ोन किया?"

"डॉक्टर का फ़ोन..." चकराई सी महजबीं सोचने लगीं, फिर फ़ोन उठा नंबर ढूंढ़ने लगीं। आंखों में आंसू भरे थे। नंबर ठीक से नज़र नहीं आ रहे थे।

"सामने वाले क्लीनिक से बुलाते हैं किसी को।" गोलू ने कहा और झपटकर कमरे से बाहर निकला।

अभी वह मियां के माथे पर डिटाल का फाया रख रही थीं कि महलक़ा बदहवास सी कमरे में दाख़िल हुई। उसके पीछे बैग उठाए डॉक्टर था।

डॉक्टर ने अमजद का मुआयना शुरू कर दिया। ब्लडप्रेशर चेक किया फिर नुस्ख़ा लिखा और महलक़ा की तरफ बढ़ाकर कहा, "ब्लडप्रेशर ख़तरे की हद तक पहुंच चुका है। फ़ौरन दवा मंगवाएं। घबराने की बात नहीं है फिर भी जब तक इन्हें होश नहीं आ जाता तब तक..." कहकर उसने नुस्ख़ा आगे बढ़ाया और अपना बैग खोल उसमें ब्लडप्रेशर का आला रखा, फिर माथे के ज़ख़्म को देखने लगा। अच्छी तरह कुनकुने पानी से ज़ख़्म की सफ़ाई कर वह दवाओं का इंतज़ार करने लगा।

"डॉक्टर साहब, इनको ब्लडप्रेशर की तो कभी कोई शिकायत नहीं रही फिर..." महजबीं रुआंसी आवाज़ में पूछ बैठीं।

"रेगुलर चेकअप अगर कराया होता तो पता चल जाता...इनको ब्लडप्रेशर रहता था ये पता नहीं होगा आपको, तभी इतना शूट कर गया।" इतना कह डॉक्टर ने अमजद की तरफ देखा।

महलक़ा दवा का पैकेट लिए गोलू के साथ कमरे में दाख़िल हुई और लिफ़ाफ़ा डॉक्टर की तरफ बढ़ाया।

"मैं इंजेक्शन दे रहा हूं। होश आने पर दवा दूंगा। सुबह इन्होंने कुछ खाया था?"

"जी, नाश्ता किया था।"

"ठीक है।" डॉक्टर ने इंजेक्शन की सुई अमजद के बाजू में चुभोई।

"आप लोग मरीज़ को थोड़ी देर अकेले रहने दें।" डॉक्टर के इस तरह कहने पर महलक़ा मां को छोड़ बाक़ी लोगों को लेकर कमरे से बाहर निकली। बार-बार उसकी आंखें डबडबा उठती थीं।

कुछ देर बाद अमजद ने कराहकर आंखें खोलीं और नकाहत भरी आवाज़ में धीरे से पुकारा, "महजबीं।"

"जी।" महजबीं की आंखों में खुशी के आंसू छलक आए और कानों में जैसे सास के अल्फ़ाज़ गूंज उठे, 'मांग और कोख से सदा ठंडी रहो।'

घर अमजद के होश में आते ही अपने रुटीन पर चलने लगा। किचन में प्रेशरकुकर की सीटी गूंजी। दरवाज़े पर कोरियर वाले ने घंटी बजाई और वाशिंग मशीन आवाज़ करती हुई कपड़े धोने लगी। सबके चेहरे पर खुशी भरा इतमीनान था मगर महजबीं को अंदर-अंदर कोई चीज़ कुरेद रही थी।

"आख़िर क्या बात ऐसी हुई होगी जो ब्लडप्रेशर इतना..." वे जुमला अधूरा छोड़ ख़ामोशी से लेटे अमजद को देखने लगीं जिनकी आंखों में फीकापन था। उस फीकेपन के बीच गहरी तकलीफ़ की हलकी परछाईं उन्हें नज़र आई जो पकड़ने की लाख कोशिशों के बावजूद पकड़ में नहीं आ रही थी।

ज़ाकिर और नईम को अमजद की इस तरह तबीयत ख़राब होने की कोई इत्तला नहीं दी गई। ख़तरा जो था वह टल चुका था, अब सिर्फ़ देखभाल की ज़रूरत थी। एक-दो दिन बाद अमजद इस झटके से निकल आएंगे और पूरी तरह सेहतमंद हो जाएंगे।

यह ग़लतफहमी महजबीं को थी जो उनकी जिस्मानी हालत को देख रही थीं। उनके दिल का हाल तो उन्हें पता ही न था कि कौन सा पुराना ज़ख़्म उनके सीने में टीस उठा है।

"बाहर निकलने से आप इस हद तक डरते हैं, यह तो मुझे पता न था।" महजबीं ने मियां से मज़ाक में कहा तो महलक़ा पूछ उठीं, "क्या कह रही हैं मम्मी?"

"इनको घर छोड़कर बाहर जाने में बहुत घबराहट होती है यह तो मुझे पता था मगर यूं नेपाल तक जाने के ख़ौफ़ से ब्लडप्रेशर बढ़ा लेंगे यह तो मेरे ख़्वाब व ख़याल में नहीं था।" महजबीं हंसी।

"मम्मी सही कह रही हैं पापा?" महलक़ा हंसते हुए पूछ बैठी।

"हां।" अमजद हंसे फिर धीरे-धीरे कहने लगे, "मैं छोटा सा था। हूंगा कोई पांच-छह साल का, नया जूता आया था। पहनकर मैं इधर-उधर खुशी से दौड़-भाग रहा था। शाम तक हम उस जगह से लौट आए जहां दावत जैसी कोई बात थी। लौटते हुए मैं गहरी नींद में डूब गया। अब्बा मुझे गोद में लिए थे। उनके

शाने पर सिर रखे मैं सो रहा था। पता नहीं कब मेरे बाएं पैर का जूता मेरे पैर से निकल गया। घर पहुंचा तो देखा एक ही जूता बचा है। बस दिल पर ऐसी रिक़्क़त तारी हुई कि रो-रोकर मैंने घर भर दिया। इस तरह का इत्तफ़ाक़ जब कई बार हुआ कि बाहर निकलते ही मेरी प्यारी चीज़ खो जाती है तो मेरे दिल में एक तरह का ख़ौफ़ भर गया।" इतना कहकर अमजद थके-थके से हंस पड़े।

"उस दिन पूछना ही भूल गई पापा। चचा का ख़त आया था। उन्होंने क्या लिखा है? कब बुलाया है?" महलक़ा चहक उठी।

"ख़त आया था अमेरिका से?" महजबीं बुदबुदा उठी और मियां के चेहरे पर अपनी निगाहें टिका दीं। अमजद के चेहरे पर एक साया आकर गुज़र गया।

महजबीं ने बात तिखारी नहीं। चुप लगा गईं और बात का मौज़ू बदल पूछ बैठीं, "आज कोई अच्छी फ़िल्म देखने का मूड हो रहा है?"

दोपहर के खाने के बाद देखते हैं। मैं सी. डी. की दुकान पर फ़ोन करके पूछती हूं, कौन सी नई फ़िल्में आई हैं।" महलक़ा अमजद के पास से उठती हुई बोली।

महजबीं की टटोलती आंखें अमजद के चेहरे पर जमी थीं।

रात को अमजद के सोने के बाद महजबीं ने अमजद का बैग उठाया और कमरे से निकलकर खाने की मेज़ पर बैग रखकर उसे खोला। काग़ज़ों और फाइलों से भरे इस बैग में उन्हें ऐसा कुछ नहीं मिला जो उन्हें पता न हो। जब वे निकाले काग़ज़ दोबारा अंदर जमाने लगीं तो उन्हें जिप नज़र आई अंदर की तरफ, उसे खोला तो अंदर कई ख़त रखे नज़र आए। चारों ख़त अमेरिका से आए हुए थे। दो बहुत पुराने थे जिनमें अमजद के वालिद ने अपने पहुंचने और सबकी ख़ैरियत की इत्तला दी थी। तीसरा ख़त भाई के घर बेटे की पैदाइश का था। चौथा ख़त इसी माह के शुरू में लिखा हुआ था। महजबीं की बेचैन आंखें हरफ़ों पर दौड़ने लगीं–

लासएंजिलिस
4 जुलाई, 2014

प्यारे अज्जू,

दिली दुआएं हम सबकी तरफ से क़ुबूल करो! हम ख़ैरियत से हैं।

तुमने और महजबीं ने हमारे पास आने का दिल बनाया है। यह ख़बर मेरे लिए बायसे हैरत है जिसमें ख़ुशी भी शामिल है। तुम्हें और बच्चों को देखे अरसा

गुज़र गया। हम सब तुम सबको देखना और मिलना चाहते हैं। ढेरों बातें हैं जो कहनी-सुननी हैं। जब कभी पुरानी बातें याद आती हैं, दिल कराह उठता है। अपने इस आरामदेह घर में हम सब ख़ुश हैं मगर वह कच्चा-पक्का मकान रह-रहकर हमें याद आता है। आंगन में चुगती चिड़ियाएं, कूकती कोयल और वह कौवा जो तुम्हारे हाथ से बिस्कुट छीनकर तुम्हें रोता छोड़ जाता था। बरसात में नीम के नीचे खड़े होकर भीगना और जामुन तोड़ना। ढेरों बातें हैं जो यादों के दरीचे खोल-खोलकर हमें तड़पाती रही हैं और अब ख़्वाब में हमको पुराने दिनों की सैर कराती हैं।

हम सब बड़ी कोशिशों के बाद संभले हैं। अब्बा, अम्मां भी अब उस शिद्दत से अपने माहौल को याद नहीं करते हैं। उन्होंने सच क़ुबूल कर लिया है और यहां की फिज़ा में सांस लेना शुरू कर दिया है। बच्चे भी अब आधे से ज़्यादा अमेरिकी बन गए हैं और तुम्हारी भाभी ने बाल कटवा लिए हैं और ज़्यादातर जींस पहनती हैं। पुरानी यादों से छुटकारा पाने के लिए हमको नई तर्ज़ की ज़िंदगी अपनानी ज़रूरी थी।

चूंकि तुम वहीं हो इसलिए हमारी जद्दोजहद को नहीं समझ सकते हो कि नई ज़मीन पर पैर ज़माना, वह भी पक्की उम्र में कितना मुश्किल होता है। अब सब कुछ संभल चुका है और मैं नहीं चाहता कि वह चिटखे और दोबारा उसे संभालने के लिए हमें अपने क़ीमती साल गंवाने पड़ें। तुम बेशक आओ मगर अकेले। मेरी बात दिल पर न लगाना मगर मेरे अंदर का ख़ौफ़ अभी भी मुझे रोके हुए है। महजबीं बदली है या नहीं मगर हमारा नज़रिया उसकी तरफ से नहीं बदला है।

उसने हम दोनों भाइयों को अलग करने, घर में फूट डालने की कोई कोर-कसर नहीं छोड़ी थी। बात झगड़े और मनमुटाव की होती है तो देर-सबेर सुलझ जाती है मगर जादू-टोना, दवा, तावीज़, झाड़-फूंक से दिल घबराता है। अच्छा-बुरा तो ख़ुदा के हाथ में है मगर जादू थोड़ा-बहुत ही सही नुक़सान तो पहुंचाता है। इससे तो हमारे पैगंबर भी नहीं बच पाए थे तो फिर हम तो मामूली लोग हैं।

तुम अपनी दोनों बेटियों, उनके बच्चों को लेकर आओ। देखो उस जन्नत को जहां अब्बा-अम्मां चैन से रहते हैं।

आज तुम्हें बताता हूं, जिस दिन तावीज़ पकड़ा गया था। अम्मा को ख़ून की कै हुई थी। मैंने दिल ही दिल में क़ुरान पर हाथ रखकर क़सम खाई थी कि मैं घर से दूर चला जाऊंगा और अम्मां-अब्बा को भी ले जाऊंगा और कभी

भी महजबीं को नए घर में दाख़िला नहीं दूंगा।

मेरे अज़ीज़, मेरे छोटे भाई, मैं क़सम नहीं तोड़ सकता हूं क्योंकि मुझे अम्मां- अब्बा की जान बहुत अज़ीज़ है। उनका साया क़यामत तक हमारे सिरों पर रहे।

बुरा न मानना। महजबीं तुम्हारे बच्चों की मां है और शरीके़ ज़िंदगी है। तुम्हारे ऊपर उसके फ़रायज़ हैं कि तुम उसे कोई तकलीफ़ न दो मगर हमको बख़्शो। हमारा बाग़ हरा-भरा रहे यही हमारी दुआ है। कुछ बुरा लगा हो तो बड़े भाई को माफ़ करना। आख़िर मैं भी साठ पार कर गया हूं।

बच्चों की तरफ से सलाम, अम्मां-अब्बा और भाभी की तरफ से तुम सबको दुआएं। फूलो, फलो, आबाद रहो। खुदा तुम्हें अपनी हिफ़ाज़त में रखे।

—तुम्हारा बड़ा भाई

ख़त पढ़ते, ख़त्म करते-करते महजबीं पसीने से तरबतर हो उठीं। कांपते हाथों से उन्होंने ख़त को तह किया और लिफ़ाफ़े में रख ज़िप बंद की मगर बैग को उठाकर जब वे चलने लगीं तो उन्हें ज़ोर का चक्कर आया और वे कांपती हुई वहीं पड़ी कुर्सी पर बैठ गईं।

13

महजबीं ने बचपन से लेकर आज तक करोड़ों बार अपना चेहरा आईने में देखा होगा मगर अपनी असलियत को पहचान नहीं पाई थीं। आज इस ख़त के आईने में उन्होंने अपनी रूह का वह अक्स देखा था जो आज तक उन्हें नज़र नहीं आया था।

काजल और सुर्ख़ी लगाते हुए उन्होंने कभी महसूस नहीं किया था कि उनकी रूह इतनी सियाह और बदसूरत है जिस पर जाने कितने ख़ून के छींटे हैं जो उनके गुनाह की सनदें हैं।

इस हक़ीक़त से टकराकर वे सुन्न सी हो गई थीं। आंख के आंसू ख़ुश्क हो चुके थे। दिल इस तरह रुक-रुककर धड़क रहा था जैसे अब ख़ामोश हुआ तब ख़ामोश हुआ।

उनकी आंखों के सामने वह पूरा क़िस्सा फड़फड़ा उठा था।

बात सिर्फ़ इतनी थी कि वे ईद पर लाल नगों का झुमका पहनना चाहती थीं। उनकी ज़िद इतनी बढ़ी कि उन्होंने खाना-पीना छोड़ दिया। सास का कहना था कि अभी हाथ तंग है इसलिए अगली ईद पर दोनों बहुओं के लिए झुमके बन जाएंगे! महजबीं को यह समझदारी अच्छी न लगी और सास के ख़िलाफ़ अंगारे उगलने लगीं, "उन्हें नई और पुरानी बहू में फ़र्क़ ही नज़र नहीं आता है। मेरी पहली ईद है और जेठानी महारानी की पांचवीं..." अमजद सुलगते अंगारों पर प्यार के छींटे मारते तो उनका हाथ ही नहीं दिल भी जल उठता। सारी रात अंगारों के बिस्तर पर लोटकर जब सुबह उठते तो भाई-भाभी की मुस्कराहट की न ताब ला पाते न अम्मां-अब्बा से आंख मिला पाते। महजबीं की तेज़ी उनकी कमज़ोरी समझी जाती और वे दिल मसोसकर रह जाते।

पड़ोस में रहने वाला तेली जब अपनी मेहरारू को जी भरकर कूटता तो उन्हें ग़ुस्सा आता। भाभी कभी-कभी शरारत में इशारे कर उन्हें उकसातीं तो वे इस ख़याल से कांप जाते कि अपनी बीवी के गालों पर चांटे और पीठ पर घूंसे मार उसे इनसान से जानवर कैसे बना सकते हैं। यह फ़न उन्हें नहीं आता भले

ही वे दब्बू कहलाएं, जोरू का ग़ुलाम कहलाएं...एक दिन महजबीं को अक़्ल आ जाएगी।

महजबीं ने लंबी गहरी सांस ली। उन्हें याद आया।

उनके पड़ोस में रहने वाली समीना का भाई पूरे पांच साल बाद घर लौटा था। उसके लौटकर आने की ख़ुशी में मिलाद का बुलावा आया था। वहां जाकर पता चला कि जुनैद इतने दिन किसी आमिल की संगत में रहा और अमल सीखकर वह इनसानों की ख़िदमत में लग गया है। बड़ी सी दाढ़ी, सफ़ेद कुर्ता-लुंगी और कंधे पर अंगोछे की जगह सफ़ेद सूती शाल ओढ़े रहता।

रात को मिलाद का लड्डू खाते हुए ससुर मज़ाक़ में कहने लगे, 'लगता है पुलिस केस से बचने के लिए यह हुलिया बना लिया है...पूरा ढोंगी है। अमल करना क्या सीखा होगा, ठगी करता होगा।'

चंद माह ही गुज़रे थे कि आमिल जुनैद के कारनामे खुलने लगे। औरतें बैठतीं तो घरों का पिटारा दोपहर के सन्नाटे में खुलने लगता कि किसी नवब्याहता का पेट बांधा ताकि बच्चे न हों, ताकि देवर उसकी तीन लड़कियों में से एक लड़की गोद लेने पर मजबूर हो जाए और घर की जायदाद तीनों लड़कियों की रहे। किसी को इस तरह घर में नज़रबंद कर दिया कि वह इंटरव्यू में न जा सका और दूसरे को नौकरी मिल गई। सुबह से रात तक लोगों का तांता बंधा होता। साइकिल, मोटरसाइकिल, स्कूटर का शोर पिछवाड़े गूंजता रहता। रोज़ की कमाई घर की मरम्मत, कपड़े-लत्ते और खान-पान में नज़र आने लगी।

जिस नई ब्याहता की कोख बांधी गई थी उसकी मां जब औलाद की आरज़ू लेकर किसी आमिल के पास पहुंची तो उसने भेद खोला और कहा कि जब तक कोख खुलेगी नहीं बच्चे की तमन्ना, तमन्ना ही रह जाएगी। आप ख़ुदा पर भरोसा रखें। उस औरत ने जुनैद के ख़िलाफ़ आवाज़ उठाई मगर नक़्क़ारख़ाने में तूती की कौन सुनता है।

रोज़ दोपहर में यही बातें नमक-मिर्च लगाकर औरतें बयान करतीं और फीकी बदरंग ज़िंदगी में रस घोलतीं ताकि वह जीने के क़ाबिल बनी रहे।

ऐसे ग़लत शख़्स के पास, एक रात काली चादर लपेट महजबीं पहुंच गईं और दिल खोल दिया।

'आप लाल नगों वाला सोने का झुमका ज़रूर पहनेंगी। मैं आज रात से ही अमल शुरू कर दूंगा। आप बेफ़िक्र रहें। लेकिन ख़र्चा काफ़ी आएगा।'

चालीस दिन गुज़रे भी नहीं थे कि महजबीं की सास ने पलंग पकड़ लिया।

पैसा पानी की तरह बहने लगा मगर दवा-दारू से कोई आराम न मिला, उलटे ख़ून की उल्टियां शुरू हो गईं। उनकी ख़िदमत तो बड़ी बहू करती थी। एक दिन थककर सो गई। सास को किसी चीज़ की ज़रूरत हुई। मजबूरन महजबीं को उठना पड़ा। कमरा अकेला पा वह बड़बड़ा उठीं, 'बुढ़िया, जल्दी मर, तावीज़ तो गुल खिला रहा है।'

बड़ी बहू ने यह बात सुन ली। शौहर और ससुर को बताई। दोनों ने और कुछ हट्टे-कट्टे लोगों को लेकर उस मौलवी के घर पर धावा बोला। उसने तो क़ुरान भी पूरा पढ़ नहीं रखा था। मदरसे से किसी वाहियात हरकत पर निकाला गया था। उसे देखते ही कुछ लोग दूसरे मोहल्ले के थे, पहचान गए। पहले जमकर उसकी पिटाई की फिर सारी मालूमात लेकर किसी आलिम के पास पहुंचे ताकि ग़लत अमल ठीक किया जा सके।

लाल नगों वाला झुमका तो क्या बनता, अलबत्ता कच्चा आंगन जगह-जगह मां के उगले ख़ून से भर उठा। महजबीं से कहा कुछ नहीं गया मगर सबकी आंखों में नफ़रत टपकती रहती थी। अमजद ने उनकी मर्ज़ी के ख़िलाफ़ उन्हें मायके भेज दिया।

भैया महीने भर की छुट्टी पर आए हुए थे। यह सारा हंगामा देखकर उन्होंने दिल ही दिल में फ़ैसला लिया और सारे घर के लोगों के लिए पासपोर्ट बनने की अर्ज़ी डाल दी और वापस अमेरिका चले गए। भाभी और बच्चों का जाना तो पहले से तय था मगर अब उसमें बूढ़े मां-बाप भी शामिल थे।

यह ख़बर अमजद को पूरी तरह तोड़ गई थी मगर मायके में पड़ी महजबीं ने जब सुनी तो दो रक्त शुक्राने की नमाज़ अदा की और उस दिन का इंतज़ार करने लगीं जब वे सब जहन्नुम की तरफ जाएं और वे पीछे छूटी जन्नत में दोबारा क़दम रखें।

महजबीं को सारा वाक़्या याद आ गया।

आंखें निदामत से झुक गईं।

वही सब उन्होंने बेटी को सिखाया था।

अपना घर उजाड़ा, बेटी का घर उजाड़ना चाहा और अब दूसरी बेटी के घर पर उनकी नज़र गड़ी हुई है।

उनके बदन में तेज़ सी झुरझुरी उठी। ज़हूर की बेकसी आंखों के सामने कौंधी। बिना चश्मे और तस्बीह का बूढ़ा इनसान जिसके कपड़ों और बिस्तर से बदबू उठती थी। एकाएक उनका दिल जैसे किसी ने हाथों में पकड़कर **मरोड़**

दिया हो। वे दर्द से कराह उठीं।

'क़ब्र में सबके अपने आमाल होंगे। मुझे वहां अमजद बचा नहीं पाएंगे। उनका नाम मां के नाम के साथ पुकारा जाएगा और तब वे जहन्नुम के शोलों में जलेंगी।'

'मुझे जलना ही चाहिए, मेरी गलतियों की सज़ा मुझे मिलनी ही चाहिए।'

फिर मुंह पर हाथ रख बच्चों की तरह बिलख उठीं जैसे कह रही हों कि मैंने अपने को बदलने की कोशिश भी की मगर मेरे पुराने अफ़साने भुलाए नहीं गए हैं, मुझे माफ़ी नहीं मिली। पता नहीं मेरा ख़ुदा, जो रहीम व करीम है वह मेरी पुरानी नादानियों को बख़्शेगा या नहीं।

उनका रोना लम्हा-लम्हा बढ़ रहा था। सूरज धीरे-धीरे दरख़्तों के पीछे डूब रहा था।

उसी रात माजदा ने एक ख़्वाब देखा कि महजबीं हाथ में पानी से भरा घड़ा लेकर एक पथरीली चढ़ाई पर चढ़ रही हैं। लिबास तार-तार है और पैर बिना चप्पलों के, पत्थरों की नोकों से कट-कटकर घायल हैं। वे चढ़ रही हैं और पैरों के ख़ूनी निशान एक पगडंडी की शकल ले रहे हैं। हर चढ़ाई पर उनका पैर फिसलता है और घड़े का पानी झलक उठता है। चेहरा पसीने से तर है। सांस फूल रही है। सूरज सवा नेजे पर है।

जब वे कांपती टांगों के साथ चढ़ाई चढ़ ऊपर पहुंच जाती हैं तो घड़ा रख सुस्ताने बैठ जाती हैं। उनको प्यास लगती है, जब घड़ा उठा पानी पीना चाहती हैं तो उसे खाली पाती हैं और बेहाल होकर उसकी टपकती बूंद को खुले मुंह में टपकाना चाहती हैं मगर वे बूंदें उनके गाल पर गिरे पसीने के साथ बह जाती हैं। गला खुश्क़ है, आंखें खुश्क़ और घड़ा खाली।

तेज़ हवाएं बह रही हैं जो पत्थरों तक को उखाड़ फेंक रही हैं। मां की चीख़ें उसी आंधी में गूंज रही हैं जो कान के पर्दे फाड़ रही हैं।

घबराकर माजदा की आंख खुली तो उसने अपने को पसीने में नहाया पाया। ख़ौफ़ और घबराहट से उसकी सांसें तेज़ चल रही थीं। दिल कानों में धड़क रहा था। उसने चेहरे पर हाथ फेरा फिर किसी तरह हिम्मत कर उठी और सिरहाने रखा पानी से भरा गिलास एक सांस में पूरा का पूरा पी गई।

सुबह के चार बजे थे। उसने मोबाइल का बटन दबाकर वक़्त देखा।

इस वक़्त वह मम्मी को फ़ोन कर उनकी ख़ैरियत नहीं ले सकती है।

बेचैनी से उसने करवट बदली।

उसके ज़हन में देखे ख़्वाब के टुकड़े तैरने लगे। उसने खुद से पूछा, 'आख़िर इस ख़्वाब की ताबीर क्या होगी?'

अमजद की तबीयत संभल चुकी थी मगर महजबीं बीमार पड़ गईं। तेज़ बुखार और सारे बदन में शदीद दर्द। जब सुबह-सुबह नमाज़ के वक़्त माजदा का फ़ोन आया तो उन्हें होश न था कि पास पड़े मोबाइल को उठातीं। लगातार बजती घंटी से अमजद की आंख खुल गई। महजबीं को सोता देख उन्होंने हाथ बढ़ा फ़ोन उठाया और दुलार से पूछा, "हां, मेरी कलेजे की ठंडक, तेरा क्या हाल है?"

"मैं ठीक हूं पापा। मम्मी कैसी हैं? मैंने कल रात ख़्वाब में उन्हें बहुत परेशान देखा है पापा।" रुआंसी आवाज़ में माजदा बोली।

"परेशान मत हो, सब ठीक है। सुबह को नमाज़ के लिए भी नहीं उठी हैं। ज़ोर-ज़ोर खर्राटे भर रही हैं।" अमजद ने हंसते हुए कहा और महजबीं के माथे पर हाथ रखा और ओह करके हाथ हटा लिया।

"क्या हुआ पापा?"

"कुछ नहीं तुम्हें फ़ोन करता हूं थोड़ी देर में।" इतना कह उन्होंने फ़ोन काटा और दोबारा माथे पर हाथ रखा जो बुरी तरह जल रहा था। महजबीं बड़े धीमे-धीमे कराह भी रही थीं। अमजद बिस्तर से उतर किचन की तरफ बढ़े और ठंडे पानी से भरा कटोरा लाए। रूमाल भिगो-भिगोकर उन्होंने महजबीं के माथे पर रखा और सोचने लगे–मां को लेकर बेटियां किस क़दर हस्सास होती हैं और उसी तरह माएं...कुदरत का अजीब निज़ाम है।

कुछ देर बाद महजबीं का कराहना बंद हो गया और बदन की तपिश भी कम हुई। अमजद ने इतमीनान की सांस ली मगर वहीं बीवी के सिरहाने बैठे रहे। महजबीं का चेहरा बदन के ढीले हो जाने के बावजूद बहुत जवान था। इस वक़्त उनके चेहरे पर पाकीज़गी भरी मासूमियत फैली थी। उन्होंने प्यार से बीवी का सिर सहलाया और सोचा–पूरे तीस साल इस औरत के साथ मैंने गुज़ार दिए। इसने मुझसे बेपनाह मुहब्बत की है मगर हमेशा यही चाहा कि मैं सिर्फ़ और सिर्फ़ उसका बनकर रह जाऊं? आख़िर में जीत उसी की हुई।

किचन में कुछ खटपट की आवाज़ हुई तो वे उठकर बाथरूम की तरफ गए ताकि नहाकर तैयार हो सकें। अगर तबीयत नहीं संभली तो डॉक्टर को बुलाना पड़ेगा वरना दवाख़ाना ले जाना पड़ेगा।

स्कूल जाने की तैयारी में बच्चों की चहल-पहल का शोर बाहर फैल रहा था। गोलू हमेशा की तरह दादा को गर्म चाय देकर बच्चों के लिए दूध छान रहा था।

कार के हॉर्न की आवाज़ सुन बच्चे बाहर भागे। उनके पीछे-पीछे ज़हूर छड़ी टेकते हुए पार्क की तरफ टहलने के लिए निकले। गोलू ने जल्दी से चाय दम की और खाने की मेज़ पर केतली रख उस पर टिकोज़ी लगाई और महलक़ा के कमरे में झांककर बोला, "अम्मां चाय तैयार है।" इतना कह वह दादा के साथ हो लिया।

महलक़ा जब खाने की मेज़ पर पहुंची तो वहां मां को न देखकर उसने तीन प्याली चाय बनाई और उनके बेडरूम की तरफ बढ़ी जहां उसने उन्हें सोता पाया।

"महलक़ा, तुम्हारी मां को तेज़ बुख़ार है," अमजद ने बाथरूम से निकलते हुए कहा, "मैंने ठंडी पट्टी लगा दी है अगर यह चाय के साथ कुछ खा लेतीं तो मैं इन्हें दवा देता।"

"जी पापा।" कहती महलक़ा मां के क़रीब पहुंची और पेशानी पर हथेली रखी।

"वाकई पापा, माथा तो अभी भी तप रहा है।" महलक़ा ने फ़िक्रमंद लहजे़ में कहा, "कच्ची नींद से उठाना ठीक नहीं होगा।"

"तुम उठाओ, दवा देना ज़रूरी है। जिसे तुम नींद कह रही हो वह बुख़ार की कैफ़ियत है।"

महजबीं जाग तो गईं मगर अपने होश में नहीं थीं। उसी नीम बेहोशी में उन्हें बिस्कुट के एक टुकड़े के साथ चाय के दो घूंट किसी तरह पिलाए गए। फिर बड़ी मुश्किल के बाद उन्हें गोली खिलाकर पानी पिलाया गया।

"मौसम भी ऐसा नहीं है फिर मम्मी अचानक बीमार कैसे पड़ गईं?" महलक़ा ने मां का बुख़ार में तपता गुलाबी चेहरा देखते हुए कहा।

"करीब हफ़्ता भर से तुम्हारी मम्मी किसी उलझन में हैं, इतना तो मुझे महसूस हुआ मगर अंदरूनी हालात तो अल्लाह जाने?" अमजद ने बीवी की तरफ नज़रें घुमा फ़िक्रमंद लहजे़ में कहा।

दोनों बाप-बेटी इसके बाद ख़ामोशी से नीबू-पानी पीते रहे।

आपके घर में जो मुझे आराम व सुकून मिला है उसके लिए मैं तहेदिल से आपका शुक्रगुज़ार हूं। ज़हूर ने सुबह के वक़्त नाश्ते की मेज़ पर तन्हाई देखकर अमजद से कहा।

"आप भी कमाल करते हैं ज़हूर भाई। मैं तो कहता हूं आप वापस जाने की सोच क्यों रहे हैं, सुना तो होगा आपने, दो से भले तीन।" अमजद ने कहा। इस पर ज़हूर हंस पड़े।

"आपने मुहावरा ही बदल डाला।"

"वक़्त की ज़रूरत और तजुर्बा ही तो मुहावरे गढ़ता है। आप देखें, इस वक़्त गोलू और महलक़ा महजबीं के कमरे में हैं। बच्चे स्कूल में हैं। घर में कितना सन्नाटा है। आपके जाने के बाद हम दोनों यही तन्हाई सहेंगे।" अमजद ने गहरी सांस भरी।

"मैं तो अमजद भाई, पिछले पंद्रह साल से तन्हाई भुगत रहा हूं जब से ज़ाकिर की मां मुझे छोड़कर अल्लाह को प्यारी हुई हैं। घर में लाख चहल-पहल और रौनक़ क्यों न हो मगर वह आपकी तन्हाई नहीं बांटती बल्कि उसमें इज़ाफ़ा करती है। अब आपको कैसे समझाऊं?" ज़हूर ने अजीब लहजे में अपनी बात ख़त्म की थी।

"जी।" अमजद सिर्फ़ इतना ही कह पाए।

"ख़ुदा आपकी जोड़ी सलामत रखे। उम्र के इस दौर की जुदाई नाक़ाबिले बर्दाश्त होती है...दिल की बातें और हसरतें तो दूर, एक प्याली चाय तक, इज़्ज़त और मुहब्बत तो दूर, पुराने मज़े वाली आपको नहीं मिलती और क्या कहें?" ज़हूर ने ठंडी सांस भरी।

अमजद क्या बोलते? चुप रहे। जो बात वह कह रहे थे सौ फ़ीसदी सच थी। भाभी के हाथ की बनी करेले और चने की दाल का मज़ा उनके अमेरिका जाने के बाद किसी के हाथ में उन्हें नहीं मिला और न अम्मां के बनाए सत्तू के परांठे का। जाने कितनी मामूली चीज़ें होती हैं जो अपनों के न रहने से आदमी की ज़िंदगी में खालीपन छोड़ जाती हैं। आपसी बातें जो दिल हलका करने के लिए दोनों के बीच पहली बार हो रही थीं, वह अनजाने ही दोनों का दिल भारी कर गईं।

ज़हूर अपनी बीवी की याद में खो गए। अधेड़ उम्र की दहलीज़ पर पहुंचकर वह ऐसा बीमार पड़ी कि मुंह मोड़ गई। वह घर जो सलीक़े से सजा रहता था वह बिखरा-बिखरा लगता। आख़िर बेटी भी कितना संभालती। स्कूल

और घर का चक्कर उसे बुरी तरह थका देता था। शाम को जब वे थके-हारे आते तो कोई न होता उन्हें मुस्कराकर पानी देने वाला। बेटी सोती होती और ज़ाकिर कॉलेज में होता। वे खुद ही उठते और चाय बनाते। कपड़े कभी इस्त्री किए मिलते कभी नहीं मिलते, हर चीज़ तितर-बितर होती और तीनों उसमें अपने को ढूंढ़ रहे होते।

"अच्छा भाई, इजाज़त दें तो ज़रा महजबीं को जाकर देख लूं।" अमजद ने कुर्सी से उठते हुए कहा।

अमजद जब बेडरूम में दाख़िल हुए तो महजबीं को तकिए से टेक लगाए बैठा देखा। चेहरे से नकाहत टपक रही थी।

"पापा, मम्मी को ऐसा पसीना आया कि बिस्तर की चादर तक नम हो गई, मैंने स्पंज करके कपड़े बदल दिए हैं, अब कुछ खाने को लाती हूं।" महलक़ा ने कहा।

"कैसा लानती बुख़ार था। बदन पर चने भी डालता तो भुन जाते।" कुछ इस तरह अमजद ने कहा जिसे सुनकर महजबीं मुस्करा दीं।

"नाश्ता किया आपने?" महजबीं ने पूछा।

"तुम इस तरह बीमार न पड़ा करो। पूरा घर सोगवार हो उठता है। तुम्हारी चहक सुन सारे परिंदे चहचहाने लगते हैं।" अमजद ने बड़े अपनेपन से कहा। तभी बाहर से गोलू के हंसने की आवाज़ आई तो महजबीं बेसाख़्ता हंस पड़ीं और उसके साथ अमजद भी। महलक़ा नाश्ते की ट्रे हाथ में लिए कमरे में दाख़िल हुई तो मां-बाप को इतने प्यार और खुलूस में डूबा हुआ पाया कि उसकी आंखें हैरत से फैल गईं। उसका पूरा बचपन मां-बाप को लड़ते देखने में गुज़रा था। जवानी में उसने बाप को ख़ामोश और मां को एकतरफा गरजते सुना था। दोनों के कमरे तक बंट गए थे। यहां तक कि जो पापा कहते, मां उसके खिलाफ़ करतीं। दोनों बहनें ज़्यादातर चकराई रहती थीं कि आख़िर तरफदारी करें तो किसकी करें? अब बुढ़ापे की तरफ बढ़ते मां-बाप उसे प्यार में डूबे नज़र आते हैं। कैसा अजीब है रिश्तों का मामला?

"मम्मी, आपका नाश्ता।" कहती हुई महलक़ा आगे बढ़ी। अमजद उसी तरह बैठे महजबीं का हाथ पकड़े धीरे-धीरे उनकी हथेली सहलाते रहे।

"पापा, आपके लिए चाय उड़ेलूं?" महलक़ा ने पूछा।

"बस दो घूंट देना। तुम्हारी मम्मी के साथ आज मैंने सुबह की चाय पी कहां थी?" अमजद भी बेड के सिरहाने से टेक लगाकर बैठ गए और गर्म चाय

के घूंट भरने लगे।

"मम्मी, आप जब तक पूरी तरह ठीक नहीं हो जाती हैं, मैं घर नहीं जाऊंगी।" महलक़ा ने मां का पैर दबाते हुए कहा।

"पागल। मुझे क्या हुआ है? मिलाद की ख़बर सब तक पहुंच चुकी है। हलवाई ने मिठाई बनाने की तैयारी भी कर ली होगी। यूं नेक काम को टालना दुरुस्त नहीं है।" महजबीं ने खाली प्लेट ट्रे में रखते हुए कहा, "तुम जाकर अपना घर सजाओ, हम भी शाम तक ज़हूर मियां के साथ पहुंच जाएंगे।"

"ठीक है।" हंसती हुई महलक़ा जूठे बर्तन की ट्रे उठाकर चली गई। कमरे में कुछ देर ख़ामोशी छाई रही।

"तुम्हें कौन सी फ़िक्र खाए जा रही है?" अमजद ने ख़ामोशी तोड़ी।

"खसलत...।" महजबीं ने ठंडी सांस भरकर कहा तो अमजद ने सवालियां अंदाज़ से बीवी को देखा।

"अब आपसे क्या छुपाना...पुरानी प्रैक्टिस छूटती कहां है?" महजबीं हंस पड़ीं। फिर आराम से कहने लगीं, "माजदा की सास आंखों का कांटा बन गई। सास-बहू की मुहब्बत के आगे मैं फीकी पड़ने लगी। बस लगा कि एक पुड़िया खिला इस सारे खेल का वारा-न्यारा कर दूं मगर अपनी दीवानगी पर रोक लगा रही थी।"

"हूं।" अमजद ने सिर्फ़ इतना कहा।

"आदमी अपनी बनावट का ग़ुलाम बन जाता है अगर बचपन में उसे अच्छे-बुरे का फ़र्क़ न समझाया जाए। अम्मी को हमेशा सहते देखा था। लेकिन बाद में वे भी बदल गईं। मुझे दबने और सहने की सलाह नहीं देती थीं। कहती थीं मेरी तरह मत जीना। अपना सुख अपने बच्चों और शौहर में देखना, वही सच औरत का साथ निभाता है वरना सब धोखा है। कोई तुम्हारी क़ुर्बानी, ख़िदमत और रिश्ते की क़दर नहीं करता है। मैं भी जोश में थी। सही को भी ग़लत देखने लगी और दूसरों को हराने, छकाने में मज़ा आने लगा था। और करने को भी क्या था? जिधर नज़र उठाओ उधर यही क़िस्से। मर्द काम पर जाते और औरतों को पीछे छोड़ जाते। कभी इस बात का ख़याल न करते कि उनकी ब्याहता को क्या चाहिए? ब्याहता जो अपना घर छोड़कर तुम्हारे साथ रहने को आई है। जो तुम्हें औलाद देने वाली है उसकी कोई पूछ नहीं, बस मां और बहन जो चाहें कर डालें। मेरे ससुराल में उलट था। मेरे साथ जो चाव-चोंचले अम्मा-बाजी करतीं, मुझे दाल में कुछ काला नज़र आता और जो नई दवा बाज़ार में आई थी उसे

मैं भी आज़माने पहुंची।"

"नई दवा?"

"दूसरों का बुरा चाहने वाली पुड़िया जो डॉक्टर नहीं मौलवी देते हैं।" महजबीं ने बड़े तल्ख़, तंज़िया लहज़े में कहा। अमजद के होंठों में हंसी आई जो उन्होंने होंठ दांतों के बीच दबाकर छुपाई।

"मैं समाज से अलग कहां थी। जो तेज़ी से बह रहा था उसमें बह गई। नदी तो थी नहीं जो रास्ता बदलती, गंदा नाला तो बरसों एक ही तरह से बहता है और मैं बहती रही...अब उस बहाव पर रोक लगाना कितना मुश्किल काम है अमजद, यह आप नहीं जान सकते क्योंकि आपकी मिट्टी अल्लाह ने अलग तरह से गूंधी है और सोंने पर सुहागा यह कि आपके वालदैन ने आपकी परवरिश में चुन-चुनकर अच्छाइयां डालीं जो मुझे नसीब नहीं हुईं।" इतना कहकर अजीब उदासी भरी मुस्कान महजबीं के चेहरे पर उभरी और आंखों में दर्द की लहरें। अमजद चुप रहे। क्या कहते? उन्हें महजबीं की बातें अच्छी लग रही थीं। साथ ही अपने सीने में अजीब तरह का खिंचाव महसूस कर रहे थे यह सोच-सोचकर-'क्या बुराई के पीछे भी दर्द का दरिया बहता है?'

14

महलक़ा ने ज़हूर के कोठरीनुमा कमरे को बैठक बना दिया था और जो कमरा कबाड़ख़ाना बना था, उसे ससुर के लिए ठीक कर दिया था। उसमें खिड़की खुलवा दी थी जिससे बाज़ार की चहल-पहल नज़र आती। बच्चों का कमरा भी सज गया था। जो नया स्टोररूम बना था उसी में सारा ग़ैरज़रूरी सामान भर दिया था, यह सोचकर कि साल में एक बार ही सही इन चीज़ों की ज़रूरत पड़ ही जाती है।

नए इंतज़ाम से ज़हूर के साथ बच्चे भी खुश थे। शाम को होने वाले मिलाद की अभी तैयारियां चल ही रही थीं कि कॉलबेल बज उठी। महलक़ा ने चौंककर दरवाज़े की तरफ देखा। उसके चेहरे पर से ख़ौफ़ का एक साया आकर गुज़र गया। उसने गोलू को इशारे से रोका और आगे बढ़कर नए लगे शीशे के छेद से बाहर झांका और चौंक पड़ी। खुशी से बेहाल हो उसने दरवाज़ा खोला।

"माजदा...मेरी बहना। आओ नईम।" उसने बहन को लिपटाकर नईम से कहा।

"मैं तो अल्लाह क़सम ज़रा भी उम्मीद नहीं कर रही थी।"

"सरप्राइज!" नईम ने हाथों को उठा हवा में लहराया।

"अप्पी यह आइडिया इन्हीं का था। कहने लगे इससे खुशी दुगुनी हो जाएगी।"

"सच कहा नईम बाबू ने।" महलक़ा ने हंसते हुए कहा। गोलू महजबीं के साथ रहकर उस घर के तौर-तरीक़े सीख चुका था। इसलिए दो गिलास पानी और लड्डू लेकर चटपट हाज़िर हो गया।

लड्डुओं को देखकर महलक़ा को काटो तो ख़ून नहीं।

"अरे, मीठा नहीं, पानी लेते हैं।" नईम ने कहा तो महलक़ा की सांस में सांस आई। फ़ौरन प्लेट उठा गोलू को देकर बोली, "ले जाओ, तुम चाय का पानी चढ़ाओ, मैं आती हूं।"

एक-दो बातें कर वह उठी, "चलो, अब्बा से मिल लो। उन्हीं के कमरे

में इकट्ठा चाय पिएंगे।" उन्हें इशारे से ससुर का कमरा दिखा वह झपटकर बावर्चीख़ाने में गई तो देखा गोलू लड्डू उठाकर खाने ही जा रहा था कि महलक़ा दबी आवाज़ से चीख़ी, "नासपीटे! अभी नज़र नहीं हुई और तू सबको लड्डू बांटने लगा। वापस रख और अब झाबे में हाथ न लगाना।"

"जी।" रुआंसा हो गोलू बोला। महजबीं के यहां मेहमानों के आगे रखा नाश्ता वापस डिब्बों में नहीं रखा जाता था, या तो बच्चों में बांट दिया जाता था या नौकरों में।

"तुम लोग आए कैसे हो?" महलक़ा ने पूछा।

"अपनी कार से।" इतराकर माजदा बोली।

"इतना लंबा सफ़र?" महलक़ा चौंक पड़ी।

"बीच में हम इनके एक दोस्त के यहां रुके भी थे।" माजदा इठलाई।

"झाबे कार में पड़े हैं...ठहरो मैं लाता हूं।" कहता नईम उठा और दरवाज़ा खोलकर बाहर निकला।

"कहां रखूं?" कहता नईम खाजा के झाबे को उठाए बोला। बच्चे स्कूल से आ गए थे। ड्राइवर ने बाक़ी झाबे और पौड़क्कियों के डिब्बे निकाले जो प्लास्टिक के थैले में शीरे से लथपथ थे।

"मम्मी के झाबे..." धीरे से नईम बोला।

"ड्राइवर वापस जा रहा है, यह सामान कार में रखवा देती हूं।" नईम की फुसफुसाहट सुन महलक़ा हंसते हुए बोली।

"यह बताइए, ज़ाकिर भाई कब आ रहे हैं?" माजदा ने पूछा।

"पंद्रह दिन बाद, मगर अभी तय नहीं हुआ है।" महलक़ा बोली।

"तो फिर उनके आने पर..." नईम ने चौंककर पूछा।

"घर में बिना मिलाद के तो दाख़िल नहीं होना चाहती थी। उनके आने पर दूसरा मिलाद कर लेंगे।" नईम की बात बीच में ही काटते हुए महलक़ा बोल उठी।

"ख़ुशबू बहुत अच्छी आ रही है किचन से?" माजदा बोली। सुनकर महलक़ा हंस पड़ी।

"तुम्हारी पसंद की चने की मसालेदार दाल पक रही है इत्तफ़ाक से। सादा खाना दोपहर में पकता है। दाल-चावल, अचार और दही।"

"चलेगा बज्जो।" माजदा ख़ुशी से बोली।

प्लास्टिक का मेज़पोश दस्तरख़ान की जगह तख़्त पर बिछ गया और खाना

उस पर चुना जाने लगा।

नईम बाथरूम में जाकर मुंह-हाथ धोने लगे और माजदा अटैची खोल बहन के लिए तोहफ़े निकालने लगी।

महजबीं को जब खाजा से भरे लाल काग़ज़ों वाले झाबे ड्राइवर ने ले जाकर दिए तो वे ख़ुशी से खिल गईं।

"अरे अमजद....सुनो, अपनी माजदा आई है। महलक़ा के घर पर है।"

"वाह, यह बात हुई बहनों वाली।" अमजद ने हंसकर कहा।

"अच्छा हुआ जो ज़हूर भाई बच्चों के साथ चले गए। अब हम आराम से कुछ तोहफ़े ख़रीदते हुए महलक़ा के घर पहुंचेंगे।"

"ठीक है, मैं खाना खाकर कुछ देर आराम कर लूं फिर पांच बजे तक निकलेंगे।"

"ठीक है।" कहती हुई महजबीं किचन की तरफ बढ़ीं ताकि खाना मेज़ पर लगा सकें। आज दोपहर से पहले खाना पकाने वाली सलमा छुट्टी लेकर गई थी। उसे किसी की शादी में जाना था।

माजदा मां से लिपटकर मुस्करा दी। उनकी ख़ुशी देखकर इस वक़्त कोई दुश्मन भी ख़ुश हो सकता था। नईम ससुर से मिलने और बात करने में मशग़ूल हो गया। तीनों ज़हूर के कमरे में बैठे थे। औरतों के आने का वक़्त हो गया था। सफ़ेद बिछी चांदनी पर लाल गुलाबों से भरी सेनियां अपनी ख़ुशबू फैला रही थीं।

भिड़े दरवाज़े पर गोलू खड़ा था ताकि हर आने वाली औरत के लिए वह दरवाज़ा ठेलकर खोल सके। झिलमिलाते कपड़े और बनावटी ज़ेवरों से लदी-फंदी औरतें काले अरेबिया नक़ाब पहने शोख़ मेकअप किए आंगन से गुज़र मेहंदी लगे पैरों से मोती व नगों जड़ी सैंडिलें उतार फ़र्श पर बैठ रही थीं। सलाम-दुआ के बाद एक-दूसरे की ख़ैरियत लेती हुई लिबास और ज़ेवरों का मुआयना कर रही थीं कि किसे अरब के बाज़ार से ख़रीदा गया है और किसे सिवान के बाज़ार से। सबके हाथों में मेहंदी लगी थी जो देर तक लगे रह जाने से काली पड़ गई थी। नक़ाब कढ़े हुए थे जो उन्होंने अभी तक उतारे नहीं थे, अलबत्ता सिर और चेहरा दिख रहा था। नक़ाब के आगे के बटन उन्होंने खोल दिए थे। जवान ग़ैर शादीशुदा लड़कियों ने अपनी चादरें उतार साथ लाए बड़े साइज़ के पर्सों में तह

करके रख ली थीं। यही एक-दो मौक़े होते हैं जब लड़कियां पसंद की जाती हैं वरना किसी को क्या पता कि किसके पेड़ का फल गदरा गया है।

मिलाद शुरू होने वाला था। अगरबत्तियां जल चुकी थीं। बातें करती आवाज़ें मद्धिम पड़ते-पड़ते ख़ामोशी में बदल गईं।

"या हबीब सलामअलैकुम।" की सुरीली आवाज़ से मिलाद शुरू हो गया। पैगंबर की तारीफ़ थी। उनके पाक पाकीज़ा किरदार की बरक़तों का ज़िक्र था। मिलाद भर महजबीं आंखें बंद किए अपना आंचल फैलाए दुआ करती रहीं कि उनकी दोनों बेटियों का घर बसा रहे और उन्हें नेक तौफीक़ खुदा दे ताकि वे शराफत से अपने दिन काट सकें और अपनों से नेकी भरा सुलूक करें।

एक रात रुककर माजदा को तड़के नवादा की तरफ जाना था। सुनकर महजबीं का दिल बुझ गया।

"मम्मी, वहां शादी है। अम्मी और भाभी, भैया, डैडी सब वहां पहुंच रहे होंगे। हम लोग तो उनसे कटकर इधर आ गए हैं।" इतना कहकर माजदा ने मां के उदास चेहरे पर अपने गाल रगड़े और मिनमिनाई, "मेरी मम्मी!"

"तुम भी अजीब हो, आने से ज़्यादा, जाने को अहमियत दे रही हो, उन्हें बुरा लग सकता है।" कोहनी मार अमजद ने इशारा किया नईम की तरफ और फुसफुसाकर बीवी के कान में बोले।

"हां, हां...कुर्बान जाऊं तुम पर नईम बाबू जो घटा घिरे आसमान पर तुम दोनों चांद-सूरज बनकर नमूदार हुए।" महजबीं ने फ़ौरन अपने ऊपर कंट्रोल कर हंसते हुए कहा।

"मम्मी खाना लग गया है।" महलक़ा की आवाज़ गूंजी।

वहीं फ़र्श पर सब पालथी मारकर बैठ गए और बिछे दस्तरख़ान से अपनी पसंद के खाने प्लेटों में निकालने लगे।

खाना खाते वक़्त हंसी-मज़ाक़ चल रहा था। मौसम भी बड़ा खुशगवार हो गया था। हलकी-हलकी खुनकी भरी हवा चल रही थी।

खाने के बाद नईम ने एलान किया, "अप्पी, मैं तो कहीं नहीं जाता, इसी फ़र्श पर पड़कर सोऊंगा। आप मुझे सिर्फ़ एक चादर और तकिया दे दें।" इतना कह वह शबख़्वाबी का लिबास पहन बाथरूम की तरफ बढ़ा।

"अरे, अगर ऐसा है तो हम सब यहीं सोते हैं, रात भर बातें करेंगे।" महलक़ा ने ज़मीन पर बिछी चांदनी पर हलके गद्दे डालने शुरू कर दिए फिर मां से बोली, "अच्छी मम्मी, आज की रात आप लोग भी रुक जाते। मैं आपका

और पापा का बिस्तर तख़्त पर लगा देती हूं।"

"ठीक है।" महजबीं ख़ुशी से भरी आवाज़ में बोलीं।

चांद आंगन में लगे लीची के दरख़्त के पीछे से झांक रहा था। उसकी फीकी रोशनी दालान और आंगन में फैल रही थी। ज़मीन पर बिछे बिस्तरों पर एक लाइन में सब लेटे थे। तरह-तरह की बातें हो रही थीं।

उस हंसी-मज़ाक़ और क़हक़हे के बीच किसी के हलके खर्राटे और बड़बड़ाने की आवाज़ भी शामिल हो जाती जिसको सुनकर मिला-जुला क़हक़हा गूंजता जिससे झपकी लेने वाला चौंककर पूछता, "क्या हुआ?"

इस ख़ूबसूरत रात की सुबह तो होनी थी। पौ फटने से पहले महलक़ा उठकर किचन में गई और चाय-नाश्ता तैयार करने लगी। बहन-बहनोई को छह बजे घर छोड़ना था। वे भी उठकर तैयारी में लग गए। तीनों बुज़ुर्ग वुज़ू कर नमाज़ अदा करने लगे।

घर में होती खटर-पटर से तीनों बच्चे जाग गए। गोलू ने सारे बिस्तरे तह करने शुरू कर दिए मगर बच्चे उसके हाथ से तकिए-गद्दे छीन रहे थे। तीनों तोशकों पर लोट रहे थे। कुश्ती लड़ रहे थे। गोलू भी आख़िर खेल में शामिल हो गया। बड़े बेटे ने लेटकर मझले बेटे के पेट पर दोनों तलवे जमाए और उसकी उंगलियों में अपनी उंगलियां फंसा उसे ऊपर उठाया। तनी टांगों पर मझला भाई उठा हुआ था और बाक़ी चिल्ला रहे थे—जहाज़ बन गया...जहाज़ उड़ा...जहाज़ उड़ा।

इस धींगामुश्ती में मझला भाई बड़े भाई के तलवों पर से फिसलकर माथे के बल नीचे गिरा और ज़ोर से रो पड़ा।

आज डांटने-फटकारने के लिए किसी के पास वक़्त नहीं था। सब आपस में बातें करने और कम वक़्त में सब कुछ अंजाम देने की हड़बड़ाहट में थे।

खाने से भरा नाश्तेदान तैयार था। सुबह की चाय के साथ गर्म-गर्म सूजी का हलवा और आलू-प्याज की कुरकुरी फुलकियां कढ़ाई से उतर रही थीं। नईम के चेहरे से लग रहा था कि उसका बड़ा अच्छा वक़्त महलक़ा के घर में गुज़रा है। उनके जाने के बाद महजबीं और अमजद भी जाने को उठे। बच्चे स्कूल जाने के लिए तैयार हो चुके थे। बस्ते उठाए कार की तरफ भागे।

"कल तक घर इतना भरा था। एकदम से..." महलक़ा ने उदासी से कहा।

"हां, ठीक कह रही हो, उधर हमारा दिल भी तुम लोगों के बिना नहीं

लगेगा।" महजबीं ने कहा।

"कल हम लोग फिर आएंगे।" अमजद ने बेटी के सिर को थपका।

ज़हूर समधी को बाहर तक छोड़ने गए और झुककर अमजद के हाथों को आंखों से लगाया तो अमजद बोल पड़े, "अरे, अरे, आप मुझसे बड़े हैं। मेरे बड़े भाई जैसे..." अमजद ने उनके हाथ चूमे और आंखों से लगाए।

गोलू सारे मंजर को इस तरह देख रहा था जैसे कोई तारीख़नवीस पुराने गुज़रे लम्हों की नए ज़माने से तुलना कर रहा हो।

घर उदास और ख़ामोश!

खाना खाकर दोनों बेडरूम की तरफ बढ़े। कुछ थकन, कुछ नींद का खुमार, जाते ही बिस्तर पर लेट गए और गहरी नींद में डूब गए।

ड्राइवर बच्चों को स्कूल लेने जा चुका था। किचन में कुछ खटर-पटर चल रही थी! माली क्यारियों को गोड़ रहा था।

इस ख़ामोश पड़े घर में दोनों की नींदें इतनी गहरी हुईं कि बड़ी मुश्किलों से छह बजे के क़रीब उन्होंने अपनी आंखें खोलीं। पपोटे भारी थे और आंखों में कांटे चुभते महसूस हो रहे थे।

पास के मंदिर में आरती शुरू हो गई थी। घंटे की लगातार होती आवाज़ों ने उन्हें सोने नहीं दिया। जब तक उठते अज़ान की आवाज़ भी झुटपुटे के अंधेरे में घुलने लगी।

दोनों ने नमाज़ पढ़ी और बाहर पोर्टिको में आकर पड़ी कुर्सियों पर बैठ गए। चाय के गर्म घूंट भरकर अमजद बोले, "दोनों नवादा पहुंच गए होंगे मगर फ़ोन नहीं किया अभी तक?"

"उम्मीद भी न करना, अब हमारी बेटी अपनी सास की बहू बन चुकी होगी।" महजबीं ने कहा और चाय की गर्म प्याली मुंह से लगाई।

"शमा बहन बड़ी जहांदीदा ख़ातून हैं...सारे घर को समेटकर बैठी हैं वरना ये आजकल की बहुएं तो अपनी डेढ़ ईंट की मस्जिद अलग ही बनाना पसंद करती हैं।" अमजद ने कुछ सोचते हुए कहा।

"यह तो है।" महजबीं ने पेशानी पर आए बल हटाते हुए कहा।

"अच्छा महजबीं, यह बताओ, कब चलना है बाहर?"

"बाहर...?"

"नेपाल...?"

"सारी ख़ूबसूरती यहीं मौजूद है इस घर में तो फिर..."

"वाह! आज तुम किसी फ़िलासफर की तरह बोल रही हो। लगता है अमेरिका की तरफ भी जाना नहीं हो पाएगा।"

महजबीं ने निगाहें उठा मियां को देखा। चेहरे पर बेहद कमज़ोर सी मुस्कराहट उभरी जिसमें आंसुओं के निचोड़ का अहसास अमजद को महसूस हुआ। कई सेकंड इसी तरह गुज़र गए। अमजद ने आंखों के इशारे से पूछा, "क्या?"

"मैंने भाई साहब का ख़त पढ़ लिया है।" सुनकर अमजद का हाथ कांपा तो प्रिच पर रखा चमचा हलकी आवाज़ से प्याले से टकराया।

"तुम्हें कहां मिला वह ख़त?"

"ढूंढ़ी थी आपकी परेशानी की वजह कि आख़िर एकाएक ब्लडप्रेशर के बढ़ जाने के पीछे राज़ क्या है? बैग की ज़िप में रखा ख़त देखा, उस पर बाहर का टिकट लगा देखा तो खींच लिया बाहर और पूरा पढ़ डाला, आपके झूठ की कलई खुलनी थी सो खुल गई।"

दोनों के बीच कुछ देर ख़ामोशी छाई रही।

"भाईजान को यूं गड़े मुर्दे नहीं उखाड़ने चाहिए थे। यक़ीन जानो महजबीं, मुझे बहुत बुरा लगा। इतना बुरा लगा कि मैंने ख़त का जवाब देना मुनासिब नहीं समझा।" अजीब दुख भरी शर्मिंदगी से अमजद ने कहा। महजबीं ने कोई जवाब नहीं दिया। उसी तरह साकित और जामिद बैठी रहीं। चेहरे पर कोई भाव, किसी तरह का कोई साया, किसी तरह का उतार-चढ़ाव न था।

"तुम कितना बदल चुकी हो महजबीं, मुझे तुम पर नाज़ है, मैं तुमसे पहले से कहीं ज़्यादा मुहब्बत करने लगा हूं...मेरे..."

"मुझे किसी से कोई गिला-शिकवा नहीं है। आप अपने को इस मामले में मत घसीटिए। मैं भाईजान की शुक्रगुज़ार हूं कि उन्होंने मेरी हद मुक़र्रर कर दी है वरना मैं लगातार दौड़ती रहती बिना सरहदों की हदों को पहचाने हुए। कभी अपने को गुनाहगार न मानती। मेरी आंखों पर ख़ुदगर्ज़ी, ग़ैरइनसानी हरकतों और चाहतों की काली पट्टी बंधी थी। कभी मैंने अपने को नहीं देखा। हमेशा दूसरों को क़ुसूरवार समझा। ऊपर से थोड़ा-बहुत बदलाव माजदा और आप लाए ज़रूर मगर अंदर से मैं वही थी पुरानी महजबीं। सख़्त ज़मीन के नीचे आतशफिशां की तरह ख़दबदाती, खौलती। मुझे तो ठंडा भाईजान के इस ख़त ने कर दिया। मेरे अंदर का सारा लावा सूख गया। काश! मुझ पर बहुत पहले इस तरह किसी ने

बातों के कोड़े बरसाए होते, मेरे जख़्मों से जंग लगा ख़ून बहा होता तो मैं बहुत पहले सुधर जाती। उनका यह अहसान मुझ पर क़र्ज़ रहा।"

महजबीं जिस ईमानदारी भरे लहजे़ से बोल रही थीं उसको सुनकर अमजद लाजवाब हो चुके थे।

महजबीं कुछ देर चुप रहीं फिर कहने लगीं, "इसके बाद हम इस बारे में कोई बात नहीं करेंगे। आप उनसे मिलकर आइएगा तो मेरे दिल का बोझ उतरेगा! रहा मेरा सवाल तो मेरे जुर्मों की जो सज़ा मुझे सुनाई गई है उसकी मैं हक़दार हूं। सारी ज़िंदगी लगा दूंगी उसे काटने में बिना किसी उफ़ के।" इतना कह महजबीं चुप हो गईं।

अमजद ने जज़्बाती हो उनकी हथेलियों को अपनी उंगलियों से सहलाया तो वह मुस्करा पड़ीं।

"अब तो मेरा कोई माज़ी नहीं है, जो है वह हाल है।"

अमजद उसी ख़ामोशी से अपनी मुहब्बत का इज़हार उनकी हथेलियों पर अपने अंगूठे के नर्म दबाव से करते रहे।

दूसरे दिन दोपहर को जब महजबीं महलक़ा की तरफ गई हुई थी, अमजद ख़ामोश घर में टहलते रहे। उनके अंदर की बेचैनी उन्हें बैठने नहीं दे रही थी। एक उलझन जो सीने में अटककर रह गई थी। पिंजड़े में बंद परिंदे की तरह फड़फड़ा रही थी मगर उड़ान नहीं भर पा रही थी। ज़हन उनका भाई के ख़त के मज़मून में और महजबीं की कही रात की बातों में उलझा था। जज़्बात का यह ज्वार-भाटा उन्हें अंदर ही अंदर पछाड़ें मारने पर मजबूर कर रहा था।

वे कमरे में गए। बैग उठा पलंग पर रखा और खुद पालथी मार बिस्तर पर बैठ गए। भाई का ख़त पढ़ा। एक बार, दो बार। आंखों से गिरते आंसुओं को आस्तीनों से साफ़ किया और क़लम-पैड निकालकर ज़ानू पर रखा और भाई के ख़त का जवाब लिखने बैठ गए।

सिवान, 2014

भाईजान,

आदाब।

आपका नवाजिशनामा मिला। पढ़कर दिल पर अजीब सी कैफ़ियत तारी हुई। मैंने महजबीं से वह ख़त छुपाया था मगर जाने कैसे ख़त उसके हाथ लग गया और उसने पढ़ा। इस ख़त के बाबत कल रात उससे बात हुई। वह आपकी

सुनाई सज़ा को न सिर्फ़ क़ुबूल करती है बल्कि अपने को गुनहगार भी मानती है। वह आपका शुक्रिया अदा करती है कि पहली बार किसी ने उसकी ग़लतियों की कड़ी सज़ा सुनाकर उसे सुधरने का मौक़ा दिया है। वह चाहती है कि मैं और आपकी भतीजियों के साथ आप सबकी ख़िदमत में पहुंचूं और पुरानी तल्ख़ियों को भुलाकर हाल को ख़ुशहाल बनाऊं। मैं ये बातें उसके ताबे होकर नहीं लिख रहा हूं और आपसे भी गुज़ारिश है कि इन बातों से कोई और मतलब न निकालें बल्कि पुराना सब कुछ हम मिलकर दफ़न कर दें।

मेरे रगों में बहने वाला ख़ून आप ही की तरह सुर्ख़ और गर्म है जो हमारे वालदैन की देन है जिनकी बदौलत इस ख़ून की गर्दिश मेरी दोनों बच्चियों के ख़ून में भी मौजज़न है। हम तीनों अम्मी-अब्बा की क़दमबोसी के लिए हाज़िर होंगे और महजबीं की ग़लतियों का उसकी तरफ से माफ़ीनामा भी पेश करेंगे।

अमेरिका का वीज़ा मिलना आसान नहीं है। आप ही इस मसले को हल करें ताकि सफ़र की तैयारी हम कर सकें।

अम्मी, अब्बा, भाभी को हम सबकी तरफ से दस्तबस्ता सलाम और बच्चों को दुआ।

ख़ुदा हमें जल्द मिलवाए।

—माज़रत के साथ
आपका छोटा भाई अमजद

15

नवादा का बड़ा सा घर दूर से नज़र आता था। उसकी छत पर तारों भरे आसमान के नीचे गद्दे डाले घर के मर्द लेटे थे। बिजली सुबह से नहीं थी। भाभियों और माजदा का गर्मी के मारे बुरा हाल था। इनवरटर सिर्फ़ एक कमरे में था जिसमें मम्मी और डैडी थे। जनरेटर फुंक चुका था।

मोहल्ले से आए साथियों के बीच हंसी-मज़ाक़ के साथ नाश्ता-पानी चल रहा था। भूंजा चबाते हुए एक से एक मज़े की बातें हो रही थीं। कभी रुख़ बचपन की तरफ मुड़ता तो कभी जवानी की तरफ। कभी सियासत पर बातचीत होती तो कभी बढ़ती महंगाई और बेकारी के साथ रोज़ होती जुर्म भरी दास्तानें दोहराई जातीं। पटना के हालचाल पूछकर बाहर जाने के ख़्वाब बताए जाते।

अम्मी तीनों बहुओं को बीते दिनों के क़िस्से सुना रही थीं।

"तब हमारे पास हज़ारों बीघा ज़मीनें नहीं थीं। न आम-लीची के बाग़ थे। यह घर आधा कच्चा आधा पक्का था। सिर्फ़ तीन कमरे थे जो बरसात में टपकते रहते थे। हमारी मेहनत से तुम लोगों को आराम की सारी चीज़ें मिली हैं। कोशिश करो कि तुम लोग भी अपनी मेहनत और ईमानदारी से अपने बच्चों के लिए इससे बेहतर ज़िंदगी का बंदोबस्त करो मगर याद रखना अपनी जड़ों से दूर मत जाना। आम आदमी से कभी दूरी मत बनाना, इनसान वहीं मर जाता है जब वह अपनों से दूर ग़ैरों के बीच अपनी नई दुनिया बसाने में लग जाता है। न घर का रहता है, न घाट का...हमारे पास पटना की कोठी में सब कुछ है। वह सब हम यहां भी पलक झपकते मुहैया करा सकते हैं। शान व आराम से रह सकते हैं मगर हमने ऐसा नहीं किया यह सोचकर कि हम यहीं के थे। इन्हीं के साथ जीते थे फिर उनसे अलग हटकर नई ज़िंदगी की शान-शौक़त से इनके दिलों को क्यों दुखाएं। यह पिछड़ा इलाक़ा है। सबके घरों में पटना की तरह हर चीज़ नहीं आ सकती है। इसलिए तुम्हें जो तकलीफ़ें यहां हो रही हैं उससे दिल में ग़ुस्सा मत लाओ बल्कि यह सोचकर ख़ुश हो कि तुम्हारे बुज़ुर्ग कहां से चलकर कहां तक पहुंचे हैं।"

ससुर सफ़दर अहमद गांव में किसी से मिलकर लौटे थे। उन्हें देखकर बहुएं उठ गईं और खाने के इंतज़ाम में लग गईं। उनके चेहरों पर किसी तरह के भाव नहीं थे, न सास के ख़िलाफ़, न पूरे माहौल से नाराज़गी के, वे क्या सोचती है इस बात को लेकर उनके बीच कोई बात कभी नहीं हुई जबकि दूसरे विषयों पर वह चहक-चहककर हिस्सा लेती थीं आख़िर दोनों एम. ए. थीं। माजदा भी तालीम में पीछे कहां थी।

यही हाल तीनों भाइयों का था। उनकी नज़रें दुनिया के उस छोर पर रहतीं जहां ज़मीन-आसमान मिलते हैं और सूरज अपना चेहरा बाहर निकालता है और सारे दिन के बाद वह कहीं और निकलने के लिए चला जाता है। खाने के बाद तीनों बहुएं छत पर सोने चली गईं। पूरा गांव अंधेरे में डूब चुका था। हवा में हलकी सी ठंड मिल गई थी जो सुबह तक बढ़ती जाती है इसलिए सबके पायताने मोटी चादरें ओढ़ने को पड़ी थीं।

"माजदा, सुबह मुंहअंधेरे नीचे जाना होगा, समझीं।" मझली भाभी ने माजदा से कहा।

"भला क्यों?"

"सारा मोहल्ला जाग जाता है। औरतें छत पर यहां नहीं सोती हैं। अगर सोती हैं तो रोशनी में नज़र नहीं आती हैं।" बड़ी भाभी हंसते हुए माजदा को छेड़ने के अंदाज़ में बोलीं।

"ओह!"

"तुम नई दुलहन हो, कल तुम्हें लंबा घूंघट भी काढ़ना होगा।" नईम ने लुकमा दिया।

"कल तो हम सब शादी के घर में होंगे, क्या वहां घूंघट निकालकर बैठना होगा?" माजदा ने फ़िक्रमंद हो पूछा।

"और नहीं तो क्या?" मझली खिलखिलाई।

"एक तरफ नई दुलहन घूंघट निकाले होगी और दूसरी तरफ मैं?" चकराई सी माजदा बोली। उसे याद आया कि कल खाला के घर गई थी तब तो ऐसी कोई बात नहीं हुई थी। हां, उसके भोजपुरी न समझ पाने पर ज़रूर शरारतें लड़कियों ने की थीं। उसे तो ठीक से यहां की बोली भी बोलना नहीं आती है जैसे भाभी बोलती है। उसका दिल उदास हो गया। उसका उतरा मुंह देखकर मझले भाई ने कहा, "ये सब तुम्हारी खिंचाई कर रहे हैं।"

"भाभी!" रूठे लहज़े में माजदा बोली।

"नईम से दो बालिश्त छोटी भी तो है, खींचेंगे नहीं तो लंबी कैसे होगी?" मझली ने माजदा को गुदगुदाया।

"हां, तुम तो बहुत लंबी हो जैसे।" मझला हंसा बीवी को देखकर।

"हमारे घर में तीनों एक साइज की आई हैं। अल्लाह ही मालिक है। अगर बच्चे इन पर पड़ गए तो समझो बढ़िया नौकरी हाथ से गई।" बड़े ने सबको लपेट लिया।

"वे नौकरी क्यों करेंगे, नेपोलियन जैसे लोग दुनिया पर हुकूमत करने के लिए पैदा होते हैं, कह दो अपने भैया से।" बड़ी ने बड़ी अदा से कहा।

इसी तरह शरारत भरी बातों और मज़ाक़ के साथ ख़ूबसूरत रात ढलने लगी। माजदा को इतना खुला तारों भरा आसमान, वह भी इतने बड़े-बड़े सितारों वाला पहले कभी देखने को नहीं मिला था। वह उसमें खो गई।

जवाहर की पतोहू बिंदू सफ़दर अहमद के द्वारे खड़ी थी।

भोर के भटते ही वह पुरवा से निकल पड़ी थी। यहां आते-आते सूरज देवता ने बादल की खिड़की से झांकना शुरू कर दिया था। दरवाज़ा खुलते ही वह अंदर आंगन में जा एक कोने में उकड़ूं बैठ गई। उसने घूंघट निकाल रखा था। मर्दाना अंदर-बाहर आ-जा रहे थे। उसे मझली भौजी का इंतज़ार था।

"कैसन बाडू बिन्दू?" मझली भौजी कमरे से निकलीं तो उनकी नज़र बिन्दू पर पड़ी।

"राम-राम, ठीक बानी दीदी...भौजी।" इतना कह बिन्दू ने ज़बान काटी फिर हलके से हंस दी। बिन्दू उसी गांव की लड़की है जहां की शमा की मझली बहू तस्लीमा है। अब दोनों ब्याह के इस गांव आई हैं।

"यह तुम्हारे लिए।" उसने आंचल में छुपाया कोंढा आगे बढ़ाया तो तस्लीमा हाथ में पकड़ बोली, "तेरा प्यार है बिन्दू, हमेशा कुछ लेकर ही आती है।"

"दीदी।" इतना कह उसने मझली भौजी के पैर छुए। तस्लीमा वहीं मोढ़े पर बैठ गई और गांव की बातें पूछने लगी फिर एकाएक बोल उठी, "जो कहना चाह रही हो बिन्दू उसे मन में दबाए काहे बैठी हो?"

"एसन बात नइखे।" अकस्मात बिन्दू के मुंह से निकला।

"तो फिर क्या बात है?"

"हमार भसुर बाड़न, बाहर कमाए जाए के तारन...तू अगर दीदी..."

"समझ गई।" इतना कह तस्लीमा हंस पड़ी।

"उ साथ आवे के चाहत रहला मगर लाज के मारे न आइला।"

"ठीक है बिन्दू मैं इनसे कह दूंगी।" इतना कह तस्लीमा कोढ़ा हाथ में उठाए खड़ी हुई फिर अंदर जाकर एक थैला उठाए बाहर आई, "यह तेरे लिए है।"

बिन्दू हंसी और राम-राम कर थैला उठा बाहर की तरफ मुड़ गई। जवाहर की पतोहू को पता था कि घर जाकर उसका पति उससे भिड़ेगा और बात-बेबात उस पर ताना मारेगा मगर वह भी क्या करती? ससुर और भसुर की बात कैसे टालती? उस दिन जवाहर डोम झाड़ू लेकर आए थे, संडास की सफ़ाई भी करके गए थे। रास्ते में कुत्ते ने काट लिया वरना वह खुद आते। इस गांव में जवाहर के सिंगा बजाए बिना कोई शादी संपन्न नहीं होती। छेंटी, चगेला, सूप, दौरा टोकरी, पंखा–इन्हीं की कलाकारी के चलते घर-घर सजा होता है। यह संबंध बाप-दादाओं वाला जवाहर कैसे भुला दे मगर उसके छोटे लड़के जमुना को इन बातों से बू आती लगती है। वह कहता है, "इनका अत्याचार और इनकी पुचकार हमारे विरोध में जाती है।" वह अपना पुश्तैनी काम छोड़ कलकत्ते के किसी मिल में लग गया है। जब आता है घर तो नई-नई तरह की ट्रे, प्लास्टिक के डिब्बे और लोहे-स्टील के तारों वाले झाबे लाता है और कहता है, "बाबू, समय बदल रहा है, सुलभ शौचालय आ गया है, इनकी पैरचप्पी नहीं, अपना अधिकार मांगो।" जवाहर सब समझता है मगर इन सबके बावजूद कहीं प्रेम-धागा बंधा है जैसे कला का कलाकार से, कलाकृति का प्रशंसक से, क्या समझे वह यह सुख जब बड़े-बड़े लोग चटाई पर लेटते और हमारे काम की प्रशंसा करते हैं। जब तक ज़िंदा है सब कुछ ऐसे ही चलेगा। जब हम नहीं रहेंगे तो जो करना है कर लेना।

शादी शमा की खालाज़ाद बहन की बेटी की थी। बहन की मालीहालत बहुत अच्छी नहीं थी। शमा ने बंद मुट्ठी के साथ उनकी मदद की थी। लेकिन लड़का कहां से ढूंढ़कर देतीं। लड़कियां शादी के इंतज़ार में पढ़ती चली जाती हैं और लड़के पढ़-लिखकर नौकरी न मिलने के चक्कर में बाहर चले जाते हैं। इधर तो लड़कों ने हाईस्कूल, इंटर के बाद यह सोचकर पढ़ना ही बंद कर दिया कि वक़्त बर्बाद करने से क्या फ़ायदा, सीधे दुबई, साउदी, ओमान, जॉर्डन भागो और शादी करके बच्चे पैदा करो।

कुछ इसी तरह की सोच वाला लड़का खाला को पसंद आया था। खुद

की लड़की एम. ए. थी और लड़का इंटर पास था। यह कोई नई बात न थी। घर-घर यही कहानी थी। एम. ए. की डिग्री को चूहा काट खाता था। इंटर और हाईस्कूल वाला कमाकर घर चलाता था।

पढ़े-लिखे लड़कों को उठाकर बंदूक की नोक पर शादी करा देने की जो अपराधी रीत चल पड़ी थी, उससे डरकर सफदर अहमद और शमा ने अपने तीनों क़ाबिल बेटों को तब तक इस पूरे माहौल से दूर रखा जब तक उनकी शादी तय नहीं कर दी। यह ऊपर वाले का रहम था कि बिहार से बाहर पढ़ने वालों की नौकरी भी पटना शहर में लगी। अगर वे अपना पेट काट बच्चों को इंटर के बाद बाहर पढ़ने न भेजते तो आज वे भी किसी पेट्रोल वाले मुल्क में जाकर ग़ैरों की ख़िदमत करते होते। शमा ने दूरअंदेशी से काम लिया था। उनकी बहन सुगरा दूरअंदेशी करके भी क्या पातीं? शौहर तो शादी के पांच साल बाद ही सिधार गए। जेठ-जेठानी शरीफ़ थे जो दोनों बच्चे रेहाना और रहीम पढ़-लिख गए वरना तो दो वक़्त की रोटी का आसरा न था उन्हें। रोज़ ख़ुदा का मेहमान बनना पड़ता।

जब माजदा शाम ढले खाला के घर पहुंची तो लोग अपने-अपने कामों में लगे थे। बड़ी सी कढ़ाई में औरतें गुलगुले उतार रही थीं। वह कुछ देर खड़ी देखती रही फिर रेहाना के पास जाकर बैठ गई जो पीले कपड़ों में उबटन की महक से भरी, पलंग के बीच में चुपचाप बैठी थी।

पुरवा और टोला की औरतें जमा होकर आंगन में नाच-गाने में मस्त थीं। उनकी आवाज़ों से जनरेटर की आवाज़ दब चुकी थी। माजदा रेहाना के पास से उठकर बाहर दालान में पड़े स्टूल पर आकर बैठ गई थी। गाने के बोल उसके समझ में नहीं आ रहे थे मगर नाचते हुए आपस में उनके बेतकल्लुफ़ इशारे ज़रूर समझ आ रहे थे।

उसकी शादी में यह सब उसे देखने को नहीं मिला था इसलिए वह उसमें डूबी बैठी थी। गर्मी उसे लग रही थी मगर कोई न कोई बच्ची थोड़ी-थोड़ी देर पर पंखा झलने भाभी-भाभी कहकर पहुंचती फिर दो मिनट बाद ग़ायब हो जाती थी।

देर रात तक गुलगुले तले जाते रहे। औरतें रतजगे की कैफ़ियत में थीं। कभी जोड़े लगते तो कभी चाय और बातों का दौर चलता। माजदा पिसती मेहंदी को देख रही थी जो दुलहन को लगने वाली थी। बाक़ी लड़कियां कोन वाली मेहंदी लगाकर उस पर पानी छिड़ककर उसे सूखने से बचाती शोख़ रंग लाने की तमन्ना में हंसी से लोटी जा रही थीं।

माजदा की आंखें नींद से बोझिल हो रही थीं। भाभियां कब की सो चुकी थीं। वह भी उठकर उनके पास गई और पलंग के एक किनारे थोड़ी सी बची जगह पर जाकर लेट गई।

घर में शोर की जगह अब धीरे-धीरे ख़ामोशी छाने लगी थी। उसकी आंखें भी नींद से मुंदने लगी थीं।

दूसरे दिन घर में मेहमानों की भीड़ थी। जनरेटर का इंतज़ाम था मगर बिजली घंटों न आए तो जनरेटर कब तक चले? कुछ देर चला फिर कुछ ख़राबी आ गई। पास के मोहल्ले से मैकेनिक बुलाया गया। वह तारों में उलझा था कि घर से रहीम के फूफा गफ़्फ़ार निकले। मैकेनिक को पहले खड़े घूरते रहे फिर पास खड़े लड़के से पूछा, "इसका नाम क्या है?"

"क़मर महमूद।"

"जाकर पूछो तो इसका हफ़्ते भर पहले छेका हुआ था?"

"चाचा, कैसे जाकर एकदम से पूछ लें?"

"अच्छा रुको, मैं ही जाता हूं," कहकर गफ़्फ़ार आगे बढ़े और ठीक उस जवान के पास जाकर खड़े हो गए, "क़मर महमूद नाम है न तुम्हारा?"

"हां।"

"महुव्वल वाले मास्टर साहब की लड़की के साथ छेका हुआ है न?"

"जी, आप उन्हें जानते हैं?"

"हां, थोड़ा-बहुत..." इतना कह गफ़्फ़ार अंदर गए और अपनी बीवी को दरवाज़े पर बुला कहने लगे, "गज़ब हो गया। मास्टर साहब का दामाद इंजीनियर नहीं, मैकेनिक है। गली में बैठा तार जोड़ रहा है।"

"साच बोलबा?"

"अरे, मैं ख़ुद बात करके आ रहा हूं। मैं तो फ़ोन पर उनसे क्या कहूं। मैं सीधे उनके पास जाता हूं।" गफ़्फ़ार बौखलाए से बोले।

"चार-पांच घंटे बाद निकाह है। खाना खाकर निकल जाना। अभी शादी छोड़कर जाना कहां की अक्लमंदी है, आख़िर सगे फूफा हो?"

"वह तो है। अच्छा ठहरता हूं।" गफ़्फ़ार ने सुस्त लहजे से कहा।

मास्टर साहब प्रिंसिपल थे। उन्हीं के स्कूल में गफ़्फ़ार अध्यापक, जो बड़ी लड़की के जेठ थे। पढ़े-लिखे ख़ुशहाल। मास्टर जी की इकलौती लड़की थी। एम. ए. फाइनल में पढ़ रही थी। किसी के बताने पर रिश्ता किया था कि लड़का

ओमान में इंजीनियर है। दस लाख महीना की आमदनी है। मां-बाप मर चुके हैं। छुट्टियों में शादी के लिए आया है। मास्टर साहब सोच में पड़ गए मगर बीवी और उनके घर वाले ज़ोर डालने लगे। लड़का देखने में ठीक लगा। बात पक्की हुई और छेके के दिन पांच लाख मास्टर साहब ने दामाद के हाथ पर रखा।

अब गली सजना शुरू हो गई थी। कुर्सियां रखी जा रही थीं। खाने की ख़ुशबू हर कोने में रेंग रही थी। गली के पास शाह जी का हाता था। वहां सफ़ाई कर शामियाना लग चुका था। बारात का स्वागत वहीं होना था। खाने का भी एक तरफ इंतज़ाम था।

मैदान तक गली से घूमकर जाना पड़ता था। रहीम का हाल चल-चलकर ख़राब हो चुका था। उसके दोस्त ने अपनी बाइक उसे थमाई और कहा, "अपनी समझकर चला।"

नारंजी मोटरसाइकिल देखकर गफ़्फ़ार रहीम से ज़िद कर बैठे कि मुझे क़मर अहमद मेकेनिक का घर दूर से दिखा दो।

"बड़े फूफा, आपको हो क्या गया है? वहां क्यों जाना है आपको भला? दो घंटे कुल बचे हैं बारात आने में?" रहीम को एकाएक फूफा पर तैश आ गया। वह बड़ी देर से उन्हें देख रहा था कि मेहमानों के साथ रहने की जगह इधर-उधर खड़े लड़कों से पूछताछ कर रहे हैं।

"हमको पट्टी न पढ़ाओ, सीधे ले चलो।" कहकर वे मोटरसाइकिल के पीछे बैठ गए। ख़ून का घूंट पी रहीम ने मोटरसाइकिल स्टार्ट की और गली से बाहर निकला।

बारात आ गई थी। जो रस्में होनी थीं वह शुरू हो गईं। मेहमानों की आवभगत और एक-दूसरे से परिचय कराना ज़ोर-शोर से चल रहा था। बड़े फूफा गफ़्फ़ार और नईम के वालिद सफ़दर पेश-पेश थे।

निकाह होने के बाद छुहारे के पैकेट बंटे और खाना शुरू हो गया। नारंजी मोटरसाइकिल वहीं पंडाल में एक तरफ खड़ी थी। बार-बार नौशा के बाप की निगाहें उधर उठ रही थीं। बिदाई के वक़्त बखेड़ा खड़ा हो गया जब नौशा के बाप ने मोटरसाइकिल की तरफ इशारा करते हुए कहा कि यह कैसे भेजेंगे?

"यह तो हमारी नहीं है," फूफा बोले, "यह देने की तो बात तय हुई नहीं थी।"

"हम तो यह समझ रहे थे?" नौशा के अब्बा बोले और बुरा सा मुंह बनाया।

"चचा, यह हमारे दोस्त सैफ की है जिसकी दो महीने पहले शादी हुई है, काम के लिए उसने दी थी।" रहीम ने अपनी परेशानी छुपाते हुए मुलायम लहज़े में कहा।

"बात क्या है?" सफ़दर अहमद ने पूछा।

"लाख की बात तय थी। वह हम दे चुके हैं।" बड़के फूफा ने जवाब दिया।

"आपको जो भी ग़लतफहमी हुई है वह एक साथ बैठकर सुलझ जाएगी। अभी आप चलें।" सफ़दर अहमद ने ज़रा तने लहज़े से कहा। लड़के का बाप सिर हिलाकर रह गया। वह सफ़दर अहमद की हैसियत जानता था। बस उसने एक नज़र उस चमचमाती नारंजी मोटरसाइकिल पर हसरत से डाली और फिर फ़ौरन ही फेर ली। नौशा का मुंह लटक गया था। बाप की अचानक लालच भरी बात से या फिर इस ख़याल से कि मोटरसाइकिल मांगी जा सकती थी।

बाहर हुई ये बातें घर के अंदर तक नहीं पहुंचीं।

रुख़सती हो गई तो फूफा गुस्से से फट गए, "क्या तय किया था छुटकी बहू?"

रहीम ने सारी बात खोलकर रख दी जिसे सुन खाला सीना पीटने लगीं, "अरे, अब रेहाना को वे लोग ताना दे-देकर मार डालेंगे, यह कैसा अंधेर है?"

"यह सब तुम संभालो, मैं चलता हूं।" कहकर फूफा फूफी से विदा हो बिना बताए महुव्वल की तरफ निकल गए।

"मुझ ग़रीब पर जाने कौन-कौन सी आफत अब टूटने वाली है।"

"बाजी, ये सारी बातें न कहें, ग़रीब भी शरीफ़ होते हैं। आपने पहले ही बेमेल रिश्ता जोड़ा," शमा झुंझला पड़ी, "कितनी बार हमने कुरेदा मगर आपने हमेशा तारीफ़ें करके हमारा मुंह बंद कर दिया। अब सब्र से काम लें, अभी क्या पता रेहाना ससुराल में कैसे रहती है? हो सकता है ससुर की यह वक़्ती कमज़ोरी हो और कल अपनी इस हरकत पर शर्मिंदा हों।"

"हमें भी चलना चाहिए।" ऊबे लहज़े में नईम के वालिद सफ़दर बोले और शमा की बहन को आदाब कर बाहर निकले।

"पहले घर-बार देखे बिना लड़की को बोझ समझ ढकेलते हैं, बाद में रोते हैं। मेरी समझ से बाहर है यह सब।" उन्होंने कार में बैठते हुए बेटों से कहा। वे तीनों चुप रहे। "किसी को मेरे साथ चलना है तो बैठो, शमा तो अभी रुकेंगी। बहुएं तभी आएंगी।" बाप की बात सुनकर बड़ा बेटा कार का दरवाज़ा खोलकर

बैठ गया।

दोनों बेटे अंदर पहुंचे तो वही सोग का माहौल बरपा था। जितने लोग उतनी बातें, उतने क़िस्से।

एक जुमले ने माहौल और सोच को उसी पुराने ढर्रे पर धकेल दिया जिस पर यह घुटा, पिसा, बेहौसला समाज बरसों से चलता चला आ रहा है। बग़ावत, बहादुरी, अदालत और नेकनियती का यहां कोई गुज़ारा न था। जिसने थोड़ा-बहुत सिर उठाया भी तो वह या तो अपना हुक्का-पानी बंद करवा बैठा या पीठ दिखाकर उसे भागना पड़ा।

माजदा अपने हाथों में लगी मेहंदी के खिले फूलों को देखकर सोच रही थी कि रेहाना की पहली रात जाने कैसी गुज़रेगी? ज़िंदगी फूलों की सेज नहीं है, क्या वह इस सच्चाई से पहली मुलाक़ात में ही टकराएगी या फिर सुहागरात से पहले ही उसे वापस भेज दिया जाएगा कि जाकर पहले मोटरसाइकिल लाओ फिर सुहागरात मनाओ।

बहन का रोना देखा। शमा ने अपना गुस्सा दबाया। वह मौक़े की नज़ाकत देख बोली, "बाजी, साठ-सत्तर हज़ार की कोई औक़ात नहीं है। अगर कुछ होता है खुदानाख़्वास्ता तो हम उसे संभाल लेंगे।"

"ताकि उनके लालच को बढ़ावा मिले," मझला बेटा बड़बड़ाया, "सीधी उनकी रपट लिखवा अंदर डलवा देंगे।"

"तुम अपनी ज़बान बंद रखो।" बड़ी भाभी ने मझले देवर को चुप रहने की हिदायत दी। वह यहीं की लड़की है। उसके ससुराल में न सही मायके में ऐसे क़िस्से, झगड़े और उलझाव आम बात है या कहो ज़िंदगी का चटख़ारा।

बड़के फूफा जब मास्टर साहब के घर हड़बड़ाए पहुंचे तो वे बेटी को देने वाले जहेज़ की चीज़ों को घर में सलीक़े से रखवा रहे थे। दरवाज़े पर सामान लाने वाले टैंपों खड़े थे।

"अरे, आप यहां कैसे?" मास्टर साहब ताज्जुब से बोले।

"शादी न होती भतीजी की तो मैं उसी वक़्त दौड़ा-दौड़ा आता। ख़बर ही ऐसी थी जो फ़ौरन बताने वाली थी।"

"कहिए न?"

"वह जो दामाद है, आपका होने वाला, उसे मैं अपने घर की गली में तार जोड़ते देखकर आया हूं। घर भी देखा है चूहे के बिल जैसा...वह इंजीनियर नहीं

मैकेनिक है...मामूली मैकेनिक।" फूफा आख़िर तक आते-आते ग़ुस्से में एक हाथ दूसरे हाथ पर मारने लगे।

"गधा बना दिलस।"

"क्या बक रहे हैं आप? होश में हैं?" मास्टरनी सिर पर साड़ी का आंचल जमाते हुए बोलीं।

"भाभी, यक़ीन न हो तो अभी चलें, ग़लत इत्तला देने पर वहीं पांच सौ जूते मारना।" फूफा की सांस फूल रही थी।

"इतना बड़ा धोखा?" मास्टर जी माथा पकड़कर बैठ गए। हज़ारों लड़के पढ़ा के निकाले हैं। आदमी की पहचान रखते हैं मगर बीवी ने ऐसी राल गिराई कि वे उसमें फिसलते चले गए। इस वक़्त उनका दिल चाह रहा था कि अपने ससुराल वालों को खरी-खोटी सुनाएं और बीवी को...उन्होंने माथा पीटा।

इस शोर में बौखलाई लड़की शबिस्तां कुछ देर चुपचाप खड़ी रही फिर एकाएक मां से बोली, "मुझे शादी नहीं करनी है।"

इस शोर-शराबे को सुन आसपास वाले जमा हो गए। जो जल रहे थे वे ख़ुश हो ज़ख़्म पर नमक छिड़क रहे थे। जो वाक़ई हमदर्द थे उनकी आंखें भर आई थीं। आख़िर उनके घर भी तो लड़कियां थीं जिनकी क़िस्मत जाने किस गली में फूटने वाली थी।

चंद लोगों का झुंड किराए की जीप में बैठा और नवादा की तरफ चल पड़ा। रास्ते भर ख़ामोशी रही। रात के ग्यारह बज रहे थे। जब फूफा कार से उतरकर उस गली में घुसे तो वहां अंधेरा था। मोबाइल की लाइट जला उन्होंने घर पहचाना और थाप दी।

"क़मर महमूद के इहे घर हा?"

"आवत तनी।" एक आवाज़ अंधेरे में उभरी और दरवाज़ा खुल गया।

मोबाइल की लाइट में फूफा ने दरवाज़ा खोलने वाले को पहचानने की कोशिश की। वे कोई बुज़ुर्ग थे।

"उ कहीं गइल बाड़न, बस आवते होइन।"

"कहां गइल बाड़न?"

"कहीं ब्याह बा, उईजी गईबा। कौन काम बा? फ़ोन नंबर दे दा आवते बात कर ली।" बुज़ुर्ग बोले।

"आप उसका नंबर दें। हम खुद बात कर लेते हैं।" गफ़्फ़ार ने कहा।

"ठीक बा लिखीं...।" कहकर उन्होंने नंबर बताया। गफ़्फ़ार ने उसे मोबाइल

में फीड कर लिया और वापस जीप की तरफ लौटे। सारा हाल बताकर पूछा कि अब आगे क्या करें? सलाह-मशविरा होने लगा। आख़िर में तय पाया कि जीप गली से सटाकर रखते हैं और फ़ोन करते हैं कि कब लौट रहा है, हमें तार जुड़वाना है। सबके हां कहने पर फूफा ने ही क़मर से बात की और उन्होंने बताया कि वह घर के रास्ते पर ही है। हमें यहीं ठहरने को कहा है।

पांचों लोग जीप में दम साधे बैठे रहे। अंधेरी गली में खड़खड़िया स्कूटर की आवाज़ उभरी तो सबकी नज़रें फीकी रोशनी पर टिक गईं।

ड्राइवर ने जीप की हेडलाइट जला दी। सामने गली रोशनी में नहा गई। आंखों को रोशनी से बचाने के लिए माथे पर हाथ रखने वाला कोई और नहीं क़मर महमूद ही था। मास्टर साहब का होने वाला दामाद जो मिडिल ईस्ट में इंजीनियर है और दस लाख महीना कमाता है। आगे-पीछे कोई नहीं। आज वह सूट-टाई में नहीं बल्कि मलगिजी जींस-शर्ट में था। चेहरा थका हुआ। स्कूटर किसी तरह आगे बढ़ा। हेडलाइट बुझ गई। अंधेरे में पांचों जीप से उतरे और क़मर पर झपट पड़े। धीमी गति से चलता स्कूटर दूर जाकर खंभे से टकराया और क़मर को घसीटकर सबने खड़ा किया फिर दबोचे हुए जीप की तरफ ले गए।

"आप...आप लोग कौन हैं?" वह हकला रहा था।

सबने उसे जीप में ठूंसा और जीप चल पड़ी। पास बैठे लोगों ने उसे कसकर पकड़ रखा था। उसका गला यह पूछते-पूछते सूख गया था कि हमको काहे पकड़ा है? आप कौन लोग हैं? मगर किसी ने जवाब नहीं दिया तो वह भी थककर चुप हो गया, शायद उसके गले में खराशें पड़ गई हों और बोलने की ताक़त भी न रही हो।

जीप महुव्वल में दाख़िल हुई और घर की तरफ मुड़ी।

घर के सामने जीप रुकी। वहां भी बिजली नहीं थी। अंधेरा ही अंधेरा था। उसे घसीटकर बाहर निकाला गया।

"दरवाज़ा खोलो...दरवाज़ा खोलो।" पीटने से जो दरवाज़ा खुला उसमें उसे ढकेल सब अंदर दाख़िल हुए और दरवाज़ा धड़ाक की आवाज़ से बंद हुआ तो क़मर रो पड़ा।

"देखिए, हमारे पास फुरौती में देने के लिए फूटी कौड़ी नहीं है।" वह कहे जा रहा था और उसे पीटने की आवाज़ और गाली का शोर कमरे में तेज़ डुगडुगी की तरह बज रहा था।

16

पौ फट चुकी थी।

मौत के घर की सुबह जितनी उदास और खाली-खाली सी महसूस होती है, वही अहसास सबको हो रहा था। मास्टर जी की लड़की शबिस्तां कॉलेज नहीं गई। मास्टर साहब स्कूल नहीं गए। सारे मर्द लाल भभूका आंखें लिए आंगन में बैठे थे। कल शाम से किसी के मुंह में पानी के अलावा अनाज का दाना तक नहीं गया था। भूख-प्यास मर चुकी थी। क़मर महमूद का बदन ज़ख़्मों से चूर बैठक के फ़र्श पर बेजान सा पड़ा था। नीम बेहोश क़मर में इतना दम नहीं था कि वह कराह भी सके।

सुबह नाश्ता करके वह निकला था। इलाक़े में कई शादियां थीं और बिजली का हाल बेहाल था। हर तरफ से उसकी पुकार थी। उसने सिवाय खैनी चबाने के अलावा कुछ खाया-पिया नहीं था। कमाई के यही दो-तीन महीने हैं इसलिए भूख-प्यास मारनी पड़ती है। वह भूख से कुलबुलाती अंतड़ियों के साथ घर लौट रहा था कि...

"करे की कौन ची बां?" मास्टरनी को अब यह ख़ामोशी अखर रही थी।

"..."

एकाएक अंगोछा मुंह पर रख मास्टर साहब बिलखकर रो पड़े। उनकी रुलाई ऐसी थी, क्या कोई कमसिन लड़की विदाई के वक़्त बाप से गले मिलकर रोती है। सभी के दिल भर आए। आंसू बहाकर जब मास्टर जी हलके हुए और होश में आए तो पास बैठी बीवी से पूछ बैठे, "तू बतावा का करी?"

"हम?" उनकी बीवी चौंककर बोली।

"तू हमसे अपना के हर बात म होसियार समझे लू...तू आख़िर पांचवां फेल बाड़ू, तू बतावा?"

सबकी नज़रें मास्टरनी के चेहरे पर टिक गईं। फूफा ने मुंह पर हाथ फेर कहा, "भौजाई के अब्बा को बुला के पूछा, नतनी ख़ातिर उनका दिल में बहुत प्यार बा।"

सबकी नज़रें फूफा के चेहरे पर टिक गईं। शुरू से वे यह रिश्ता पसंद नहीं कर रहे थे। उनका एतराज़ था कि बिना ख़ानदान वाला लड़का कौड़ियों के मोल भी मिले तो नहीं लेना चाहिए। जो घर पहले से बसा-बसाया न हो उस वीरान घर में लड़की देने में ख़तरा ही ख़तरा है। लेकिन सच तो यह है कि आज हर मां चाहती है कि उसकी लड़की का ससुराल कम से कम लोगों वाला हो। लावारिस मिले तो फिर घर-दामादू बनाने में कितनी देर लगती है। वही बात हुई पांचों उंगलियां घी में और सिर कढ़ाई में...मास्टरनी भी उसी भेड़ चाल की भेड़ थी जो मौजूदा दौर की आधुनिक सोच कहलाती थी जिसमें लड़कियों का मायका आबाद और ससुराल बर्बाद।

मगर जब यह तजुर्बा मां को सास बनने के बाद अपनी बहू से होता है तो वह दहाड़ें मार-मारकर रोती है कि बहू मेरे लड़के को बहका रही है, अपनी मुट्ठी में लेना चाहती है, अगर बात सिर्फ़ प्यार-मुहब्बत की होती तो आदमी दो मिनट ठहरकर सोचता भी कि इस दिल के मामले में किसकी तरफदारी करे मगर आज के दौर में यह सारी जोड़तोड़ उस पैसे के लिए होती है जो कभी मुट्ठी में रुकता ही नहीं। पानी की तरह बह जाता है।

फूफा की बात पर सबके सिर झुक गए सिवाय मास्टरनी के जिन्होंने तरेरती नज़रों से समधी गफ्फार को घूरा जैसे कह रही हो, बड़ी लंबी ज़बान हो गई है आज समधी की।

"अब्बा, इसको उठाकर पुलिस में दे दो।" सूजी आंखों और भर्राई आवाज़ से शबिस्तां बोली।

"नहीं, पुलिस दोनों तरफ से अपनी मुट्ठी गर्म करेगी और हमको दौड़ा-दौड़ाकर मार डालेगी।"

"फिर किया क्या जाए?"

"इसको होश में लाते हैं। घर फ़ोन करवाकर पांच लाख की रक़म की वापसी की बात करते हैं, देखते हैं फिर..."

"अब्बा, पैसा छोड़ना नहीं, मैं कहे देती हूं।" बेटी ने बाप को क़सम सी देते हुए कहा।

"ठीक है...ठीक है...तुम यक़ीन रखो, हम अपनी बेइज़्ज़ती का बदला लेकर रहेंगे।" गफ़्फ़ार ने सिर हिलाकर कहा और उठकर बैठक की तरफ गए।

मास्टर जी ने बेटी को सीने से लगाकर उसका सिर प्यार से थपका तो वह रो पड़ी, "अब्बा, कॉलेज में हम क्या जवाब देंगे, सब हमें चिढ़ाएंगे..."

"सच बोलना, सच में बड़ी ताक़त होती है। तुम तो बच गईं। शादी के बाद यह बात खुलती तो...शुक्र है अल्लाह का मेरे बुज़ुर्गों की नेकी मेरी बच्ची के काम आई।" इतना कह मास्टर साहब ने गहरी ठंडी सांस भरी।

"कुछ खाने के लिए भेजो।" बैठक से गफ़्फ़ार की आवाज़ आई।

सुनकर मास्टरनी बेदिली से उठी और बुदबुदाई, "ज़हर भेज दीका...तू थोड़ा सा फांक लिही।"

क़मर के मुंह और नाक से बहा ख़ून ज़मीन पर जम गया था। पूरा बदन पसीने से तरबतर बदबू से भरा हुआ था। फूफा कुछ देर उसे देखते रहे फिर पैर से ठोकर मार बोले, "उठ जा, जंगल पार्टी को न बुलाना पड़ जाए तेरे लिए ...उठ, ज़रा देखें तेरा सूट-बूट का जलवा तो।"

क़मर उसी तरह बेसुध पड़ा रहा था तो फूफा चौंके और झुके, नाक के सामने उंगली रखी फिर इतमीनान से उन्होंने बाहर जाकर चापाकल चला बाल्टी भरी और पूरी की पूरी ठंडे पानी से भरी बाल्टी क़मर के बदन पर डाल दी। ठंडा पानी शायद क़मर को राहत दे गया। उसके बदन में हलकी सी जुंबिश हुई। फूफा ने दूसरी बाल्टी लाकर उस पर डाली तो वह हड़बड़ाया सा उठा। सिर हिला पानी झटका फिर बेदम सा ज़मीन पर पड़ गया।

"उठ, धोखा के मज़ा देख।"

क़मर को होश आ चुका था। उसे रात का हादसा याद आ गया। उसकी समझ में सारी बातें आ गईं वरना वह सोच रहा था कि पांच लाख के चलते किसी मनचले ने फिरौती के लालच में उसका यह हाल बनाया है। दोस्तों की बातें उसे याद आईं जिन्होंने यह षड्यंत्र रचा था। इस मार ने बात साफ़ कर दी कि मास्टर साहब के सामने उसकी सारी पोल खुल चुकी है। उसका दिल भारी हो उठा। उसे फ़िक्र खाए जा रही थी कि अब न जाने ये लोग आगे मेरे साथ क्या सुलूक करेंगे और जो पुलिस बुला ली तो इससे ज़्यादा मार पड़ेगी। दोस्त भाग लेंगे और सामना तो मुझे ही करना होगा।

वह किसी तरह हथेलियां टेक उठा और घुटना मोड़ने लगा तो तेज़ टीस उभरी। शक गुज़रा कहीं टांग तो नहीं तोड़ दी?

"पोंछो अपने को।" एक फटी लुंगी गफ़्फ़ार ने उसकी तरफ उछाली।

"उठें कैसे?" वह बेचारगी से बोला और दर्द से तड़पकर चीख़ उठा। उसे दोनों ने उठाकर स्टूल पर बिठाया, तब तक चाय आ गई थी। जो उसके हाथ में ज़बर्दस्ती थमाई। काम करने वाले लड़के ने आकर कमरे का पानी सूता और

कुर्ता-लुंगी लाकर क़मर को कपड़े बदलने में मदद करने लगा।

क़मर को तेज़ चक्कर आ रहा था। खाली पेट में गर्म चाय ने जलन मचा दी थी। उबकाई सी महसूस हो रही थी।

"घर जाना, मां-बहन से खिदमत करवाना। अभी फ़ोन मिला और पांच लाख वापस मंगा।" मास्टर जी के दोस्त क्रान्ति झा जो कल रात से चुप थे, एकाएक बोले।

"जी..." क़मर ने फ़ोन पकड़ा मगर नंबर नहीं मिलाया।

"क्या बात है...क्या सोच रहा है, कोई नई चाल क़मर बाबू?" क्रान्ति झा ने चिढ़ाने वाले लहज़े से कहा।

क़मर एकदम से फूट-फूटकर रोने लगा। कुछ देर तीनों ने उसे रोने दिया फिर एकाएक मास्टर साहब चीख़ उठे, "चुप...एकदम चुप।"

क़मर सहम तो गया मगर उसकी हिचकियां और आंसू नहीं रुके। तीनों चुपचाप कमरे से बाहर निकल गए। वे कोई गुंडे या पुलिसवाले न थे जो किसी को मार-पीटकर ख़ुश होते या इनकाउंटर कर तमग़ा अपने सीने पर सजाते। उनका दिल उसका यूं बिलख-बिलखकर रोना देख ग़म और गुस्से के बावजूद नर्म पड़ने लगा था।

"उसे अंडे की भुजिया बना खिला दो।" मास्टर जी ने अपना हाथ बाएं सीने पर रखते हुए कहा। अजीब दर्द उनके सीने में लहरा रहा था। वह जाकर बिस्तर पर लेट गए।

"क्या हुआ अब्बा? हकीम जी को बुलाएं?" बेटी ने बाप के माथे पर छलके पसीने को देखकर कहा। उन्होंने गर्दन हिलाई और बेटी क्रान्ति चाचा को बताने दौड़ी जो घर के बाहर फुलवारी में जाकर सिगरेट पी रहे थे।

"अब्बा के सीने में दर्द है। डॉक्टर को दिखाना पड़ेगा चचा।" रुआंसी आवाज़ में उसने हाथ मलते हुए कहा।

यह सुनते ही दोनों पहले मास्टर जी की तरफ लपके फिर उनकी हालत देख उनको सीवान ले जाने की सोचने लगे।

आपस में सलाह-मशविरा करके जब दोनों कमरे में लौटे और मास्टर जी को तसल्ली से टेक लगाए बिस्तर पर बैठा देखा तो इतमीनान की सांस ली।

"कल से कुछ खइले पियले नईखा, बाई न बनी?" मास्टरनी ने कहा और उनके जूठे नाश्ते के बर्तन उठाने लगी।

"चाचा, कुछ खा लेते आप लोग भी।" शबिस्तां ट्रे लिए खड़ी थी।

मास्टर साहब किसी गहरी सोच में डूबे थे। नौकर ने बताया कि क़मर ने अंडे की भुजिया और रोटी खा ली है।

घर में कल वाली घुटन फट चुकी थी। पछतावा, खिसियाहट, सदमा और हैरत के झटके से सब निकल आए थे। हक़ीक़त से दो-चार हो वे अब मसले को सुलझाना चाहते थे। शादी के कार्ड छप चुके थे मगर बंटे नहीं थे। शामियाने वाले, सजावट वाले, खाना पकाने वाले एडवांस ले चुके थे। घर क़ीमती जहेज़ के सामान के साथ उबल रहा था। दूर से आने वाले रिश्तेदार गाड़ियों में बैठ चुके थे। मिठाई के ऑर्डर दिए जा चुके थे। छह माह की तैयारी को एकदम से कैसे समेटें? किससे राय लें?

कुछ देर आराम करने के बाद क्रान्ति झा और फूफा क़मर के पास पहुंचे। क़मर ऊंघ रहा था।

"हां, तो फ़ोन किया? पैसा कब तक पहुंच रहा है?"

ख़ामोशी।

"तुम्हीं से पूछ रहे हैं इंजीनियर साहब। रुपया नवादा से आएगा या यमन और ओमान से?"

"देखो ज़्यादा ताव न दिलवाओ वरना फिर खींच के पड़ेगा झापड़।"

"जी, रुपया तो ख़र्च हो गया।"

"मतलब?"

"बोलो, मुंह खोलो, चार सौ बीसी करते हुए तुम लंबी बातें कर रहे थे। बाप के रहते हुए लावारिस बने थे। अब ज़बान में ताले क्यों लग गए?"

"बहनों का रिश्ता तय होना था। उसी में लग गया...सिर्फ़ दो लाख बचा है।"

"मंगा उसको...फ़ौरन फून कर।"

"नहीं दे पाएंगे अभी...किसी को सूद पर क़र्ज़ा दिया है।"

"शाबाश! गू खाने वाला है तू..." दोनों का दिमाग़ ग़ुस्से से भिन्ना गया था। कुछ देर कांपते से बैठे रहे फिर अपने को संभालकर बाहर निकले। दिल में उथल-पुथल मची थी कि कैसे कहें मास्टर जी से यह बात? कहना तो पड़ेगा हमें। जब पहला सदमा झेल गए फिर यह तो सिर्फ़ रुपए का नुक़सान है। यह बात अलग है कि पढ़-लिखकर हम अनपढ़ से ग़च्चा खा गए।

"क्या हुआ?" मास्टर साहब की सवालियां नज़रें उठीं। होंठ कसे रहे।

"ख़र्च हो गया।" गफ़्फ़ार बोले।

"बहन और सूद....पता नहीं झूठ या सच।" क्रान्ति झा हाथ झाड़ बोल पड़े।

तीनों सिर झुकाकर बैठे रहे। कमरे में छाई ख़ामोशी लंबी खिंचने लगी तो मास्टर साहब ने गहरी सांस भरी और संभली आवाज़ में बोले, "लानत भेजो। मेरी बेटी का सदक़ा गया। हम बहुत सस्ते छूटे...बस इसे यहां से किसी तरह भगाओ ताकि कुछ आगे का सोचा जाए।"

मास्टर साहब का फ़ैसला सही था। उसे हलक़ से उतारना ज़रा मुश्किल लगा दोनों को इसलिए कुछ देर बुत बने बैठे रहे।

"और हम कर भी क्या सकते हैं?" उनके मन की स्थिति ताड़ मास्टर साहब ने ठंडी सांस भर कहा।

"रास्ते तो हैं मगर..." क्रान्ति झा ने अपनी मूंछों पर उंगलियां फेरते हुए कहा।

"अपनी बेवकूफ़ी से इतनी बड़ी ठोकर खाई है। आगे नहीं...बिलकुल नहीं।" मास्टर साहब ने आंखों में उमड़े आंसुओं को पूरी ताक़त लगा पिया।

"ठीक है, रास्ते में कहीं छोड़ देते हैं।" क्रान्ति बोले।

"बस में बिठा दो।" गफ़्फ़ार बोल उठे।

"नहीं, वह जीप लो और उसे घर के दरवाज़े तक छोड़ आओ ताकि रिपोर्ट मारपीट की लिखवाए तो कहने को उसके पास कोई गवाह न बचे।" मास्टर साहब बोले।

"तो फिर यह काम रात को करेंगे। अभी दवा देकर सुला देते हैं।" कहकर दोनों बाहर निकले।

मास्टर साहब का दिमाग़ दौड़ रहा था कि आसपास किसी शरीफ़ घराने का कोई लायक़ लड़का नज़र आए तो बेटी के हाथ पीले कर दें। किसी को कानोकान ख़बर नहीं होगी। बदनामी और जगहंसाई से बचने का यही एक रास्ता बचा है।

उनका दिल हलका हुआ तो बदन में जान आई। बिस्तर से नीचे उतरे और नहाने के लिए गुसलख़ाने की तरफ बढ़े। मास्टरनी को सांप सूंघे हुआ था। गज़ भर लंबी ज़बान कट गई थी। फ़िक्र से अधमरी वह ख़ुद हो रही थी कि उनकी लड़की का अब क्या होने वाला है। मायके इस ख़याल से फ़ोन नहीं किया कि अगर बड़की भाभी के कानों में बात गई तो जंगल की आग की तरह पूरी बस्ती में फैल जाएगी।

बाहर की फिज़ा जितनी ख़ामोश थी उतनी ही अंदर की दुनिया तूफ़ानी

थपेड़ों से घिरी हुई थी। अब यह क़मर की परेशानी नहीं रह गई थी बल्कि उनकी, सिर्फ़ उनकी अपनी रह गई थी।

शमा की मां लखनऊ की थीं। दोनों शहरों का माहौल जुदागाना था। जवानी तक तो वे लखनऊ में ही पली-बढ़ी थीं फिर उधर से नाता मां की मौत के बाद ऐसा टूटा कि लौटकर कभी उस सरज़मीन पर गईं नहीं। अब्बा रिटायर होकर अपने रिश्तेदारों में लौट आए। इसीलिए शमा पूरे माहौल को तीसरी आंखों से भी देखने की आदी थीं जिसमें वह अपनी और दूसरों की बातों को तौल लेती थीं और सही फ़ैसला लेने में कामयाब हो जातीं जो उन्हें आगे की राह पर लाकर खड़ा कर देता।

बहुओं और बेटियों को वापस भेज वे बहन के घर रुक गईं। बाजी की नंद समझदार औरत थीं। दोनों को रात गुज़रने का इंतज़ार था। जो धमाका होने वाला होगा वह कल सुबह हो जाएगा। रात करवट बदलने में गुज़र गई। फूफी को बेटी के ससुराल की फ़िक्र खाए जा रही थी। पता नहीं वहां कौन सी आफ़त टूटी हो। सुबह-सवेरे जब वह नमाज़ के लिए उठीं तो रहीम ने बताया कि कल जो मैकेनिक बिजली ठीक करने आया था, वह कल रात से ग़ायब है। उसका स्कूटर वहीं गली में उलटा पड़ा मिला। उसके मोहल्ले में सनसनी सी फैली है।

"क्या ज़माना आ गया है।" इतना कह फूफी ने वुज़ू करना शुरू किया।

"कल पता नहीं बड़के फूफा उसके बारे में क्यों पूछ रहे थे। उसका घर तक देखने की ज़िद कर बैठे थे। उन्हें लेकर जाना पड़ा था। आप कुछ जानती हैं उसके बारे में फूफी?" रहीम ने उलझी गुत्थी को समझना चाहा।

"नहीं बबुआ।" सिर्फ़ इतना कह उन्होंने नियत बांधी और नमाज़ पढ़ने में मसरूफ़ हो गईं।

"कल से ऐसी अजूबा बातें हो रही हैं जिनका वहम व गुमान नहीं था।" रहीम ने कहा और मोबाइल की तरफ देखा। उसका दिल बहन से बात करने को बुरी तरह मचल रहा था। कल रात से एक ही बात दोहरा रहा था, "रेहाना के साथ कुछ भी बुरा न हो...कुछ भी..."

सुबह से दोपहर हुई, दोपहर से शाम ढली और फिर रात की शुरुआत। धड़कते दिल ठहर गए थे। सारे दिन हलक़ से निवाला किसी के नहीं उतरा था। अब सब चैन से बैठे खाना खा रहे थे। तभी दरवाज़े की घंटी बजी।

"कौन हो सकता है?" रहीम कहता हुआ उठा। दरवाज़ा खोला तो सामने

बड़के फूफा को खड़ा पाया। उनके साथ दो लोग और थे जिन्हें वह नहीं पहचानता था। उसने किनारे खड़े होकर कहा, "आइए...आइए बड़के फूफा।"

तीनों अंदर दाख़िल हुए और आंगन में पड़ी कुर्सी और चारपाई पर बैठ गए। फूफी खाना छोड़कर उठीं और हाथ धोकर आंगन में जाकर बोलीं, "सलाम अलैकुम मास्टर साहब, आप यहां कैसे?"

"बस तक़दीर ले आई है।" मास्टर जी हंसे और दाहिनी तरफ इशारा करके बोले, "मेरा बचपन का दोस्त क्रान्ति झा और इन्हें तो आप जानती होंगी?" मास्टर जी ने फूफा की तरफ इशारा करके शरारत भरी आवाज़ से कहा तो फूफी हंस दीं।

"खाने का वक़्त है, आइए बिस्मिल्लाह करें?" रेहाना की मां जेठ के पास आकर खड़ी हुईं।

"आप लोग खाइए। हम अभी चाय लेकर आए हैं," मास्टर जी ने कहा और पूछा, "यही लड़का है?"

"जी, यह रहीम मेरे छोटे भाई का बड़ा बेटा है। वह तो इस दुनिया में नहीं रहे...कल बेटी रेहाना की रुख़सती थी। यह माशाअल्लाह एम. ए. के आख़िरी साल में है।"

"अच्छा। अच्छा।" क्रान्ति झा ने रहीम को ऊपर से नीचे देखते हुए कहा और मास्टर जी की तरफ मुस्कराती आंखों से देख गर्दन हिलाई।

"मास्टर जी, मुंह मीठा करें, आप लीजिए।" शमा खाना ख़त्म कर हाथ में लड्डुओं से भरी प्लेट लेकर आईं।

"थोड़ा ठहरकर।" मास्टर जी बोले और रहीम से कुछ बेसिक सवाल-जवाब करने लगे।

दरवाज़े पर दस्तक हुई। रहीम उठकर गया और लौटकर बोला, "वह मेरा दोस्त था। हमारा बिजली का मैकेनिक कल से ग़ायब था। वह था तो दूसरे मोहल्ले का मगर हम सब उसके लिए परेशान थे। वह अभी-अभी लौट आया है ख़ैरियत के साथ, वही बताने कोई आया था।"

"ख़ैरियत से?" फूफा इतना कहके अंदर ही अंदर हंसे।

सब लोग वहीं आंगन में बैठ गए। चाय बनकर आ गई थी। फूफा ने पूछा, "रेहाना के ससुराल की कोई ख़बर?"

"अभी तक तो सब ठीक ही लग रहा है।" रहीम बोला।

सेकंड भर की ख़ामोशी आंगन में छा गई।

"बात यह है छुटकी बहू, मास्टर जी की लड़की एम. ए. फर्स्ट ईयर में है। लड़का ढूंढ़ रहे थे। हमने कहा लो बग़ल में लड़का घर-घर ढिंढोरा...अपना रहीम है। दोनों का जोड़ जमेगा। मैं तो ज़बान दे चुका हूं, आगे तुम्हारी मर्ज़ी।" उनकी इस बात से रहीम बुरी तरह चौंक गया। बड़के फूफा तो परसों रात क़मर से उनकी लड़की के छेके की बात कह रहे थे, फिर? रेहाना की मां को किसी और बात का इंतज़ार था। दिमाग़ तनाव में था एकाएक कुछ समझ नहीं पाईं। जेठ का मुंह देखने लगीं।

"छेका की तारीख़ तय करो और मुंह मीठा करवाओ।" फूफा गफ़्फ़ार कह उठे तो वह चौंकी। मास्टर साहब के बारे में वह बहुत कुछ सुन चुकी थी। पहले तो यक़ीन नहीं आया फिर धीरे से बोली, "ठीक है मगर हम ग़रीब-बेवा..."

"लड़की देखनी है तो कल ले चलते हैं।" फूफा ने उनकी मिनमिनाहट का कोई नोटिस नहीं लिया।

"अरे, मास्टर साहब की लड़की को क्या देखना, होगी अच्छी।" रेहाना की अम्मां बोलीं, मगर उनका सिर अभी भी चक्कर खा रहा था।

"किसी चीज़ में कमी न होगी छुटकी बहू..." इतना कह फूफा ने लड्डू की प्लेट उठा मास्टर जी की तरफ बढ़ाई।

"मुबारक हो बाजी।" शमा ने बहन के मुंह में लड्डू का टुकड़ा डाला। घर का माहौल बदल चुका था। यह बात सबके दिमाग़ में एक साथ आई कि इस रिश्ते के बाद रेहाना की हैसियत मज़बूत होगी। अब शायद ही उसके ससुराल वाले कोई गैरमुनासिब हरकत करें। आख़िर मास्टर साहब का इस इलाक़े में अपना एक रुतबा है। वह सीवान के एक कॉलेज के प्रिंसिपल हैं जहां फूफा भी पढ़ाते हैं और क्रान्ति झा भी। किसे पता था कि हज़ारों लड़कों को पढ़ाने के बाद यह मास्टर लोग एक ठग से चकमा खाए हुए यहां यूं रिश्ता करने चले आएंगे?

17

बड़के फूफा हैरत में डूबे अपने भाई के ख़ानदान के दिल व दिमाग़ में उठे सवालों के जवाब के लिए वहां रुके नहीं और उलटे पैर मास्टर साहब और क्रान्ति झा के साथ लौट गए। उनके जाने के बाद घर के सदस्य वहीं आंगन में पड़ी कुर्सियों पर बैठ गए और एक-दूसरे का मुंह तकने लगे।

"शमा, मेरी तो कुछ समझ में नहीं आ रहा है? यहां फूटी कौड़ी नहीं है और परसों छेका फिर पांच दिन बाद शादी?"

"क्या बताऊं बाजी, इतना कह सकती हूं कि चलकर लड़की देख सकते हैं और शक दूर कर सकते हैं।" शमा ने सोचते हुए कहा।

"मास्टर साहब की लड़की में कोई ऐब नहीं है छुटकी खाला।" रहीम चारपाई पर लेटा-लेटा बोला।

"तुम्हें कैसे पता?" फूफी चौंकी।

"हम साथ में पढ़ते हैं...वह एक क्लास पीछे है हमसे। रोज़ महुव्वल से मास्टर साहब के साथ सीवान आती है। उन्हीं के साथ शाम को वापस जाती है। नाम है शबिस्तां...।" इतना कह रहीम चुप हो गया फिर बेचैनी से उठा और अचानक कुछ ऊंचे लहजे में बोला, "मास्टर जी की तो एक ही लड़की है जिसका छेका इसी क़मर मैकेनिक से हो चुका था, फिर बड़के फूफा किस लड़की की बात कर रहे थे फूफी?"

"मैं तो परसों से ख़ुद चकराई हुई हूं। मास्टर साहब की तो एक ही लड़की है जिसका छेका पंद्रह-बीस दिन पहले ओमान में काम करने वाले इंजीनियर से हुआ था जिसका नाम भी क़मर था और तुम्हारे फूफा का ख़याल था कि उस क़मर इंजीनियर की शकल क़मर मैकेनिक से मिलती है। उस दिन इतनी ही बात परेशान होकर कह रहे थे।"

"वही तो, मुझे डांट-डपटकर ज़बर्दस्ती उसका घर देखने गए थे फिर एकाएक रुख़सती के फ़ौरन बाद महुव्वल के लिए निकल गए?" रहीम ने माथा रगड़ा।

"अभी भी कहां रुके?" फूफी ने चिढ़े लहजे में कहा।

"सौ बात की एक बात, इतने नामी और बड़े आदमी के घर रिश्ता होना कोई मामूली बात नहीं है मगर इतनी ताबड़तोड़ में शादी होना आदमी को शक में डाल देता है।" शमा ने बात की तह तक पहुंचने की कोशिश में कहा।

"कल रात क़मर ग़ायब हुआ, आज वापस आ गया?" रहीम ने कुछ सोचते हुए कहा।

"तुम नाहक़ परेशान हो रहे हो...क़मर मैकेनिक की मालीहालत कितनी गिरी हुई है। यह नवादा का बच्चा-बच्चा जानता है। भला उसका और मास्टर साहब का क्या जोड़ जो तुम दो आदमियों को एक समझने की ग़लती कर रहे हो?" रेहाना की मां बोलीं और पेशानी को उंगलियों से ऐसा झाड़ा जैसे जमी धूल माथे से साफ़ कर रही हों।

एकाएक फ़ोन की घंटी घनघना उठी।

"जी, बड़के फूफा!...कल आना है महुव्वल? अच्छा लीजिए बड़की फूफी से बात करें।"

फूफी हां, हूं, जी, ठीक है कहती रहीं और पूरे वक़्त उनकी बातें सुनते हुए अपना सिर हिलाती रहीं। सबकी आंखें उनके चेहरे पर जमी थीं। उनका फ़ोन जैसे ही बंद हुआ रहीम का मोबाइल बज उठा। उसने मोबाइल उठा नंबर देखा फिर झिझकते हुए हैलो कहकर पूछा—आप कौन? अरे रेहाना बज्जो, कैसी हैं आप? कहते-कहते उसकी आंख भीग गई। मां ने लपककर फ़ोन रहीम के हाथ से लेना चाहा तो उसने मां को रोका और दूसरी तरफ बैठकर बातें सुनने लगा। वह भी हर बात में कहता, अच्छा! अरे? कमाल है, फिर, ठीक है...।

"कुछ हमें तो बताओ?" सबकी आंखों में बेसब्री थी। दिल बांसों उछल रहा था। अल्लाह-अल्लाह करके फ़ोन बंद हुआ और रहीम ने मोबाइल ऊपर उछालकर लोका और ख़ुशी से चीख़ा, "वह मारा!"

"अजीब पहेलियों में बातें कर रहे हो तुम?" शमा ने हलके से ग़ुस्से में कहा।

"मुबारक हो। रेहाना बज्जो का फ़ोन था। वह बहुत ख़ुश हैं। वह कह रही थीं घर में आकर बाप-बेटे और मां में ख़ूब झगड़ा हुआ। दोनों ने बाप को खरी-खोटी सुनाई कि हमारी नाक समधियाने में कटवा दी, तब उसे पता चला कि रुख़सती के वक़्त ससुर की नियत कैसे बदल गई थी। नौशा भाई ने बज्जो से माफ़ी मांगी और मौक़ा देखकर अपने मोबाइल से सबसे छुपाकर बज्जो की

बात भी हमसे करा दी।" रहीम हंसते-हंसते बोला।

"मुबारक हो बज्जो।" शमा के साथ बड़की फूफी ने भाभी को गले लगाया। उधर रहीम रुक-रुककर हंसे चला जा रहा था जैसे कोई उसे गुदगुदी कर रहा हो।

"अब बड़की बहन, तुम बताओ नौशा भाई क्या कह रहे थे?" रेहाना की अम्मां ज़िंदगी से भरपूर आवाज़ में बोलीं।

"कह रहे थे कि कल सुबह तुम लोग निकल आओ। लड़की और घर देख दिल से डर और शक निकाल दो। लड़की का पहला छेका जिसके साथ हुआ था वह बड़ा धोखेबाज़ निकला। बात मास्टर साहब की इज़्ज़त और बिटिया की बदनामी की भी है। हमारा सलाह-मशविरा जो हुआ उसमें तय पाया कि इस बीच दूसरे लड़के को ढूंढ़ बेटी ब्याह दी जाए। काफ़ी लड़के थे, ख़ुद मास्टर साहब के शागिर्दों की भीड़ थी मगर मैंने कहा कि रहीम से बेहतर लड़का आपको मिलने से रहा। ख़ानदान भी अच्छा है जो थोड़ी-बहुत कमी आपको माली तौर से नज़र आ रही है वह रहीम की नौकरी लगते ही ख़त्म हो जाएगी। बस इतनी सी बात थी। वक़्त कम था। इसलिए मैं वहां रुक नहीं पाया।" सारी बात कह बड़की फूफी हंस पड़ीं।

"वाह! अल्लाह जब देता है तो छप्पर फाड़ के देता है।" शमा ने खुलकर क़हक़हा लगाया।

रेहाना की अम्मां के चेहरे पर जो घटा घिरी हुई थी वह बिना बरसे गुज़र गई और वहां चमचमाता सूरज उग आया था।

क़मर मैकेनिक के घर में जैसे क़यामत टूट पड़ी थी। क़मर के पैर और कलाई पर प्लास्टर चढ़ गया था। रात-दिन वह दर्द से तड़पता तो मां-बाप ख़ौफ़ के मारे कांपते। उन्हें असली बात तो क़मर ने बताई नहीं थी। वह तो कुछ का कुछ समझे बैठे थे। दोनों बेटियों की शादी सिर पर थी। लड़के पंद्रह दिन बाद मक्का से आने वाले थे। बड़ी मुश्किलों से उन्हें छुट्टी मिली थी। उन्हें आने से रोका नहीं जा सकता था और डॉक्टर ने एक महीने बाद प्लास्टर काटने की बात कही थी। रोज़ जो आमदनी हो रही थी वह अचानक बंद हो गई और जो थोड़ा-बहुत घर में था वह दवा-दारू में ख़र्च हो गया।

हफ़्ते भर बाद जो बेटे की शादी होने वाली थी उसका उन्हें पता नहीं था। क़मर मैकेनिक ने अपने लफंगे दोस्तों के साथ मिलकर जो स्कीम बनाई थी वह

काफ़ी हद तक क़ामयाब हो जाती अगर उस रात तार जोड़ने में भांडा न फूटता। टी. वी. में जुर्म भरे सीरियल देख-देख उनका हौसला पस्त होने के बजाय इतना बुलंद हो गया था कि उन्होंने चूना भी किसे लगाया महुव्वल वाले मास्टर साहब को। एक आमिल भी अपनी तैयारी में लगा था कि शादी के होते ही वह अमल करके ऐसी पुड़िया देगा जिससे दुलहन पूरी तरह क़मर के क़ब्ज़े में होगी और दूसरी पुड़िया मां को जिसे खाते ही उसके पेट में ऐसी मरोड़ें उठेंगी कि उसे अपने अलावा किसी का होश नहीं रहेगा और रहे मास्टर साहब, उनसे ज़मीन-जायदाद लिखवाकर उनका छह इंच कम कर देंगे और अफ़वाह उड़ा देंगे कि यह काम क्रिमनल टाइप स्टूडेंट का है। जुर्म की दुनिया में किसी को क्या पता चलेगा और नवादा में तो कानोकान किसी को भनक नहीं लगने देनी है। बिन्सार में एक मकान किराए पर लेकर जहेज़ उसमें जमाएंगे। फिर वहीं से सब कुछ बहनों के ससुराल शिफ़्ट हो जाएगा। रही यमन और ओमान जाने की बात, कह देंगे छंटनी कर दी इंडियन लोगों की और जब तक नौकरी नहीं मिलती है तब तक मैकेनिक बन जाते हैं। बस इस नक़्शे को तरतीब देकर क़मर एंड फ्रेंड्स अपने-अपने तयशुदा हिस्से के लालच में पूरी ईमानदारी से इस ड्रामे में अपना पार्ट अभी तक अदा करते आए थे।

क़मर को डॉक्टर ने एक हद तक पेनकिलर खाने को क़हा था लेकिन उस दर्द को तो वह समझ नहीं पा रहे थे जो उसके अंदर तूफ़ानी बेचैनी बनकर उसके जोड़-जोड़ का टांका काट रहा था।

दोस्त आते ज़रूर थे मिलने मगर उसे पता था कि अगर मास्टर साहब ने पुलिस को केस दे दिया तो बहनों की शादी तो खटाई में पड़ जाएगी और यह सारे लफंगे उसे छोड़ सरकारी गवाह बन उसके ख़िलाफ़ गवाही दे देंगे। उसकी रातों की नींद उड़ी हुई थी।

"बेटे, परेशान न हो, अल्लाह कोई न कोई सुबीता निकालेगा। आख़िर तुम्हारे अब्बा का साया तुम सब पर है। वही अभी तक हमारी नाव के खेवइया रहे हैं। आगे भी वे हमारी नाव किनारे लगाएंगे...दिल छोटा न करो, बहनें वक़्त से रुख़सत होंगी।" मां नमाज़ के बाद क़मर पर दुआ दम फूंकती और दिलासा देती थीं।

मास्टर साहब के घर में काफ़ी चहल-पहल थी। मेहमान तो कोई न था मगर रौनक़ ही रौनक़ थी। रहीम के ससुर का चेहरा खिला था। सास और सास के

मायके वालों का मुंह लू खाए आम की तरह सूखा था। यह बात सबको नज़र आ रही थी।

शबिस्तां रहीम को अच्छी तरह जानती थी। उसे अपने होने वाले शौहर की शक्ल में देख चौंक पड़ी फिर सिर झुकाकर मुस्करा दी। उसकी यह मुस्कराहट जो इक़रार जैसी थी उसे देख रहीम भी मुस्करा दिया जैसे कह रहा हो, मुझे भला क्या एतराज़ हो सकता है।

दोनों तरफ से जब मुबारक-सलामत हो गई तो मास्टर साहब ने गला साफ़ कर रहीम की मां की तरफ देखा।

"आपसे कुछ कहना है।"

रहीम की मां और शमा के चेहरे पर सवाल चमका।

"रहीम आपकी औलाद है। आपके कुछ ख़्वाब, कुछ अरमान होंगे। अब दामाद के नाते वह मेरा बेटा हुआ। दामाद को लेकर मेरे भी कुछ ख़्वाब और अरमान हैं इसलिए कुछ अपनी बात आपके सामने रखना चाहता हूं...रहीम के पास तीन फर्स्ट क्लास हैं। उसे नौकरी मिलने में एम. ए. के बाद ज़्यादा मुश्किल नहीं पड़ेगी अगर वह कोई अपनी दिलचस्पी का कोर्स कर लेता है जैसे टीचिंग लाइन में जाने के लिए एम. फिल., पी-एच. डी. या एम. एड. और या फिर अफसर वह भी आई. एस.। उसके लिए उसे कांपीटीशन में बैठना होगा। हमारे सारे शागिर्द दिल्ली की तरफ जाते हैं...मैं चाहता हूं आप इसे साउदी और दुबई भेजने का ख़्वाब अब न देखें बल्कि यहीं इसकी तरक़्क़ी के रास्ते की सोचें...जो लड़के ज़्यादा अच्छे पढ़ाई में नहीं हैं, नौकरी मिल नहीं रही है, माली हालत ख़स्ता है, उनके लिए मुल्क़ से निकलना बिना मुस्तकबिल की ज़मानत के एक मजबूरी भरी ज़रूरत है। उनके चार साल कटें या सारी उम्र मगर वे मज़दूर या मैकेनिक वहां बस नहीं सकते हैं और उन्हें लौटना अपने मुल्क़ देर-सबेर पड़ता ही है...आगे की सारी पढ़ाई का ज़िम्मा मैं लेता हूं। अब आपको फ़िक्र करने की ज़रूरत नहीं है। यह सब रहीम की दिलचस्पी और शौक़ पर है।"

मास्टर साहब की सधी आवाज़ और मुलायम लहज़ा, उनकी सोच का खुलापन सबके चेहरों पर सूरज के उगने की नारंजी-गुलाबी आभा फैला गया। रेहाना की मां की आंखें शिद्दत जज़्बात से छलक पड़ीं। दिल ही दिल में बोलीं, 'ऐसी दिलदारी और शिफक़त भरा हाथ तो आज तक किसी अपने ने भी नहीं रखा था।'

कुछ देर ख़ामोशी छाई रही फिर मास्टर साहब बोले, "मेरी आख़िरी बात,

मेरी बेटी आपकी ख़िदमत और इज़्ज़त में कमी नहीं करेगी। बस आपको उसके सिले में उसे नौकरी करने की इजाज़त देनी होगी। उसका बचपन से शौक़ और ख़्वाब है कि वह अपने वालिद की तरह उस्ताद बने और इल्म बांटे।" इतना कह मास्टर साहब ने लंबी सांस भरी। उनका गला भर आया था। वह हलके से मुस्करा दिए।

"आपकी बातें हमें मंजूर हैं।" बड़ी मुश्किल से रेहाना की अम्मां के मुंह से यह जुमला निकला, वह भी आंसुओं और अहसानमंदी से लुथड़ा हुआ।

"अरे शबिस्तां की मां, अपनी समधन से गले मिलो और नए सिरे से हमारा मुंह मीठा कराओ।"

इस तरह मास्टर साहब ने कहा कि कुढ़ी ख़ामोश मास्टरनी का ख़ून भी जोश मार गया और सब एक-दूसरे से गले मिलने और मुबारकबाद देने लगे।

नवादा में हुई इन सारी तबदीलियों की ख़बर शमा ने शौहर को तफ़सील से दी और शादी में शिरकत का ज़बानी दावतनामा सारे ख़ानदान के साथ रेहाना की मां ने उन्हें दिया।

वक़्त कम था और थोड़ी-बहुत जो भी तैयारियां होनी थीं उन्हें मास्टर जी ने कुछ इस तरह संभाला कि शादी को सीवान से करने का इरादा बना लिया जहां उनका दो कमरे का खाली घर भी था। बारात ठहराने, निकाह, निकाह के बाद का खाना, रुख़सती, वलीमा सब कुछ चंद घंटों में एक दिन ही तरतीब दे डाला। उनका सारा उठना-बैठना सीवान में था। बच्चों के दोस्त भी वहीं थे। हर तरह की आसानी भी थी।

"तीन दिन पहले से रेहाना की मां ज़रूरी चीज़ों के साथ सीवान के उस घर पहुंच गईं जो उनके लिए किराए पर लिया गया था। घर बड़ा था। आधे में खुद मास्टर साहब का ख़ानदान टिका था और सारा इंतज़ाम शानदार होटल में किया गया था।"

यह पहली ऐसी शादी थी जो बड़े आधुनिक ढंग से होने वाली थी। वहां थीं तो सारी रस्में मगर मुख़्तसर और सलीक़े के साथ।

शादी के बाद मास्टर साहब ने दोनों को पंद्रह दिनों के लिए मुंबई भेज दिया ताकि क़मर मैकेनिक का हिसाब-किताब क़ायदे से साफ़ कर सकें।

कई दिनों के सलाह-मशविरा के बाद यह तय हुआ कि पहले उसकी

सुनगुन ली जाए और जाना जाए कि उसकी मंशा क्या है?

क्रान्ति झा और फूफा एक दिन दोपहर को उसके घर पहुंच गए। दरवाज़ा क़मर ने ही खोला था। हाथ-पैर पर प्लास्टर और हाथ में एक डंडा, छड़ी की तरह पकड़े खड़ा था। उन्हें देखकर उसके चेहरे पर हवाइयां उड़ने लगीं और वह पीछे की तरफ लड़खड़ाया फिर संभल गया। भाग सकता नहीं था इसलिए उसने मजबूरन अंदर आने को कहा और लंगड़ाता हुआ उन्हें एक बोसीदा कमरे की तरफ ले गया। वहां पड़े स्टूल और मोढ़े पर वे दोनों बैठ गए।

"घर के आदमी कउनो काम से बाहर गई बालो।" वह हकलाया।

"यह तो और अच्छा है कि हम खुलकर बात कर सकते हैं।" फूफा ने कहा।

"क्या सोचा है तुमने आगे?" गफ़्फ़ार ने फुंफकारती आवाज़ में पूछा।

"सोचै की कौन ची बा?" वह उदासी और शर्मिंदगी से बोला।

"कुछ तो सोचा होगा आख़िर, छेका हुआ था, अब आगे...?" फूफा ने कुरेदा।

"पइसवा धीरे-धीरे लौटा देब।...बस इतना कह सकत तानी।" उसने मरी आवाज़ से कहा।

"छेके की तस्वीरें खिंची थीं, कहां हैं लाओ।" क्रान्ति झा ने धमकी भरी आवाज़ में कहा, "मय निगेटिव के।"

"जी।" उसने इतना कहकर पलंग के नीचे से सूटकेस खींचा। उसमें से एलबम निकाला और अलग लिफ़ाफ़े में जो निगेटिव थे उन्हें दिए फिर सूट और कपड़ा निकालने लगा तो उन्होंने उसे रोका।

"किसी ने उस रोज़ मोबाइल से फ़ोटो खींची थी?"

"याद नईखे...सायद न...केमरे वाला मोबाइल न रहवे।"

"अब हम क्या करें तुम्हारे साथ यह अभी हमने सोचा नहीं है। वैसे तो गधे पर बिठा मुंह पर कालिख पोत सारे गांव में हम घुमा सकते हैं ताकि लोग सबक़ लें और यूं किसी की हजामत न बनाएं।"

"आप कुछ भी करें, कोई भी सज़ा दें मगर पुलिस के पास मामला दर्ज न करें वरना हमारी दो बहनों के निकाह में अड़ंगा पड़ जाएगा। मां-बाप कहीं मुंह दिखाने के क़ाबिल नहीं रहेंगे। वे बेगुनाह हैं। आपका गुनाहगार मैं हूं।" इतना कह वह उनके पैरों को पकड़कर फूट-फूटकर रोने लगा फिर सुबकियां भरते हुए बोला, "मैं अच्छे शरीफ़ ख़ानदान से हूं। इकलौता लड़का हूं। काम मिलता

नहीं, ग़रीबी की वजह से आगे पढ़ नहीं पाया और काम शुरू किया तो आमदनी अठन्नी और ख़र्चा रुपया। थक गया था मैं ज़िंदगी की मार खा-खाकर, सोचा जब सीधी उंगली से घी नहीं निकल रहा है तो उंगली टेढ़ी कर लेता हूं...यह मेरी नादानी थी...हमारी परेशानियां...क्या करें हम जैसे लोग?" वह फिर फफककर रो पड़ा।

रोते-रोते वह आगे कहने लगा, "आप लोग नहीं समझ सकते हमारी परेशानी। हमारे पास जुर्म के अलावा कोई रास्ता नहीं बचा है, जो बात आपको जुर्म लगती है उसमें हमको, अपनी रोज़ी-रोटी की उम्मीद नज़र आती है। भूखा पेट कुछ भी करा सकता है...कुछ भी।"

"नाटक कंपनी खोल लो बबुआ।" पता नहीं कैसे क्रान्ति झा कह उठे।

दोनों पेशे से मास्टर थे। सजा के बाद माफ़ कर देने की आदत पड़ी हुई थी। मगर यह मसला इम्तहान में नक़ल करने, क्लास से ग़ायब होने, पर्चा चुराने और मारपीट, छेड़छाड़ जैसी हरकतों से बिलकुल जुदा था। इसलिए वे खड़े हुए और कड़कते हुए लहजे में बोले, "याद रखना, ज़रा भी ऊंच-नीच हुई तो चार सौ बीसी के मुक़दमे में अंदर गए और जल्दी बाहर नहीं निकल पाओगे।" गफ़्फ़ार ने धमकाया।

उसने कांपते बदन से उनके आगे हाथ जोड़ दिए। दोनों बाहर निकले और जीप में बैठ गए।

"यह बताओ इसका करें क्या? घर में रखना ठीक नहीं।" गफ़्फ़ार ने पूछा।

"हमने भी तो वीडियो फ़िल्म बनवाई थी?" क्रान्ति झा बोले।

"हां, चलो वापस चलते हैं, जैसा मास्टर जी कहेंगे वैसा करेंगे।"

जीप सीवान में कॉलेज के सामने रुकी। दोनों उतरे और प्रिंसिपल के कमरे की तरफ बढ़े।

"कैसा रहा?"

"सब ठीकठाक, ख़ैरियत से गुज़र गया, यह लें।" कहकर क्रान्ति झा ने एलबम और लिफ़ाफ़ा मेज़ पर रख दिए।

"करना क्या है?"

"सोचते हैं, सारी चीज़ें कैसे ठिकाने लगाएं..." मास्टर साहब सोच में डूबे लहजे में बोले फिर पूछ बैठे, "उसका हाल क्या था?"

"सहमा, डरा हुआ। बस पेशाब नहीं छूटा...घर का हाल तो वही है जो हमारे यहां बेकार जवानों के घरों का होता है...तरस भी आता है...ऐसा रो रहा था...।"

क्रान्ति झा ने धीमी आवाज़ में कहा।

"ग़लती तो दोस्त हमारी है। हम उस्ताद होकर नई पीढ़ी को न उम्मीद दे पा रहे हैं, न एतमाद, न मुस्तक़बिल की गारंटी..." मास्टर जी ने संजीदा लहज़े में कहा।

"ऊपर से हमारी यह व्यवस्था...सरकार से क्या उम्मीद रखें और नेताओं से क्या शिकायत करें, कहीं कोई सुनवाई नहीं है।" गहरी सांस ले गफ़्फ़ार बोले।

कुछ देर उनके बीच ख़ामोशी छाई रही फिर मास्टर साहब ने डेस्क से एक थैला निकाला और उसमें एलबम और निगेटिव डालते हुए बोले, "वह जो अपना अंधा कुआं है न, जहां हम पुराने कुरान के फटे सफे और गले पारे डालते हैं, वहीं चलते हैं और इसको उस कुएं में डाल देते हैं। अल्लाह-अल्लाह खैर सल्लाह।"

"ठीक सोचा आपने..." फूफा बोले।

"अब चला जाए, सुबह के निकले हैं। घर में अम्मां की तबीयत भी ज़रा ढीली चल रही है।" क्रान्ति झा ने फ़िक्र भरी आवाज़ में कहा।

"चलो निकलते हैं।" घंटी बजा मास्टर जी ने चपरासी को बुलाया और सामान जीप में रखने को कहा।

तीनों ऐसी चाल से चल रहे थे जिसे देखकर लग रहा था कि वे थके-थके से हैं मगर यह कोई नहीं जानता था कि उनके शाने कितने हलके और दिल कितना ख़ुश है कि उन्होंने एक बेहद टेढ़े मसले को अपनी अक्लमंदी और रहमदिली से कैसे हल कर लिया है।

18

क्रान्ति झा को जब बहन ने राखी बांधी तो धीरे से बोली, "भैया, कुछ सुध ले लेते कमल की भी, सबकी बिगड़ी बनाते हो, हमारी भी चिंता काहे नहीं करते?"

क्रान्ति झा छोटी बहन सुधा की बात सुनकर हंसे और हलके से सिर हिलाकर बोले, "छुटकी, तेरा बेटा कमल तो सिर्फ़ तकिया के तालाब में खिलना चाहता है, उसे चैन कहीं नहीं मिलता है। कुछ दिनों बाद हर जगह से कोई बहाना बना मां के हाथों की बनी रसोई खाने पहुंच जाता है। पूरा बिगड़ल बा।" इतना कह वे हंस पड़े।

"बुआ लिट्टी और चोखा बनाती भी तो बढ़िया हैं, आदमी उंगली चाटते-चाटते उसे चबाने लगता है।" शरारत से क्रान्ति झा के बड़े बेटे मुक्ति ने कहा और हाथ आगे बढ़ाया। फूफी की बेटी ने राखी कलाई पर बांध कुछ इशारा किया तो मुक्ति हंस पड़ा और जेब से निकालकर एक टॉफी उसके हाथ में रख दी तो मंजरी के अलावा सब हंस पड़े। मंजरी ने रूठी नज़रों से भाई को घूरा और मुंह लटका लिया।

"गुस्सा तो नाक पर रहता है, यह लो।" हंसकर मुक्ति ने पीछे छुपा डिब्बा आगे बढ़ाया। अपनी पसंद का मोबाइल देख मंजरी का चेहरा ख़ुशी से खिल उठा।

चाय पीते हुए क्रान्ति कहने लगे, "छुटकी, तुम्हें पिताजी की वह बात याद है जब तकिया और फतहां से जवान पहली बार बड़ी संख्या में खाड़ी देशों की तरफ कमाने जाने लगे थे तो वे क्या बोले थे?"

"हां।" सुधा कुछ याद कर हंस पड़ी।

"क्या कहते थे दादा जी?" मुक्ति ने पूछा।

"कहते थे, 'देखना...तकिया व फतहां की मुर्ग़ियां भी सोने की नथिया पहने लेंगी।' सही कहते थे। पैसा आने लगा, हैसियत बदलने लगी, मगर नहीं बदला तो सोच का दायरा, गांव का माहौल।" क्रान्ति इतना कह गंभीर हो गए।

उन्हें कल की घटना याद आ गई जब सोना महतो का लड़का साफ़-सुथरे कपड़े पहन किताब लिए जा रहा था, तो किसी ने छींटाकशी की थी, 'का बे तीतर! बहुत जेल लगावा तारा, बाप को तेलो नसीब नईखे भई।' उन्हें बहुत बुरा लगा था शायद इसलिए कि छींटाकशी करने वाला कोई और नहीं, उसी का क्लासफेलो बाप था। पता नहीं क्या सोचकर वे चुप रह गए। उसको डांट नहीं पाए थे। यहां क्या, हर जगह का समाज ऐसा ही हो गया है। सब एक-दूसरे की कमियां ढूंढ़ते हैं। एक-दूसरे की दुखती नब्ज़ पर हाथ रखते हैं। कमल झा भी तो बाक़ी लोगों से अलग कहां है? हज़ार कीड़े ओमान में उसे नज़र आ रहे हैं। बहन की बात तो उन्हें रखनी होगी। उसे समझाना होगा कि वहीं रुके और काम करे वरना यहां लौटकर क्या करेगा? पढ़ पाया नहीं जो अच्छी नौकरी करता। दोस्ती के चलते जाने किस मैकेनिक से कार चलाना सीख ली थी। वही आज काम आई, ओमान में उसे ड्राइवर की नौकरी मिल गई। पिछली बार जब फ़ोन किया था तो बोला था, 'मामा, यहां तो हर पल यमराज के दर्शन होते नज़र आते हैं। गलेक्सी सैमसन मोबाइल के चलते यहां दस में से नौ जवान डेली मरते हैं। तेज़ कार चलाते हुए फ़ोन पर मैसेज का जवाब देते हैं तो हवा से बातें करती गाड़ी कभी पुल के नीचे तो कभी पानी में...यहां एक तरफ पहाड़ दूसरी तरफ समंदर...तेज़ बारिश हुई नहीं कि खड़ी कारें भी ढाल पर फिसलने लगती हैं। अब आप बताएं मामा, मालिक का लड़का मुझे पीछे बिठा ख़ुद गाड़ी चलाता है और मैं टेंसन में आकर गायत्री मंत्र, हनुमान चालीसा, सब कुछ एक साथ पढ़ता अपनी जान की मनौती मनाता रहता हूं...अम्मां से कहो मामा, मैं वापस आना चाहता हूं। प्लीज़ मामा।" क्रान्ति झा को पुराना संवाद याद आया। उन्होंने विधवा बहन के चेहरे को देखा जिस पर कमउम्री के बावजूद ढेरों लकीरें उसे उम्र रसीदा बना बैठी थीं। बड़ी लड़की कान्ता अच्छे घर गई मगर ससुराल वाले उससे ख़ुश नहीं हैं। वह भी सबकी शिकायतें करती रहती है। दोनों एकदम बहकल-बहकल बा।

"क़र्ज़ा तो सब उतर गया है भाई।" सुधा ने संतोष भरी मुस्कान के साथ धीरे से कहा।

"बधाई हो।" भाभी ने नंद का कंधा छूकर कहा।

"कान्ता दीदी कैसी हैं?" मुक्ति ने पूछा।

"ठीक है बबुआ।" इतना कह सुधा कुछ बुझ सी गई। वह नहीं चाहती थी कि कान्ता का दुखड़ा रोए। वह पराए घर गई जो उसका अपना है। अब उसकी समझ है कि उसे स्वर्ग बनाए या नर्क। सामने मंजरी की भी ज़िम्मेदारी है और

अब उसका ध्यान पूरा का पूरा कमल पर केंद्रित है कि वह कमाता रहे तो उनका हाथ खुला रहेगा और मंजरी का ब्याह ठीक तरह से निपटा सकेंगी। फिर बहू लाने की सोचेंगी।

"तुम परेशान न हो, मैं आज रात उससे बात करूंगा।" इतना कह क्रान्ति झा उठे तो उनके साथ उनकी पत्नी और बेटा मुक्ति भी खड़े हो गए।

"चलते हैं हम, अपना ख़याल रखना।" क्रान्ति झा ने मुंह से नहीं, जैसे आंखों से बहन से कहा हो और जवाब में सुधा ने गर्दन हलके से हिलाई। उसकी आंखें सजल हो उठी थीं। वह भाई-भाभी को घर के दरवाज़े तक छोड़ने आई। भाई को बड़ी बहन नमिता के घर जाना था वरना वे भोजन खिलाए बिना उनको जाने न देतीं मगर भाई की पसंद जानती थीं। भाभी को रसिआब से भरी छोटी सी मिट्टी की हंड़िया देना नहीं भूलीं।

रास्ते भर क्रान्ति झा छोटी बहन के बारे में सोचते रहे। बहनोई जवानी में मरे थे। लंबा समय बहन ने संघर्ष कर काटा था। ससुराल वालों ने भी कम नहीं सताया मगर भाग्य का लिखा तो पूरा होकर रहता है। कमल की घबराहट घर से निकलते ही उसे घेर लेती है। पता नहीं यह उसकी बनावट का हिस्सा है या फिर बचपन का वह आतंक जो उसने अकेली मां को झेलते देखा है जिसकी वजह से वह मां-बहन को तन्हा छोड़ना नहीं चाहता है। उससे खुलकर बात तो करनी पड़ेगी। उसकी इस मानसिकता से उसे निकालना होगा।

"इतने चुप क्यों हैं?" पत्नी विनीता ने पूछा।

"कुछ ख़ास नहीं।" क्रान्ति झा ने पत्नी को जवाब दिया।

जब वे बड़ी बहन नमिता के घर पहुंचे तो वहां के ठाट निराले थे। बड़ी चहल-पहल थी। नेता होने के कारण हर तरह के लोग सद्भावना के चलते राखी बांधने पहुंचे हुए थे ताकि नेता जी को उनकी याद बनी रहे। यहां पर सब कुछ था, खाना-पीना, सजावट, प्यार और चुटकी भर घमंड जो उनका समाज में रुतबा देख सहन किया जा सकता था। बहनोई ने खुले दिल से उनका स्वागत किया। बहन भी राखी बांध बचपन की शरारतों की याद दिलाती रहीं मगर तीनों को यहां वह अपनापन नहीं मिला जो सुधा के यहां जाकर अनुभव होता है।

मुक्ति भी सोफ़े पर चुपचाप बैठा था। बहनें अन्य मुंहबोले भाइयों को जो उनके पिता के दोस्तों के बेटे थे, राखी बांध चुकी थीं। उसी रुटीन में उन्होंने मुक्ति की कलाई में भी धागा बांध दिया था। गिफ़्ट पैकेट बेदिली से लेकर मेज़

पर रख दिया था जहां और भी चमचमाते पैकेट चिमकी में रखे हुए थे। भोजन पर सब बैठ गए थे। बड़की दीदी थाली परोस रही थीं। गर्म पूरी-कचौड़ी लगातार कढ़ाई से निकालकर रसोइया भेज रहा था।

तभी एक टोली प्रकाश जी विधायक से मिलने पहुंच गई। उनको उठना पड़ा। बाक़ी लोग कुर्सी पर आकर जम गए थे। विनीता कुछ जान-पहचान वाली औरतों से कुशलक्षेम लेने लगी और मुक्ति जवानों की टोली में जा मिला।

विधायक जी लौटकर बोले, "क्षमा करना भाई, वही पुराना झंझट लेकर आ गए थे। अब उसमें हम क्या कर सकते हैं, मुख्यमंत्री होते तो भी कुछ नहीं कर सकते थे। अब ये समझते हैं कि रिश्वत देकर मामला दबाया जा सकता है...शेख़ के दिरहम और दिनार के आगे हमारा रुपया..." इतना कह विधायक जी दिल खोलकर हंसे।

"भगवान् न करे उस जैसी महरारू कोई हो, रोंगटे खड़े हो जाते हैं।"

"किसके बारे में चर्चा कर रहे हैं प्रकाश बा?" किसी अतिथि ने पूछा।

"वही हत्याकांड...हलवे वाला।" कोई बोल उठा।

"हलवे वाला?"

"इतने कांड होते हैं भोर से संध्या तक, आदमी क्या-क्या याद रखे?"

"यहीं की एक महरारू अपने पति के लिए हलवा, ठेकवा, मुड़ी, लावा किसी के हाथ भेजे थी। जब उपहार पहुंचा तो बाक़ी बिहारीजन व्याकुल, पूछ बैठे, खोलो देखो क्या आया, क्या आया? उस आदमी ने झिल्ली से डिब्बा निकाल खोला और मुस्कराकर बोला-'हलवा'। सब सुनकर खाने को व्याकुल। वह बोला, 'तुम लोग खाना शुरू करो, हम शावर लेकर आते हैं।' वह जो नहाकर आया तो देखा सातों रूममेट बेहोश पड़े हैं। घबरा गया। फ़ौरन फ़ोन मिला पत्नी से पूछा, 'ते हलवा में का डाल के भेजले रहालिया?' उधर से पत्नी का जवाब आश्चर्य से भरा था, 'तू अभी जियाते बड़ा?' उसने तुरंत वहां के सुरक्षागार्ड को सूचित किया। डॉक्टर आया और पता चला सातों तेज़ ज़हर से मर चुके हैं। हत्या का केस था। औरत यहां से पकड़ बुलाई गई और मुक़दमा शुरू हो गया और भारतीयों पर अंकुश लग गया कि वह किसी भी प्रकार की खाद्य-वस्तु साउदी लेकर नहीं आ सकते हैं।"

"तो प्रकाश बा, आप इसमें क्या कर सकते हैं?"

"अरे सिन्हा बा, हम एक डेलिगेशन के साथ साउदी गए थे। शेख़ के साथ एक फ़ोटो खिंचा था। वह हमारे सेक्रेटरी ने लोकल अख़बार वालों को दे दिया,

बस सबने समझ लिया कि ससुरे हम शेख़ की नाक के बाल हैं।"

"तो भेद की बात अब खुली।" इतना कह सिन्हा हंसे। उनके साथ खिल-खिलाकर सबका हंसना ज़रूरी था।

"हमारे लोग वहां खानपान को लेकर कष्ट में हैं। लाख मुर्ग़ा, सब्ज़ी, फल सस्ता और तेल, दही, अंडा खालिस है मगर जीभ का स्वाद तो चबैना, अचार, चटनी, पापड़ मांगता है। उन चीज़ों में घरवालों का प्यार भी होता जो बड़े मन से सब रात भर जागकर पकाती-रींधती हैं और उसे खाकर पराए देश में कुछ तो सुख की अनुभूति होती होगी। उस रिश्ते को इस घटना ने तोड़ दिया तो कष्ट तो वहां सबको होता होगा यह कोई छोटी बात नहीं है।" क्रान्ति झा गंभीर हो बोले।

"परंतु अपराध को रोका भी कैसे जाए? ऐसी दिलेर बेशर्म छिनार हों, उन्हीं को सज़ा देनी चाहिए।" रजनी प्रसाद क्रोधित हो उठे।

"भाषा...हम परिवार के बीच में हैं रजनी बा।" क्रान्ति झा ने मास्टरों की तरह तरजनी उठा उन्हें रोका।

"अजीब वातावरण हो गया है इनके कारण, ऑफिस में हमारा काम रुक जाता है और इन सालों का काम तुरंत हो जाता है। बाबू, बी. डी. ओ. मोटी-मोटी गड्डी ले फल-फूल रहे हैं। किसी पर कोई रोकथाम नहीं है।" सिन्हा बमक गए।

"रिश्वत का आरोप ख़ाली इन पर क्यों लगा रहे हैं सिन्हा जी, अगर न्याय की दृष्टि से देखें तो इन मज़दूरों या कर्मचारियों, जो भी कमाने बाहर जाता है, उनकी आर्थिक स्थितियों को नज़र में रखकर इनका काम तो बिना घूस लिए तुरंत हो जाना चाहिए, दो-तीन साल बाद एक-दो महीने की छुट्टी पर आते हैं। कर्ज़ा लेकर, ज़मीन रहन रख चार पैसा कमाने जाते हैं और हांड़-मास गलाकर जब लौटते हैं तो उनको गिधों की तरह नोचा जाता है। हमारी सरकार को ज़रा भी रहम नहीं आता कि इनके लिए कोई ऐसी योजना बनाए ताकि इनका पैसा किसी उत्पादन योजना में लग सके और लौटने पर यह फिर भुखमरी का शिकार न हों। हम उस वर्ग को सस्ता अनाज देने से हिचकते हैं लेकिन स्मार्ट फ़ोन देते नहीं शर्माते, यह कौन सी तकनीकी क्रान्ति है कि हमारा मेहनतकश वर्ग बलात्कार के केस में पकड़ा जाता है और किसान आत्महत्या करता है।" क्रान्ति झा कह उठे।

"प्रकाश बाबू, आपकी जगह अगला चुनाव आपके साले साहब काहे नहीं

लड़ते, चुनाव चिह्न हंसिया और हथौड़ी या फिर कन्नी और गेंती रख सकते हैं।"

"भगवान् ने चाहा तो वह भी हो जाएगा, मेहमान भाई को क्यों कष्ट दे रहे हैं। वे हमसे कई गुना ज़ोरदार भाषण दे लेते हैं।" क्रान्ति ने बिना देर किए उस चापलूस की गर्दन किसी मुर्गे की तरह तोड़ दी और चिढ़ाने के स्वर में पूछ बैठे, "और बेटवा आजकल कहां है?"

"आप क्या पूछते हैं, उसके भविष्य पर तो कालिख आप और मास्टर जी मिल के पोत रहे, फिर यह चिंता कैसी?"

बात गर्मी की तरफ बढ़ता देख प्रकाश जी ने साले का कंधा थपका और मुस्कराकर बोले, "आज त्योहार का दिन है, अब कुछ गाना-बजाना हो जाए, बाक़ी बातें तो रोज़ होती हैं।"

सारे अतिथि हाथ धोने, मीठा खाने और पान चबाने में लग गए।

जवानों को हरी झंडी दिखा दी गई थी।

बड़े से मैदान में नाचते-गाते वे सब बिखर गए थे। कुछ देर बैठकर क्रान्ति ने चलने की आज्ञा मांगी।

क्रान्ति झा का मन हलका नहीं भारी हो उठा था। इतनी समस्याएं, इतने विचार, इतनी कुंठाएं। कहां जाकर यह दौड़ ख़त्म होगी? जिस भारतीय प्रांत का इतिहास इतना गौरवपूर्ण रहा हो, वहां वर्तमान का यह कालखंड कौन सी गिरावट झेल रहा है?

घर लौटकर क्रान्ति का मन पहले से कहीं ज़्यादा खट्टा हो गया जब उन्हें पता चला कि उनके कॉलेज में पढ़ने वाले झारखंड से आए लड़के ने आत्महत्या कर ली है। माओवादी, मूसहरी, अनेक तरह के आदिवासी उनकी जकड़न, तनाव और घुटन से निकला एक ग़रीब विद्यार्थी जिसको हर तरह प्रोत्साहन और समर्थन देते हुए हम अध्यापक इतनी दूर खींचकर लाए थे कि वह कुछ बनकर अपने लोगों में एक नई तरह की स्फूर्ति और जागृति लाएगा मगर...पुरानी मान्यताएं, पुरानी जड़ता हमारा पीछा कहां छोड़ती हैं।

"अपने को संभालो, बात-बात पर इतना कुढ़ना ठीक नहीं।" शरबत का गिलास लेकर आई पत्नी ने दुखी स्वर में कहा। उन्हें अपने पति का रिश्तेदारों के घर जाकर यूं भड़कना पसंद नहीं। रिश्ते-नाते सुख-दुःख के लिए बनते हैं न कि विचारों की मुठभेड़ के लिए।

"मैं तो सच पूछो अब जीना ही नहीं चाहता हूं...किसके लिए आदमी हौसला बनाए रखे?" क्रान्ति झा उबल पड़े।

"मेरे लिए पापा।" मुक्ति झा ने जोशभरी आवाज़ से कहा फिर हाथ के हज़ारे को नीचे रख पिता की तरफ बढ़ा।

"मुझ पर विश्वास रखें पापा, दुनिया आपको धोखा दे सकती है मगर आपका यह बेटा कभी नहीं। आपके सपनों को मैं पूरा करूंगा, आपकी निराशा को मैं आशा में बदलूंगा...यूं हार थोड़ी मानने दूंगा।" मुक्ति ने मां का लाया गिलास क्रान्ति की तरफ बढ़ाते हुए विश्वास भरे स्वर में कहा और पास पड़ी कुर्सी पर बैठ गया।

"आपको याद है पापा, दादा मुझे मधुबनी के गंगानाथ झा और उनके बेटे अमरनाथ झा के बारे में कहानी सुनाते थे जो बिहार के होकर बनारस में पढ़े और इलाहाबाद के कुलपति बने, उनका बेटा अमरनाथ झा भी इलाहाबाद विश्वविद्यालय के कुलपति मनोनीत किए गए और पूरे नौ वर्ष रहे और दोनों शिक्षा क्षेत्र में पूरी लगन से बुनियादी काम कर गए। हम उतने बड़े न सही मगर छोटे पैमाने पर अच्छे कामों की बुनियाद तो डाल सकते हैं। यहां नहीं तो बिहार से बाहर किसी और भारतीय प्रांत में, जहां भी हमारे लक्ष्य के लिए उपजाऊ ज़मीन मिलेगी हम अपनी कोशिशों के बीज बो देंगे पापा।"

बेटे की बात सुनकर क्रान्ति झा मुस्कराए। कुछ बोले नहीं मगर शरबत का घूंट धीरे-धीरे भरते रहे।

कमरे में ताज़ा हवा का झोंका आकर अपने साथ घुटन को बहाकर ले जा रहा था। क्रान्ति झा सोच रहे थे कि किसान जोती ज़मीन पर बीज बिखेरता है मगर ज़रूरी तो नहीं प्रत्येक बीज कल्ले फोड़े। उन सड़े-गले ख़राब बीजों के लिए आंसू नहीं बहाना चाहिए बल्कि वे कल्ले जो पौध बनने की राह पर हैं उन्हें संभालना चाहिए ताकि वे पेड़ बन दूसरों को फल, छाया और बहुत कुछ दे सकें...क्रान्ति के चेहरे की मुस्कान ने मां-बेटे को आश्वस्त किया। पत्नी जूठा गिलास उठा कमरे से बाहर निकलीं और मुक्ति अपनी जगह से उठ लटकते गमलों की तरफ बढ़ा जहां वह खिले फूलों की जड़ों में पानी दे रहा था।

सूरज डूब रहा था। क्रान्ति झा उठे और यूं ही टहलते हुए टोला के बाहर निकल गए। अकेली पगडंडी पर त्रिसुलिया अपनी पीठ पर लबनी टांगे चला जा रहा था। अपनी धुन में मगन कुछ गा भी रहा था। उनका मन उसे देखकर हलका हुआ। त्रिसुलिया और वे बचपन के सखा। सारे दिन खेतों में दौड़ते, घरों में घुसते और बड़ों की नज़रें बचाकर ताड़ के पेड़ों के झुंड की तरफ निकल जाते जहां ताड़ी पिए सुग्गे बेसुध पड़े होते और वे पका खाजा ढूंढ़ते फिर पेड़ से टेक लगा

लकड़ी डाल मीठे खाजा का स्वाद लेते थे। नारंजी पके खाजा की गंध उनकी नाक में जाने कहां से आकर खुजली सी मचाने लगी। दिल चाहा आवाज़ देकर त्रिसुलिया को रोकें और किसी पुलिया पर बैठ बीड़ी के लंबे-लंबे कश लेकर दुःख-सुख बांटें।

क्रान्ति को लगा कि वे भावना में बह रहे हैं। त्रिसुलिया अब पहले वाला कहां रह गया। उनके बीच तो मैत्री का वह निश्छल भाव कब का उड़ चुका है। वह बड़ा हुआ तो जान गया वह क्या है सो उसने दूरी बना ली। जब भी उससे टकराता था, वह लहककर पूछता, "त्रिसुलिया तालाब में नहाने चलेगा? तो वह मुझसे छिटककर दूर चला जाता और भय का साया अचानक अमावस की तरह उसके मुख पर आ गिरता है। वह आदर से हाथ जोड़कर सिर झुकाकर कहता है, "राम-राम माटसाब!"

"सब कुशलमंगल?"

"सब आपकी दया है...ऊपरवाले की कृपा!" इतना कहकर त्रिसुलिया आगे एक शब्द नहीं बोलता। वर्गों की असमानता, जात-पांत का फ़र्क़ मनुष्य को मनुष्य नहीं रहने देता है तो भी वह आज क़दम बढ़ा बचपन की तरह उसके कंधे पर धप्प मार पूछे, "काहे का नाटक रे, हमने साथ-साथ खड़े हो पेशाब की धार की दूरी को नापा है कि कौन जीतता है रे...आज मुझे ऐसा कुछ करने का मन है कि...तेरे मन से क्या होगा क्रान्ति, मन दूसरे का भी बदलना चाहिए न...।" वे चुपचाप कुछ क्षण खड़े त्रिसुलिया को क्षितिज पर गुम होते देखते रहे।

'आज नहीं फिर किसी दिन' सोचकर वे आगे बढ़ने की जगह तालाब की तरफ मुड़ गए। पूजा वे करते नहीं मगर मंदिर की सीढ़ियों पर बैठ तालाब में कंकड़ फेंक भंवर बनाना उन्हें अच्छा लगता है। अंधेरे की झीनी चादर आसमान पर तनने लगी थी। मंदिर से आरती गाने की आवाज़ आ रही थी। वे चुपचाप तालाब के किनारे जाकर बैठ गए।

उनके ज़हन में वह आदिवासी विद्यार्थी सामने आन खड़ा हुआ। उनका दिल चाहा कि काश! वह जीवित हो उठता और उससे पूछते, 'क्यों अपने और मेरे ऊपर से तुम्हारा विश्वास डिग गया और उस पर विश्वास ले आए जो तुम्हें मंत्रों और टुटकों के द्वारा कंपीटीशन में प्रथम श्रेणी दिलवाने का वचन दे गया और बदले में पच्चीस हज़ार ले भागा, जो तुमने मां की संदूक़ची से चुराए थे, जो उसने तुम्हारी बहन के विवाह के लिए रखे थे। अब बताओ, तुमने यह ग़लती क्यों की...क्यों एक अध्यापक की मेहनत पर पानी फेरा, क्यों रोशनी का पथ

छोड़ अंधेरे की राह अपनाई...क्यों? अगर उनके बेटे ने उन्हें न संभाला होता तो वे गहरे अवसाद में डूब जाते।'

आसमान तालाब के पानी पर उतर आया था।

अनगिनत चमकते तारे जल-बुझ रहे थे। प्रकृति के इस रूप को देख वे मुस्करा पड़े। उन्हें बेटे ने आश्वस्त कर दिया था कि वह रणक्षेत्र छोड़कर भागेगा नहीं वरना महीनों वेतन न मिलने वाले अध्यापकों के बेटे शिक्षक क्यों बनना चाहेंगे। वे पढ़-लिखकर बेकार बैठेंगे तो उन्हें देखकर कोई क्यों किताब खोलना चाहेगा? जब बिना पढ़े-लिखे वे मेहनत-मज़दूरी करके परिवार का लालन-पालन कर ही लेते हैं तो फिर ऐसे वातावरण में सादा जीवन उच्च विचार का नारा कितना अर्थहीन होकर रह गया है।

क्रान्ति झा ने गहरी सांस ली और अंधेरे में पैर रखते हुए घर की तरफ बढ़े। रात को क्रान्ति ने ओमान फ़ोन किया मगर लग नहीं पाया। सारे दिन के थके थे, जल्दी सो गए। फ़ोन की आवाज़ धीमी थी इसलिए उन्हें सुनाई ही नहीं पड़ी कि कमल ने बीस-पच्चीस बार फ़ोन ट्राई किया था। सुबह जब वे कॉलेज जाने को तैयार हो रहे थे तो फ़ोन बज उठा।

"मामा, प्रणाम! आप कैसे हैं? कल कई बार फ़ोन किया था मगर...अच्छा यह बताइए कल मां से मिले होंगे, कैसी हैं। मुझे उनकी बड़ी चिंता लगी रहती है।"

"वे तुम्हारे लिए चिंतित रहती हैं। अब तुम अपनी बताओ, क्या कहना चाहते हो?"

"मामा, बात बहुत गंभीर है। बिना क्रोध किए पहले सुनिएगा फिर जो कहिएगा वही मैं करूंगा।"

"ठीक है बड़का अनेरिया, बोलो। मगर यह नहीं सुनूंगा कि मामा राखी के त्योहार के दिन मैं यहां अकेला पड़ा हूं।"

"सुनो तो मामा, यह देश कभी जादू के लिए बदनाम था। आज भी उसका प्रभाव यहां कई जगहों पर है, जहां कभी जादूगर रहते थे, जो औरतों के पैरों की धूल लेकर उनको अपने क़ब्ज़े में कर लेते थे।"

"हे बजरंग बली के..."

"धैर्य रखो मामा, पूरी बात तो सुनो। इसलिए औरतें ज़मीन पर लोटती चादरें यानी लंबा बुर्क़ा पहनती हैं ताकि चलते हुए उनके पदचिह्न मिट जाएं और जादूगरों को उनके पैरों की धूल न मिल सके। बात पुरानी है, अब क़ानूनी जुर्म

भी है लेकिन जहां यह सब हुआ वहां जाने से यहां के स्थानीय लोग अभी भी डरते हैं और मुझे मेरे मालिक वहां काम से भेजते हैं।" इतना कह वह रुका।

"तुम अभी तक सुरक्षित हो, तुमको कुछ नुकसान तो नहीं पहुंचा न?" क्रान्ति झा चिढ़े स्वर में बोले।

"मामा, मैं पिछले पांच दिन से सोया नहीं हूं...चिंता में..."

"देख कमल, यह तेरा भ्रम मात्र है। तू अंगूठाटेक भी नहीं है। बेटा, हम इक्कीसवीं सदी में रह रहे हैं। ये बातें गुज़रे कल की थीं। अगर इन बातों में उलझा तो बता दूं, हमारा देश भी इस चपेट में आ चुका है। वहां से बचेगा तो यहां..."

"मामा, मैं समझता हूं। मगर संदेह और भय मुझे बुरी तरह दबोच चुका है। अगर मैं कल जीवित न रहा तो मां का क्या होगा?" बीच में ही कांपती आवाज़ से कमल बोल उठा।

"चाहता क्या है मेरे बाप?" क्रान्ति धैर्य खो बैठे।

"यही तो मैं आपसे पूछ रहा हूं?" वह तुनककर बोला।

"बताता हूं, पांच मिनट बाद फ़ोन कर।" इतना कह उन्होंने फ़ोन काटा और कमरे में टहलने लगे। उनका सिर घूम रहा था। क्रोध उनके दिमाग़ पर मिट्टी का तेल डाल आग को बढ़ावा दे रहा था। उनकी आंखों के सामने कान्ता का चेहरा घूम रहा था। उनका दबा क्रोध कान्ता के लिए उनके सीने में खदबदा रहा था कि दोनों भाई-बहनों ने सोच की ग़लत डगर पकड़ ली है। एकाएक वे कुर्सी पर बैठ गए और बुदबुदाए, 'चैन कहां है, न यहां, न वहां।' उन्होंने अपना माथा पकड़ा।

फ़ोन की घंटी बजी। उन्होंने उसे बजने दिया और उसी तरह बैठे रहे। फिर उकताकर फ़ोन उठाने से पहले उन्होंने गिलास भर पानी पिया और फिर सहज आन्दाज़ में कहा, "हलो!"

"मामा जी!"

"तेरे भारत लौटने में कितने महीने बाक़ी हैं?"

"छह महीने, फिर दो माह की छुट्टी।"

"ठीक है, अब ध्यान से सुन। तू वहीं रहेगा और इस अंधविश्वास से बाहर निकलेगा। जब छुट्टी में आएगा तो तय करेंगे कि तू दोबारा वापस जाएगा या मेरे स्कूल में चपरासी का काम करेगा। अब रही बात मौत और ज़िंदगी की, तू चिंता मत कर तेरा मामा ज़िंदा है। वह तेरी बहन की शादी और तेरी मां की

देखरेख अपनी थोड़ी सी आमदनी में कर लेगा, बाक़ी रामभरोसे।" क्रान्ति एक सांस में अपनी बात कह गए।

"मामा!"

"आगे एक बात नहीं। भीरु न बन। अपने बाप की लाज रख जो दूसरों को बचाने में मारा गया था। बस अब एक शब्द नहीं।" क्रान्ति ने उसे डपटकर कहा फिर फ़ोन बंद कर बुदबुदाए, 'साला एकदम ख़त्म बा।'

क्रान्ति का मन खट्टा और मुंह कड़वा हो गया था। घड़ी की तरफ नज़र डाल वह कॉलेज की तरफ निकले। उनके मन में यह बात बार-बार घुमड़ रही थी कि ओमान जैसा नन्हा सा देश ऐसी बकवास बातों पर रोक लगा मृत्युदंड देने का क़ानून बना सकता है तो फिर हमारे विशाल देश में यह अंधविश्वास के कर्मकांड करने वाले खुलेआम क्यों घूम रहे हैं? उन्हें साफ़ नज़र आ रहा था कि बमों के परीक्षणों, बमों की वर्षा का अंजाम सिर्फ़ धरती ने नहीं सहा है बल्कि इनसान ने संवेदना के धरातल पर बहुत कुछ झेला है। ठीक उसी तरह यह टोना-टोटका हमारे समाज, हमारे इनसानी संबंधों को घूरे के ढेर में बदल रहा है। इसको रोकना पड़ेगा वरना...

अभी वे आधे रास्ते में ही थे कि ख़बर मिली कि फलां गांव में किसी ने एक मुल्ला को गोली मार दी है। बस के बाक़ी मुसाफ़िरों की जुबानी पता चला कि वह उलटे-सीधे काम कर लोगों को नुकसान पहुंचा रहा था। इस ख़बर ने क्रान्ति झा को और बेहाल कर दिया कि अगर हत्याओं का ऐसा सिलसिला प्रतिशोध के कारण चल पड़ा तो समाज को एक और बीमारी लग जाएगी। इन बातों का ख़ूनख़राबा, हत्या हल नहीं है। शीघ्रातिशीघ्र इसके लिए हमारी सरकार, हमारी पंचायतों और हम सबको कोई सख़्त क़दम उठाना पड़ेगा।

मगर कैसे...?

19

महजबीं अपनी ख़ालाज़ाद बहन के साल के फातिहे से लौटीं तो कई दिनों तक उदास रहीं। रह-रहकर सुग़रा का ख़याल आता जो सास के मरने के बाद बिलकुल अकेली रह गई थी। तीन-तीन औलादें, वह भी तले ऊपर के लड़के। करीम को तो लौटना होगा। वह नौकरी पर लौट जाएगा और बेचारी सुग़रा...

"कुछ दिन और रह लेतीं, नहीं तो सुग़रा को यहां बुला लो।" अमजद ने महजबीं को उदास देखकर कहा।

"बच्चों की पढ़ाई भी तो है और फिर घर में ताला डालना भी आजकल ख़तरे को दावत देना है। ख़ासकर तब जब कि पड़ोस में जमशेद जैसा गुंडा रिश्तेदारी के लिबास में मौजूद हो।"

"हां," अमजद इतना कह चुप रह गए।

महजबीं भी बटन टांकती रहीं। कमरे में ख़ामोशी छाई रही।

"मैं सोचता हूं अपनी विल लिखवा दूं ताकि बाद में तुमको या बेटियों को किसी क़िस्म की कोई मुश्किल पेश न आए।"

"बैठे-बैठे यह ख़याल कहां से आया?"

"बुरा न मानो, मौत ज़िंदगी की सच्चाई है।" इतना कह अमजद हंसे।

"वह मैं मानती हूं मगर इस तरह के इंतज़ाम की तो उन्हें ज़रूरत महसूस होती है जिनकी करोड़ों की जायदाद हो, तीन-चार बीवियां, एक-दो दाशताएं और ढेरों बच्चे हों।" हंसकर महजबीं ने सूई दांतों तले दबाई और बटन उठाया।

"मैं तुम्हें कितनी बार मना कर चुका हूं, यूं सूई दांतों के बीच न दबाया करो, मानती नहीं हो, रील में क्यों नहीं खोंसतीं।" अमजद महजबीं के मज़ाक़ पर हंसने की जगह नाराज़गी भरे लहजे में बोले और सूई का तागा हलके से खींच सूई पकड़ रील में खोंसी, "आज से मेरे सामने सीना-पिरोना बंद।"

महजबीं इस मुहब्बत भरी नाराज़गी से सराबोर हो दिल खोलकर हंस पड़ीं और सामान समेटने लगीं।

"तो मैं कह रहा था कि क़ानून सरकार हर दिन पेचीदा बना रही है। बेकार

में दौड़-भाग होगी।"

"आप भी बड़े ज़िद्दी हैं, फिर वही बात ले बैठे।"

"तुम अभी संजीदा नहीं हो शायद।" अमजद इतना कह फ़ोन मिलाने लगे फिर पलटकर बोले, "चलो फ़िल्म देखने चलते हैं। टिकट के लिए मैनेजर को फ़ोन कर दिया है।"

"कौन सी फ़िल्म लगी है?"

"कोई भी हो, वहीं जाकर मालूम कर लेंगे।"

मियां की बात सुन महजबीं मुस्करा दीं।

आधी रात के बाद उन दोनों की आंखें अभी लगी ही थीं कि फ़ोन बज उठा। घबराकर महजबीं ने मोबाइल उठाया। नींद में डूबी आवाज़ में बोलीं, "हलो।"

करीम का फ़ोन था। सलाम और ख़ैरियत लेने के बाद बोला, "छोटी ख़ाला, सुग़रा के पैर भारी हैं। मुझे आज ही पता चला। आप फ़ोन पर उसका हालचाल लेती रहिएगा। मैं इतनी दूर हूं और अम्मां..."

"यूं दिल छोटा नहीं करते बच्चे। मैं हूं न, सुबह-शाम फ़ोन कर लिया करूंगी। पिपरिया है कितनी दूर, जाकर देख भी आऊंगी...अरे हां...तुम पर से कुर्बान मेरे लाडले, तेरी ख़ाला अभी ज़िंदा है...जीते रहो। सुख से रहो...ठीक है। सुग़रा को सुबह नमाज़ के बाद फ़ोन करती हूं, अल्लाह हाफ़िज़।"

फ़ोन रख महजबीं की फ़िक्र सुग़रा को लेकर दुगुनी हो गई। शाम को फ़िल्म जाते हुए भी महसूस हो रहा था कि मैं इस उम्र में तितली बनी शौहर के पहलू में बैठी फ़िल्म देखने जा रही हूं और मेरी जवान बेटी महलक़ा अकेली घर में ख़यालों के ताने-बाने बुन रही होगी। अब सुग़रा की फ़िक्र लग गई। मेरी बात सुनकर अमजद कहेंगे, 'हर चीज़ हर एक को नहीं मिलती, हमारी जवानी भी लड़ाई-झगड़े में गुज़र गई थी जबकि मैं यहीं था। अब उसका हिसाब किससे लोगी, बोलो?'

उन्होंने करवट बदली और अमजद के कंधे पर अपना हाथ रख सोने की कोशिश करने लगीं।

महजबीं ने सुग़रा को नाश्ते के बाद फ़ोन किया और ख़ैरियत ली। उसने बताया कि कुछ दिनों से तबीयत गिरी-गिरी रहती है। वैसे सब ठीक है...अम्मां की कमी बहुत खलती है। महजबीं ने कहा कि वह कुछ दिनों के लिए सीवान आ जाती

तो दिल भी बहल जाता और सेहत भी सुधर जाती। उसका भी कहना सही था कि कहीं घर ख़ाली देख जमशेद रहना न शुरू कर दे। महजबीं ने ख़ुद आने की बात कह फ़ोन बंद किया।

सुग़रा ने अभी फ़ोन बंद किया ही था, तभी दरवाज़े पर दस्तक हुई और उसने उठना चाहा तो पैर सुन्न सा लगा। वह कोशिश कर रही थी कि अपने पंजों पर खड़ी हो सके मगर झुनझुनी उसे फ़र्श पर पैर जमाने नहीं दे रही थी और दरवाज़ा पीटने वाला सांस तक लेने की मोहलत नहीं दे रहा था। इस कोशिश में उसके पैर की नस और खिंच गई। अपनी बेबसी पर उसे रोना कम आ रहा था, पैर की ऐंठन पर मुंह से दर्दभरी आह ज़्यादा निकल रही थी।

दरवाज़ा पीटने वाला थककर जा चुका था। सुग़रा ने राहत की सांस ली और पैर को झटकने, सहलाने में लग गई। कई बार उसको डॉक्टर समझा चुकी थी मगर जब वह कहानी-क़िस्सों की किताब में डूबती तो भूल जाती कि वह पंद्रह-सोलह साल की सुग़रा नहीं रह गई कि जैसे चाहे बदन मोड़ किताब में डूबी रहे। दर्द जैसे ही कम हुआ वैसे ही झुनझुनी भी चली गई। उसने औंधी किताब उठाई और उसमें डूब गई।

उसकी इसी बेख़बरी की वजह से एक बार जाड़े में शाम ढले उसके घर दो चोर घुस आए थे और बावर्चीख़ाने का सारा सामान बोरों में भरकर जब चलने को हुए तभी उसकी सास नमाज़ पढ़ने को उठीं। खटपट सुनकर उन्होंने सोचा सुग़रा काम कर रही होगी सो पुकार बैठीं।

"सुग़रा, का करत तरू? हमउ चाय पियम...जवाब काहे नेखू देत?"

वे कमरे से बाहर निकलीं। टॉर्च जलाई तो देखा सुग़रा की जगह दो मुस्टंडे मुंह पर कपड़ा बांधे बोरियां पकड़े खड़े हैं। उन्हें देख वे पूछ बैठीं, "तू लोगा कौन बड़ा?" शाम को रतन और मदन ने इसी रंग की लुंगी पहन रखी थी।

वे दोनों लड़के पहचान लिए जाने के डर से बोरे छोड़ कच्ची गिरी दीवार फांद भाग गए। वह लाठी टेकती आगे बढ़ी। सुग़रा का दरवाज़ा ठेला तो देखा लैंप की रोशनी में लिहाफ़ ओढ़े औंधी लेटी किताब में डूबी है। तीनों बच्चे भी उसी लिहाफ़ में दाएं-बाएं बेख़बर सो रहे हैं। वे कमरे में जाकर चुपचाप स्टूल पर बैठ गईं और सुग़रा को ग़ौर से देखने लगीं जो पन्ने पर पन्ने पलटे जा रही थी।

"सुग़रा..." चंद मिनट बाद उन्होंने लाठी की ठक-ठक के साथ उसे

पुकारा तो वह हड़बड़ा गई और जो गर्दन मोड़ी तो सास को वहां बैठा देख बोली, "अम्मां, आप भी...इतनी चुपचाप...आपने तो मुझे डरा ही दिया...या अल्लाह दिल कैसा ज़ोर-ज़ोर से धड़क रहा है।" उसने थूक निगलते हुए माथे पर छलक आए पसीने को पोंछते हुए कहा।

"घर में चोर घुसे थे, तुम्हें भनक भी नहीं लगी?"

"चोर तो अम्मा नॉवेल में घुसे थे तभी आपने पुकार लिया।" हंसती हुई सुग़रा शाल लपेट सास के पास आकर खड़ी हो गई।

"आओ चलो, अंगनाई में देखते हैं कि चोर किसके घर घुसा था करीम की महरारू?"

दोनों बाहर निकलीं। आंगन में भरे बोरे गिरे पड़े थे। बिजली थी नहीं। टॉर्च की रौशनी में सुग़रा ने जो देखा तो धक से रह गई फिर उस पर हंसी का दौरा पड़ गया। उसकी हंसी देख सास भी हंस पड़ी और वुज़ू करते हुए बोलीं, "मेरे मरने के बाद इस घर का क्या होगा?"

"अच्छा होगा अम्मां, देखो चोर ने सामान समेट दिया है। कल पुताई करने वालों को बुला पूरा किचन गुलाबी रंग में पुतवा दूंगी और करीम का लाया सारा सामान सजा दूंगी।" सुग़रा शोख़ी से बोली।

"फिर तो बबुनी फ़िक्र की कोई बात नहीं।" सास ने नमाज़ के लिए खड़े होते हुए बड़े प्यार से कहा।

सुग़रा अपनी सास की ख़ालाज़ाद बहन की बेटी है। सास बहन के मरने के बाद छह साल की सुग़रा को छपरा से ले आई थीं। करीम और सुग़रा हमउम्र थे। साथ-साथ खेल-कूदकर बड़े हुए। पढ़ाई के चलते दोनों कुछ वर्षों छपरा में रहे फिर दोनों का छेका हुआ और फिर निकाह। पति के गुज़र जाने के बाद सास को छपरा से लौटना पड़ा और पड़ोस में रहने वाली देवरानी की देखरेख में पड़े घर और ज़मीन को फिर से संभालना पड़ा था। थोड़ी-बहुत ज़मीन इधर-उधर हो गई थी। वे समझकर भी कुछ न बोली थीं। घर की बात थी फिर ऊपरवाले ने उन्हें बहुत कुछ दे रखा है—लायक़ कमाने वाला बेटा, दिल को भाने वाली लड़की की शक्ल में बहू जो अपनों से ज़्यादा उनका ख़याल रखती थी। उन्हें दुनियावी चीज़ों की कोई मोहमाया न थी।

सास के गुज़रते ही सुग़रा को अहसास हुआ कि वह बिन मां की लावारिस लड़की है। न बच्चे उसकी सुनते, न पड़ोस में रहने वाली चची और उनका

दामाद जमशेद। वह तो जैसे उनकी जान का दुश्मन बन बैठा है। हर दिन कोई बखेड़ा। सुग़रा का पहले वाला अल्हड़पन ग़ायब हो गया था। पढ़ना तो नहीं छूटा था मगर कम ज़रूर हो गया था। घर की चहारदीवारी ऊंची हो गई थी और दरवाज़े पर घंटी भी लग गई थी। बिजली के न रहने पर सब पहले की तरह दरवाज़ा ही खटखटाते थे।

उसने उपन्यास ख़त्म किया और उसके चरित्रों में खोई कभी मुस्कराती तो कभी उदास हो उठती। अभी वह ख़यालों में खोई थी कि किसी के पुकारने पर चौंकी।

"भाभी...सुग़रा भाभी...!" घर के बीच वाली खिड़की को नजमा (करीम के चचा की लड़की) कुंडी बजाकर उसे पुकार रही थी।

"आ रही हूं," कहती हुई वह बड़ी सावधानी से पलंग से उतरी और कमरे से निकल दालान की तरफ जाकर उसने खिड़की खोली, "क्या हुआ नजमा?"

"भाभी, वह पेट-दर्द की दवा है जो उस दिन अम्मां को दी थी...हो तो दे दो, अम्मां दर्द से तड़प रही हैं।" नजमा ने कहा।

"लाती हूं...अभी लाती हूं।" कहती सुग़रा ताक़ पर रखी दर्जन भर दवाओं की शीशियों में से एक शीशी उठाकर नजमा को थमाते हुए बोली, "लौटाने की ज़रूरत नहीं है, हमारे पास एक और है।"

"अच्छा भाभी।" कहकर उसने खिड़की बंद कर दी।

सुग़रा ने घड़ी की तरफ देखा। दोपहर के डेढ़ बज रहे थे। उसने बावर्चीख़ाने में जाकर दोपहर का खाना चढ़ाया। बच्चों के आने में अभी आधा घंटा बाक़ी था। कई दिनों से उसका दिल दूधभरी मकई के दानों को खाने का चाह रहा था। बेमौसम की इस ख़्वाहिश को वह कैसे पूरा करे? अम्मां भुट्टे के दानों को खुरचकर नमक-हरी मिर्च डाल कैसी मज़ेदार भुनी खिचड़ी बनाती थीं। बरसात का मौसम और सास ही नहीं हैं मगर पुरानी यादें सिर्फ़ तड़पाना जानती हैं। न अब भुट्टे का ढेर आंगन में लगता है, न गूदेदार बेल का। अब बच्चों की पसंद बदल चुकी है। मली बासी रोटी और दूध की जगह वे कानफ्लेक्स खाना चाहते हैं। देसी शरबत उन्हें भाते नहीं और अकेली मैं अपने लिए वे चीज़ें पकाकर क्या करूंगी जो सिर्फ़ मुझे भाती हैं। ग़नीमत है कि अभी इनका दाल चावल से दिल नहीं भरा वरना तो...

अमजद को बार-बार नए नंबर से मिसकॉल मिल रही थी मगर पलटकर मिलाने पर फ़ोन लगता भी न था। उनका ध्यान बार-बार भाईजान की तरफ जाता कि कहीं कोई बुरी ख़बर तो नहीं है? अम्मां-अब्बा सलामत रहें। आख़िरी बार ही सही मगर एक बार, सिर्फ़ एक बार दोनों का दीदार मिल जाता और थोड़ी-बहुत वे मां-बाप की ख़िदमत कर पाते।

अमजद इधर कई बार अपने को अब्बा के पैर दबाते ख़्वाब में देख रहे थे। अगर वीज़ा का झंझट न होता तो वे कब का हवाई जहाज़ पर बैठ चुके होते।

फ़ोन बजा फिर बंद हो गया। अमजद ने बेचैन हो भाई का नंबर मिलाने का इरादा किया ही था कि घंटी बजी और लंबी चली तो उसने डरते-डरते फ़ोन ऑन कर कहा, "हलो!"

"ख़ालू...अमजद ख़ालू...मैं करीम बोल रहा हूं...सलाम अलैकुम..."

"वालेकुम सलाम...कैसे याद किया?"

"अभी सुग़रा का फ़ोन आया था। पीछे हमारे चचा का घर और खेत है। अब उनका मझला दामाद कल रात घर में घुस आया और सुग़रा को भला-बुरा कह धमकाने लगा। कहता है पीछे बावर्चीख़ाने का हिस्सा हमारा है। वह बहुत सरफिरा लड़का है। आप जाकर देख आते।" खुशामदी लहजे़ में करीम बोला।

"ठीक है बेटे...हम कल ही वहां पहुंचते हैं मगर एक बात पूछना चाह रहा था कि अभी हम पिछले माह सूफिया बाजी के चालीसवें में मिले थे, तब तो ऐसी कोई बात न थी...?"

"मैं ज़िक्र करना भूल गया था ख़ालू, जमशेद लगातार डरा-धमका तो रहा था। यह उसकी आदत है। अब सुग़रा और बच्चे अकेले हैं, कह रहा था पुलिस में मामला दर्ज करा दिया है कि हमारी ज़मीन दाब ली है और नया कमरा बनवा लिया है। चौहद्दी की दीवार मिट्टी के गारे की थी, मैंने उस पर प्लास्टर ज़रूर करवाया था।"

"समझ गया। तुम चैन से रहो, मैं देखता हूं।"

"अम्मां जब से गई हैं, चचा के घर वाले बहुत परेशान कर रहे हैं।"

"मैं कल शाम तुम्हें फ़ोन करता हूं।" इतना कहकर अमजद ने फ़ोन रखा और माथा रगड़ा।

महजबीं गहरी नींद में डूबी थीं। अमजद ने फ़ोन मेज़ पर रखा और करवट बदल सोने की कोशिश करने लगे।

सुबह उठ थाने में जाने से पहले अमजद ने नईम को फ़ोन कर सारी बात समझाई तो वह बोला, "पापा, आप परेशान न हों। मैं सारी सेटिंग करा दूंगा। बस, आप जाकर एफ. आई. आर. लिखवा दें।" जब अमजद रिपोर्ट लिखवाने पहुंचे तो दरोगा बड़े गहरे स्वर में बोला, "मैं समझ नहीं पाता कि चचाओं के आपसी झगड़े कब निबटेंगे...साले महाभारत के युद्ध से भी कुछ सीख नहीं पाए।"

"साहित्य पढ़ता कौन है दरोगा जी?" मुंहचढ़ा सिपाही पान और चाय का गिलास मेज़ पर रखकर बोला।

"देखता तो है रोज़ टी. वी. पर, सीखेगा नहीं," दरोगा ने कहा और मुड़कर अमजद की तरफ देख बोला, "आपका क्या विचार है?"

"हां, सीख तो कोई कुछ नहीं रहा है। पढ़ने वाला पढ़े जा रहा है। लिखने वाला लिखे जा रहा है और देखने वाला देखकर भी अनदेखी कर रहा है मगर दरोगा साहब, यह स्थिति बदली जा सकती है, क्रांति लाई जा सकती है और जानते हैं यह काम किसके हाथों अंजाम पाएगा? सिर्फ़...और सिर्फ़ भारतीय पुलिस महकमा, जिसमें आप जैसे जुझारू, निष्ठावान, कर्मठ अफसर बनने वाले दरोग़ा कुर्सी पर बैठे हों?" अमजद ने अंत तक आते-आते घूंसा मेज़ पर मारा।

"ऐसा?" कुछ न समझने और समझने की स्थिति में दरोग़ा बोला और सारा थाना कान खड़े और आंखें खोल अमजद को घूर रहा था। बस जो आवाज़ निकली वह सिर्फ़ दरोग़ा के मुंह से निकली, "आपको कैसे पता चला?"

"आप ही की चर्चा चारों तरफ है, आपकी प्रशंसा बहुत सुनी है।" अमजद ने गंभीरता से कहा।

"ऐसा?" दरोग़ा के मुंह से निकला तो अमजद ने जोश में कहा, "बिलकुल...बिलकुल ऐसा। बतौर मिसाल आपने एफ. आई. आर. लिखी, तुरंत कार्यवाही की और ख़बर पेपर में दे दी, जानते हैं इसका क्या प्रभाव होगा जो आपके इनकाउंटर में भी नहीं है।"

"वह क्या?"

"तरक़्क़ी...लगातार तरक़्क़ी और दरोग़ा आई. जी. के ओहदे तक पहुंच रिटायरमेंट। तब बंगला, गाड़ी और भारी बैंक बैलेंस के साथ आरामदेह बुढ़ापा।" अमजद ने समा खींचा।

"यह तो फ़िल्म की स्टोरी है?" मुंहचढ़ा सिपाही बोल उठा।

"फ़िल्मी कहानी कहां से ली जाती हैं, ज़िंदगी के हादसों...आई मीन दुर्घटनाओं से..." अमजद ने फ़ौरन कहा।

"हूं।" दरोग़ा इतना कह अमजद को घूरने लगा, जैसे तौल रहा हो कि यह सामने बैठा आदमी कितने पानी में है। चाय का ख़ाली गिलास रख उसने पान मुंह में दबाया और कुछ देर चबाता रहा फिर पीक थूककर बोला, "एफ. आई. आर. लिखवाएं।" अमजद ने संक्षेप में अपनी बात लिखवा दी।

"यह बताओ मियां जी, इसमें नेता-वेता की पहुंच तो नहीं है न?"

"अरे नहीं, बस डांट-डपट से मामला सुलझ जाएगा। पार्टी सिर्फ़ हेकड़ी जमाकर अकेली औरत की ज़मीन हड़पना चाहती है। मियां बाहर नौकरी करता है। मौक़े वारदात पर तो पहुंच नहीं पाएगा।"

"आप कौन लगते हैं लड़की के?"

"सगा मौसा।"

"ठीक है। हम देखते हैं।" दरोग़ा ने ख़ास अंदाज़ में कहा और अमजद को जाने का इशारा किया।

अमजद को घर की तरफ लौटने के अलावा और कुछ नहीं सूझा। शाम ढलने वाली थी। इस वक़्त सुग़रा के घर जाने का कोई मतलब न था, सिवाय इसके कि उसके चचा का दामाद चौकन्ना हो जाएगा और दौड़-धूप कर, दरोग़ा या दरोग़ा के ऊपर वालों की मुट्ठी गर्म करने की कोशिश में लग जाएगा। वैसे उन्हें दरोग़ा कुछ मूर्ख सा लगा था। घर पहुंच अमजद ने महजबीं को सारी बातें मज़ा ले-लेकर सुना दीं फिर सुग़रा को बताकर कहा कि वह करीम से बात कर ले।

अमजद के जाने के बाद दरोग़ा के पास पटना से फ़ोन पहुंच गया कि केस में बड़े साहब की दिलचस्पी है इसलिए छानबीन अच्छी तरह से करनी है। दरोग़ा को सारी बात समझ में आ गई थी। पिछली मुठभेड़ में सर पर उसको गोली लगी थी। छह माह कोमा में रहा था। बदले में क्या मिला? मरने वाले परिवार की बद्दुआ मिलेगी। इसलिए मारने में नहीं, केस सुलझाने में बड़ाई है। दूसरे दिन जब पुलिस सुग़रा के घर पहुंची तो सारा मोहल्ला दहशत से भर गया। दरवाज़े के बाहर खड़े-खड़े दरोग़ा ने पूछताछ की और काग़ज़ को देखने लगा। कुछ देर ठहर वह पिछवाड़े की तरफ पहुंचा तो वहां आवभगत से अजीब समा बंधा था। इतनी ख़ातिर देख दरोग़ा के पैर लड़खड़ाए तो वे सोफ़े पर आराम से पैर फैलाकर बैठ गया। जो अंदर से आता गया बड़े चाव से खाता गया।

सारी बातें कर उसने काग़ज़ देखा और डकार ले बोला, "खंभा तो उधर गड़ा है। बेहतर है कि हम ज़मीन नपवाकर आज ही मामला सुलटा देते हैं।"

उधर सुग़रा के घर अमजद और महजबीं पहुंच चुके थे। उन्हें एक-दो लोग आ-आकर उधर की ख़बरें दे रहे थे जिससे तीनों का हौसला पस्त पड़ता जा रहा था और यह बात साफ़ नज़र आने लगी थी कि बावर्चीख़ाने का हिस्सा चचा का दामाद अपनी तरफ खिंचवा लेगा और...कोर्ट-कचहरी कौन जाएगा? कोर्ट-कचहरी का भी पुलिस की तरह क्या भरोसा?

दोपहर को पहुंचा दरोगा अभी तक वहीं जमा था। मोहल्ले में दो पार्टियां बन गई थीं। एक करीम की तरफ की, दूसरी करीम के चचा के दामाद की तरफ की, और मोहल्ले के बुजुर्ग कुछ और तरह से सोच रहे थे जिसमें करीम की चची भी शामिल थीं।

"क्यों जमसेद, पुलिस काहे बुला लेहला? घर के बात रहला, घर ही में सुलझ..." सास की बात पूरी भी न हो पाई थी कि जमशेद झिड़ककर बोला।

"नजमा, अपने माई के समझाव, हमार माथा न खराब कर, हम के जे करे के बा उ ठीके करब।"

नजमा की मां ने दिल मसोसकर दामाद को देखा और चुप हो गईं। नजमा ने मां का उतरा चेहरा देखा तो मियां से कुछ कहना चाहा, तो उसने झिड़का, "तुम्हारी इस मामले में कितनी समझ है, हम जानते नहीं हैं क्या?"

मां-बेटी सुग़रा के बारे में सोचती हुई चुपचाप बैठी दिल ही दिल में दुआएं पढ़ती रहीं।

इस बीच करीम का फ़ोन कई बार सुग़रा, महजबीं और अमजद के पास आ चुका था। दोनों तरफ से एक फ़ैसला ले लिया गया था कि अगर पच्चीस गज़ ज़मीन जाती है तो जाए, बाक़ी की हद तो तय हो जाएगी। सुग़रा तीन बच्चों के साथ अकेली रहती है। इसलिए न झगड़ा आगे बढ़ाना है, न दुश्मनी गहरी करनी है। अपनी मजबूरी भी है और समझदारी भी इसी में है।

दोनों घरों की चौहद्दी नापी जाने लगी। दोनों तरफ की पार्टियां झुंड की शक्ल में इधर से उधर पुलिस और नपाई करने वालों के साथ-साथ चल रही थीं। कई तरह के शोर शांत पड़े मोहल्ले में पहली बार बूढ़ों को हौला रहे थे।

नपाई का नतीजा देख दरोग़ा जी का सिर चकरा गया और नजमा के मियां के हाथों के तोते उड़ गए। एक बार फिर नपाई हुई और पहले वाला ही मामला सामने आया। अब न बात रिश्वत से हल हो सकती थी, न शिकायत वापस ली जा सकती थी। न ख़रीदे पत्रकार फिर से ख़रीदे जा सकते थे। जो सच सामने आया वह पूरे गांव के सामने खुल गया था।

“ठीक है जमशेद जी, आपके हिस्से में करीम की पचास गज़ ज़मीन आई हुई है। निशानी के तौर पर ज़ंग लगा खंभा वहां पाया गया है।” इतना कह दरोग़ा उठा और करीम के घर की तरफ बढ़ा। उससे पहले पार्टी वहां पहुंच ख़ुशख़बरी सुना चुकी थी।

सुग़रा और महजबीं सिजदे में गिर ऊपरवाले का शुक्र बजा लाईं और अमजद बाहर की तरफ लपके। लड़के जाने कहां से फूलमालाएं ले आए थे, वह भी शब्बीर की तरफ वाले। शायद उन्होंने दल बदल लिया था। मालाएं दरोग़ा की गर्दन में डालकर नारे लगाने लगे, “दरोगा जी, ज़िंदाबाद!”

उसी के साथ मोबाइल कैमरों से तस्वीरें ली जाने लगीं। कहीं से आवाज़ लहराई, ‘नेट पर डाल देंगे।’

दरोग़ा जी को कई बोतल एक साथ चढ़ गई। सारे फ़िल्मी इंस्पेक्टर उनकी काया में प्रवेश कर गए। कमर से पिस्टल निकाल उन्होंने हवाई फायर कर दिया और तंग गली की भीड़ को हाथ उठा कभी अभिवादन करते तो कभी दोनों हाथ जोड़ हंसते।

20

कान्ता की आंख खुली तो उसने बेटे को रोज़ की तरह खिड़की की चौखट पर बैठा देखा। तीन साल का सोनू दूर कहीं आंखें गड़ाए जाने क्या देख रहा था। जब से हाजीपुर से आया है उसका यही हाल है। घर के बाक़ी बच्चों के साथ खेलना उसे नहीं भाता है। चुपचाप खिड़की पर घंटों बैठा खुले मैदान में दूर खड़े पेड़ों को तकता रहता है।

कान्ता ने बिस्तर की चादर झाड़ी और कमरे में बिखरे सामान को सलीक़े से लगाकर वह बाथरूम की तरफ बढ़ी, "चलो आओ, सोनू ब्रश कर लो।" कहती वह कमरे से निकल आंगन पार करने लगी।

कान्ता को फुलवरिया लौटकर कई तरह की कठिनाइयों का सामना करना पड़ रहा था। अंदर से गुस्से की आग धधकती थी। लगता था, सारे ससुराल वालों को एक झटके में ख़त्म कर डाले मगर...

उसका चाहा पूरा कब होता है? उसकी इच्छा थी कि वह अलग घर लेकर बच्चों के साथ रहे। इसके चलते उसने कितनी मेहनत की थी। सारा बना-बनाया खेल ख़त्म हो गया। घर के हर कोने से निकले तावीज़ पकड़े गए और दोने में ताज़ा मांस की बोटियां बंद कोठरियों में रखी पाई गईं तो उसे वनवास मिल गया।

उसका मन नहाने के बाद भी हलका नहीं हुआ था। उसे हाजीपुर के मकान का आराम याद आता जहां चापाकल की जगह नल लगा था। बिजली की ऐसी परेशानी नहीं थी। पंखा-कूलर सारे दिन या तो बिजली या इनवर्टर पर चलता था। मेज़-कुर्सी पर बैठकर खाना, ख़ाली वक़्त में टी. वी. देखना, कोई रोक-टोक नहीं थी। यहां फुलवरिया में उसकी एक-एक सांस गिनी जाती है। उसका हर शब्द तौला जाता है और उसे अभिशप्त बनाने की कोशिश में सारा ख़ानदान जुट जाता है।

"मम्मी, पापा कब आएंगे?"

"आ जाएंगे जब उन्हें आना होगा।"

"कुमकुम और अंजन के पास कब चलेंगे?"

"कभी नहीं, वे ख़ुद यहां आएंगे!"

"कब?" सोनू की आंखें चमकीं तो कान्ता का दिल हलका हुआ। वह मुस्करा पड़ी, "पहले नाश्ता करो फिर सब बताऊंगी।"

"जल्दी बुला लो मम्मी।" कहता सोनू हंस पड़ा।

"कुमकुम तुमसे बड़ी है। उसे दीदी कहा करो और अंजन को भैया...समझे। वे दोनों तुमसे बड़े हैं।"

सोनू की आंखों के सामने अपने दोनों भाई-बहन का चेहरा उभरा और ऊंच-नीच का पापड़ा खेलना। एकाएक सोनू खिलखिलाकर हंस पड़ा।

"उनसे अच्छे स्कूल में तुम्हें पढ़ने भेजूंगी। उनसे अच्छी हिंदी और अंग्रेजी तुम बोलोगे..." कुढ़े स्वर में कान्ता बड़बड़ाई और जूठी प्लेट उठाकर उसने ट्रे में रखी। सोनू ने पानी पीकर गिलास रखा और बेड पर चढ़ खिड़की की चौखट पर बैठ गया।

"वहां क्या देखते रहते हो तुम?" कुछ झुंझलाकर कान्ता बोली।

"फुरदुगी अम्मां, फुरदुगी।" सोनू ने ताली बजाकर कहा।

"बेवकूफ समझा है? एक भी चिड़िया कहीं उड़ती नज़र आ रही है?"

"नहीं अम्मां, तुम ठीक से देखो। ढेरों फुरदुगियां दाना चुग रही हैं... देखो...वह देखो पेड़ के नीचे।"

"कथा-कहानी लिखना बड़े होकर...यहां हर तरफ दवाई छिड़की पड़ी है। फुरदुगी मरने आएगी क्या?"

सोनू उसी तरह खिड़की पर बैठा रहा। उसे याद आया कि वह पेड़ों वाले घर से निकलकर गली में आता और चलते-चलते उस घर के दरवाज़े पर पहुंचता तो वहां दरवाज़ा बंद पाता। अपनी नन्ही-नन्ही हथेलियों से ज़ोर-ज़ोर से दरवाज़ा पीटता तो अंदर से आवाज़ आती, "कौन?"

"सोनू।"

दरवाज़ा खुल जाता और कोई कहता, "चिड़ियां दाना चुगते-चुगते डरकर उड़ गई हैं। जल्दी से अंदर आओ ताकि वे फिर चुगने आएं।"

वह दालान में पड़ी कुर्सी पर जाकर बैठ जाता। फर-फर करती गौरैयां एक-एक करके ज़मीन पर पड़ी गंगनी को अपनी चोंच से फोड़कर खाने लगतीं। कुछ चिड़ियां मिट्टी के बर्तन के किनारे बैठ चोंच डाल पानी पीने लगतीं। कुछ नहाने लगतीं और एकाएक पेड़ से उतरी गिलहरी के आते सारी चिड़ियां

फुर्र-फुर्र कर उड़ जातीं।

गिलहरी चीख़कर कुछ कहती तो उसकी पुकार पर जूही की घनी बेल से फिसलती दो गिलहरियां और आतीं। एक दीवार की मुंडेर पर दौड़ती दरवाज़े से कूद दाना चुगने लगती।

"ये गिलहरियां...क्या करूं मैं इनका...उधर सारे फूल खा जाती हैं और इधर चिड़ियों को चुगने नहीं देती हैं।" ऊपर खिड़की से झांकते हुए कोई बोला।

"वह कौन थी? वह आंगन कहां है...वह आंगन कहां है?" सोनू ने माथा रगड़ा और खिड़की से उतर कान्ता के पास पहुंचा जो घर की बाक़ी औरतों के साथ रसोईघर में खाना पकाने में लगी थी। बेटे को रोता देखकर पूछने लगी तो सोनू ने माथे पर हाथ फेरा।

"सिर दुख रहा है।"

"कितनी बार कहा कि गर्मी बहुत है, खिड़की पर मत बैठो...चढ़ गया न ताप?"

"सारे बच्चे बीच के कमरे में जमा हैं जाओ वहां...उनके साथ कैरम खेलो।" बड़ी चाची ने उधर से गुज़रते हुए कहा।

"न...न..." सोनू का रोना तेज़ हो गया।

"अब ठहरो, ठंडा तेल लगा देती हूं..."

"यहां से चलो...वहां चलो..." कहकर सोनू सुबकने लगा।

"कहां, हाजीपुर...कुमकुम दीदी के पास?"

"नहीं...उस घर में..." यही एक बात रटते-रटते सोनू किसी तरह सो तो जाता था मगर सारे बदन में फैली बेचैनी मां को महसूस होती थी। कान्ता उसकी तड़प देख कोसती, किसे कोसती उसे ख़ुद पता न था।

हाजीपुर से उन्हें आए साल भर होने को आया। कान्ता की सास जिंदा है। वह पांच भाइयों में सबसे छोटे भाई की पत्नी है। तीन भाई यहां फुलवरिया में रहते हैं और एक भाई हाजीपुर में। मिल-जुलकर गाड़ी चल रही थी। बड़ा भाई होने के नाते, बड़ी भाभी की घर में चलती, उनके पति की बाहर। कान्ता की किसी इच्छा की पूर्ति की वहां भी कोई गुंजाइश न थी। राजेश हर बात का जवाब एक वाक्य में दे देते, "भैया-भाभी से पूछकर बताऊंगा।" उनका यह जुमला कान्ता को आग लगा देता और मन ही मन वह पति को गाली दे बैठती, "दल्ला कहीं का!"

उसके आक्रोश का यह उबाल उसे एक दिन नूरजहां बानो की चौखट पर

ले गया जो उसकी कभी क्लासफेलो हुआ करती थी। नूरजहां की बताई वह पुरानी घटना उसे रह-रहकर याद आ रही थी। वह वैसा ही कुछ कराना चाहती थी ताकि बाक़ी ज़िंदगी चैन से कटे।

"हम औरतों की ज़िंदगी क्या है कान्ता? क़ैद बामशक्क़त। क़ैदख़ाना भी वही पुराना। बस क़ैदी बदलते रहते हैं। भला हो क़ादिरी साहब का जो उन्होंने मियां को वश में करने की दवा दे दी वरना मैं तो आज क़ब्र में दबी होती।"

"मेरी मदद कर नूर...दोनों भाइयों में ऐसी फूट डलवा कि दोनों अलग हो जाएं और राजेश पहले की तरह साउदी चले जाएं...मैं रात-दिन नरक भोगती हूं।"

"तो फिर चल उठ।" कहती नूरजहां ने काले नक़ाब की तह खोली।

"तुम्हारे साथ जाते किसी ने देख लिया तो...?" कान्ता चिंतित हो बोली फिर चहकी, "तुम्हारे पास दूसरा नक़ाब है...मुझे दो, मैं पहनती हूं फिर कोई डर नहीं।"

"तुम...?" नूरजहां ने कान्ता को देखा फिर खिलखिलाकर हंस पड़ी।

"हंसो मत...लाओ तो।"

"गिर पड़ीं उलझकर तो?" नूरजहां की हंसी रुक नहीं रही थी। दोनों नक़ाब में लिपटी क़ादिरी साहब के घर पहुंचीं।

कान्ता को याद आया कि दो माह भी नहीं गुज़रे थे कि राजेश ने बड़े भाई की बुराई करनी शुरू कर दी और बार-बार कहने लगा कि जितना मैं बाहर कमाता था उसका आधा भी आप तनख़्वाह के रूप में नहीं दे पाते हैं तो फिर मैं कहां से पूरा करूं। दो बच्चों का ख़र्च और...आप लोग कंपनी के नाम पर हर तरह का ख़र्च कर लेते हैं। बड़े भाई ने कई बार छोटा समझकर टाला और जब पानी सिर से ऊंचा हो गया तो बोल उठा, "मेरी तो कोई औलाद नहीं, तुम अपना ख़र्च उठाकर देखो एक महीना, तब पता चलेगा कि कंपनी तुम्हें क्या-क्या देती है? मैं खुद कहना नहीं चाहता हूं। अगर तुम साउदी जाना चाहते हो तो जाओ।"

"आज यह बात आप कह रहे हैं? पता है आपको मेरा शेख़ जो मुझे पिछले दो साल से बुला-बुलाकर थक गया था, वह तो हफ़्ता भर पहले मर चुका है। अब नई नौकरी ढूंढ़ने में समय तो लगेगा न?" राजेश ने कहा।

"ठीक है फिर ढूंढ़ो।" बड़े भाई ने इतना कहा था।

कान्ता को जल्दी थी। उसने पुड़िया डबल कर दी जिसका असर यह हुआ कि हरदम राजेश गुस्से में रहता और उसका दिल चाहता कि बड़े भाई का गला दबा दे। उड़ती-उड़ती ख़बरें बड़े भाई के कान में पहुंचतीं कि कान्ता कुछ

जादू-टोना कर रही है मगर वे हंसकर टाल देते। एक बड़ा कान्ट्रैक्ट जब उन्हें नहीं मिला तो उन्हें लोगों की बातें याद आईं। कान्ता के पेट में सोनू था।

राजेश और कान्ता के बीच कड़वाहट बढ़ रही थी इस बात को लेकर कि वह तीसरा बच्चा नहीं चाहती है। राजेश की ज़िद थी कि वह इस बच्चे को पैदा होने देगा फिर आगे कोई बच्चा नहीं चाहेगा मगर कान्ता को किसी हालत में यह मंजूर न था।

घर का माहौल शिकवों से भर चुका था। कुमकुम और अंजन चाचा-चाची के दुलारे थे। उनकी वजह से घर में रौनक़ रहती और आपस में एक रिश्ता बना रहता।

बड़े भाई की कंपनी जब बंद होने की सीमा तक पहुंच गई तो उन्हें विश्वास करना पड़ा। तो भी, मन में संदेह न रह जाए उन्होंने पुराने ख़ानदानी मौलवी से जो अमल भी करते थे, जाकर मिले ताकि बात की सच्चाई तक पहुंच सकें। आख़िर इस सारे जादू और अमल की काट तो पंडित कर नहीं पाएगा क्योंकि मामला उसी तरफ का है। सोच-समझकर वे उनसे निवेदन करने पहुंचे और मामला खुलता चला गया। उनकी बताई जगहों से चमड़े पर लिखे तावीज़, बेंत से बनी गुड़ियां निकलने लगीं तो उन्हें गहरा सदमा लगा।

"पुष्पा, मेरे भाई को कान्ता ने तावीज़ खिला-खिलाकर वश में कर लिया है और मुझे भी तबाह कर डाला है।" टूटे हुए स्वर में रजनीश ने कहा।

"आप चिंता न करें, आख़िर इन बातों का भी तोड़ है। यह सब सच है मगर भगवान् से बड़ा सच कोई दूसरा नहीं। आप धैर्य रखें।" पुष्पा कहने को तो कह गई मगर ख़ुद दुःख से निढाल हो गई। देवरानी की यह करतूत देख उसका दिल टुकड़े-टुकड़े हो गया। उसे दोनों बच्चों से बेहद प्यार था। उसने किसी बात में कभी कोई कमी नहीं की थी फिर...? पति को ढाढ़स बंधा वह अकेले में जा फूट-फूटकर रोई। बाज़ार में रजनीश की गिरती साख़ ने उसे यह फ़ैसला लेने पर मजबूर कर दिया कि वह भाई को कंपनी के डायरेक्टर के पद से अलग कर दे मगर...वह पहले कान्ता से खुलकर बातें कर उससे सच उगलवाएगा फिर फ़ैसला सुना देगा।

वह शाम बहुत भारी थी। सबके चेहरों पर विचित्र भाव थे। काम चल रहा था। अगरबत्ती के धुएं के साथ दुआएं पढ़ी जा रही थीं। दो घंटे बाद 'रूहानी' ने अपनी आंखें खोलीं और जगहें बता दी। ख़ुद राजेश उठा और उसने उन जगहों को टटोला, फूलों की क्यारी, गमला हर जगह से कुछ न कुछ निकल रहा था।

राजेश का दिमाग़ अपमान और शर्म से परिवार वालों के समक्ष झुक गया था। उसने सिर्फ़ इतना कहा, "अगर स्वीकार करती हो तो ठीक है वरना सामान बांधो। मैं तुम्हें तुम्हारी मां के घर पहुंचाकर आता हूं।" इस बात को सुन सब सन्नाटे में आ गए।

कान्ता का सातवां माह चल रहा था। उसने स्वीकार तो किया ही, साथ ही क्षमा भी मांगी कि वह आगे से इस तरह का कोई काम नहीं करेगी। थोड़ा-बहुत रोना-धोना हुआ और बात वहीं दबा दी गई। मगर रूहानी ने साफ़ शब्दों में कहा कि यह औरत जब तक यहां से हटेगी नहीं तब तक आपका काम पनपेगा नहीं क्योंकि यह फिर कुछ करेगी और आप क़र्ज़े से लद जाएंगे और कंपनी पूरी तरह से ठप हो जाएगी। यह बहुत बड़ी चेतावनी थी। रजनीश उपाध्याय ने मन बना लिया कि भाई को बाहर जाने देगा और कान्ता को बच्चे की पैदाइश के बाद फुलवरिया भेज देगा बड़े भाइयों के पास, फिर आगे की बात सोची जाएगी।

कान्ता को अपमान कचोटता, अपने बच्चों से दूरी अखरती और ससुराल का यह अंकुश उसे खुली सांस तक नहीं लेने देता था। उसने कड़वा घूंट पी लिया था क्योंकि राजेश को भाई की ग़ुलामी से वह आज़ाद करा चुकी थी। अपने लक्ष्य में वह कामयाब तो हुई थी। अब बड़े भाई और भाभी को पूरी तरह बर्बाद करना था ताकि उसके बच्चे उसके पास लौटें और वह किसी और शहर में घर लेकर सुख से रहने लगे वरना बिहार से बाहर सीधे मौसेरी बहन के घर दिल्ली जा पड़ेगी। बच्चे वहीं पढ़ेंगे, इतना तो राजेश कमा लेते हैं और फिर एक दिन वह क़ादिरी साहब की चौखट पर काले बुर्क़े में लिपटी बैठी थी।

"आप बहन, हमारे मज़हब पर यक़ीन रखें या नहीं मगर हमारे करिश्मों पर विश्वास रखती हैं, इससे हमारा हौसला बढ़ता है।"

"आपने बड़ी सहायता की है। मेरी आधी परेशानी दूर हो गई है, अब आधी भी दूर कर देते।"

कान्ता को तावीज़ लेते हुए यह याद नहीं रहा कि उस दिन उस रूहानी शख़्स ने दो बातें कही थीं। पहली यह कि जादू-टोना, दुआ-तावीज़ जो बुरे इरादे से की जाती है, वह कुछ देर तक तो असर करती है दुश्मन पर, फिर वह लौटकर उसी की तरफ जाती है जिसने दूसरों का बुरा चाहा है। मौत-ज़िंदगी सब ऊपर वाले के हाथ हैं। दूसरी बात थी कि अब वह राजेश को ऐसी बातों से दूर रखे। वरना जान व माल का ख़तरा है। उस पर ख़तरनाक साए हैं जो हटने में

वक़्त लेंगे। अगर इस बीच नया कुछ किया गया तो बदन पर बुरा असर डालेंगे और तब मौत से बदतर ज़िंदगी गुज़ारनी पड़ेगी। आगे आपकी मर्ज़ी। कान्ता प्रतिशोध की आग में विवेक खो चुकी थी। दूसरों की कही बातें उसे कहां याद रहतीं।

कान्ता बेटे को थपकते-थपकते खुद भी सो गई थी।

"मम्मी उठो...उठो, वह आई थी, मुझे केक दे रही थी।"

"कौन...?" नींद में डूबी वह बोली।

"वही, जो खिलौना लाई थी...मम्मी वह कौन है?" सोनू हंसते-हंसते चुप हो गया।

"मैं तो तुमसे पूछ रही हूं कि वह कौन है?" कुछ भयभीत सी कान्ता पूछ बैठी।

"कौन?" सोनू ने अपनी नन्ही सी हथेली से माथा सहलाया।

"कैसी लगती है सोनू वह?" कान्ता ने कुछ चिंतित हो पूछा।

"अच्छी सी।" सोनू हंसा।

"अच्छी मतलब?" चिंतित हो कान्ता ने बेटे का सिर सहलाया।

"अच्छी, बहुत अच्छी।" सोनू ने कहा और जाकर खिड़की के पट खोल चौखट पर जाकर बैठ गया।

धूप का बड़ा सा चकत्ता बिस्तर की पीली चादर पर उभरा। कमरे में फैली ठंड में गर्म हवा घुलने-मिलने लगी।

"बंद करो खिड़की, नीचे आओ वरना मैं मैगी नहीं मंगाऊंगी, न फ्रूटी, समझे।" कान्ता ने धमकी दी।

"नहीं खानी मैगी...तुम झूठ बोलती हो मम्मी," ढीठ बना सोनू उसी तरह चौखट पर बैठा सामने टकटकी लगाए कुछ देखे चला जा रहा था।

"लगता है तुम्हें बुई ने पकड़ रखा है। ज़रूर कोई असर है इस पर...इस बार क़ादिरी जी के पास इसे लेकर जाऊंगी, क्या पता इन्हीं जेठानियों में से किसी एक ने कुछ कर न दिया हो। सभी के बच्चे तो काले, सूखे हैं। यह तो कौवों के बीच में हंस लगता है...कितनी बार बड़की भाभी टोक चुकी हैं। अभी तो मुझे 'नज़र' उतार देनी चाहिए फिर मौक़ा देखकर इसको फुकवा लाऊंगी।"

कान्ता साबुत सूखा लाल मिर्चा और राई मुट्ठी में दबा चुकी थी कि सोनू के रोने की आवाज़ सुन वह तेज़ी से कमरे की तरफ बढ़ी। दरवाज़े में घुसते ही उसने देखा, बड़े जेठ के दोनों लड़के सोनू से कुछ छीन रहे थे।

"यह क्या हो रहा है?"

"कुछ नहीं, कुछ नहीं..." दोनों लड़के भाग गए।

"क्या हुआ सोनू?" कान्ता बेचैन हो बेटे की तरफ बढ़ी।

"मम्मी, मेरी कार..." सोनू ने जेब से नन्ही सी कार निकालकर कहा।

"रखे रहो, कोई नहीं छीनेगा, मैं हूं न!" कान्ता का जी भर आया। उसे याद आया कि इससे अच्छी तो वह हाजीपुर में थी। कम से कम वहां बच्चों को तो भरपूर प्यार मिलता था। उनके पास सोनू रहता तो बड़े भाई-भाभी उसे भी प्यार से रखते। ये तो आधा दर्जन बच्चे किसी चील, गीध से कम नहीं, अकेला पाते ही सोनू को नोच खाना चाहते हैं।

घर का बीच का कमरा रोशनी से भरा रहता है। दोपहर को घर की औरतें सिर जोड़कर वहीं आ बैठतीं और लड़की के जहेज़ में देने के लिए चादर, तकियागिलाफ, पर्दे, रूमाल काढ़ने में व्यस्त हो जाती थीं।

"सुभद्रा की माई ने पूरी पैंतीस चादरों से भरा बक्सा दिया है।" बड़ी जेठानी बोलीं।

"मैं तो कुल पच्चीस ही चादरें दूंगी। बाक़ी..." दूसरी जेठानी इतना ही बोल पाई थी कि सब ठट्ठा मारकर हंस पड़ीं।

"क्या हुआ?" कान्ता ने चादर काढ़ते हुए चौंककर पूछा।

"अरे, अपनी हाजीपुर वाली का ख़याल आ गया...इन झंझटों से वह दूर हैं...।"

पता नहीं कान्ता को उनका इस तरह हंसना खल गया। उसने तीनों जेठानियों को घूरा और सिर झुकाकर फूल बनाने लगी। भाभी की ख़ाली गोद का यूं मज़ाक़ उड़ाना जाने क्यों उसे अच्छा नहीं लगा। उसने लंबी-गहरी सांस ली। मन ही मन वह अपने से बातें करने लगीं।

'सुना है भाई-भाभी की आर्थिक दशा पहले से ज़्यादा बुरी है। मैंने इतना बुरा उनका नहीं चाहा था, बस अपना सुख चाहा था।' कान्ता का मन दुखा तो वह बड़बड़ा उठी। उसे भाई-भाभी का अच्छा व्यवहार भी याद आता मगर वह भी क्या करती? छोटी होने के नाते हर एक की बात मानती, सेवा करते-करते वह थकती जा रही है। वह नहीं रह सकती है इतने कड़े पहरे में। एकाएक उसका पिघलता दिल फिर से जमने लगा। उसे राजेश की कही बात याद आई-'मैं यहां रहूं या नहीं मगर ये दो बच्चे आपके पास ही रहेंगे। फुलवरिया में अच्छी परवरिश नहीं हो पाएगी।' याद कर उसका दिल खट्टा हो गया।

सुबह देर तक मां-बेटे सोते रहे।

कल रात शादी से लौटे थे। घर लौटते-लौटते रात का एक बज गया था। कान्ता दूध का गिलास सोनू को थमा ख़ुद चाय के घूंट भरने लगी।

'गाय बंधी है द्वारे मगर मिलता है चुल्लू भर दूध...सब कुछ ननदों के बच्चों में बंट जाता है। हरदम मायके में पड़ी रहती हैं। सुबह से शाम तक वही चेहरे देख-देखकर दिल ऊब गया। कल शादी में जाकर लगा कि चूहे के बिल से निकली हूं। सारा जीवन मैं इस तरह नहीं व्यतीत कर सकती। मिलने-मिलाने को, घूमने-फिरने को पूरी दुनिया पड़ी है। कहा तो है कि एक बार ओमान घुमा दो। पासपोर्ट बनने पर आलोचना शुरू हो गई। होने दो, अगर घर की कोई बहू बाहर नहीं गई तो क्या? पहल तो किसी को करनी पड़ेगी।" फिर मेरा भाई कमल है वहां, अकेले इनके भरोसे नहीं हूं मैं। कान्ता बड़बड़ा रही थी। चीज़ें ज़ोर की आवाज़ के साथ रख-उठा रही थी।

"मम्मी, हम भी दूल्हा बनेंगे?" सोनू ने एकाएक मां का एक पल्लू खींच पूछा।

"हां-हां, दूल्हा बनोगे, अच्छी सी दुलहन आएगी, हम बारात लेकर जाएंगे, उसे लेकर आएंगे।" कान्ता ने बेटे को लिपटा प्यार से कहा।

"हमको भी जाना होगा उसे लेने जैसे कल हाजीपुर में देखा था?" सोनू ने पूछा।

"अरे, दूल्हा नहीं गया तो दुलहन कैसे आएगी?" कान्ता हंस पड़ी।

"नहीं-नहीं, हम नहीं जाएंगे मम्मी हाजीपुर। हम चले जाएंगे तो फिर यहां खाना कौन खाएगा?" सोनू ने परेशानी बताई। उसकी बात सुन कान्ता हंसी से लोट गई।

"पेटू, नदीदे," उसने बेटे के गाल नोचे, "पगले, हम हाजीपुर नहीं, दूसरे मोहल्ले गए थे।"

"सच मम्मी! तुम दुलहन ले आना।" सोनू ने कहा और खिड़की के पट खोल चौखट पर बैठ गया।

कान्ता ने राजेश को मिसकॉल मारी और घर के काम में लग गई।

आज धोबी आने वाला था। चादर, तकियागिलाफ़ बदलने थे। उसके बाद ख़ुद भी नहाना था। सोनू को नहलाने के लिए उसने आवाज़ दी मगर कोई जवाब नहीं मिला।

काफ़ी देर गुज़र गई। काम निबटाकर जब वह कमरे की तरफ गई तो वहां

सोनू नहीं था। उसने पलंग के नीचे झांका। सामान वाली कोठरी में देखा। खिड़की के नीचे झांका मगर सोनू कहीं नहीं था।

'कहां गया होगा?' कहती हुई वह भाभियों के कमरे की तरफ बढ़ी। बगीचे की तरफ गई। अब घर के सभी लोग सोनू-सोनू पुकारते घर-बाहर का चक्कर लगा रहे थे मगर सोनू का कहीं पता न था। एकाएक फ़ोन की घंटी बजी तो उसे याद आया कि उसने राजेश को मिसकॉल मारी थी। अब उनसे क्या कहे? छुपाती है तो कोई और बता देगा, बताती है तो इतने दूर बैठे पति को परेशानी में डाल देगी। इस उलझन में उसने फ़ोन उठाया नहीं। घंटी जब बजते-बजते रुक गई तो उसने फ़ोन बंद कर दिया और संतोष की सांस ली। अब उसे जेठ के आने का इंतज़ार था जो दुकान छोड़कर सोनू का पता लगाने गए थे। मझले जेठ आसपास के मकानों और रिश्तेदारों के घर भटक रहे थे।

घर से कुछ दूरी पर एक तालाब था। कान्ता का दिल बार-बार उछलकर बाहर आता महसूस होता जब वह सोचती कि कहीं सोनू...नहीं, नहीं, सोनू उधर नहीं गया होगा। वह घर से निकलता कहां था? सबके घरों के बीच में खेत या गाय-भैंसों के छप्पर हैं। इतना लंबा रास्ता वह छोटा बच्चा कैसे चल पाएगा?

'सोनू...सोनू तुम कहां चले गए बेटा!' रुआंसी आवाज़ में कान्ता अपना सिर दीवार से फोड़ने लगी।

मझले जेठ वापस आ गए थे, उदास और चिंतित। बड़े जेठ अभी घर नहीं लौटे थे। घर की चहल-पहल धीरे-धीरे तनाव भरी ख़ामोशी में बदलने लगी थी। सबके चेहरे लटक गए थे। बच्चे भी सहमे एक तरफ बैठे थे। तीसरे नंबर के जेठ लगातार मंत्र पढ़ हवन में लगे थे।

कान्ता को क्या, सभी घरवालों को यह बात समझ में नहीं आ रही थी कि वह बच्चा जो दूसरे बच्चों के साथ घुलता-मिलता नहीं था, खिड़की के सिवा कहीं बैठता नहीं था, वह कहां चला जाएगा। बाहर से खिड़की भी इतनी ऊंची थी कि कोई उसे गोदी में उठाकर भाग नहीं सकता था। फिर?

'फिर' का किसी के पास कोई जवाब नहीं था।

सब सिर पकड़े अपनी-अपनी जगह बैठे थे। रसोईघर की सारी चहल-पहल ठंडी पड़ी थी। सोनू जब खिड़की पर बैठा चिड़ियों वाले आंगन की चहल-पहल को याद कर रहा था तो उसे महसूस हुआ कि वह उस घर तक पहुंच सकता है। कल शादी में जाते हुए उसने हाजीपुर का रास्ता देखा था। पतला सा। एक

तरफ ऊंची दीवार दूसरी तरफ टूटे-फूटे घर और फिर...फिर...वह चेहरा...वह बड़की नानी...हां बड़की नानी...उसे याद आया। आंखों के सामने एकाएक सब कुछ साफ़ हो गया।

सोनू मुस्कराया और खिड़की से उतरा और कमरे से निकल घर के सामने वाले दालान की तरफ बढ़ गया। जाली की कुंडी खोली और कुछ देर दरवाज़े के बाहर खड़ा रहा।

'घर से बाहर अकेले मत जाना, पेड़ पर बुई रहती है। बच्चों को पकड़ लेती है।' सोनू के कान में मां के शब्द गूंजे। वह सहम गया। फिर कुछ सोचकर इधर-उधर चौकन्नी नज़रों से कुछ तलाश करता रहा फिर धीरे से क़दम उठा सामने वाला रास्ता पकड़ लिया।

अब उसके दिमाग़ में सिर्फ़ वह गली थी जिसे वह कल सारी रात सपने में देखता रहा था जहां से दौड़ता हुआ वह हरे लोहे के दरवाज़े के पास जाकर रुकता था। उस दरवाज़े के पास ढेर सारा दाना पड़ा होता जिसे वह सबकी आंख बचाकर मुंह में रख चबा जाता था। चिड़ियों की बीट और पंख पड़े पानी को चुल्लू भर-भर पी जाता था। उड़ी फुरदुगी को पकड़ने उसके पीछे दौड़ता था। फिर वह चेहरा खिड़की से झांकता...बड़की नानी का...'हां...हां...सोनू मैं सब देख रही हूं,' फिर वह ठिठक जाता और दूसरे पल दौड़ता हुआ वह ऊपर पहुंच जाता जहां वह हाथ फैलाकर उसे सीने से लगाती, चट-चट प्यार कर गुनगुनाती...मेरा सोनू...मेरा चांद...उसे याद आ रहा था। थक गया था मगर लगातार चलता जा रहा था। अब सोनू ने कच्चे रास्ते पर दौड़ना शुरू कर दिया था। ठोकर लगी तो गिर पड़ा। मुंह बिसूर ही रहा था कि उसे गली याद आई और प्लेट में रखा केक दिखा। उसके पैर तेज़ी से उठने लगे। छोटी-छोटी टांगें थकन से कांप रही थीं मगर वह चलता जा रहा था। बदन पसीने से तर और होंठ सूख चुके थे। अब सामने चारों तरफ खुला मैदान था। दूर या पास कोई घर या खेत नहीं थे। वह ठिठका फिर आगे बढ़ा। सामने से एक ट्रक गुज़रा और उसके पीछे दो-तीन मोटरें। कुछ दूर चलकर उसे एक दुकान जैसी कोई चीज़ दिखी जिसे वह घर समझा और ख़ुश होकर आगे बढ़ा। उसके मुंह में केक का स्वाद घुलने लगा था।

"मेरा सोनू...मेरा चांद...मेरा लाड़ला...आ जा।" दोनों बांहें फैल गईं।

चाय की उस दुकान से निकली औरत सामने आते बच्चे को देखकर चौंक गई। दूर-दूर तक कोई नहीं फिर यह अकेला बच्चा?

"आ जा...आ मेरे पास मेरे टमाटर।" औरत ने डगमगाते क़दम के तीन साल

के सोनू को बांहें फैला गोद में भर लिया और उसके लाल-लाल गालों पर चट-चट प्यार किया। अपने आंचल से माथे और गर्दन के पसीने को पोंछा।

"मेरा चांद का टुकड़ा क्या पिएगा?" उसका मुंह धुलाकर, अपनी साड़ी के पल्लू से पोंछकर उसने फ्रूटी सोनू को थमाई। सोनू ने लपककर फ्रूटी पकड़ी और पीने लगा। उसकी नज़रें सामने उठीं तो देखा फुरदुगियां कुछ चुग रही हैं। पेड़ की छाया में चहचहा रही हैं। सोनू को लगा उसने घर ढूंढ़ लिया है। वह बड़की नानी की गोद में है। उसकी आंखें नींद से बोझिल होने लगीं। औरत ने उसको छाती से लिपटा धीरे-धीरे थपका तो वह गहरी नींद में डूब गया।

'ऐसा सुंदर बच्चा किसके घर का होगा, जाकर पूछे?' उसने पीछे मुड़कर दूर बसे खेतों से घिरे घरों की तरफ देखा और सिर हिलाकर बोली, 'कभी नहीं, इतना छोटा बच्चा इतनी दूर पैदल नहीं चल सकता है...यह कोई जानबूझकर छोड़ गया है वरना...जब उसे ज़रूरत नहीं तो भगवान ने मुझ बांझ की गोद भर दी...तेरी कृपा है ऊपर वाले।' उस औरत ने सोनू को वहीं पड़े खटोले पर लिटाया और दुकान का सामान समेटने लगी। उसे दुकान बढ़ा अब घर जाना है ताकि मिला धन कोई छीन न ले।

जिस वक्त बड़े जेठ मोटरसाइकिल पर निराश लौट रहे थे, उम्मीदों से भरी वह औरत सोनू को गंदे मलमल के टुकड़े से छुपाए तेज़ी से कच्चे रास्ते की तरफ क़दम बढ़ा रही थी।

आसमान पर बादल घिर आए थे। बारिश कभी भी हो सकती थी। शाम से पहले ही चारों तरफ अंधेरा छा गया था।

बड़े जेठ जब दालान के पास पहुंच मोटरसाइकिल से उतरे तो मोटी-मोटी बूंदें टपकने लगीं। उनके अंदर भी कुछ तेज़ी से बरस रहा था। जब वे थके क़दमों से घर में दाख़िल हुए तो कान्ता दौड़कर कमरे से बाहर निकली। उन्हें ख़ाली हाथ लौटा देख सबकी उम्मीद भरी नज़रें उठीं और निराश हो गिर गईं।

कान्ता एकाएक मूर्च्छित हो ज़मीन पर गिरी। गिरते हुए उसका माथा पास पड़े स्टूल में निकली कील से लगा। ख़ून की पतली सी लकीर माथे से बह चेहरा भिगोने लगी।

बाहर मूसलाधार बारिश शुरू हो गई थी। बादल गरजने और बिजली चमकने के शोर में कान्ता की चीख़ें भी जैसे घुल-मिल गई थीं।

21

सोनू को ग़ायब हुए पंद्रह दिन गुज़र चुके थे। देर से ही सही, ख़बर राजेश तक पहुंच चुकी थी। राजेश का इस ख़बर को सुनकर ब्लडप्रेशर इतना हाई हुआ कि वह वहीं कंपनी के गेट पर गिर पड़ा। उसे फ़ौरन दोस्तों ने अस्पताल पहुंचाया। किसी को कुछ पता नहीं चल पाया कि एकाएक राजेश को हुआ क्या था। आज पांचवें दिन वह अपने को थोड़ा हलका महसूस कर रहा था।

पहली बार जब आया था तो मां को खोया था। रात-दिन रोने के बावजूद वह मां के अंतिम संस्कार में नहीं जा सका था। इस बार आया तो इतनी बड़ी दुर्घटना घट गई और वह अपने दिल के टुकड़े को ढूंढ़ने में आकाश-पाताल एक न कर पाया।

'कान्ता उसे जन्म नहीं देना चाहती थी। काश! मैं उसकी बात मान लेता तो आज यूं न तड़पता। उसका पैदा होना न होना सब बराबर हो गया।' उसने धीरे से अपना सीना सहलाया। उसे याद आया जब वह गली में बेटे को लेकर खड़ा होता था तो हर आने-जाने वाला उसके गाल छुए बग़ैर नहीं गुज़रता था। भाभी की माताजी हमेशा उसे खिलाते हुए कहतीं, 'कटोरे पे कटोरा, बेटा बाप से भी गोरा।' इस पर सब कितना हंसते थे। उसने अनजाने में हुई ग़लतियों के लिए कितनी बार क्षमा मांगी थी फिर ऊपर वाले ने यह घाव उसके दिल पर क्यों लगा दिया।

'वह घर लौटे तो किसके लिए, पत्नी की ज़हरीली शिकायतों को सुनने के लिए या फिर बंटवारा करने के लिए? भाभी-भैया मेरे दोनों बच्चों को पाल लेंगे, हमसे अच्छी तरह। और उनकी माताजी, उनके रहते मेरे दोनों बच्चे सुरक्षित हैं...फिर किसलिए लौटना...सोनू के खो जाने का दुःख मनाने? इतने ढेर सारे लोगों के बीच सोनू ग़ायब हो गया आख़िर कैसे?'

"सब मेरी लापरवाही है। मैं आपकी अपराधी हूं, मुझे क्षमा करें।" कान्ता फ़ोन पर जब यह कहती तो राजेश चुप रहता। आख़िर वह कहे भी क्या? कह-सुनकर अब मिलेगा भी क्या? अब तो इस अजनबी देश में रहकर

कमा-कमाकर भेजते जाने में ही मुक्ति का रास्ता है। आज के गौतम बुद्ध की यही नियति है।

राजेश ने छुट्टी की अरज़ी देनी बंद कर दी और ख़ुशामदें करना भी। उसको यह बात अच्छी तरह समझ में आ गई थी कि वह इनसान नहीं मशीन है। मशीन के रिश्ते नहीं होते हैं, वह सिर्फ़ काम करती है। जब पुरजे घिस जाते हैं तो बदल दिए जाते हैं। उसे रहम की उम्मीद अब किसी से नहीं करनी है और कंपनी के क़ानून में जो सख़्ती है वह ठीक भी है। छोटी-बड़ी बातों पर ढील देकर हर रोज़ छुट्टी मिलने लगे तो कंपनी चलेगी कैसे और अगर हर ज़रूरत पर कर्मचारी अपनी जेब से टिकट ख़रीद-ख़रीदकर घर पहुंचेगा तो उसकी कमाई में बचेगा क्या?

वह तो बंधुवा मज़दूर है। सामंती व्यवस्था में बंधुवा मज़दूरों के संग कोई ढिलाई कभी बरती गई तो फिर पूंजीवादी समाज में, औद्योगिक दौर में, आधुनिक व्यवस्था के मज़दूरों को ढील देकर उत्पादन दर गिरानी है क्या? उससे ऐसी उम्मीद पालना पानी से घी बिलोने जैसा है। यहां आए सारे के सारे मेहनतकश आधुनिक बंधुवा मज़दूर हैं जो मेहनत के बाद नमक-रोटी की जगह अच्छा खाते, चैन से सोते हैं और सुबह-शाम मालिकों की प्रताड़ना, जूते-लात और साहूकारों के अत्याचारों, उनके ऋण के तकाज़ों से मुक्त हैं। नंगे पैर फिरने की जगह जूते पहने हैं, पैदल चलने की जगह वातानुकूलित बस में चलते हैं और हवाई जहाज़ से आते-जाते हैं मगर अंदर की स्थितियां तो वही ढाक के तीन पात हैं। जब तक इनकी चाकरी है सारी सुविधाएं हैं और नौकरी गई तो फिर वही रात-दिन की किचकिच...आख़िर काग़ज़ की यह नाव कितनी दूर चलेगी? राजेश को चुप सी लग गई थी। हंसना-बोलना छूट गया था। तन्हाई उसे भाती थी। पीड़ा ने उसे ऐसी सुगम ज़मीन दे दी थी जिसमें न रास्ता ऊबड़-खाबड़ था, न स्पीड ब्रेकर थे, न पेचदार घुमाव थे। दिल उसका सोख़्ता बन चुका था। जो उसके अनकहे आंसुओं को अपने में समो लेता था। उसके अंदर अपना एक संसार था जिसमें वह जीता था।

कान्ता की मिसकॉलें उसके मोबाइल पर सारे दिन आती रहती थीं। कमल झा कई बार जीजा से मिलने आया मगर राजेश ने उसे जैसे पहचानने से इनकार कर दिया। उसकी भावनाओं के तार सारे परिवार से कटकर रह गए थे। फ़ोन करके कहना क्या है जो वह बात करे? उसकी सेहत भी तेज़ी से गिर रही थी।

वज़न घटकर आधा रह गया था। भूख लगनी बंद हो गई थी। कई-कई दिन गुज़र जाते, वह खाना नहीं पकाता था। किसी स्थानीय बच्चे को आइसक्रीम खाते देखता तो उसे सोनू याद आ जाता। कोई सड़क पर बच्चे का हाथ पकड़े गुज़रता दिखता तो उसे अपना ख़याल आता जब उसने पहली बार जूते ख़रीदकर सोनू के पैर में पहनाए थे और उसके हाथ पकड़ कहा था, "शाबाश! मेरा बेटा पउवां-पउवां चलेगा...ठुमक-ठुमककर मेरा कृष्ण कन्हैया।"

राजेश की छुट्टी के दिन जैसे-जैसे क़रीब आ रहे थे वैसे-वैसे उसके दिल व दिमाग़ पर दबाव बढ़ता जा रहा था कि उसे घर जाना चाहिए या नहीं...जाना चाहिए या नहीं?

हर बार उसका मन चीत्कार कर उठता, 'नहीं...नहीं...नहीं।' वह अपने को बेहद कमज़ोर महसूस करता और अपनी व्यथा गाथा स्वयं अपने को सुनाने बैठ जाता।

'सोनू के बिना उस घर में मेरा सांस लेना कठिन होगा।'

फिर ग़लती से कपड़ों में लिपट आई सोनू की बनियान को देखता और उसे घूरता रहता। जाने कितना समय बीत जाता फिर उसे मुट्ठी में भींच सूंघता। टेल्कम पाउडर नथुनों में पहुंच उसे आराम देता तो वह लेट जाता मगर अब उस नन्ही सी बनियान से कोई गंध नहीं फूटती जो उसे सुकून दे सके, थपकी देकर सुला सके और...

इसके आगे वह कुछ नहीं सोच पाता सिवाय उस कपड़े को चूमने के जो सोनू के लाल-सफ़ेद गालों की तरह मुलायम और चिकनेपन का सुख अब उसे नहीं दे पाता था। तो क्या, वह उसकी आदत तो बन चुका है।

समय बीत रहा था। उसके बदले स्वभाव ने उसे सबसे बेगाना बना दिया था। अरसे बाद कमलेश ठाकुर का फ़ोन आया और उसने बताया कि वह घर जा रहा है तो वह अपने को रोक न पाया। कुमकुम और अंजना के चेहरे आंखों के सामने घूम गए। उसने कमलेश ठाकुर से मिलने का समय तय किया और जुमे के दिन वह कमलेश ठाकुर से मिलने चल पड़ा। राजेश ने हमेशा की तरह बच्चों और परिवार वालों के लिए कुछ उपहार ख़रीदे थे। उन्हें लेकर जब वह कमलेश ठाकुर के पास पहुंचा तो नदीम उसका हाल देख चौंक पड़ा। पूछना मुनासिब नहीं समझा। बाहर रहकर सबको इतनी अक़्ल तो आ गई थी कि सामने वाले को कुरेदो नहीं। अगर वह ख़ुद कुछ कहता है तो उसे हमदर्दी से सुनो और ढाढ़स

बंधा, उसका हौसला बढ़ाओ क्योंकि सबकी छातियां ज़ख़्मों से छलनी हैं चाहे वे घाव व्यक्तिगत हों या फिर सामाजिक। इसलिए कमलेश ठाकुर चुप रहा और वायदा किया कि वह यह पैकेट देश पहुंचते ही राजेश के घर पहुंचा देगा।

राजेश कमलेश ठाकुर से मिलकर लौटा तो उसे महसूस हुआ कि इस डिग्री से क्या फ़ायदा जो उसने मेहनत कर हासिल की थी। शिक्षा ने हमको दिया क्या? और उस देश ने भी जिसके प्यार को लेकर हम बड़े हुए? उसकी सेवा की जगह हम उस देश में आकर अपनी रोज़ी-रोटी कमा रहे हैं जिससे न हम प्यार करते हैं और न ही उससे कोई मानसिक जुड़ाव महसूस करते हैं। बदन की आधी शक्ति तो यहां की बोली समझने-सीखने और इनके देश के क़ानून को मानने में गुज़र जाती है और आधी सारे दिन लगातार मेहनत करने में। वह तो कहो खानपान शुद्ध व खालिस है वरना रात को बिछौने पर जो बदन थकन से चूर गिरता है वह सुबह उठने के क़ाबिल न रहता और जल्द ही राम-राम सत्य की आवाज़ में अब तक बदल चुका होता।

रात को राजेश बिस्तर पर लेटा तो बड़ा बेचैन था।

'अगर मैं किसी दिन दिल के रुकने से सुबह उठ न पाया तो? तो क्या मेरी मृत देह परिजनों तक पहुंचने से पहले शवगृह में काग़ज़ी कार्यवाही के चलते पड़ी रहेगी और...' उसकी आंखों के सामने सबके चेहरे घूम गए। आंसुओं से तर, बिखरे बाल, लाल सूजी आंखें...राजेश अपना मुंह हाथों में छुपाकर रो पड़ा।

उसे बार-बार पिताजी की फटकार याद आ रही थी-'जो न सुधरा तो उठाकर तुझे दूर देश भेज दूंगा फिर याद करना मैं क्या कहता था?'

'ऐसा उलटा-सीधा क्यों बोलते हैं जी? अपने शरीर का टुकड़ा है। मां-बाप की अच्छी और बुरी बातों को ऊपर वाला सुनता रहता है। यदि कुछ हो गया तो हम ही छाती पीटेंगे।' मां गुस्से में पिताजी को रोकती थीं।

उसने तकिए के नीचे से सोनू की तस्वीर निकाली और उसे चूमने लगा फिर उसे सीने पर रख, अपनी जलती आंखें बंद कीं तो उसे लगा पपोटों में नींद का खुमार नहीं नागफनी की झाड़ उग आई है।

सारी रात वह सपने में छठ-पूजा देखता रहा।

मां घर की बहुओं के संग गीत गाती चक्की पर मोटा आटा पीसती हुई। देसी घी, गुड़ और नारियल का हिसाब बिठाती बड़की चाची और सांचे में ठेकवा बनाते कान्ता के हाथ...चूड़ियों से भरे कान्ता के हाथ बड़ी सी कड़ाही

में छन्नी से तले ठेकवा निकाल दौरी में डालते हुए...

'मन करता है इस बड़े कड़ाह में उबलते तेल में कूद जाऊं?'

एकाएक उसे कान्ता का कर्कश स्वर सुनाई पड़ा।

'बकवास बंद!' वह दांत पीस कहता है।

कान्ता अपने उलझे बालों में कंघा गड़ा बाल सुलझाती है। उसका हाथ झटके से उसके निकले पेट पर जा लगता, कुछ इस तरह जैसे पेट के बच्चे की पिटाई कर रही हो।

'कुछ समझ है तुम्हें...मार डालोगी क्या?' राजेश उसका बाजू पकड़ झिंझोड़ता।

'बस यही कसर बाक़ी रह गई है...लो मारो।'

'ज़बान बंद वरना...' राजेश ने सचमुच हाथ सर से ऊपर उठा धमकाया तो कान्ता सहम गई।

सपने में राजेश पानी में पैर डाले डूबते सूर्य को जल चढ़ा रहा है। मन में तीनों बच्चों की कुशल और सुरक्षा की बातें घुमड़ रही हैं।

सुबह की लाली फूट रही है। यहां से वहां तक नर-नारी उदय होते सूर्य को जल चढ़ाने खड़े हैं, फल-फूल से पूरा परिवेश रंगीन हो उठा है। सजी-धजी औरतें सूरज की छठी किरण के ख़ातिर अपने ज़िगर के टुकड़ों को तेल लगा धूप में नंग-धड़ंग लिटाए हैं...नन्हे बच्चे या सो रहे हैं या खेल रहे हैं या फिर रो रहे हैं, कुछ मां के स्तनपान का सुख लेते अपनी नन्ही-मुन्नी टांगें हिला रहे हैं या फिर मां के स्तन को दांत से काट, मां की सी की आवाज़ से खिल-खिलाकर वह स्तनपान छोड़ मां को देखते हैं, उनके होंठों में सफ़ेद दूध लगा है जिसे देख मां निहाल हो उनके कूल्हे पर धप लगा हंसकर कहती है, 'शैतान कहीं का!'

राजेश एक किनारे खड़ा गोरे रंग के बदन वाले अपने बेटे को देखकर मुस्कराता है जो धूप की गर्मी में गहरी नींद सोया पड़ा है। वह उस पर भिनकती मक्खी को हाथ हिलाकर दूर भगाता है।

'मेरा सोनू...' वह सपने में बड़बड़ाता है।

दृश्य बदल जाता है। बाढ़ का पानी उमड़ता है और घर में घुस तबाही मचाता है। लुटिया, बाल्टी, बिस्तर-तकिया सब बहने लगता है। वह डरकर चीख़ता है...बापू...बापू हमें बचा लो...वह, बहता चला जाता है। हर तरफ पानी ही पानी है। मटमैला, गुर्राता हरहराता हुआ जो कभी उसे पटकता है तो कभी ऊंचे

उछालता है। और बहते-बहते वह एक चट्टान से टकराता है और माथा फूट जाता है। लाल रक्तधारा मटमैले पानी में घुलने-मिलने लगती है और सारा पानी पहले गुलाबी फिर लाल रंग में बदलने लगता है। एकाएक लाल पानी उसे बहाकर एक गुफ़ा में ले जाता है जहां अंधेरा ही अंधेरा है। वह छटपटाता है। पानी पर हाथ-पैर मारता है मगर पानी की जगह उसे अपने चारों तरफ पत्थर ही पत्थर बिखरे लगते हैं जिनसे टकराकर उसके हाथ-पैर चुटीले हो जाते हैं और वह बेहोश। उसकी आंखें तेज़ गाने की आवाज़ से खुलती हैं।

चारों तरफ औरतें ही औरतें हैं।

राजेश नींद के टूटने और कान-फाड़ गाने के शोर से हड़बड़ाया सा उठ बैठा और कुछ देर चकराया सा इधर-उधर ताक़ता रहा जैसे छठ-पूजा की रौनक़ से भरे घर और हंसते-गाते परिवार के सदस्यों को ढूंढ़ रहा था कि वे कहां अदृश्य हो गए?

वह कमरे में फैले अंधेरे के पर्दे पर चलचित्र जैसी रीलें मानो खुलता देख रहा हो।

कान्ता अपनी जेठानियों के संग पैरों में अलता लगवा रही है। उसकी त्योरियां चढ़ी हुई हैं। बड़े भाई भाभियों से चुहलें करते आ-जा रहे हैं। मां चौकी पर बैठी पूजा की थाली सजाती मंद-मंद मुस्करा रही हैं। द्वार के बाहर पिताजी अपने दोस्तों की जमघट में बैठे ऊंचे ठहाके लगा रहे हैं।

भाभियां थीं कि मेहंदी छुड़ाते हुए खिली-खिली पड़ती थीं। कान्ता भी ऊपर से हंस रही थी मगर खा जाने वाली आंखों से राजेश को घूर रही थी जो बच्चे को गोद में लिटाए उससे बातें कर रहा था। मगर अच्छी तरह समझ रहा था कि कान्ता का दिल इस समय क्या चाह रहा है कि घर के सारे मटके-घड़े फोड़ डाले, अनाज बिखेर दे और खींचकर सबके सिर पर ठेकवा दे मारे। सारे ज़ेवर-कपड़े उतार फेंके और कोपभवन में जा बैठे मगर ऐसा संभव नहीं था। यहां न मंथरा थी, न राजा दशरथ, न उनका दिया वरदान, न अपने पिया की वह प्रिय पत्नी थी। राजेश ने पत्नी के मन की बात ताड़ ली थी। वह जानता था कि एक बात में वह सबसे बाज़ी मार ले गई थी। किसी बहू ने ऐसे सुंदर-सुडौल बच्चों को जन्म नहीं दिया था। सच पूछो तो उसके बच्चे कमज़ोर कौवों के झुंड में बलिष्ठ उज्ज्वल हंस समान हैं। बड़ी भाभी की तीन लड़कियां और एक बेटा, मझली भाभी की चार-चार लड़कियां और उनसे छोटी भाभी की दो लड़कियां, दो बेटे और पुष्पा भाभी कोरी कोख और फिर उसके तीन जगमगाते हीरे। सारा

मोहल्ला उसके बच्चों को गोद में खिलाने को लालायित रहता था जिनके घर लड़के नहीं थे या थे तो बीमार रहते। वह दादी-नानी कान्ता को सम्मान दे अपनी बहुओं को नीम के सूखे तिनके चुभोती थीं। इन तानों और तीरों के बीच कान्ता की गर्दन घमंड से कुछ इतनी ऊंची होती गई कि छह इंच से बढ़कर घर की चहारदीवारी लांघ गई। अलग रहने की लालसा फन काढ़ बैठ गई। रानी कैकेयी का भूत उस पर सवार हो चुका था। राजेश दशरथ नहीं बन पाया तो बेचारा सोनू लक्ष्मण बन घर त्यागकर कहीं चला गया।

इतिहास अपने को दोहराने ज़रूर बैठा था मगर नए परिवेश में नई कहानी और नए चरित्रों के संग।

राजेश कुछ देर अंधेरे में यूं ही बैठा, अतीत को दोहराता रहा।

पौ फटी तो उसके मन-मस्तिष्क से यादों का साया भी सरक गया। घड़ी की दौड़ती सूई के साथ उसकी दिनचर्या शुरू हो गई थी जिसमें सुस्ताने का न कोई स्थान था, न आलस्य का कोई ठौर।

शाम को जब उस बिल्डिंग में रहने वालों का जमघट बैठा और हंसी-मज़ाक़ के साथ अपनी-अपनी बातें कह सब थोड़ा-बहुत दिल हलका करने लगे तो उसको एक ख़बर और सुनने को मिली। वह थी सुरेन्द्र के बारे में जो गांव जाकर बीमार पड़ा और ग़लत इलाज के चलते पलंग पकड़ लिया। खेत बेचकर कमाने आया था। अभी सात महीने ही गुज़रे थे कि काम करते वक़्त चकराकर गिर गया। कंपनी के डॉक्टर ने जांच कर कई टेस्ट बताए तो मालिक बोला, "कंपनी ख़र्च देगी और छुट्टी भी मगर इलाज इंडिया जाकर करवाए।' तकिया लौटा और ढेर हो गया। अब देखो आगे क्या होता है। कंपनी तो अपने बनाए क़ानून के मुताबिक़ ही चलेगी, सारी ज़िंदगी तो मदद करने से रही। अब बात का रुख़ इस परेशानी की तरफ मुड़ गया कि "जब हम कमाकर लौटेंगे तब क्या करेंगे? बचत भी ऐसी कहां होगी जो पढ़ाई-लिखाई, शादी-ब्याह, मरनी-करनी के बाद हमारा बुढ़ापा दाल-रोटी के संग गुज़ार देगी, तब...तब क्या होगा?"

"होगा क्या...जिस पर पूंजी लगाई है वही सूद देगी।" एक हंसा।

"मतलब?"

"औलाद।"

"अरे भैया जी, ज़माना बदल चुका है। हमारा समाज पहले वाले ताने-बाने के बावजूद कमज़ोर पड़ गया है। नए ताने का पुराने बाने के साथ कोई जोड़ नहीं

बैठ पा रहा है। देख-सुन तो हम रहे हैं न।"

"कारण क्या है?"

"पैसा, बंधु पैसा...पहले साथ रहना मजबूरी थी। अब एक कमाता है सात बैठ के खाते हैं। फिर इतनी मोटी रक़म इकट्ठा तब हमारे हाथों में कहां आती थी? साथ-साथ अनाज उगाओ, अनाज खाओ, अनाज देकर सामान ख़रीदो। अब तो हर एक की जेबें नोटों से मुटाए रही हैं। ख़रीदारी की संभावनाएं इतनी बढ़ गई हैं कि आदमी अपने बीवी-बच्चों के आगे अपने भाई-बहन, मां-बाप को भुलाए दे रहा है। तो फिर उसका बेटा उसे क्यों याद रखेगा? काग़ज़ की यह नाव जिस पर हम सवार हैं, कब तक चलेगी?"

"ऐसी दुखद बातें जो हम सबका सच हैं, याद कर-करके काहे अपने को थकाते हो भाई?"

"कोई उत्साहवर्धक बात करो न।"

"विषय तुम्हीं बताओ गुरु, हमको पता होता तो हम बतियाते, सो अब तुम मार्गदिशा दो किधर चलें?"

इसके बाद काफ़ी देर तक ख़ामोशी छाई रही। सभी के दिमाग़ उलझ गए। जो विषय उठाते उसका अंत बेहौसला और निराशापूर्ण उन्हें लगता। फिर यहां कौन अपनी ख़ुशी से आया है जो हरदम उत्साह से भर बड़ी-बड़ी डींगें मारे। बिहारी जो अपनी धरती पर डींगें हांकने में दूसरों से बाज़ी ले जाते थे, यहां के यथार्थ और जीवन के संघर्ष से टकरा व्यावहारिक हो चुके हैं। हवा में तीर चलाना, बिना सत्ता के सत्ताधारियों वाली धमक अपनाना, शेख़ी बघारना सब भूल चुके हैं। अब उन्हें अपनी स्थिति विकास की इस दौड़ में अर्थहीन सी लगने लगी है। यही सब सोचकर एक राजमिस्त्री ने भारी पपोटों पर हाथ मला और ज़ोरदार अंगड़ाई लेकर बोला–"सुबह उठना है, चलो सोया जाए।"

उसकी इस बात से सब सहमत हो गए और अपने थके बदन को नर्म बिछौने पर डाल पैर-हाथ फैला दिए।

कोई खर्राटे भरने लगा तो कोई नींद में रोया, तो कोई बड़बड़ाया। दिल की तपकन, अकेलेपन की रुई से धागा कातने सपनों के चर्खे पर बैठ गई। किसी ने सपने में दीवाली देखी तो किसी ने तीज, किसी ने राखी बंधवाई तो कोई सारी रात होली खेलता भांग के गिलास चढ़ाता रहा, कोई बक़रीद के लिए बकरों, भेड़ों का मोल-भाव करता रहा तो कोई इमामबाड़े के आगे नौहा पढ़ता रहा, किसी ने बेटे का ख़तना कर लड्डू बांटे तो किसी ने जनेऊ की रस्म अदा

की, किसी ने दूल्हा बन फेरे लिए तो किसी ने सेहरा बंधे सिर को हिलाकर कहा–क़ुबूल है।

रात गुज़र गई। सपने भी परियों के पंखों पर सवार हो उड़ गए। आंख खुली तो हर एक का हाव-भाव ऐसा था जो बिना कहे चीख़-चीख़कर कह रहा था कि अगर हमें ऊपर वाले की दी यह ज़िंदगी जीनी है तो इस स्थिति को स्वीकार करने के अलावा हमारे पास दूसरा विकल्प क्या है?

22

दरवाज़े पर मांगने वाली कई बार आवाज़ लगा चुकी थी। अंदर से कोई जवाब न पाकर वह वहीं चौखट पर बैठ गई। अंगनाई से आती हवा उसके पसीने से भरे शरीर से छू सिहरन सी पैदा कर रही थी। सिर के बालों से सरसराती पसीने की बूंदों को उसने अपनी मैली साड़ी के आंचल से गर्दन और चेहरे से पोंछा और सूखे होंठों पर ज़बान फेरी। फिर गर्दन से लटके आधा दर्जन डिब्बों पर अपनी अंगूठी बजाई और कुछ गाने में व्यस्त हो गई।

उसे किसी की पदचाप अपने क़रीब आती महसूस हुई तो उसने गाना बंद कर गर्दन उठा दरवाज़े के सूराख़ों से अंदर झांका। अंदर से निकली औरत ने गिलास में भरा चावल उसके डिब्बे में दरवाज़े की आड़ से डाला। भिखमंगन ने हाथ के इशारे से पानी मांगा तो वह औरत बिना कुछ कहे बाईं तरफ मुड़ी और कुछ देर बाद जग में पानी लिए आई और भिखमंगन के चुल्लू में पानी गिराने लगी। पता नहीं कब की प्यासी भिखमंगन गटगट कर सारा पानी पी गई और चुल्लू में बचे पानी से उसने अपना चेहरा तर किया और हंस पड़ी। धन्यवाद भरी आंखों से उसने घर की मालकिन को देखा और उठ खड़ी हुई। औरत उसकी हंसी देख हलके से मुस्करा दी।

रमज़ान भर फ़क़ीरों की टोलियां घर-घर पहुंचती हैं। मोहल्लों का मिज़ाज बदल जाता है। सुबह सहरी वाला अपनी भारी गूंजती आवाज़ से जगाता है और हर घर से तिलावत की आवाज़ें आती हैं। औरत-मर्द के चेहरे पाक-पाकीज़ा लगते हैं। न पान, न खैनी, न ही बनाव-सिंगार। सफ़ेद कपड़े और हाथों में रंगीन तस्बीहें। सुग़रा उनसे अलग नहीं थी। इबादत में उसका दिल लगता था। तीन बच्चों के साथ वह अकेली रहती थी। पिछले जाड़े में सास गुज़र गईं और उनसे दो साल पहले ससुर। मियां बेहरीन में थे। हर तीन साल पर करीम आते और दो माह रहकर चले जाते। ऐसा जाते कि उन्हें अपनी हामला बीवी का दुःख-सुख तो दूर बच्चे की पैदाइश पर भी पहुंचने का अवसर नसीब न होता। जब आते तब तक बच्चा साल भर का हो चुका होता जिसे सुग़रा उनकी तस्वीर दिखा-

दिखा रोज़ बताती, "पापा...यह हैं तुम्हारे पापा...कहो पापा..." इस बहाने बच्चा करीम के आने पर उसे अजनबी नहीं समझता और हफ़्ता-दस दिन में तस्वीर वाले पापा समझकर करीम से घुलमिल जाता। इस बार भी वही हुआ। छह माह गुज़र गए हैं। सास के रहने पर कोई दिलजोई करने वाला पास था मगर अब उसका ख़याल कौन करे? तीन माह के बाद की फ़िक्र उसे अभी से खाए जा रही है। बहनों का कोई सहारा न था। उनके सिरों पर पूरे कुनबे को रोटी पकाकर खिलाने का बोझ था। इसलिए जो जीने का सहारा था वह था मोबाइल जो उनके दु:ख-सुख को बांटकर उन्हें दिल व दिमाग़ से एक साथ बांधे रखता था। फ़क़ीरन के जाने के बाद सुग़रा वहीं दरवाज़े से टिककर खड़ी हो गई। गली सुनसान पड़ी थी। सभी घरों के दरवाज़े बंद थे। बच्चों का मदरसे से लौटने का वक़्त हो गया था। गली के नुक्कड़ पर कोई सुनगुन न सुनकर वह फ़िक्रमंद हो उठी। अकेले घर छोड़कर जाने का दिल नहीं चाहा। पैर अलग कमज़ोरी से कांप रहे थे। ज़रा सी देर में सारा बदन पसीने से नहा जाता था।

बच्चों के दौड़ने की आवाज़ सुन उसके चेहरे पर रौनक़ आ गई। हंसते बच्चे कंधे से बस्ता लटकाए घर की तरफ भागे आ रहे थे। छोटा बेटा मां को खड़ा देख ख़ुश होकर जो तेज़ दौड़ा तो ठोकर खाकर गिर पड़ा। सुग़रा 'बिस्मिल्लाह' कह आगे बढ़ी।

"चींटी मर गई...उठ...उठ...रो मत।" बड़े भाई ने छोटे को उठाकर उसके कपड़े झाड़े।

"अरे, तू तो भीम है, छोटा भीम...रोता क्यों है, हंस...हंस।" मझले ने उसका हाथ पकड़ा और तीनों सुग़रा से जा लिपटे।

"कहां रह गए थे?"

"अम्मां फ्रूटी दो...बहुत प्यास लगी है..." बड़ा झुंझला पड़ा।

बिजली कभी-कभी आती है तभी कुछ ठंडा पीने को मिलता है वरना छोटा सा यह फ्रिज अलमारी का काम देता है।

"पैसा दो, दुकान से जाकर लाते हैं।" बड़ा मां का आंचल खींचकर बोला।

"घड़े का पानी ठंडा है। शिकंजी बनाती हूं।" सुग़रा ने दौरी में लावा निकाला और दालान में बिछी पलंग पर रखा। बच्चे पलंग पर चढ़ गए। छोटा उचकने लगा। उसके उछलने से दौरी से भुने भुट्टे के दाने पलंग पर गिरे जिन्हें चुनकर मझले ने मुंह में डाला।

"वह हनुमान जी जिनके लंबा सा सामने लटकता रहता है।" छोटा बेटा

पलंग पर बैठकर बोला।

"वह हनुमान नहीं गणेश हैं, खच्चड़ बा।" बड़ा बोला और सूंड़ की तरह नाक के पास ले जा हाथ हिलाया।

"यह गणेश जी को गांधी जी कहता है। एकदम ख़त्म बा।" इतना कह मझला हंसा।

"वही लंबी दुम वाले..." छोटा खिसिया गया उनके हंसने पर।

"बाल गणेश, दुम नहीं सूंड़ वाले।" बड़े ने फिर इशारे से कहा।

"बाल वाले नहीं, वही...वही सूंड़ वाले।"

"अरे पगले, वही बाल गणेश कहलाते हैं जिनकी फ़िल्म कल देखी थी।" मझले ने छोटे के सिर पर चपत मारी, "तू बड़का अनेरिया है।"

"नहीं, बाल वाले नहीं, सूंड़ वाले!" छोटे ने ग़ुस्से में कहा और मझले के बाल पकड़ उसके कंधे पर चढ़ने लगा और लुढ़ककर दौरी पर गिरा। दौरी उलटी और अदवाइन से सारा लावा नीचे ज़मीन पर बिखर गया जहां मुर्ग़ियों की बीट पड़ी थी। धमाचौकड़ी की आवाज़ सुन सुग़रा बाहर निकली तो देखा छोटा और मझला एक-दूसरे के सिर के बाल पकड़े बुरी तरह गुथमगुत्था हैं। बड़ा उन्हें छुड़ा रहा है।

"ये बच्चे और मुर्ग़ियां मुझे चैन नहीं लेने देते।"

"अम्मां!" बड़ा कुछ याद कर उछला और आंगन में जाकर दरबे का दरवाज़ा खोल दिया। मुर्ग़ियां दौड़ीं, उनके पीछे पंख फटकारता रंगीन परों का मुर्गा दरबे से निकला। और चोंच घुमा बड़े अंदाज़ से अपने दाएं-बाएं देखा फिर बेवक़्त बांग दे बैठा। बड़े ने अंदर झांका और ख़ुशी से चिल्लाया, "अम्मां, पूरे तीन... नहीं, चार अंडे।"

सुग़रा ने शरबत के गिलास तिपाई पर रखे और दोनों की पीठ पर धप लगाई।

"यह क्या किया?"

"इसने किया है, मैंने नहीं।"

"नहीं, मैंने नहीं, इसने किया है।"

"तो फिर लो।" इतना कह सुग़रा ने दोनों के कान एक साथ मरोड़े और शिकंजी के गिलास उन्हें थमाए। कुछ पल वे मुंह बिसूरते रहे फिर घूंट भरने लगे। चारों अंडे एक साथ पकड़े बड़ा मां की तरफ दौड़ा तो एक अंडा हाथ से फिसलकर फूट गया। इससे पहले कि सुग़रा उसे संभालकर उठाती, मुंडेर पर

बैठा कौवा लपका और अपनी बड़ी सी चोंच से उसने ज़र्दी चिटखे अंडे को फोड़ चोंच से सटकनी चाही।

"भाग, भाग..." बड़ा चीख़ा। कौवा उड़ तो गया मगर उसकी नज़रें टिकी थीं बची ज़र्दी पर।

"हटो, छोड़ो, हराम हुआ।" सुग़रा ने कहा और झाड़ू उठा दालान बटोरने लगी। मुर्ग़ियां अभी अपने दाने को चुगने में लगी थीं। कौवा उस टूटे अंडे की ख़ातिर मुंडेर से उड़कर नीचे आता फिर ज़रा सी आहट पर उड़ जाता। सुग़रा ने एक किनारे कूड़ा लगाया और अंडे को कौवे के लिए उसी तरह पड़ा रहने दिया। हाथ धोकर बेटे को शरबत का गिलास थमाया और खुद भी घूंट भरने लगी। उसे अपने रोज़ा न रख सकने का भी मलाल था मगर मजबूर थी। तबीयत इजाज़त नहीं देती फिर कई बार डॉक्टरी गोली खानी पड़ती।

तभी दरवाज़े पर फ़क़ीर की सदा गूंजी।

छोटा तेज़ी से दरवाज़े की तरफ भागा। पहले फ़क़ीर को देखता रहा फिर उसकी फटी धोती और कुर्ता देखकर बोला, "नया ख़रीद लो।"

"पैसा कहां है बबुआ?"

"बेहरीन जाओ...बेहरीन...रुपया ही रुपया है।" छोटा बोल पड़ा।

"चुप।" सुग़रा ने बेटे को डांटा और फ़क़ीर को भीख दी और दिल ही दिल में कह उठी, "इन लड़कों का क्या होगा अल्लाह?"

धूप आधा आंगन पार कर चुकी थी।

मुर्ग़ियों को दरबे में हांक सुग़रा ने बच्चों को खसता और बिस्कुट थमाए और खुद नहाने चली गई।

"पापा का इस बार फ़ोन आया तो मैं उनसे एयरगन मंगाऊंगा।" छोटा बोला।

"अगर ले आएं तब न?" मझला बोला।

"पापा अगर इस बार नहीं लाए तो मैं उन्हें अजय देवगन बनकर मार डालूंगा। वह मेरी कोई बात नहीं मानते, जो मांगो वह नहीं लाते।" छोटे ने कुढ़कर कहा।

"यह मेंटल है। अरे, कोई बाप को नहीं, दुश्मन को मारता है।" मझला हंसा।

"चलो, सब हाथ-मुंह धोकर आओ।" सुग़रा पीठ पर भीगे बाल फटकारती हुई गुसलख़ाने से निकलकर बोली और दुपट्टा खोल मुस्ला बांधने लगी। ताक़ पर से क़ुरान उठाया और रेहल खोली।

"अम्मां, खाने को दो...सोहारी खाएंगे।" छोटा बेटा ठुनका। उसे पूरी शक्कर के साथ खाना बहुत भाता था।

"अभी नहीं...।"

"कितने दिन हो गए सोहारी खाए...मैं आटा गूंध दूं?" बड़ा लड़का बोला।

"अम्मां...अम्मां, मैं बेल दूंगा...बोलो?" मझला मां का दुपट्टा खींच बोला।

"तबीयत ठीक रही तो किसी दिन बना दूंगी...हठ न करो अभी।" सुग़रा ने कहा, फिर ठहरकर बोली।

"जब तक क़ुरान पढ़ती हूं, तुम तीनों सिर पर टोपी लगा चुपचाप मेरे साथ बैठना।" सुग़रा ने सख़्त लहजे में घूरती आंखों के साथ कहा।

सुग़रा ने क़ुरान को चूमा और खोला और बुलंद आवाज़ में पढ़ना शुरू कर दिया। कुछ देर तीनों चुपचाप बैठे रहे फिर छोटा बुदबुदाया, "हरे रामा, हरे कृष्णा, कृष्णा-कृष्णा..."

बड़े ने आंखें दिखाईं और मुंह पर उंगली रख चुप रहने को कहा। छोटा चुप हो गया। मझले ने जम्हाई ली और बड़े को ऊंघ आ गई। छोटे ने फिर बुदबुदाना शुरू कर दिया।

"राम राम राम..." उसके सामने सीरियल के दृश्य फिसल रहे थे।

"यह अल्लाह-अल्लाह है, राम-राम नहीं।" बड़े ने उससे कहा और उसकी नाक दबाई।

सुग़रा ने जब पारा पूरा कर दुआ को हाथ उठाया तब तक तीनों एक-दूसरे पर लुढ़क सो चुके थे।

सुग़रा ने तीनों को किसी तरह उठाकर लिटाया और ख़ुद भी तकिया सीधा कर अपने बिस्तर पर जाकर बैठी और सिरहाने से तस्बीह निकाल वह पढ़ने ही जा रही थी कि दरवाज़े पर दस्तक सुनाई पड़ी।

'अब कौन आया है?' कुछ झुंझलाई सी वह उठी और दरवाज़े की तरफ बढ़ी। दरवाज़ा खोला तो सामने लाल आंखों और बिखरे बालों के साथ कान्ता को खड़ा पाया।

"आओ, आओ।" सुग़रा ने दु:ख भरी आंखों से उसे देखा और प्यार से उसका हाथ पकड़ उसे अंदर खींचा।

"सो रही थीं क्या?" कान्ता रुआंसी आवाज़ में बोली।

"नहीं, नहीं, बस हरदम थकी सी रहती हूं।"

"सिर में तेल डाल दें?"

"अरे नहीं, बाल तो तेरे रूखे हो रहे हैं, ला मैं दबा दूं सिर।" सुग़रा ने कान्ता के बालों की चोटी खोली।

"दिल चाहता है कुछ खा के सो जाऊं मगर बड़े दो बच्चे जान को आ जाते हैं।" कान्ता के आंसू गिरने लगे।

सुग़रा कुछ बोली नहीं। कान्ता बिना थकान बोले चली जा रही थी। सुग़रा ने नारियल का तेल कान्ता की चंदिया पर डाला और मालिश करने लगी।

"तुम्हीं बताओ, लड़का मेले से नहीं घर से ग़ायब हुआ है, इसमें मेरी क्या ग़लती है? डॉक्टर कहता है एक और बच्चा कर लो, उसकी याद भी कम होगी और जी बहल जाएगा मगर मैं अकेली बच्चा कैसे पैदा कर लूं...फिर...मां के लिए तो सारे बच्चे बराबर हैं...सोनू को कैसे भूल पाऊंगी?"

"हां कान्ता! उसे गए तीन माह से ऊपर हो गए हैं।" सुग़रा ने आह भरी और सहेली के उलझे बालों को सुलझाने में लग गई।

"न दिन चैन, न रात चैन।"

"सब्र करो, सब्र।"

"चाहती हूं दोनों बच्चे मेरे साथ रहें मगर राजेश ने मना कर दिया। अब वह फ़ोन भी नहीं उठाते हैं चाहे जितनी मिसकॉल मारो...छुट्टी में घर आने से भी मना कर दिया।"

"तुमने सुबह कुछ खाया?"

"नहीं...भूख ही नहीं लगती। हर चीज़ हलक़ में अटकती है...याद है तुम्हें कहीं से न्योता आता था तो छुटका जाने को तैयार रहता था। खाने का कितना शौक़ीन था। पता नहीं कहां है, क्या खा-पी रहा है?" इतना कह कान्ता फूट-फूटकर रोने लगी। वह इस तरह बेक़रार होकर रो रही थी कि सुग़रा को अपने ऊपर ज़ब्त न रहा और उसकी भी हिचकियां बंध गईं। उसकी नज़रों के सामने सोनू का चेहरा घूम गया। हाथ में प्लेट लिए हलवा मांगता हुआ...'और दो न...फुलकी भी और चटनी भी!'

दोनों सहेलियां जब जी भरकर रो लीं तो वहीं बिस्तर पर साथ-साथ लेट गईं। कान्ता ने प्यार से सुग़रा का उभरा पेट सहलाया और मुस्करा पड़ी, "घूम रहा है।"

"कभी-कभी लात भी मारता है पैर फैलाने के चक्कर में।" सुग़रा कहते-कहते हंस पड़ी।

"आजकल तुम सब अच्छा-अच्छा सोचना, बच्चे पर इसका असर पड़ता

है।" फिर कुछ देर चुप रही फिर ठंडी सांस भरकर बोली, "भगवान् का न्याय है। मैं नहीं चाहती थी सोनू को जन्म देना...भगवान् ने उस अपमान की सज़ा मुझे दी है...मैं भाभी की तरह बांझ नहीं थी। तब अक़्ल ही न आई कि मैं तीसरा बच्चा पैदा होने के बाद उनकी गोद में डाल देती, वह भी संतान पा लेतीं और सोनू..." इतना कह कान्ता ने आंखें बंद कर लीं।

"जो गुज़र गया उसे याद कर-करके जी न जलाओ।" सुग़रा ने सहेली का शाना थपका। कुछ देर यूं ही थपकती रही। कान्ता चुप रही। फिर जाने कब दोनों गहरी नींद में डूब गईं।

शाम होते ही रोज़ की तरह सुग़रा की उदासी गहरी हो गई। सबके घरों में इफ़तार की चहल-पहल थी। उसका आंगन सूना था। इफ़तार से पहले वह बच्चों को नहला-धुलाकर मस्जिद भेजना नहीं भूलती थी। इसके बाद वह झुटपुटे में डूब ख़ाली आसमान को तब तक बैठी घूरती रहती जब तक उस पर तारे न छिटक जाते।

उसे याद आता है कि उसने अपनी नानी और दादी को यूं ही तन्हा देखा जब नाना, दादा कलकत्ता मुंबई कमाने जाते। फिर मां, मुमानी, चची को बिना मर्द के हर दिन जीते देखा। वे हादसे भी याद आए जब चारों तरफ से ज़बान की नंगी तलवारें तन जातीं और औरतें एक-दूसरे को अपने तानों से ज़ख़्मी करने पर उतारू हो जातीं। इस जनाना जंग में फ़ैसला देने और बीचबचाव करने वाला कोई अपना मर्द दूर-दूर तक नज़र न आता। कुछ दिन बाद फिर वही हंसी-ठिठोली, रतजगा, मौत और पैदाइश, चरखा कातती औरतें अपनी विरह की चादर को ख़ुद ही रात-दिन के ताने-बाने से बुनने में डूब जातीं।

'शायद पहले रानियां भी यूं ही अकेली रहती हों और फ़ौज के सिपाहियों की बीवियां भी सुहागन से बेवा होने के ख़ौफ़ से अधमरी रहती हों, हम औरतों को लेकर कुछ भी नहीं बदला है। पहले रेलगाड़ी बैरन होती थी और अब पानी के स्टीमरों की जगह हवाई जहाज़, जो समुंदर पार पिया को ले जाते और पीछे छोड़ जाते हैं ठंडे बिस्तर, जिन पर लोट-लोटकर हमारी सुबह होती है और सारे दिन आंखों की जलन और बदन की टूटन के साथ घर-बाहर संभालना पड़ता है।' सुग़रा को महसूस हुआ इस तन्हाई में अकेले सिर पटकने से अच्छा है कि बड़े ख़ानदान में सबके साथ रहकर एक-दूसरे का सिर फोड़ना और फुड़वाना कहीं अच्छा होता है। कम से कम ज़िंदगी अपनी सारी दिलचस्पियों के साथ

चलती तो रहती है।

आसमान स्याह पड़ना शुरू हो गया था। उसके दिल पर छाया अंधेरा गहराने लगा। उसने आह भरी। यहां-वहां एक-दो तारे आसमान पर चमके फिर जाने कहां से सितारों से दमकता दुपट्टा आसमान पर तन गया।

वह बोझिल दिल से उठी और बावर्चीख़ाने में जाकर दाल धोने लगी।

'वहां वे खुद ही पकाते हैं। बाज़ार का खाना भी सस्ता है मगर अपनी तरफ वाला वहां कुछ नहीं मिलता। आदमी ज़बान के चटखारे से कब तक समझौता करे। हारकर चूल्हा फूंकना ही पड़ता है।' उसने दाल चढ़ा चावल धोना शुरू किया। आलू की भुजिया बच्चों को पसंद है। वही रोज़ मांगते हैं। चावल चढ़ा वह अपने से बातें करती हुई आलू छीलने लगी।

"अम्मां...अम्मां, दरवाज़ा खोलो।" दरवाज़े पर एक साथ तीनों की हथेलियां पड़ रही थीं।

आधी रात के क़रीब करीम का फ़ोन आया, "कैसी हो?"

"ठीक हूं। आप कैसे हैं?"

"मैं ठीक हूं...मैंने छुट्टी के लिए लिखा है। तुम घबराना नहीं, मैं दो महीने बाद पहुंच जाऊंगा...यहां के लोग क़ायदे-क़ानून में सख़्त ज़रूर हैं मगर दिल के नरम हैं। मैंने सब कुछ इस तरह बयान किया है कि उनका दिल पिघलेगा ही, रात-दिन तुम चारों का ख़याल दिल पर छाया रहता है।"

"मैं ठीक हूं। आप परेशान न हों, मैं पहली बार मां थोड़ी बन रही हूं। पड़ोस में सभी हमारा ख़याल रखते हैं।"

"ठीक है...मेरा भी फ़र्ज़ कुछ है कि नहीं?"

"राजेश भाई साहब से बात हुई?"

"हां, बहुत बुरा हाल है उसका। पिंजड़े में क़ैद परिंदे की तरह छटपटा रहा है और सारा गुस्सा कान्ता पर उतारता है। सेहत भी बहुत गिर गई है।"

"यहां कान्ता का बहुत बुरा हाल है...अल्लाह ने उस मासूम सोनू को मां-बाप की शिफ़क्कत से क्यों महरूम किया, यह तो वही बेहतर जाने...? यह दिन किसी को न दिखाए। हमारे गुनाहों की सज़ा हमें देना, हमारे बच्चों को नहीं।"

"तुम बच्चों को लेकर ज़रूर परेशान होगी मगर मेरा दिल कहता है कि हमारे साथ ऐसा कभी नहीं होगा।" करीम ने कहा।

"ख़ुदा करे ऐसा ही हो। कभी-कभी जमशेद से डर लगता है। वह जो

बच्चों को गालियां देता हुआ बुरा-भला कहता है वही बच्चे आपस में एक-दूसरे को कहते हैं...मैं भी किसकी बात ले बैठी। बाजी और आपा का फ़ोन आया था। अपनी परेशानियों का ज़िक्र कर रही थीं। बात तो उनकी सही थी। बीस-पच्चीस लोग जब साथ रहेंगे तो...मैं तो सुनकर दंग रह जाती हूं कि एक वक़्त में दस किलो चावल पकता है और पचास चपातियां...माशा अल्लाह!"

"चलो ठीक है मगर दूसरी तरह से तो दोनों ख़ुश हैं। सास-ससुर, जेठ-जेठानी, देवर-देवरानी सभी नेक और मेहनती लोग हैं। इस ज़माने में ऐसे ख़ानदान और इनसान कहां मिलते हैं?"

"हां, अब तो एक रात में सब अमीर बनना चाहते हैं। मेहनत तो कोई करना चाहता नहीं है, न रिश्तेदारों को पहचानना चाहता है।"

"मैं तुम्हें फिर फ़ोन करूंगा। ईद पर बच्चों को जो पसंद आए वही कपड़ा ख़रीदवाना और तुम भी नया सूट ख़रीदना। मैं नहीं हूं इसलिए रंजीदा हो पुराना जोड़ा न पहन लेना। हाथ-पैर में मेहंदी लगाना, समझना मैं सब कुछ देख रहा हूं...आख़िर इतनी दूर आकर कमाता किसके लिए हूं...अपना ख़याल रखना।"

"जी, आप भी!"

सुग़रा ने फ़ोन रख कोरों में भर आए आंसुओं को उंगली से पोंछा और करवट बदल ली। आंखें बंद रखो या खुली, नींद को आना होगा तो आएगी वरना भागी-भागी फिरेगी।

स्कूल से आकर बच्चों ने खाना खाया फिर आंगन में पड़ी ईख उठा एक-दूसरे की तरफ दौड़ पड़े। बर्तन धोते हुए सुग़रा उन्हें धमकाती रही मगर उसकी एक न चली। पुराने तालाब पर खेतों के पानी को लेकर जो आपस में लठ चले थे और गाली-गलौज हुई थी। उसी का नाटक खेला जा रहा था। बच्चे इस वक़्त गंदी से गंदी गाली बक रहे थे और एक-दूसरे की पीठ पर गन्ना मार रहे थे। चेहरे लाल, मुंह से थूक और बदन से पसीना टपक रहा था। सुग़रा की आंखों में बेबसी थी। वह दांतों में होंठ दबाए अपनी रुलाई रोक रही थी।

लड़ते-लड़ते जब तीनों थक गए तो चबूतरे पर बैठ ठीक तमाशा देखने वालों की तरह वह बीड़ी-सिगरेट पीने और गुटका चबाने की नकल करने लगे। फूहड़ हंसी से आंगन गूंज उठा।

सुग़रा ने लंबी-गहरी सांस भरी और सोने वाले कमरे की तरफ बढ़ी। झालर वाले पर्दे में झूल-झूलकर तीनों ने दरवाज़े पर लटका पर्दा फाड़ डाला था। उसने

छल्लों में नया पर्दा डाला और चुपचाप बिस्तर पर जाकर लेट गई। सारे बदन में सनसनी सी फैली थी। कमज़ोरी महसूस हो रही थी।

उसे कमरे के बाहर दौड़ते क़दमों की आवाज़ सुनाई पड़ी। तीनों मां के बिस्तर पर आकर बैठ गए। सुग़रा से लिपटकर छोटा बेटा लेट गया फिर धीरे से बोला, "अम्मां, एक बात बताओ, सोनू कहां गया है जो उसकी अम्मां उसे याद कर रोती रहती हैं?"

"मां होती ऐसी हैं। बच्चा ख़ुश रहता है तो उसकी ख़ुशी देखकर रोती हैं और जब वह दुखी होता है तो उसकी तकलीफ़ें देखकर रोती हैं।"

"मतलब?"

"मतलब यह कि सोनू को परियों की शहज़ादी अपने बाग़ में कुछ दिनों के लिए उठाकर ले गई है। उसके कोई भाई नहीं था इसलिए वह घबराती थी। अब मज़े से सोनू के साथ खेलेगी, ख़ूब फल और मिठाई खिलाएगी। फिर जब सोनू का दिल भर जाएगा और घर लौटना चाहेगा तो वह परी उसे छोड़ जाएगी।" सुग़रा ने बेटे का सिर सहलाते हुए कहा।

"सचमुच अम्मां?"

"सचमुच।"

"अगर वह इधर आई अम्मां और मुझे ले गई तो?"

"चुप, ऐसी बात नहीं करते।" सुग़रा ने तड़पकर उसके मुंह पर हाथ रखा।

"काहे अम्मां? हम वहां खेलेंगे, खाएंगे और..."

"फिर मैं भी रोऊंगी तो...तुम कहीं नहीं जाओगे।" सुग़रा ने उसे छाती से लिपटा उसके गालों को चूमा।

"ठीक है अम्मां...तुम रोना मत..." छोटा उदास हो बोला।

उधर मझला बड़े भाई के कान में फुसफुसाया, "अम्मां झूठ बोल रही हैं। सोनू को कोई परी-वरी नहीं ले गई है।"

"चुप।" बड़े भाई ने धीमे से कहा।

कुछ देर कमरे में ख़ामोशी छाई रही फिर नींद ने एक-एक करके सबको अपने घेरे में बांध लिया।

23

ज़ाकिर का जहाज़ जब पटना हवाई अड्डे पर उतरा तो उसने दिल ही दिल में पिता की सलामती की दुआ मांगी कि ख़बर-ख़ैर मिले। रमज़ान शुरू हो गया था। इन दिनों इबादत की लंबी रातों में दिल के अंदर एक ही कांटा मुसलसल चुभता रहता था कि 'ए ख़ुदावंद! जब वह वतन लौटे तो अब्बा का दीदार उसे नसीब हो और वह दिलोजान से उनकी ख़िदमत कर सके।'

चांद रात के दिन उसे महलक़ा का फ़ोन मिला था। उसने अब्बा की बीमारी का ज़िक्र किया था। पता नहीं कितना सच कह पाई और कितना छुपा गई थी। पंद्रह दिन उसने किस तरह तड़प-तड़पकर गुज़ारे थे यह तो उसका दिल जानता है। चाहने और मिन्नत करने के बावजूद उसे एक ही जवाब कंपनी मालिक से मिला था, "ऊपर वाले पर यक़ीन रखो, वह सब कुछ जानता है।"

घर पहुंचकर उसने धड़कते दिल से घंटी के बटन पर उंगली रखनी चाही तो उससे पहले ही उसे अब्बा के खांसने की आवाज़ सुनाई पड़ी। बेख़्तियार हो उसने बंद दरवाज़े पर सिर टिका पहले ख़ुदा की बारगाह में शुक्राने का सिजदा अदा किया फिर एक लंबी गहरी सांस भरी जैसे दिल का मनों बोझ उतर गया हो। ख़ुशी से उसकी आंखें भर आईं और दिल की धड़कनें बढ़ गई थीं। उसने थरथराते हाथों को आगे बढ़ाया और अपनी कलमे वाली उंगली बटन पर रख दी।

भागते क़दमों की आवाज़ उसे सुनाई पड़ी और फटाक से दरवाज़े के दोनों पट खुले और तीनों बच्चे एक साथ उससे लिपटकर चीख़े, "पापा! आ गए।" उसने निहाल हो उन्हें कलेजे से लगाया, प्यार किया और सामने खड़ी महलक़ा को देखा जो धीरे से 'सलामअलैकुम' कह मुस्करा रही थी। उसने भी जवाब में 'वालेकुम सलाम' कहा और आगे बढ़ बीवी का शाना थपका और इशारे से पूछा, "अब्बा कहां हैं?"

"इधर आइए।" कहकर महलक़ा उसे बीच वाले कमरे की तरफ ले गई।

"अब्बा!" इतना कह वह ज़हूर से लिपट गया।

"कौन, ज़ाकिर!" ज़हूर ने कहा, "जीते रहो...जीते रहो।"

"माफ़ करिएगा अब्बा, मैं बहुत देर से पहुंचा।"

"मैं तो इंतज़ार में था बेटा...आ गए बहुत अच्छा किया। अब मेरी रूह बड़े आराम से मेरा बदन छोड़ेगी।" कमज़ोरी के साथ अदा किए गए अल्फ़ाज के साथ उन्हें खांसी का दौरा पड़ गया जिसे देखकर ज़ाकिर के होश उड़ गए।

"चेस्ट इन्फेक्शन बताते हैं। एक दिन वही दवा फ़ायदा कर जाती है फिर दो दिन बाद वही सांस की शिकायत...डॉ. ख़ुद भी परेशान हैं कि आख़िर दवाएं असर क्यों नहीं कर रही हैं?" परेशान आवाज़ में महलक़ा बोली।

"परेशान मत हो, अब मैं आ गया हूं। अल्लाह ने चाहा तो सब ठीक हो जाएगा।" दिलासा भरे लहज़े में ज़ाकिर ने महलक़ा से कहा और पलंग के पास पड़ी कुर्सी पर बैठ उसने गर्दन पर बंधी टाई ढीली की और बाप के झुर्रियों से भरे हाथ पर अपनी उंगलियां फेरने लगा। ज़हूर की सांस धौंकनी बनी थी। उन्हें देखकर उसकी आंखें बार-बार छलक उठती थीं। गीली कोरों से आंसू छलकें न, वह उन्हें बामुश्किल पीकर फिर मुस्कराने लगता था। उसकी यह कैफ़ियत देख महलक़ा बाहर निकली ताकि मियां की अटैची, बैग वग़ैरह ठीक से रख दे जिन्हें बच्चे खींचते हुए लगातार चीख़ और काख रहे थे।

"मम्मी, खोलो न, देखें पापा हमारे लिए क्या लाए हैं?" बेटी ने ज़िद करते हुए कहा।

"यहां तो लॉक लगा है?" बड़ा बेटा बोला।

"मैं पापा से कुंजी मांगकर लाता हूं।" मझले ने कहा और कूदता हुआ पास के कमरे की तरफ दौड़ा। महलक़ा ने उसे रोकना चाहा मगर वह तो तूफ़ान मेल बना हुआ था।

फ़ोन की घंटी बजी। महजबीं का फ़ोन था।

"ज़ाकिर पहुंच गए?"

"जी मम्मी। इस वक़्त अपने अब्बा के पास बैठे हैं।"

"शुक्र है। तुम्हारे कंधों से ज़िम्मेदारी का बोझ हलका हुआ। अब ज़ाकिर आ गए हैं, चाहेंगे तो ज़हूर भाई को दिल्ली, पटना कहीं भी इलाज के लिए ले जा सकते हैं...अच्छा, आज तो हमारा आना ठीक नहीं है, कल किसी वक़्त मिलने आएंगे।" महजबीं ने कहा।

"अल्लाह मम्मी! वह ख़ुद सलाम करने पहुंचेंगे। आप लोग क्यों ज़हमत करेंगे!"

"इस बहाने हम ज़हूर भाई से भी मिल लेंगे, यहां घर में उनकी कमी

खलती है।"

"ठीक है...आज अफ़तारी में आप क्या बनवा रही हैं?"

"वही रोज़ का मामला, फुल्की, चना, गुलगुले...वग़ैरह..." महजबीं ने कहा फिर झट पूछ बैठीं, "कुछ बनवाकर भेजूं, दही-बड़ा, शाही टुकड़ा..."

"नहीं मम्मी।" वह हंसी।

"अच्छा मम्मी, आपको फिर फ़ोन करूंगी। अब्बा की दवा का वक़्त हो गया है।"

"ठीक है।" फ़ोन बंद हो गया।

बंद होते ही फ़ोन फिर घनघना उठा। महलक़ा ने बटन दबाया, "हलो!"

"अप्पी, नौशा भाई आ गए?" माजदा के लहजे में शोख़ी थी।

"आ गए।" हंस पड़ी महलक़ा।

"ज़रा बात करवाइए..."

"अभी नहीं, अभी वे अपने अब्बा के पास बैठे हैं।"

"आपने इस वक़्त क्या पहन रखा है, सूट या साड़ी, रंग क्या है...?"

"पगली...हमारी शादी को सात साल से ज़्यादा हो गए हैं। यह तुम्हारी जुमा-जुमा की शादी नहीं है कि लिबास और सजावट से मुहब्बत का इज़हार हो। फिर यह रमज़ान का महीना है, इबादत और बरकत का, चाव-चोचलों का नहीं। कुछ समझीं?" महलक़ा ने बहन को प्यार भरी झिड़की दी।

"हां," इतना कह माजदा खिलखिलाकर हंस पड़ी फिर बोली, "ईद का कपड़ा तो इस बार नौशा भाई लाएंगे न?" माजदा की शोख़ी बदस्तूर क़ायम थी।

"पिटना चाहती हो, ऐसा लगता है...नईम कहां है ताकि तुम्हारी सारी ख़ैरियत उससे पूछूं कि रोज़ा भी रखती हो या नहीं।" महलक़ा ने कहा और हलका क़हक़हा लगाकर बात जारी रखी, "अब फ़ोन रखो, मुझे बहुत काम है। घर में सबको सलाम व दुआ कहना।"

"बाय!" फ़ोन कट गया।

"माजदा भी!" इतना कह महलक़ा मुस्करा पड़ी।

"अकेले में मुस्कराना कब से शुरू कर दिया?" ज़ाकिर ने कमरे में दाख़िल होते हुए पूछा।

"अरे, माजदा का फ़ोन था। वह गप्प मारने के मूड में थी, आपको पूछ रही थी।" महलक़ा ने कहा।

"तो बात क्यों नहीं कराई?" इतना कहकर ज़ाकिर ने कमरे के चारों तरफ

नज़र डाली।

"तुमने घर तो बड़ा सही करा लिया है? बहुत खुला-खुला लग रहा है।" ज़ाकिर ने बीवी को तारीफ़ी नज़रों से देखते हुए कहा।

"यह आपकी मेहनत की कमाई की चमक है।" महलक़ा ने ज़ाकिर की तरफ अहसान भरी निगाहें उठाते हुए कहा।

"हां, अल्लाह का शुक्र है महलक़ा। अब इन मुल्कों के हालात भी बदल रहे हैं। आज़ाद वीज़ा वालों को वापस भेजा जा रहा है जिनकी अभी तक की गिनती सिर्फ़ दस लाख है। यह दस लाख लोग इस मुल्क में लौटकर क्या करेंगे जहां पहले से बेकारी और भुखमरी है?"

"गरीबों की ज़िंदगी हर जगह भारी है। ऊपर से आबादी है जो कंट्रोल में नहीं आ रही है।" महलक़ा ने बिस्तर की चादर हाथों से बराबर की और तकिया सीधा किया। ज़ाकिर पलंग पर बैठा फिर तकिए से पीठ लगाकर उसने पैर फैला दिए!

"अपना घर अपना ही होता है। इसका सुख कारूं का ख़ज़ाना देकर भी नहीं हासिल किया जा सकता है, आओ बैठो पास में।" ज़ाकिर के लहजे में प्यार और चेहरे पर ग़ज़ब का इतमीनान था। महलक़ा पलंग के पायताने बैठ उसका मोज़ा उतारने के बाद धीरे-धीरे तलवा सहलाने लगी।

"सारे दिन की थकन के बाद जब तन्हा कमरे में लौटता था तो बस दिल चाहता कि कोई पूछे, 'आप आ गए? चाय लाऊं' और फिर एक ठंडा पानी का गिलास थमाकर कहे, 'लाइए पैर दबा दूं।' मगर वहां टीसते टखनों पर ख़ुद ही बाम मलना पड़ता था। ख़ुद उठकर चाय बनानी पड़ती थी फिर खाना...वहां मर्द और औरत दोनों बनकर रहना पड़ता है...आंखें तरस जाती हैं जनाना चेहरा देखने के लिए। मर्दों की भीड़...सिर्फ़ मर्दों की।" कहते-कहते ज़ाकिर ने अपनी आंखें बंद कर लीं और मुस्करा पड़ा, "तुम पास बैठी हो और मैं आदत के मुताबिक़ बंद आंखों के पर्दे पर तुम्हारा दिलकश चेहरा देख रहा हूं और..." इतना कहते-कहते ज़ाकिर ऊंघ सा गया।

"उठिए, गर्दन में इस तरह मोच आ जाएगी। ठीक से लेटिए न।" उसने मियां का कंधा आहिस्ता से हिलाया। ज़ाकिर ने बमुश्किल आंखें खोलीं फिर सरककर पलंग पर पूरे पैर फैलाकर बेसुध हो लेट गया। उसके मद्धिम खर्राटे कमरे में गूंजने लगे।

शाम की अफ़तारी की तैयारी करने के लिए वह बावर्चीख़ाने की तरफ

बढ़ी। आज उसे सारे पकवान बनाने हैं, जो ज़ाकिर को पसंद हैं। यही सब सोचती वह काम में लग गई। गोलू बच्चों के साथ कैरम खेल रहा था। किचन की खटपट सुन वह खेल बीच में छोड़कर भागा तो तीनों चीख़ पड़े।

"हरनटा...हरनटा, डरकर भागा भगोड़ा...गोलू मोलू।"

गोलू ने पलटकर कोई जवाब नहीं दिया और किचन में जाकर जूठे बर्तन धोने लगा।

शमा जब पटना लौटीं तो रेहाना की अम्मां को अपने साथ लेती आईं। अकेले घर में तन व तन्हा रहने की ऐसी कोई मजबूरी भी न थी। उनके आने से शमा को गुज़री बातों की यादें ताज़ा हो उठतीं। दोनों बहनें सारे दिन सिर जोड़ बातें करती रहती थीं। "बाजी, अब आप यहीं रह जाइए, अकेले उस घर में रहने की क्या ज़रूरत है।" नईम के डैडी जब यह बात कहते तो वे हंस पड़तीं। दिल तो उनका भी ख़ूब लग रहा था। अरसे बाद वे मुसीबतों और फ़िक्रों से आज़ाद हुई थीं। कहां तो हर बात की तंगी थी और कहां यह इफरात! ऊपर से दोनों औलादें सुख के पालने में झूल रही हैं।

रमज़ान में हमेशा उनका वज़न घट जाता था मगर इस साल वे ख़ुद आईने में अपने चेहरे की जिल्द देख ताज्जुब में पड़ जाती थीं। इतनी चमक और पिचके गालों पर हलकी सी गोश्त की पर्त ने उनको उनकी उम्र से दस साल न सही, पांच साल तो यक़ीनन कम कर दिया था। दूध, दही और फल ने उनके सूखे बदन में ताक़त भी ला दी थी। रात को वे अकसर अपने हाथ में ख़ुद चुटकी काटकर पूछतीं कि सच बताओ रेहाना की मां, यह सब ख़्वाब तो नहीं?

"सच है, सच।" ख़ुद ही जवाब दे मुस्कराती और ठंडे दिल व दिमाग़ के साथ गहरी मीठी नींद में खो जातीं।

रात को कोई न कोई बहू गर्म तेल की कटोरी ले उनके पैरों की मालिश और सिर की चंपी करने को हाज़िर रहती और उस वक़्त एक से एक लतीफ़े और पुरानी तर्ज़ की ज़िंदगी के क़िस्से सुना वे बहुओं को कभी हंसातीं तो कभी हैरत में डाल देती थीं।

शमा का भरा-पूरा घर देखकर वे उसकी ख़ुशहाली के इसी तरह क़ायम रहने के लिए दिल से दुआएं देती थीं। उन सबकी मेहनत और कोशिशों को देख सोचतीं कि कोई यूं ही बड़ा नहीं बन पाता है, उसके लिए रात-दिन मेहनत करनी पड़ती है।

रात को कई बार ज़ाकिर नींद में बड़बड़ाया और 'शगुफ़्ता...शगुफ़्ता...' पुकारा। महलक़ा को लगा इन दो सालों में ज़ाकिर का ज़ख़्म हरा का हरा रहा। नींद तो उसकी भी अरसे तक उड़ी रही, शगुफ़्ता की लटकी लाश देखकर मगर ज़ाकिर उस लाश को आज तक ढो रहे हैं। पता नहीं अब वे मुक़दमे को फिर से शुरू करेंगे? वकील तो तारीख़ पर तारीख़ लेता रहता है। देखे भी कौन? बहन के बेटे को अपने पास रखने की भी उनकी ख़्वाहिश है। क्या पता क़ानून वह बेटा किसे देता है?

महलक़ा ने करवट बदली। उसका अंग-अंग दुख रहा था। बारह बजे के क़रीब वह बिस्तर पर लेटी थी। अब डेढ़ बज रहे हैं। वह सिर्फ़ एक घंटा ही सो पाई है और अब नींद आंखों से कोसों दूर चली गई है। दिमाग़ पुरानी यादों में उलझ चुका था।

"भाभी, घर में सब कुछ ठीक रहता है मगर जैसे ही फरहाना बाजी आती हैं सब मुझसे नाराज़ हो जाते हैं। मेरे हर काम में ऐब निकलने लगता है और यह घर से निकल जाते हैं। न मेरी हिमायत करते हैं और न उनको मना करते हैं। मैं अकेली उनके तानों से छलनी होती रहती हूं।"

"शगुफ़्ता! तुमने सास से..."

"अरे भाभी, फरहाना बाजी के बारे में किसी से कुछ कहना बेकार है। अम्मां बेटी के ख़िलाफ़ क्यों सुनने लगीं? इनसे कहो तो जवाब मिलेगा, कहो तो छुट्टी में घर आना छोड़ दूं?"

"फिर...?" महलक़ा ने नंद को टटोलती नज़रों से देखा।

"जिनगी रोवत-रोवत गुज़ार देब। सलीम का ख़याल न राहत, त कब के मर गइल रहित।"

"मायके में रहने से लड़की की इज़्ज़त दो कौड़ी की हो जाती है इसलिए कहती नहीं कि तुम यहां चली आओ।"

"जानती हूं भाभी।" शगुफ़्ता सुबकने लगती। "भैया को जिस दिन पता चलेगा वह मुझे वापस जाने नहीं देंगे।"

महलक़ा को याद आ रहा था कि वह चाहती तो मियां से सारी बातों का ज़िक्र कर नंद को बड़े प्यार से कुछ दिन रख सकती थी। उसकी परेशानियों का हल ढूंढ़ सकती थी मगर हमेशा उसने शगुफ़्ता को बातों-बातों में समझा दिया था कि उसके लिए अब इस घर में कोई जगह नहीं है। सच पूछा जाए तो उसके मरने पर आंसू तो उसने भी ख़ूब बहाए थे मगर अंदर कहीं उसने राहत की सांस

भी ली थी कि चलो पाप तो कटा। जब-जब ज़ाकिर सलीम के लिए बेचैन होते तो वह दुआ मांगती कि वह कभी इधर न आए, वहीं मर-खप जाए।

महजबीं कह चुकी थीं, "ख़बरदार जो यह बला तुमने अपने सिर ली। तुम्हारे सामने खुद तीन-तीन बच्चों की ज़िम्मेदारियां हैं, किसी और की औलाद पर अपना सिर न खपाना। मैं रोकथाम के लिए कुछ करती हूं। उस बच्चे का रास्ता बंद हो जाएगा या फिर वह इस दुनिया से ही चला जाएगा।"

महलक़ा को लगा उसका दम घुट रहा है। वह घबराई सी उठी और पलंग पर बैठ गई। पास में लेटा उसका शौहर बहन को सोते में पुकार रहा है और वह...खुदा करे उन सारे अमल का असर न हो...मैं भी कैसी संगदिल हो गई थी। किसी ने ठीक ही कहा है, इनसान से बड़ा दरिंदा कोई दूसरा नहीं है।

'अच्छा है जो गुज़र गया वह सीख ही दे गया वरना...वरना यह सब जाने कहां जाकर रुकता।' महलक़ा ने कहा और सिरहाने से क़ुरान उठा पेंसिल टॉर्च की रोशनी में पढ़ने लगी।

ज़ाकिर ने करवट बदली तो उसने चेहरा घुमाकर मियां की तरफ देखा।

जाने दिल में क्या उमड़ा जो क़ुरान चूम उसे बंद किया और शौहर के क़रीब खिसक आई।

ज़ाकिर बेख़बर सो रहा था।

मियां के बदन से उठती खुशबू को सूंघती रही फिर अजीब बेकरारी से ज़ाकिर से लिपट गई। अचानक उसे राशिद का अपने से सटकर बैठना याद आया और सारा बदन सुलग उठा। अजीब दोमुंही प्यास उसके अंदर जागी जिससे वह पहले कभी गुज़री न थी।

सुबह जब ज़ाकिर बाहर जाने लगा तो महलक़ा ने जानबूझकर नहीं पूछा कि वह कहां जा रहा है, कब तक लौटेगा?

वह घर के कामों में उसी तरह उलझी अपने को मसरूफ़ दिखाती रही। आज संडे था। घर में बच्चों ने भी सुबह से नए खिलौने चला-चलाकर क़यामत मचा रखी थी। पूरा घर कई तरह के शोर से गूंज रहा था।

"महलक़ा, मैं चलता हूं, अफ़तार से पहले लौट आऊंगा।"

"खुदा आपकी हर मुराद पूरी करे।"

महलक़ा के इस तरह कहने से ज़ाकिर जाते-जाते ठहर गया और चेहरा घुमा बीवी के चेहरे को ग़ौर से देखा। कुछ देर चुप रहा फिर आगे बढ़कर महलक़ा

के क़रीब पहुंच उसने बड़ी नरमी से महलक़ा के शाने पर हाथ रख प्यार भरे लहजे में पूछा, "तुम्हारी दुआओं की बरकत से मैं सलीम को लाने में कामयाब हो गया तो?"

"वह हमारी चौथी औलाद की तरह इस घर में रहेगा।"

इस जवाब को सुनकर ज़ाकिर के चेहरे पर फैली फ़िक्र की शिकनें कुछ कम हुईं मगर उसने कोई जवाब नहीं दिया। एक गहरी ठंडी सांस भरी और आसमान की तरफ देखा।

वह अपने क़दम आगे बढ़ा ही रहा था कि ज़हूर को खांसी का दौरा पड़ गया। दोनों मियां-बीवी उनके कमरे की तरफ बढ़े। ज़हूर के सीने से लगातार बलग़म निकल रहा था। फेफड़े की सफ़ाई की वजह से उनकी सांस की तकलीफ़ भी पहले से कुछ कम हो गई थी। मगर बुढ़ापे का क्या करते जो हर मर्ज़ की जड़ है।

"आप अच्छा महसूस कर रहे हैं या डॉक्टर को बुलाऊं?" ज़ाकिर ने बाप का मुंह साफ़ करके उन्हें बिस्तर पर लिटाते हुए पूछा।

ज़हूर ने हाथ के इशारे से कहा, "मैं ठीक हूं।"

"अच्छा अब्बा। मैं चलता हूं। आपकी दिल की लगी को आज पूरा ही करके लौटूंगा।" दिल ही दिल में ज़ाकिर ने कहा और पूरे एतमाद के साथ कमरे से निकलकर सदर दरवाज़े की तरफ बढ़ा। आंगन में धूप खिली हुई थी। हवा में गर्मी थी। मानसून का कहीं पता नहीं था। ज़ाकिर ने गर्दन से बहते पसीने को रूमाल से खुश्क़ किया और अपने पुराने स्कूटर को स्टार्ट किया।

ज़ाकिर लगातार साउदी से अपने मुक़दमे की पैरवी जैसे-तैसे करता रहा था। शगुफ़्ता के सास-ससुर अपने बुरे बर्ताव की वजह से हर तरह के ख़सारे में पड़ चुके थे। बहू के इस तरह जाने से पूरे गांव में बदनामी, फिर बेटे ने पहले अपनी सेहत फिर नौकरी खो दी। बाद में मौत को गले लगा लिया।

सारे-सारे दिन वह लंबा-तगड़ा हंसमुख जवान अमल के असर में आकर बिना कुछ खाए-पिए पलंग पर पड़ा रहता था। उसी में जाने कब दम निकल गया। जवान बेटे-बहू को दफ़न कर सज़ा से बचने के लिए कई बीघा खेत बेच पुलिसवालों को रिश्वत और वकीलों की फीस भर रहे थे। फरहाना भाई की मौत के बाद ग़म से निढाल थी। उसे डर खाए जा रहा था कि पता नहीं अदालत उसे क्या सज़ा सुनाएं?

ससुराल वालों ने उसे यह कहकर मायके भेज दिया था कि जब मुक़दमा

सुलट जाए तो लौटना वरना तुम्हारी मदद अल्लाह ही करेगा। बेगुनाह की मौत यूं रंग लाएगी उन्हें इस बात का गुमान भी न था। वह तो चारों तरफ फैले ग़ैरइनसानी कारोबार में मसरूफ़ हो चुके थे। वह सब कोस तो नए बने क़ानून को रहे थे, जिसने उन्हें पकड़वा दिया। ऐसे घुटन से भरे माहौल में सलीम की तालीम व तरबियत क्या हो रही होगी सिवाय इस बात के, या तो वह पिटता होगा या कोसनें खाता होगा। भरपेट खाना भी उसे मिलता होगा या नहीं? ज़ाकिर को इस तरह की फ़िक्र अकसर घेर लेती और हलक़ में निवाला अटकने लगता।

घर में जब शोर-शराबा कुछ कम हुआ और बच्चे दोपहर का खाना खाने बैठे तो महलक़ा ने मां को फ़ोन लगाया।

"हलो मम्मी, आप कैसी हैं और पापा?...मैं भी ठीक हूं। बच्चे और ज़ाकिर भी। अल्लाह का करम है, अब्बा की सेहत में सुधार आ रहा है। फ़िलहाल तो सब ठीक ही चल रहा है।"

"मिलाद कब कर रही हो, कुछ तय किया?"

"हां, मम्मी, मैं सोच रही हूं कि बड़े की रोज़ाकुशाई जुमेरात को कर दूं...मिलाद तो अब क्या होगा, वह तो ईद के बाद इंशाअल्लाह अब्बा की सेहतयाबी के ग़ुस्ल के बाद ही रखा जाएगा।"

"ठीक है, तुम अपना ख़याल रखो, सबको मेरा सलाम व प्यार कहना।" महजबीं ने कहा। महलक़ा ने फ़ोन बंद कर दिया और तकिए पर सिर रख आंखें बंद कर कुछ देर वह सुस्ताना चाहती थी। कल रात वह माज़ी के बियाबानों में मीलों तक भटकी थी। अब और नहीं...अब और नहीं।

ज़ाकिर जब जावेद के घर पहुंचा तो वह बहुत परेशान सा नज़र आ रहा था। ज़ाकिर के कुछ पूछने से पहले ही कह उठा, "ज़ाकिर, यार जब हम घर से दूर रहते हैं तो हर पल घर की याद में खोए रहते हैं और जब यहां लौटते हैं तो न दिल को चैन मिलता है और न ही बदन को आराम।"

"फिर यहां से ऊबकर बाहर भागते हैं कि चलो, वहां मेहनत के बाद कुछ उसका फल तो मिलता है और कुछ दिनों बाद साफ़-सुथरे बिस्तर, ख़ालिस खाने से जब जी भर जाता है तो घर की याद सताने लगती है। गंदी गलियों, बदबूदार माहौल ऐसा तड़पाते हैं कि...यह पहेली ज़िंदगी की, मैं भी सुलझा नहीं पा रहा रहा हूं।" ज़ाकिर ने उदास मुस्कराहट के साथ कहा।

"मलकानूर का मसला तूल पकड़ता जा रहा है। नौशा भाई दुबई से आ गए हैं मगर मलकानूर उनके साथ घर लौटने पर किसी क़ीमत पर राज़ी नहीं है और...अब क्या बताएं...फिर कभी बात होगी, फ़िलहाल वकील की चलकर गर्दन नापते हैं कि तगड़ी फीस के बाद उसने अभी तक हमारा काम किया क्यों नहीं?" जावेद ने कहा।

दोनों बाहर निकले। ज़ाकिर का पुराना बदरंग स्कूटर देख जावेद को बेसाख़्ता हंसी आ गई।

"हंसो मत, यह पुरानी दोस्ती की तरह बड़ी वफ़ादार सवारी है।"

"मैं सोच रहा था कि अगर हम साउदी की चमचमाती सड़क पर इस स्कूटर पर बैठकर निकलते तो इस सदी की सबसे बड़ी तमाशा न्यूज़ बनती।" जावेद हंसी से बेहाल, ताली बजाता ज़ाकिर के पीछे बैठ गया और सेकंड भर बाद स्कूटर फर्राटे भरने लगा।

24

आज सुबह-सुबह जावेद और ज़ाकिर पिपरिया की तरफ निकल पड़े थे। दरअसल मनोज के साथ मिलकर कुछ करने की योजना आपस में बनी थी। उसी के बारे में सोच ज़ाकिर बहुत उत्साहित सा स्कूटर चला रहा था। पिपरिया के रास्ते में एक बार स्कूटर खड़खड़ाता हुआ ऐसा लड़खड़ाया कि दोनों गड्ढे में मुंह के बल गिरते-गिरते बचे फिर पता नहीं कैसे स्कूटर की खड़खड़ाहट ग़ायब हो गई और उसने रफ़्तार पकड़ ली। दोनों दोस्त खुले दिल से क़हक़हा मार हंसे।

पिपरिया पहुंचकर जब वह मनोज की गली में मुड़े तो चौंक पड़े। आलीशान बड़े से दरवाज़े वाला घर सामने खड़ा था।

"हम कहीं ग़लत तो नहीं आ गए?" जावेद बोला।

"मगर बाक़ी मकान तो वही हैं। लगता है ख़ूब जमकर पैसा मकान पर फूंका है मनोज ने।" ज़ाकिर ने कहा। वे आगे बढ़े और स्कूटर को खड़ा कर दरवाज़ा खटखटाना ही चाहते थे कि अंदर से कोई शीशे की चीज़ के टूटने की तेज़ आवाज़ गूंजी और साथ ही मनोज का फटा स्वर फूटा।

"लो झूमर और टीका...यह लो लैंप...हम कमा-कमाकर भेज रहे थे कि हमारी मेहरारू पसीने की गाढ़ी कमाई सेंत-सेंतकर रख रही होगी मगर यहां... यह पेंसिल जींस, यह बैलून पैंट, लगाओ इनकी सेल...नहीं तो आज लगाते हैं इस ढेर में आग...लूट लिया हमको इस मेहरारू ने...कहीं का नहीं रखा...पूरे पांच साल की कमाई थी ओवरटाइम के साथ...रात-दिन खटने के बाद...धोखा, साला धोखा...तेरी खोपड़िया में छेद करने का दिल चाह रहा है..."

कुछ टूटने, फेंकने, बच्चों के रोने की आवाज़ सुनकर दोनों वहीं जड़ हो गए। हिले तो तब जब बड़बड़ाता मनोज दरवाज़ा खोल सामने नज़र आया पसीने में डूबा कच्छा-बनियान पहने, बिखरे बाल, मुंह लाल। एकाएक वह सन्न रह गया इन दोनों को वहां देखकर, न वह पीछे मुड़ पाया, न आगे बढ़ पाया। तीनों आमने-सामने अकबकाए से खड़े थे। मनोज की निद्रा तो तब टूटी जब ज़ाकिर

ने पूछा, "मनोज, सब ख़ैरियत है?"

"ख़ैरियत...कुशल मंगल...देखो हमारी जनानी की शान! आओ...अंदर आओ।" गुस्सा भरा स्वर रुआंसा हो चला था।

मनोज दरवाज़े के एक तरफ खड़ा हो उन्हें अंदर बुला रहा था। घर के इस महायुद्ध में अंदर जाया जाए या नहीं, ज़ाकिर स्थिति को तौल रहा था कि जावेद आगे बढ़ा और इस तरह हाथ मिला पूछ बैठा जैसे कुछ न देखा न सुना।

"कब आए मनोज?"

"परसों..." मनोज का पारा गिर चुका था, उसने हारे शब्दों में कहा।

"बस हम तो ऐसे ही निकल आए थे।" ज़ाकिर ने सफ़ाई दी तो मनोज चिढ़ गया।

"बिना फ़ोन किए आए हो तो बैठो, तुमसे कहां और क्या छुपाना? सारे घरों की एक कहानी है, कहीं थोड़ा कम, कहीं थोड़ा ज़्यादा।" वह थके क़दमों से सामने वाले कमरे में पहुंचा। जब तीनों बैठ गए तो वह हंसा, पहले धीरे से फिर ताली बजाकर ज़ोर का ठहाका मारा।

"देखो हमारी धर्मपत्नी का चमत्कार देखो...कैसा जंगल में मंगल बना रखा है। पिपरिया में बिजली कम आती है और हमारे घर में तीन-तीन ए. सी. लगे हैं...सोफ़ा देखो...मसहरी देखो....वहां नाक हम शेख़ों के सामने घिस रहे थे, यहां नाक इनकी ऊंची हो रही थी। सोने का ज़ेवर ख़रीदा होता तो बात समझ में आती...यह सब सेकंडहैंड में जाएगा...हम मेंटल हो चुके हैं...हम चुक गए हैं।" इतना कह मनोज मुंह पर थप्पड़ मार फूट-फूटकर रोने लगा।

बाहर आंगन से झाड़ू की आवाज़ आना एकाएक बंद हो गई और लड़के बालों के सुबकने की भी। पूरा घर मनोज के आक्रोश भरे चीत्कारों से गूंज रहा था। जावेद और ज़ाकिर सिटपिटाए हुए थे। उन्हें मनोज का रात-दिन का काम करना याद आ रहा था। उसके सपने और अरमान याद आ रहे थे। उसका चमकता चेहरा और बढ़िया कपड़ों से सजा उसका हट्टा-कट्टा कसरती बदन भी।

"मैं लुट गया...बैंकरप्ट हो गया, ठन-ठन गोपाल हो गया।" एकाएक उसका रोना-चिल्लाना बंद हो गया और वह व्यथा से डूबी आवाज़ में बोला और उठकर बाहर जाकर उसने नाक छिनकी और घड़ौंची से पानी उड़ेलकर पिया। मुंह पर ज़ोर-ज़ोर से पानी के छपाके मारे फिर तौलिया से मुंह पोंछता अंदर आया। उन्हें देखकर संकोच सा चेहरे पर उभरा फिर धीरे से कह उठा, "माफ़ करना ज़ाकिर,

मेरा माथा फिर गया था। मेरे घर का पर्दा भी फट गया। चलो छोड़ो।" इतना कह वह सोफ़े पर बैठ गया फिर हंसकर बोला, "अभी बिजली होती तो मिक्सी में मिल्क शेक या मैंगो शेक ठंडा कर पिलाते मगर..."

"जो हो गया उस पर खाक डालो, जान है तो जहान है।" ज़ाकिर ने मुहब्बत भरी आवाज़ में समझाते हुए कहा।

"चलो सीवान की तरफ चलते हैं।" जावेद ने बात हवा में उछाली।

"दिल तो मेरा लौटने का चाह रहा है दोस्तो। जिस प्रेम और उत्साह से भरा घर लौटा था, सब टायर की तरह फुस हो गया। यह साला परिवार ऐसा सर्वनाशी कि इसके काटे का मंतर नहीं। इसकी मौसेरी बहन कान्ता ने अपने त्रियाहट में तीन साल का लड़का खो दिया जिससे राजेश न वहां मर पा रहा है न जी पा रहा है और इधर शान्ता देवी ने हमें जोगी बनाने की ठान ली है। चलो मजीरा लेकर चलते हैं।" इतना कह वह घर के अंदर गया जहां से बटोरने की आवाज़ आनी फिर शुरू हो गई। कुछ देर तक यही शोर हलका और तेज़ होकर गूंजता रहा फिर ठहर गया और एक नुकीली ज़नाना आवाज़ उभरी।

"कहां जात रअ? हम पंखा में फंसरि लगा लेम।"

"पंखे में लटको या चूहे मार दवा खाओ, हमें परवाह नहीं...मायके जाओ या किसी के साथ भाग जाओ, हमको जो तनिक चिंता हो।"

इसके बाद ख़ामोशी सी छा गई। पांच मिनट बाद एक छोटी सी अटैची लिए हुए मनोज कमरे में दाख़िल हुआ और बोला, "चलें।" तीनों कमरे से निकले तो आंगन में दुबके लड़के-बच्चे पिता की तरफ लपके। "ए उधर शीशा है, उधर ही सब बैठे रहो।" ज़नाना आवाज़ उभरी मगर बच्चे मनोज की तरफ दौड़े...पापा...पापा मत जाओ।

"राउर रुकीं।" शान्ता की आवाज़ गूंजी। उसने बैठे-बैठे जाते पति का लपककर पैर घसीटा।

"काहे के लिए यह सब? इस घर में आराम करने के लिए? बैंक में कुल दस हज़ार छोड़ा है। दो महीना कैसे कटेगा? तुम्हारे भाई-बंधु भेजेंगे दाना-पानी?" इतना कह उसने पैर झटका और आगे बढ़ा फिर मुड़ा, "हमने तो कमाने के लिए जन्म लिया है। जा रहे हैं चाकरी करने...भेजेंगे पैसा उलच-उलचकर मगर सिर्फ़ इतना जिसमें तुम्हारी दाल-रोटी चल जाए...नमस्ते।" मनोज इतना कह आगे बढ़ा और एक चमचमाती मोटरसाइकिल पर बैठा, "यही एक काम की ख़रीदारी है जो आज हमारे काम आई वह भी घर से भागने में।" कहकर उसने मोटरसाइकिल

स्टार्ट की।

जावेद ज़ाकिर के पीछे स्कूटर पर बैठ गया। दोनों की समझ में नहीं आ रहा था कि उन्होंने कुछ न बोलकर अच्छा किया या फिर दोस्त के साथ इस तरह जाने का इरादा कर युद्ध को विराम दिया है। इस वक़्त मनोज बहुत टूटा और हारा है। बाहर रहकर जो एक-दो साल गुज़ार ले, समझो वह उस पेड़ जैसा हो जाता है जो हर मौसम झेल जाता है। चाहे बर्फ़ हो, तूफ़ान हो, सैलाब हो सब सहने के बाद तना खड़ा रहता है। यह बवंडर भावुकता का नहीं बल्कि तबाही में बचे इनसान की जिजीविषा का है। हम मर्दों के जज़्बात तो वैसे भी कड़ी मेहनत और सख़्त क़ानून के चलते ठंडे बस्ते में चले जाते हैं। मशीन में लगे जंग की तरह हमारा शरीर सुन्न रहता है...यह बातें सिर्फ़ वही महसूस कर सकता है जो बाहर कमाने गया हो। योरप नहीं, मिडिल ईस्ट की ओर जहां आंखें चार करना तो दूर हम नज़र भरकर भी किसी को नहीं देख सकते हैं। इन बीवियों के लिए हम पाक बदन लिए वापस आते हैं और विश्वास की जगह हमें मिलता है अविश्वास। ठोस ज़मीन की जगह दलदल। ताज़ा हवा की जगह घुटन।

सीवान पहुंच मनोज ने एक सस्ते होटल में कमरा लिया और तीनों कमरे में पहुंचकर कुछ सहज हुए। मनोज ने कहा, "मुझे बड़ी ज़ोर की भूख लग रही है और तुम लोगों के लिए क्या मंगवाऊं?"

"आधे घंटे के बाद रोज़ा खोलने का वक़्त हो जाएगा, तब तक तुम सब्र करो वरना..."

"ऑर्डर दे देते हैं, यह कोई साउदी नहीं है कि चटपट सर्विस हाज़िर! यहां लगेगा घंटा-पौन घंटा।" मनोज हंसा।

मनोज ने पानी का गिलास भरा और दूसरी तरफ ओट में खड़ा होकर पानी पीने लगा। रमज़ान मास में साउदी में खुलेआम खाना-पीना मना था। वहां रहकर बहुत कुछ सीखना और समझना पड़ा। उसी जीवन-शैली को देखकर वहां से आए मर्द उस तरह के आराम को अपने परिवार वालों को देना चाहते हैं मगर दिमाग़ खुलता ही नहीं। ख़रीदारी से बात आगे बढ़ती ही नहीं।

"तुम बताओ ज़ाकिर, तुम्हें अपना घरबार ठीक-ठाक मिला या..." अजीब कड़वाहट से मनोज पूछ बैठा।

"पर्दे के पीछे क्या सच है, यह तो अल्लाह ही बेहतर जानता है मनोज। अभी तो मैं आया हूं।" ज़ाकिर ने मनोज का दिल रखने के लिए महलक़ा की तारीफ़ें नहीं कीं बल्कि बात को कुछ उलझा हुआ छोड़ दिया।

"ये औरतें...इनके बग़ैर न हम जी पाते हैं और न मर पाते हैं...मां के चंगुल से छूटा तो पत्नी ने धर दबोचा...अब मन टूट चुका है उसी झूमर की तरह जिसे आज मैंने लाठी मार-मार चूर कर दिया है।" इतना कह मनोज उदासी में डूब गया।

कुछ पल यूं ही गुज़र गए।

"पांच साल बाद आया था लिट्टी-चोखा खाने...भरपेट। कब से भूखा था मैं घर के खाने के लिए...स्नेह के दो बोल के लिए और फंस गया महाभारत में।" उसकी बात सुनकर कोई कुछ नहीं बोला। उसने ही ठंडी आह भरकर कहा, "नहीं जानता कि मैं कौरव हूं या पांडव?"

कुछ पल बाद ज़ाकिर ने वातावरण का बोझिलपन तोड़ते हुए कहा, "मनोज यार, अब बस भी करो। ज़रा सोचो तो यदि हम यहां साल दो साल रह जाते और नौकरी न मिलती तो हम ग़लत रास्तों पर चल पड़ते जिन कामों के लिए बिहार सदा से न्यूज़ में रहा है। फिरौती लेते, सुपारी लेते, जेब काटते, ठगते या फिर ख़र्च चलाने के लिए इस सिर की टोपी उस सिर पर रखते और फिर जेल जाते...एक दिन पुलिस की गोली या किसी डॉन की गोली से मार डाले जाते। शुक्र करो कि इन देशों ने हमें बचा लिया है। हम मुजरिम नहीं बने बल्कि मेहनतकश मर्द बन हमने अपने ख़ानदान को कई चंगुलों से आज़ाद किया है। ग़लती इनसान से होती है। ईमानदार होने के बावजूद, सारी पाकीज़गी के बाद भी हम इनसान अपनी किसी एक कमज़ोरी से हार जाते हैं क्योंकि हमें अपने अरमान, अपने ख़्वाब पूरे करने होते हैं...मैं इस मामले में किसी एक शख़्स को कटघरे में नहीं खड़ा करता हूं। सरकार ग़लत तो आप उससे भी बड़े बेवक़ूफ़ जो आपने वोट दिया। आप कौन सा रहम अपनों पर खाते हैं जो बुराई नेताओं में ढूंढ़ते हैं। लड़की के घर वालों से पैसा निचोड़ते हैं, कम मिले तो ज़िंदगी भर उसे ताने दे-देकर जला मारते हैं या फिर दूसरी ब्याह लाते हैं। अगर यह दोनों नहीं किया तो रखैल रख पूरे घर से मुंह मोड़ लिया। क्या मैं कुछ ग़लत कह रहा हूं?" ज़ाकिर इतना कह दोस्तों का मुंह देखने लगा। उसे लगा कि तीर निशाने पर ठीक से नहीं लगा है।

"काफ़ी हद तक तुम्हारी बातों में दम है ज़ाकिर भाई।" जावेद बोला। मगर मनोज उसी तरह बैठा सस्ते कालीन के रंग उड़े फूल को घूरता रहा।

"अब तुमने कमाया, उसने ख़र्च कर डाला तो कौन सा गुनाह हो गया जो तुम तांडव नृत्य करने लगे थे? उसका भी हक़ बनता है या नहीं?"

"बिलकुल, वह भी अपना घर छोड़ हमारा घर बसाती है। हमें बाप बनाती है।" जावेद ने बहुत चबा-चबाकर कहा।

"कितना आसान होता है अपना हर गुस्सा औरत पर उतार देना और वह बेज़बान जानवर की तरह सब सह जाती है।" ज़ाकिर ने बड़े अफ़सोस भरे लहजे में कहा।

खाना आ गया था। बात वहीं ठहर गई। तीनों ने हाथ-मुंह धोया और खाना खाने में मशगूल हो गए। जावेद और ज़ाकिर ने इफ़तार के नाम पर थोड़ा सा चखा फिर वज़ू कर नमाज़ पढ़ने लगे। मनोज चुपचाप सिर झुकाए खाना खाता रहा।

नमाज़ पढ़कर दोनों उठे और खाना खाने बैठे, तब तक मनोज हाथ धोकर बिस्तर पर दराज़ हो चुका था। वह कई रातों का जागा था। ऊपर से यह दुर्घटना जिसने उसके दिल व दिमाग़ को ही नहीं बल्कि अंग-अंग को तोड़ दिया था। उसकी आंखें मुंदने लगी थीं। उसने ध्यान बंटाने के लिए मोबाइल का बटन दबाया और गाने की लहर कमरे में तैर गई। चेहरा हाथों से मल, आंखें रूमाल से साफ़ करके सिरहाने से पीठ लगाकर बैठ गया।

"तुमने एक बात बड़े पते की कही कि इन देशों ने हमें तबाह होने से बचा लिया, मैं दूसरी दिल की लगती बात कहूंगा कि हमने अपने परिवार को आसपास फैली गंदगी से नहीं बचाया।" इतना कह मनोज चुप हो गया।

दोनों खाना खा चुके थे। हाथ धोकर वह दोबारा अपनी-अपनी जगहों पर आकर बैठ गए थे।

"इधर लेट जाओ आकर, मैं बैठता हूं उधर।" इतना कह मनोज बिस्तर से उठ गया।

"मैं अपने परिवार को वातावरण के हवाले कर सुखी नहीं था इसीलिए नई संभावना ढूंढ़ना चाहता था ताकि उधर से निपट इधर आकर जम सकूं और बच्चों की परवरिश ठीकठाक कर सकूं मगर मैं जैसा ख़ाली हाथ कमाने गया था, आज फिर ख़ाली हाथ खड़ा हूं। जितना क़र्ज़ पहले उतारा था उससे दुगुना इन चीज़ों की क़िस्तों के नाम पर चढ़ गया है। अब फिर से मैं बूंद-बूंद बचाऊं तो तुमसे बात करने के क़ाबिल बनूं, फ़िलहाल तो कुछ कर नहीं सकता।" अजीब बेबसी से मनोज बोला।

"ठीक है यार। समझ ले भूचाल आ गया, सैलाब बहा ले गया, देख तो रहे हो, कहां क्या झेल रहा है आज का आदमी।" जावेद ने लापरवाही भरे स्वर

में कहा।

"मगर खड़ा तो वहीं रहा जहां था..." मनोज बुदबुदाया।

"तुम्हारी हालत समझ रहा हूं। मैंने बहन खोई, बहनोई खोया, लाखों रुपए बेकार में बहाए और अब भानजा भी पास नहीं, अब्बा कैसे अपने को समझाते होंगे यह तो वही जानते हैं...हर जगह पैसा, दिखावा, लालच, धोखा हमारा दिमाग़ ख़राब किए हुए हैं। बस दो रास्ते हैं हमारे सामने, या तो जमकर दूसरों को लूटो या दूसरों को लूटने से अपने को बचाओ...पसंद तुम्हारी है।" ज़ाकिर ने कहा।

"मैं तो किसी को लूटना पसंद नहीं करता...नुकसान सहना मुझे ज़्यादा सूट करता है।" जावेद ने अपने दोनों हाथ ऊपर उठाकर कहा।

"पहले तो हमारे यहां लड़कियां पढ़ नहीं पातीं, पढ़ती हैं तो पांचवां-छठा जैसे-तैसे पास कर लिया। चलो इलाक़ा पिछड़ा है मगर जनाब जहां लड़कियां बी. ए., एम. ए. हैं, हम उन्हें घर की मैना बना देते हैं। काम मर्दों के लिए नहीं है तो उन्हें क्या मिलेगा। यह प्रॉब्लम अपनी जगह है मगर बात हमारी सोच की भी है कि हम लड़कियों की आज़ादी से डरते हैं। एक हिस्सा रोज़ नए तजरबे से गुज़रता है, दूसरा घर की सियासत में डूबा कुएं का मेढक बना है। जवान दोनों हैं मगर बराबरी से जीने का हक़ आधी आबादी को नहीं है। जो लड़के माहौल बदलना चाहते हैं तो मां-बाप आड़े आते हैं। जहां बहुएं ठीकठाक हैं वहां उन्हें मियां का न साथ मिलता है, न आज़ादी। उलटे उनमें से कई को तो वह सब झेलना पड़ता है जो हम कहानी-क़िस्से में सुनते हैं और सोचते हैं कि यह सच नहीं है। मगर वह सब सिर्फ़ हमारे बिहार का नहीं इस पूरे मुल्क का सच है...अख़बार नहीं पढ़ते, रेडियो से ख़बरें तो सुनते हैं। टी. वी. पर तस्वीरें देखते हैं और चुपचाप तमाशाई बन जाते हैं। देश छोड़ो, समाज छोड़ो, घर में तो कुछ अच्छा कर सकते हैं मगर अपनी शरीके-हयात को, जीवनसंगिनी को ग़ुलाम बनाकर रखते हैं।"

"पर्दे से हम नहीं डरते ज़ाकिर, डरते हैं उस आज़ादी से जिसमें अनेक तरह की दुर्घटनाओं की संभावना छुपी है। उससे हम जूझते डरते हैं। साउदी में देखो, ज़माने की चाल ने उन्हें आज मजबूर कर दिया है कि अपनी औरतों का परिचय आधुनिक संसार से कराएं जबकि वर्षों से उनका पूरा सिस्टम ऊपर से नीचे तक तकनीकी दृष्टिकोण से अत्यधिक आधुनिक रहा है। बस औरतों को लेकर वे मुख्यधारा से अलग नज़र आते हैं जबकि युद्धरत देशों जैसे फिलीस्तीन की औरतें इतना नहीं घुटतीं। सीरिया, लेबनान, पहले वाला इराक़ हर जगह औरतें

दफ़्तरों में काम करती नज़र आती थीं और हैं।" जावेद ने अपनी बात रखते हुए कहा।

"बात काम करने, न करने की इतनी है नहीं, जितनी दिमाग़ी तालीम की ज़रूरत है, वह औरतों को हम नहीं दे पा रहे हैं। सिवाय बाज़ार और ख़रीदारी में हम उनको डुबो चुके हैं।" ज़ाकिर ने कहा।

फ़ोन की घंटी बज उठी। मोबाइल पर आया नाम मनोज कुछ पल देखता रहा फिर फ़ोन ऑफ़ कर मेज़ पर रख दिया। चेहरे के भावों ने जावेद और ज़ाकिर को बता दिया था कि फ़ोन बीवी का है या फिर बच्चों का है।

कुछ देर तक कमरे में ख़ामोशी छाई रही।

"अच्छा मनोज, अब हम चलते हैं। तरावीह भी पढ़नी होती है। तुमसे फ़ोन पर कल बात करूंगा।" एकाएक ज़ाकिर ने उठते हुए कहा।

"अभी एक-दो दिन हूं यहां, कुछ सोचता हूं। फ़िलहाल तो दिमाग़ काम नहीं कर रहा है।"

"ठीक है यार, ये सारे हादसे ज़िंदगी की सच्चाइयां हैं। इनसे हम भाग नहीं सकते हैं।" ज़ाकिर ने मनोज का शाना थपथपाया।

"कल मेरी तरफ निकल आओ अगर दिल चाहे।" जावेद बोला।

"ठीक है, अभी तो कई दिनों की नींद पूरी करूंगा, जेटलाग है...थोड़ी-थोड़ी देर बाद चक्कर महसूस होता है।" मनोज ने कहा और उन्हें होटल की गैलरी तक छोड़ने गया।

कमरे में लौट मनोज कुछ देर सिर पकड़े बैठा रहा। उसे अपनी ग़लती और लापरवाही का अहसास जागा। उसने गहरी लंबी सांस ली।

'काश! एक अलग बचत खाता खोलता तो आज लाखों का नुकसान न होता।' उसने कपड़े बदले और लाइट बुझा बिस्तर पर लेट गया। लेटते ही उसे नींद ने घेर लिया।

अचानक उसकी आंखें खुल गईं। समझ नहीं पाया नींद टूटने की वजह क्या है? करवटें बदलीं मगर रूठी नींद वापस नहीं आई। उसने बटन दबाया और रोशनी में उसने कमरे का निरीक्षण किया फिर चुपचाप बैठ गया।

'हम, जब घर लौटते हैं तो तरह-तरह की चीज़ें ख़रीदकर लाते हैं। कुछ फरमाइशें होती हैं। कुछ अपना शौक़ होता है। अगर बीवी ने नादानी कर डाली थी तो उसे उन चीज़ों पर अपना क्रोध नहीं निकालना चाहिए था। पता नहीं वाशिंग मशीन और फ्रिज बचा भी या नहीं, उसने पूरी ताक़त से उसे उलट दिया

था। सारे मुहल्ले ने सुना, उसके दोस्तों ने जाना, इस सबसे फ़ायदा क्या मिला, नुक़सान दर नुक़सान?"

उसने तकिए के नीचे से फ़ोन निकाला। उसे ऑन किया फिर कुछ झिझककर उसे रख दिया। उसका दिल नर्म सा पड़ने लगा जैसे मोम पिघल रहा हो जो उसे जला भी रहा था।

एक झटके से उसने फ़ोन उठाया और घर का नंबर दबाया। गला भर आया था।

"हलो!" उधर से रुआंसी आवाज़ उभरी।

"ठीक बानी।" इतना कह उसने फ़ोन बंद कर दिया।

दिल का बोझ हट गया। वह बिस्तर पर लेट गया। आंखें बंद कर लीं। पुरानी यादें आंखों के सामने झूला झूलने लगीं।

पहली रात वह शान्ता का घूंघट हटा के धक से रह गया था।

इतनी सुंदर पत्नी उसके भाग्य में लिखी थी!

उसके टूटे घर में, काई भरी दीवारों के बीच वह पेट्रोमैक्स बन दमकती थी।

'तुम मेरे इस घर को अपनी तरह सुंदर बना, सजाना संभालना। मैं कमाकर लाऊंगा, तुम ख़र्च करना।'

उसकी यह बात शान्ता ने पहली रात को गिरह बांध ली थी। सप्ताह भर बाद कच्चा आंगन लिपकर चिकना हो गया। दीवारें खुरचकर साफ़ हो गईं। टूटी चीज़ें मरम्मत पा सलीक़े से सिमट गई थीं। जो आता वह तारीफ़ें करता था। फिर वह समंदर पार चला गया। जो कमाया, मां-पिताजी की बीमारी और अंतिम संस्कार में लग गया। दोबारा गया और लौटा तो बच्चे बीमार पड़ गए। इस बार गया तो सोचा लंबा रहूंगा और मेहनत करूंगा। अपनी मेहनत और दीवानगी में वह शान्ता से कही बात भूल गया। भविष्य के लिए बनाई अपनी योजना का भी ज़िक्र करना भूल गया। दूर बैठी औरत को तो सिर्फ़ शादी के बाद की बातें याद रहीं जो प्रेम से भरपूर थीं, जिसके सहारे वे सावन की सूनी रातें आह भरते और शीत ऋतु की बर्फ़ीली रातें सुबह तक ठिठुरते हुए उसने गुज़ारी थीं। एक वक़्त खाकर भी टपकते छप्पर के नीचे गुज़ारा किया था।

'जिस मुल्क से मैं इतना कमाकर लाया हूं वहां से मैंने क्या सीखा? ऐसे पति को तो वहां की पुलिस घरेलू हिंसा के चलते कब का सलाखों के पीछे कर चुकी होती।' उसे अनेक घटनाएं याद आईं और उसका दिल दुखने सा लगा।

'औरत को आराम देना मर्दों का कर्तव्य बनता है और उसने उस धर्मपत्नी का सपना तोड़ दिया कि वह आधुनिक उपकरणों से सजे घर में एक दिन रहेगी। फिर यह सारा तामझाम नए खोले ऑफ़िस में काम आ जाता मगर मैं धैर्य खो बैठा। पूरे पांच साल बाद घर लौटा था।' मनोज ने साथ लाया बैग उठाया और कमरे का दरवाज़ा खोल बड़बड़ाया...

"हमनी मरद कब होशियार हुइम भगवान्!"

रात अंधेरी थी मगर सीवान से पिपरिया का रास्ता दूर ही कितना था!

25

मलकानूर से मिलने उसका शौहर नदीम जब शरीफ़ सिद्दीक़ी की चौखट पर पहुंचा तो जाने क्यों और कैसे उसके दिल से मलकानूर के लिए हमदर्दी का जज़्बा ग़म और गुस्से में बदलने लगा। उसकी मर्दानगी को गहरी ठेस लगी। शायद इसीलिए कि वह बिना जुर्म के एक ग़ैर इनसान के घर अपने ज़ाती झगड़ों को सुलझाने के लिए बिन बुलाए मेहमान की तरह खड़ा है।

उसने दरवाज़े पर दस्तक दी और सिर झुकाकर खड़ा हो गया। उसके कानों में चचा की आवाज़ गूंज रही थी।

"उसे जैसे-तैसे फुसलाकर मनाकर लाओ, फिर हम जानते हैं कि ऐसी मेहरारू के साथ क्या करना चाहिए जो अपनी रस्सी तुड़ा दूसरों के थान पर जा खड़ी होती हैं। यह काम तो गाय-भैंसियां भी नहीं करतीं।" वह कांपकर रह गया। नदीम को इस खेल के अंजाम का पता था कि मलकानूर की इस नादानी को यदि वह नज़रअंदाज़ कर भी देगा तो न अपने और न ग़ैर उसे माफ़ करने वाले हैं। अकेली होती तो चलो अपनी जान लेकर भागी मगर पीछे मासूम बच्चे को किसके भरोसे छोड़ गई? पंचायत बैठेगी। हर आदमी उसको सख़्त से सख़्त सज़ा देना चाहेगा और जी भरकर जगहंसाई होगी। उसने माथे पर छलक आए पसीने को पोंछा और दिल ही दिल में दुआ पढ़ी कि वह बातचीत में अपना आपा न खो सके।

दरवाज़ा लंबे इंतज़ार के बाद खुला और खोलने वाली खुद मलकानूर थी। उसके चेहरे का रंग उड़ा और मुंह से निकला, "आप हईं?"

जवाब में नदीम कुछ नहीं बोला।

"घर पर केहू न बा आप बाहरे बइठीं, उ लोग अब अइते हुईं।" इतना कहकर उसने फटाक से दरवाज़ा नदीम के मुंह पर बंद कर दिया। नदीम को गहरा झटका लगा। सदमे की हालत में चंद सेकंड वह खड़ा रहा फिर मायूसी से भर उठा और वहीं पड़े एक मोढ़े पर कांपते पैरों के साथ बैठ गया।

उसने आज तक मलकानूर पर कभी हाथ नहीं उठाया था। लेकिन इस

वक़्त उसे महसूस हो रहा था कि काश! वह एक ज़ोर का झापड़ उसके गाल पर जड़ उसकी दोनों कलाइयां पकड़, हाथों को पीठ पर बांधकर पूछे, 'क्या मेरी मुहब्बत और वफ़ा की यही क़ीमत है?'

उसे गुज़रे दिन याद आए जब वह अम्मां को अलग और मलकानूर को अकेले में समझाता था। उसने सास और बहू के बीच समझदारी और प्यार का पुल बनाने में बड़ी मेहनत की थी मगर वह रीति-रिवाजों और पिछड़ी सोच के शिकस्ता पुल के ढांचे को नहीं तोड़ पाया था जो दोनों औरतों के बीच आज भी झूल रहा था।

'मैं क्या करती नदीम, अगर सख़्ती न करती। जाने कैसी-कैसी बातें दूसरों की बहू-बेटियों के बारे में सुनने को मिलती हैं। बेटे की अमानत और अपना समझ हमने उस पर नज़र रखी ताकि बाहर वाले कुछ कह न सकें मगर वही हमारे मुंह पर कालिख पोत गई जिसकी हिफ़ाज़त में हम रात-दिन पहरेदार बने रहे?'

नदीम ने गहरी लंबी सांस भरी और गर्दन पर चलती चींटी को उंगलियों से मसला। उसका गला खुश्क हो रहा था मगर वह पानी के लिए दरवाज़ा खटखटाना नहीं चाहता था।

'यार नदीम, हम अपनी नई-नवेलियों को छोड़कर, किसी एतमाद के तहत यहां आते हैं कि वह हमारे पीछे शौहर की इज़्ज़त का पास और घरवालों का ख़याल रखेंगी, घरवाले बहू को प्यार और इज़्ज़त देंगे, मगर दोस्त होता कुछ और है। या तो हमारे पीछे पॉवरगेम चलता या फिर बेवफ़ाई।' नदीम को अपने दोस्त की कही बात याद आई।

'मतलब?'

'अभी घर गया था। आंगन में नया बच्चा खेलता देखा, पूछा तो पता चला कि मेरा है...मैं तीन साल बाद लौटा था। सिर से पैर तक हिल गया। पहले लगा मज़ाक़ चल रहा है मगर शाम तक जब सभी ने उस साल भर के बच्चे को खिलाते हुए कहा, 'मिट्ठू! तुम्हारे पापा आए हैं?' तो मैंने घबराकर भाभी को देखा। उन्होंने मुंह फेर लिया। दिल में ठान लिया कि रात को अफ़साना का गला घोंट दूंगा मगर...इससे पहले कि मैं कुछ कहता वह बोल पड़ी।

'कुछ और न बने तो मुझे ज़हर ला के दे सकते हैं?'

'क्यों? ज़हर तो हमको खाना चाहिए। तुम जैसे अभी तक ज़िंदा हो, आगे भी ज़िंदा रहो।'

'मर तो मैं उसी दिन जाती जब बड़के जेठ जी हमारे कमरे में घुसे और ज़ोर-ज़बर्दस्ती कर बैठे। कोई कुछ नहीं बोला। न आपकी मां, न बाप, न छोटे जेठ और देवर। औरतें भी, बड़ी भाभी, दोनों देवरानियां, चुप रह गईं। बस उन्होंने आंसू पोंछे हमारे मगर...घर भी नहीं जाने दिया कि कहीं मैं उनकी बदनामी न कर बैठूं।'

'फ़ोन दे गया था न, तो मिसकॉल क्यों नहीं मारी?' पसीने से तर कमज़ोरी भरी आवाज़ से मैंने पूछा था। इस ख़बर के लिए मैं तैयार न था।

'बच्चा गिराना चाहा तो वह भी न कर सकी, बताने पर धमकी थी कि...' वह चुप हुई फिर तैश में भरकर बोली, 'क्या कहती? कहती तो आप भागे आते क्या? जब आए हो तो फ़ैसला करके जाना कि मैं जिसके बेटे की मां हूं वह मेरा शौहर है या फिर तुम...अगर तुम भी चुप रहे तो फिर मुझे थोड़ा सा ज़हर ला के दे दो। मैं और मेरा बेटा हमेशा के लिए सो जाएंगे, तुम दूसरी ब्याह लाना।'

"सलाम अलैकुम! आप इस तरह बाहर बैठे हैं?" शरीफ़ ने छप्पर के बाहर से उसे देखते हुए ऊंची आवाज़ में कहा।

नदीम गहरे ख़्वाब से जैसे जागा हो। अजनबी आंखों से उसने शरीफ़ को फिर अपने चारों तरफ देखा और चौंककर उठ खड़ा हुआ।

"अंदर आइए...आज बड़ी उमस है, शायद बारिश हो।" कहते हुए उन्होंने दरवाज़े पर दस्तक दी। उनकी बीवी को शायद घुटना-दर्द की शिकायत थी या क्या था जो वह लंगड़ा रही थीं। उनके पीछे-पीछे वह भी अंदर दाख़िल हुआ और मलकानूर की तरफ नज़र उठाकर भी नहीं देखा। उसके दिल व दिमाग़ में दुःख, नफ़रत, नाउम्मीदी और गुस्से का बवंडर उठ रहा था। यह उसके अकेले का गुस्सा नहीं था बल्कि उस आग पर उसके दोस्तों के तज़ुरबों के तेल की धार भी गिरकर शोलों को भड़का रही थी।

'किस पर यक़ीन करे...किस पर यक़ीन करे इनसान...? इनसान पर या रिश्तों पर या फिर क़िस्मत के लिखे पर...आख़िर किस पर?' उसके ख़ून में उबाल इस सवाल के साथ बढ़ रहा था। सिर दर्द से फटा जा रहा था।

"रोज़ा हो न?" शरीफ़ सिद्दीक़ी ने पूछा।

"जी नहीं।" नदीम ने खुश्क गले से कहा।

"पानी।" मलकानूर एक साथ शरबत और पानी से भरा गिलास उठाए खड़ी थी। न चाहने के बावजूद उसने हाथ बढ़ा पानी का गिलास उठाया और एक सांस में ज़हरमार कर गया फिर ख़ाली गिलास रख उसने शरबत का गिलास

उठाया।

"बेटा, हमें ग़लत मत समझना, हमने लावारिस समझकर जगह दी थी। बाद में पता चला तो...तुम दोनों जवान हो। पढ़े-लिखे भी, मैं समझता हूं कभी-कभी ऐसा होता है।"

नदीम चुपचाप घूंट भरता रहा। उसे तो अब सिर झुकाकर सबकी नसीहतें और फ़ैसले सुनने ही सुनने हैं।

बिजली अभी तक आई नहीं थी या फिर इस गांव में कभी आती ही न हो।

"तुम लोग बात करो, मैं दूसरे कमरे में हूं।" कहकर शरीफ़ सिद्दीकी अंगोछे से हवा करते उठे और बाहर निकल गए। उनके जाते ही मलकानूर हाथ का पंखा लेकर दाख़िल हुई और घुमाने लगी। नदीम को हलकी सी राहत महसूस हुई मगर मुंह से निकला, "ऐ सब काहे? न चाही पंखा के हावा।"

"हमरा के गर्मी लागता अकेले तोहरे नईखे।" मलकानूर का उखड़ा लहजा उसे अंदर तक छील गया।

वह धीरे-धीरे शरबत का घूंट भरता रहा। पंखे की हवा और ठंडे शरबत ने उसकी बेहौसला बिखरी कैफ़ियत को संभाला। उसने बेचारगी भरी नज़रों से मलकानूर को देखा जिसकी आंखें डबडबाई हुई थीं। उसने अपनी आंखें तेज़ी से फेरीं और पूछ बैठा, "काहे किया यह सब?"

"मरने से पहले ज़हर खाया चूहा भी घबराकर ताज़ा हवा में सांस लेने के लिए छटपटाता है।"

"ते का चाहत तारूस?"

"तोहरा के बतइले बानी, एकेगो बात बेर-बेर का बताई?" उसकी आवाज़ में इस बार गुस्सा नहीं, थकन थी।

"तुम मेरी मजबूरी जानती हो..."

"मैं भी तब मजबूर हूं...आपने शादी मुझसे की थी। निभाना भी आपको पड़ेगा वरना मैं कब तक इस तरह के लांछनों का बोझ ढोती रहूंगी।" मलकानूर का चेहरा एकाएक तमतमा उठा।

"यहां से अच्छा था मायके जा छुपतीं, वहां काहे नहीं गईं?" नदीम ने झुंझलाकर पूछा।

"वह हमारा मायका नहीं, क़साईबाड़ा है। मां-बाप दूसरे दिन हमको पकड़ उसी खूंटे पर बांध आते, उनकी तो अब क्या ज़िम्मेदारी है। ब्याह दी लड़की

तो जाए मरे या..." उसका गला रुंध गया।

"एक बार घर चलो, वहां खुलकर बातें करेंगे।" नदीम ने नर्म लहजे़ में कहा।

"कभी नहीं, जानती हूं वहां जाकर आपके बड़के चचा और उनके दामाद हमारे साथ क्या करेंगे...नफ़ीसा भाभी की जलती लाश हम भूले नहीं हैं...कह दिया बाढ़ में बह गई। हर साल तो नेपाल का छोड़ा बाढ़ का पानी बहुत कुछ बहा ले जाता है, मुझे भी बहा ले जाएगा।" मलकानूर ने गहरी सांस लेकर कहा।

"और जो यहां से तुम्हें खींचकर रात के अंधेरे में ले गए वे लोग जिनसे डर रही हो तो?"

"वे सब पहले ही दो केसों में फंसे हैं, आगे कोई ग़लती नहीं करेंगे जिसमें दूसरे गांव वाले गवाह बने।" मलकानूर तल्ख़ी से हंस पड़ी।

"तो तुम अपनी बात पर अड़ी हो?"

"हां, या तलाक़ दो या फिर मुझे अलग रखो या अपने साथ ले चलो।" मलकानूर ने ज़िद भरे लहजे़ में कहा।

"कितनी बार बताऊं तुम्हें कि मैं फैमिली दुबई नहीं ले जा सकता हूं। हर मुल्क का कोई क़ानून होता है, ख़ासकर बाहर के वरकर्स को लेकर..."

"तो यहां रखो एक कमरे का मकान किराए पर लेकर।"

"जानती हो किस ख़तरे को न्योता दे रही हो? अकेला रहना एक ख़्वाब हो सकता है मगर उसकी ताबीर मौत है। तुम्हें कोई ज़िंदा नहीं छोड़ेगा क्योंकि...क्योंकि..."

"मौत से नहीं डराओ मुझे, किसी को तो शुरुआत करनी पड़ेगी फिर 'क्योंकि' क्यों?"

"क्योंकि फिर हर घर टूट जाएगा। कोई बहू न बूढ़े सास-ससुर के साथ रहेगी न ही पोता-पोती। तुम्हारी मौत की कु़र्बानी को कोई नहीं मानेगा।" बाक़ी की बातें उसके गले में फंस गईं।

"यह तो एकतरफा इंसाफ़ हुआ न!" मलकानूर ने कुढ़कर कहा।

"इंसाफ़ और बेइंसाफ़ी की बात से अहम सवाल है कि क्या हम सब ऐसा चाहते हैं? जवाब ज़्यादातर 'नहीं' में होगा क्योंकि छोटी सी ज़मीन कितनी जगह बंटेगी और उससे कौन क्या खा पाएगा...रहा यह नौकरिया...धोखे की टट्टी है, आज खड़ी है तो कल गिर जाएगी। तब?"

नदीम ने कहा तो मलकानूर चुप रही।

"यहां नौकरी अगर मिलती तो मैं बाहर क्यों जाता? क्यों रात-दिन तुम लोगों के सुख के लिए वहां खटता और तुम...नाक पर बैठी मक्खी हंकाने की जगह नाक कटाने पर तुली हो...सच पूछो मेरी इतनी आमदनी नहीं है कि मैं दो गृहस्थी चलाऊं...मैं मजबूर हूं...मैं वाकई मजबूर हूं।" नदीम ने लंबी ठंडी सांस भरी।

मलकानूर ख़ामोश रही। पंखा झलना बंद हो गया था। कमरे में उमस बढ़ गई थी।

"मेरा बेटा मुझे चाहिए।" मलकानूर की आवाज़ उभरी।

"बेटा?" नदीम ने इतना कहा और दुःख भरी नज़रों से बीवी को देखा जो बात की संजीदगी को समझ ही नहीं पा रही है कि खुद उसकी जान अब मलकानूर ने ख़तरे में डाल दी है। उसके क़दम अगर मलकानूर की तरफदारी में उठे तो बिरादरी उसका हुक्का-पानी बंद कर देगी और उसकी खुद की जान का ख़तरा बढ़ जाएगा, तब बूढ़े मां-बाप, बच्चे का पुरसानेहाल कौन होगा...यह नादान औरत...बात समझ क्यों नहीं रही है?

"मुझे बेटा चाहिए...मैंने उसे नौ माह पेट में रखा है।" मलकानूर ने तेज़ आवाज़ में कहा तो नदीम चौंक पड़ा।

"बेटा? वही बेटा जिसे तुम लावारिस समझ छोड़ आई थीं? किसके भरोसे? वह हमारा बेटा था लेकिन अब जब तुम मेरे मां-बाप के साथ रहना नहीं चाहतीं तो फिर वह तुम्हारा बेटा कैसे हुआ? उसके लिए नई मां तो आ सकती है मलकानूर मगर तुम्हें तुम्हारा बेटा अब कभी वापस नहीं मिलेगा, मेरे चाहने के बावजूद भी नहीं, क्योंकि हमारे रिवाजों के ताने-बाने ही हमें ज़िंदा रखे हैं। एक-दूसरे के सहारा बने, एक-दूसरे के साथ रहकर ही हमको चलना सीखना होगा वरना तुम्हारी यह खुदग़र्ज़ बग़ावत हमें कहीं का नहीं रखेगी, समझीं।" इतना कहकर नदीम अपनी जगह से उठा और खींच के एक के बाद एक चांटे मलकानूर के मुंह पर दे मारे और दांत पीसकर बोला, "मेरी शराफत का तुमने जो सिला दिया है यह उसका जवाब है। हम तुमसे वफ़ादार रहे, सारी कमाई हाथ पर ला के दें, तुम्हें मां बनने का शर्फ दें और जवाब में तुम लोग हमारे घरवालों की ज़रा सी चूक, ज़रा सी कड़वाहट, ज़रा सी भूल को माफ़ नहीं कर सकतीं तो ठीक है बैठी रहो सारी ज़िंदगी ठूंठ बनी हुई और पलने दो बेटे को सौतेली मां के साथ। अगर औरत होकर तुम्हारा दिल पत्थर का हो सकता है तो मर्द तो होता ही संगदिल है...अल्लाह हाफिज़।" इतना कह नदीम सामने खड़ी मलकानूर

को धक्का दे कमरे से बाहर निकला और दरवाज़ा खोल घर से बाहर निकल गया।

मलकानूर को कहानी के इस ख़ात्मे का ख़्वाब व ख़याल में भी गुमान न था। वह उसी तरह कुर्सी पर गाल पर हाथ रखे बैठी रह गई जैसा धक्का खाकर गिरी थी।

कुछ देर यूं ही गुज़र गई।

"क्या हुआ बबुनी?" शरीफ़ की बीवी कमरे में आईं और पूछने लगीं, "काहे ऐसे बैठी हो?" कहकर जो उन्होंने मलकानूर का हाथ हटाया तो देखा उसके गालों पर उंगलियों के लाल-नीले चकत्ते उभरे हुए थे। वह सिर थामकर बैठ गई।

नदीम बुरी तरह से टूटा जब घर पहुंचा तो बेटा अपनी तुतली ज़बान में, "पापा...दादी पापा!" कहता हुआ नदीम के पैरों से लिपट गया। नदीम ने झुककर बेटे को गोद में उठाया और उसके गालों पर प्यार किया फिर जेब से दो टॉफियां निकाल उसके हाथों में थमाईं।

"पापा...मम्मी?"

"आएगी...अभी डॉक्टर साहब सूई लगा रहे हैं। ठीक होने पर आएगी।" नदीम ने बेटे को थपका और गोद से उतारा।

"क्या हुआ?" चचा जो देर से आकर बैठे थे, पूछ बैठे।

"कुछ नहीं...उस क़िस्से को भूल जाइए।"

नदीम ने जिस तरह कहा उससे देर तक ख़ामोशी छाई रही।

"ये फ़िल्में...तीन घंटे वाली देखकर जो लड़कियां नहीं बिगड़ीं, वे ये सीरियल देख-देख के पगला गई हैं। भूल गई हैं अपनी ज़िंदगी की सच्चाई और हीरोइनों का सच जीने लगी हैं जो पैसे के लिए यह सब करती हैं और घर जाकर उसी चूल्हे पर रोटी सेंकती हैं जो ख़ानदान का पेट भरता है।" चचा धीरे-धीरे कह रहे थे और लाठी से कच्ची ज़मीन पर निशान बना रहे थे।

"सारा खेल तक़दीर का है...हम कौन सा उस पर ज़ुल्म करते थे। हां, रोका-टोकी में सख़्ती ज़रूर बरतते थे।" नदीम की मां बोलीं।

"वह सख़्ती अब किसी को नहीं भाती है...फिर ज़माना भी बदल रहा है...हमको उसके साथ थोड़ा-बहुत बदलना चाहिए था।" नदीम के बाप ने टूटती आवाज़ में कहा।

"पानी सिर से बहुत ऊपर जा चुका है...उस पर ख़ाक डालिए। आना हो तो आए, न आना हो तो न आए। बाबू आपसे न संभले तो बहन के घर कुछ दिनों के लिए भेज दीजिएगा मगर अब मैं उसे न मनाने जाऊंगा और न किसी झगड़े में पड़ना चाहता हूं। चचा, आप भी उस पर ख़ाक डालें। पंद्रह दिन बाद मुझे जाना है। पीछे पुलिस की तफ़तीश को कौन झेलेगा? इसलिए यह क़िस्सा यहीं दफ़न करता हूं। मानकर चलिए मलकानूर मर गई।" इतना कह नदीम गुसलख़ाने की तरफ बढ़ा।

"जैसी नदीमवा की मर्ज़ी! हम भी चलें, अफ़तार से पहले पहुंचना है।" कहते चचा अपनी जगह से उठ खड़े हुए।

आंगन में सोग की चादर बिछ गई थी जिस पर नन्हे-नन्हे पैर दौड़-दौड़कर अपने निशान बना रहे थे।

रात को तेज़ बारिश ने माहौल को बदल डाला। सारे दिन का थका-हारा नदीम गहरी नींद में डूब गया। सारी रात ख़्वाब में कभी दुबई तो कभी घर के बीच घूमता रहा। सहरी वालों की आवाज़ से उसकी नींद टूटी तो वह बिस्तर छोड़ उठ बैठा। बच्चे के रोने की आवाज़ सुनाई पड़ी।

'आप मुझे थोड़ा ज़हर ला दीजिए ताकि मैं और मेरा बेटा...' नदीम के कानों में दोस्त का कहा जुमला गूंजा।

'वह कहानी मेरी कहानी से कितनी अलग है। वह औरत और मैं मर्द मगर ग़ैरत पर गहरी चोट तो लगी है, तभी तो...मैं भी ज़रा सा ज़हर अपने बेटे को चटा ख़ुद बाक़ी फांककर इस उलझाव से आज़ाद हो सकता हूं...पहली ज़िंदगी अगर इतनी चोटें लगा सकती है तो दूसरी...दूसरी बीवी, सौतेली मां, पूरा क़िस्सा क्या अपने को दोहराकर उस पर ज़ख़्मों के निशान नहीं छोड़ेगा?'

'कितनी बोझ बन जाती है यह ज़िंदगी कभी-कभी?' उसने अपने अंदर का सफ़र ग़मों के रेगिस्तान पर जारी रखा मगर ऊपर से अपने को लापरवाह सा दिखाते हुए सहरी खाने बैठा।

बेटा सो चुका था। अज़ान की आवाज़ गूंजी तो सब नमाज़ के लिए खड़े हो गए।

जावेद और ज़ाकिर जब वकील के यहां पहुंचे तो वह सीट पर मौजूद नहीं था। दोनों ने तय कर लिया कि अगर इंतज़ार करना पड़ा तो वे दोनों सारी रात वहीं

गुज़ार देंगे।

दोनों के बीच नवेद और मलकानूर के मामले को लेकर बातें चल रही थीं, उनका ख़याल था कि मलकानूर को घर नहीं छोड़ना चाहिए। इससे उसने लोगों की हमदर्दी खो दी है। बदलाव की सख़्त ज़रूरत है। बेशक वह अपनी तकलीफ़ों को खुलकर सबके सामने रखती। पता नहीं बिना सोचे-समझे एक बचकाना क़दम उठा बैठी। मुझसे कभी कुछ नहीं कहा। शायद तब हम उसका किसी हद तक साथ भी देते मगर मौजूदा हालात को देखते हुए उसकी तरफदारी में कोई बंदा खड़ा नहीं होगा। न हम, न तुम। सब नदीम की तरफदारी करेंगे। आख़िर हम भी तो कितना सहते हैं। बस वहां लात-घूंसा नहीं खाते हैं मगर हर तरह का ह्यूमीलिएशन सुबह से शाम तक सहते हैं। सिर्फ़ मालिक से नहीं बल्कि अपने हमवतनों और पड़ोसी देश, पाकिस्तानियों के बीच में कि हम बिहारी हैं...यक़ीन जानो हम उनसे चौगुना काम करते हैं तो भी हम टिटनेस कहलाते हैं...हमारे लिए बिहार और बिहार के बाहर की ज़मीन कितनी तंग है?

दु:ख-सुख कहकर दोनों अपना वक़्त काट रहे थे। वकील का दूर-दूर कहीं पता न था। मोबाइल बंद आ रहा था। लगभग चार बजे वह आया और काग़ज़ मेज़ पर फेंक बोला, "आपका काम हो गया है...तारीख़ भी मिल गई है। हो सकता है बच्चा ईद आपके साथ ही मनाए।"

"कमाल हो गया यह तो?" जावेद ने आगे बढ़कर ज़ाकिर को सीने से लगाया। दोनों दिल खोलकर हंसे।

"जान लगा दी ज़ाकिर साहब आपके केस में...आसान नहीं था लड़के की कस्टडी लेना। आपकी अपोजिट पार्टी रिश्वत देने में बड़ी माहिर है।" वकील हंसा।

"अभी यह रखिए। यह आपकी फीस है, रिश्वत नहीं।" कहते हुए ज़ाकिर ने पर्स से निकालकर ख़ासी मोटी रक़म वकील के हवाले की और उसके दिए काग़ज़ बेचैनी से उलटने लगा।

"ठीक है, फिर मिलते हैं।" कहते हुए ज़ाकिर ने वकील से हाथ मिलाया और स्कूटर की तरफ बढ़ा।

पौड़कियां और खाजा रास्ते में बंधवाए और घर की तरफ स्कूटर मोड़ा तो जावेद बोला, "यार, मुझे मेरे घर पर छोड़...रमज़ान का महीना है, थोड़ी-बहुत इबादत भी कर ली जाए।"

"ठीक है।" ज़ाकिर ने स्कूटर का रुख़ बदला और जावेद को उसके घर

के बाहर छोड़ वह पेट्रोल पंप की तरफ बढ़ा। टायर की हवा भी चेक करानी थी।

"राम-राम, भैया। कब लौटे?" पेट्रोल पंप के लड़के ने पूछा।

"कैसा है लोकेश तू? जल्दी कर, घर पहुंचना है।"

"पता नहीं, इस स्कूटर से आपको क्यों प्यार है...घूरे पर फेंकने लायक़ है।" लोकेश हंसता हुआ गुटका मुंह में डालकर उसे धीरे-धीरे चबाता हुआ बोला।

"यह मत खा, कैंसर है।" ज़ाकिर ने उसे घूरा।

"कैंसर नहीं, एनर्जी है...पॉवर है।" पंद्रह साल का लोकेश हंस पड़ा।

"पगला।" ज़ाकिर भी हंस पड़ा।

स्कूटर सड़क पर दौड़ाते हुए वह सोच रहा था कि आज का दिन कितना मुबारक है। बहन की रूह को उधर सुकून मिलेगा और इधर बाप के कलेजे में ठंडक कि उनका नवासा ईद तक उनके क़रीब होगा।

उसने स्कूटर पार्क किया ही था कि घर का दरवाज़ा खुल गया। उसने चाबी घुमाई और स्कूटर को अंदर ले जाकर दीवार के पास खड़ा किया। डिक्की से मिठाई के डिब्बे निकाल बच्चों के हाथों में दिए और दौड़कर बाप के कमरे में दाख़िल हुआ।

डॉक्टर झुके ज़हूर का मुआयना कर रहे थे और महलक़ा परेशान खड़ी थी। ज़ाकिर की सांस जैसे रुक गई!

"परेशानी की कोई बात नहीं है, इनकी प्रोग्रेस तो ठीक है, बस खाने-पीने में परहेज़ करें।" डॉक्टर ने कहा।

"शुक्र है मेरे अल्लाह!" ज़ाकिर ने कहा और बाप के पास पहुंच उनके पलंग की पट्टी पकड़ बोला, "अब्बा...अब्बा मुबारक हो। सलीम बस आने ही वाला है, देखिए यह काग़ज़।"

डॉक्टर ज़ाकिर का बचपना देख मुस्करा पड़ा, फिर बैग लेकर महलक़ा के साथ बाहर निकला।

26

नदीम रात का खाना खाकर जब छत पर सोने को गया तो पीछे-पीछे बेटा भी सीढ़ी चढ़ने लगा फिर अंधेरे में सीढ़ी से लुढ़क रोने लगा। मोबाइल की रोशनी में नदीम नीचे उतरा। देखा बेटे के माथे से खून निकल रहा था। घर में न डिटॉल था, न एंटीसेप्टिक मरहम। मां ने कड़वे तेल से भीगा कपड़ा माथे पर रखा जिसने बहता ख़ून तो बंद कर दिया मगर नदीम के दिल का फोड़ा बड़ी शिद्दत से टीस उठा था।

'आप मुझे थोड़ा सा ज़हर लाकर दे देते तो मैं...' वह जुमला रह-रहकर नदीम का पीछा कर रहा था। उसे दोस्त की बाक़ी कहानी याद आने लगी।

'मैं क्या कहता उससे, वह ज़हर मांग रही थी या फिर अपना हक़। बच्चे का असली बाप ही उसका बाप कहलाए वरना ज़िंदगी भर वह दबे तानों और तिरछी मुस्कराहट को झेलती रहेगी और बच्चा जो क़ानून की नज़र से हरामी हुआ उसका मुस्तक़बिल...उसने सुना तो...तो...इन सारे सवालों का उसके पास कोई जवाब न था। मिलन की वह ख़ूबसूरत रात हक़ीक़त की ज़मीन पर तेज़ाबी रात में तब्दील हो चुकी थी। पास बैठने पर जिस्म में फफोले उभर आए थे। उसने जब पूछा था, मैं पराई औरत हूं या फिर आपकी ब्याहता, यह तय करके आप मुझे हाथ लगाएंगे और वह भी इस शर्त पर कि सज़ा गुनहगार को मिलेगी या नहीं? मैं कांपकर रह गया। दिल थाम लिया। यह सदमा बड़ा जानलेवा था। जिस भाई ने बाप के मरने के बाद दस्तार माथे पर बांधकर क़सम खाई थी कि वह पूरे ख़ानदान की मुहाफ़िज़ बनेगा वह ही दरिंदा बन बैठा?

'बीवी से सच जान लेने के बाद मैं .इयों से आंख नहीं मिला पाया। मुझे सब नामर्द लगे। छोटी भाभियों को देखता तो सिहर जाता कि क्या भाई इन्हें बख़्श देंगे या फिर बरसात की अंधेरी रात में बादलों की गड़गड़ाहट और बिजली की कड़क के शोर में इन औरतों की आवाज़ कोई नहीं सुन पाएगा। कोई भी नहीं।'

नदीम ने सिर को झटका। आंखें बंद कीं मगर दोस्त की आवाज़ पीछा करती रही।

'बेटा मेरी तरफ हाथ बढ़ाता तो मैं उसे गोद में उठाने की जगह सिर्फ़ देखता रह जाता। बीवी के कमरे में जाता तो उसकी तरफ पीठ कर सो जाता था। लौटने के दिन क़रीब आ रहे थे। घर वैसे ही चल रहा था जैसे बरसों से चलता आ रहा था मगर मेरी ज़िंदगी कहीं ठहर गई थी।

'वह मेरी ब्याहता है या मेरे भाई की रखैल? वह मेरी बीवी की नाजायज औलाद है या मेरे भाई का बेटा? मैं अपने पैरों के नीचे दलदल महसूस करता जिसमें धंसता ही जा रहा था। चीख़ता हूं तो बदनामी और हासिल कुछ नहीं। यह सब तो होता चला आया है। मुझे यही जवाब मिलने की उम्मीद थी।'

'फिर?' नदीम ने उसकी लंबी ख़ामोशी को तोड़ा।

'फिर कुछ नहीं, गांव छोड़ने से पहले हमने साथ-साथ खाना खाया और मैं बस पकड़ शहर आया और रेलगाड़ी पकड़ी। जब हवाई अड्डे पर पहुंचा तो फ़ोन बज उठा। बीवी की मिसकॉल थी। वह सिर्फ़ इत्तला भर थी।'

'तुम्हारे भाई अब नहीं रहे।' मैंने इतना सुनकर फ़ोन बंद कर दिया।

'यह कैसे हुआ? हार्ट अटैक?'

दोस्त चुप रहा। शायद उसकी आंखें भीग गई थीं। आवाज़ गले में फंस चुकी थी। मैं इंतज़ार में कुछ पल बैठा रहा फिर उसके शाने पर हाथ रख पूछा, 'अचानक मौत?'

'मैंने उनके खाने में ज़हर मिलाया था।'

इतना कहकर वह फफक पड़ा था। वह रो रहा था और नदीम बुत बन चुका था।

हमारे बीच ख़ामोशी के पहाड़ खड़े हो चुके थे।

'तुम्हारी बीवी?' पहाड़ मुझे लांघना पड़ा।

"पता नहीं, तब से आज तक मेरा फ़ोन बंद है। मुझे उनकी कोई ख़ैर व ख़बर नहीं..." उसने अपने बहते आंसू आस्तीन से पोंछे।

'फिर न्याय तुमने किसके साथ किया?' यह सवाल नदीम के सीने में घुटा तो दिमाग़ में जवाब कौंधा, ऐसे मुक़दमे के फ़ैसले में न्याय नहीं मिलता बल्कि हिंसा का जवाब हिंसा होती है।

एकाएक नदीम की निगाहें भटककर तकिया-गिलाफ़ पर टिक गईं। शादी में बना बिस्तर सुहागरात को इन तकियों से सजा था जिसका ग़िलाफ़ अब जगह-जगह से फीका पड़ चुका था। उस पर लिखे शोख रंग के रेशम से कढ़ा शेर भी, जो अब न पढ़े जाने के बाद भी उसे याद था। वह टिकटिकी लगा उसे

देखने लगा—बुलबुलो शोर न करो, मेरे सनम सोते हैं/तुम तो उड़ जाती हो मुझ पर ख़फ़ा होते हैं।

एकाएक उसने पुराने तकिया-गि़लाफ़ को अपनी पूरी ताक़त से फाड़कर चित्थड़ों से बदल दिया।

'कैसा धोखा...उफ़! नहीं सह पाऊंगा यह सब।' उसने कमरे में रखी चीज़ें फेंकनी और तोड़नी शुरू कर दीं। अपमान से उसका सारा बदन झुलस रहा था। वह बेदम सा बिस्तर पर गिर पड़ा।

नदीम को उस दिन से ज़्यादा अपने दोस्त का ग़म आज महसूस हुआ। कैसा गहरा खंजर उसके कलेजे में उतरा था। दिल में अब घबराहट सी भर रही थी। किसी अंदेशे से उसे ख़ौफ़ सा लग रहा था।

कई दिन गुज़र गए। मलकानूर कोई फ़ैसला नहीं कर पाई। तंग आकर उसने महजबीं का फ़ोन नंबर लिया और फ़ोन करने पी. सी. ओ. की तरफ गई।

'शायद उनके पास मेरी इन परेशानियों का कोई हल हो।' उसने सोचते हुए अल्लाह का नाम लेकर फ़ोन मिलाया और अपनी परेशानी बताते हुए मिलने की बात कही तो महजबीं ने कहा कि मेरा आना मुश्किल है। अगर शरीफ़ सिद्दीक़ी साहब तुम्हें बस में बिठा, बस नंबर दे दें तो ड्राइवर तुम्हें बस स्टॉप से ले आएगा।

मलकानूर उम्मीद से भरी घर लौटी और शरीफ़ सिद्दीक़ी को महजबीं से की गई बात का खुलासा दिया। वे ख़ुश होकर बोले, "बेशक तुम वहां जाओ। मैं बस में बिठा दूंगा मगर एक शर्त पर कि तुम्हारे शौहर को यह इत्तला मैं देना ज़रूरी समझता हूं कि अब तुम यहां नहीं हो और सीवान जा चुकी हो। अब तुम जैसा कहो?"

"चचा, आपका अहसान मैं ज़िंदगी भर नहीं भूल पाऊंगी। आप ज़रूर उन्हें इत्तला दे दें क्योंकि महजबीं बेगम इनके बहनोई के दोस्त की सास हैं। यह मेरे लिए भी मुनासिब होगा।"

दूसरे दिन पैदल का रास्ता तय कर बस स्टॉप पर दोनों पहुंचे और मलकानूर सीवान की तरफ चल पड़ी।

लौटते हुए शरीफ़ सिद्दीक़ी अकेले थे। दिल उदास था। इतने दिनों से मलकानूर साथ रह रही थी। घर में रौनक़ थी। उनकी ख़िदमत भी उसने अपने मां-बाप की तरह की थी। रात को सोने से पहले वह चची के घुटने में तेल

लगाना नहीं भूलती थी।

वे थके क़दमों से जब घर में दाख़िल हुए तो घर के सन्नाटे को देखकर वे अपनी आंखों में आए आंसू नहीं रोक पाए। उनकी बीवी का भी वही हाल था।

शाम का झुटपुटा उतर आया था। किसी को न चाय की तलब महसूस हुई और न चिराग़ जलाने का ख़याल आया।

अजीब बात थी। ज़ाकिर को सलीम की क़ानूनी कस्टडी मिल गई थी मगर सलीम किसी तरह दादी को छोड़ने पर राज़ी नहीं हो रहा था। ज़ाकिर जब उसे लेने घर पहुंचा तो उसने पहला सवाल किया, "आप कौन हैं?"

"हम तुम्हारे मामू हैं और तुम्हें लेने आए हैं। अब तुम हमारे साथ चलोगे और नाना के साथ रहोगे।" ज़ाकिर की बात सुनकर उसकी आंखों में डर सा उभरा।

"नाना कौन? हम किसी को नहीं जानते। दादा-दादी को छोड़कर हम कहीं नहीं जाएंगे।" वह बुरी तरह रोने और मचलने लगा। ज़ाकिर के बढ़े हाथ नीचे गिर गए।

ज़ाकिर की सारी खुशी जाती रही। वाक़ई अरसे बाद वह भांजे को देख रहा था। बचपन की यादें किस बच्चे के ज़हन में महफूज़ होती हैं। यह तो कोई हैरत की बात न थी कि सलीम ज़ाकिर को पहचान नहीं पाया। ज़ाकिर को महसूस हुआ कि वह तो वतन से दूर बहन और बेटे के हक़ की लड़ाई और उसकी कस्टडी के लिए लड़ता रहा मगर रोज़ का साथ तो उस बच्चे का दादा दादी थे जो उसके उस तरह दुश्मन कैसे हो सकते थे जैसे वह शगुफ़्ता के थे। सलीम उनका पोता था। और वह उसका मामू...मामू से और नाना से नस्ल नहीं चलती, शाख़ बनती है मगर पोते का तना तो दादा है...ज़ाकिर की समझ में कुछ नहीं आया कि वह रोते बच्चे को घसीटकर ले जाए या ख़ाली हाथ वापस चला जाए।

जावेद भी यह देखकर सन्न रह गया। ख़ून के ये क़रीबी रिश्ते कितने उलझे हुए हैं और क़ानून...क़ानून इसमें अपना फ़ैसला सुनाकर भी अहसासात की मुश्किलें न हल कर पाता है, न ज़हनी गुत्थियां सुलझा पाता है, वह बस अपना पल्ला झाड़ लेता है और समझता है न्याय हो गया।

ज़ाकिर सिर झुकाए शगुफ़्ता की ससुराल से निकला। मुड़कर जब उसने

पीछे देखा तो दादा-दादी का चेहरा ग़म से निढाल था और सलीम की आंखें रोने से लाल।

वह ख़ामोशी से स्कूटर पर बैठा और चल पड़ा।

उधर महलक़ा ने घर में सारी तैयारियां कर रखी थीं। बच्चों के कमरे में दो ख़ाने अलमारी में ख़ाली कर दिए थे। अब्बा भी कई बार पूछ चुके थे, ज़ाकिर आया?

अफ़तार का वक़्त गुज़र गया मगर ज़ाकिर घर नहीं लौटा। उसका फ़ोन भी बंद आ रहा था। महलक़ा नमाज़ पढ़कर कमर सीधी करने के लिए पलंग पर लेटी तो उसकी आंख लग गई।

रात के साढ़े दस बजे के क़रीब उसकी आंख खुली तो देखा ज़ाकिर पलंग पर चुपचाप लेटे हैं। वह चौंक पड़ी और एक झटके के साथ उठकर बैठी और पूछा, "आप कब आए?"

"यही घंटा भर पहले।"

"जगाया क्यों नहीं, सलीम कहां है?"

"सलीम नहीं आया।"

"क्यों भला?"

"बताऊंगा...सब बताऊंगा। अच्छा, मैं ज़रा खाना..."

"बच्चों को खाना खिलाकर सोने भेज दिया। अब्बा तो रोज़ की तरह दवाएं लेकर साढ़े नौ बजे सो ही जाते हैं...शायद गोलू जाग रहा हो। आपने रोज़ा कहां खोला?"

"जावेद के घर..."

"खाना लगाऊं?"

"हां, मेज़ पर खाना लगा है, चलो तुम, मैं आता हूं।"

महलक़ा गहरी नींद से उठी थी, ऊपर से मियां का अधूरा-अधूरा जवाब और सलीम का साथ न होना...आख़िर माजरा क्या है?

उसने प्लेटें सीधी कीं और हॉट केस से प्लेटों में खाना निकाला।

"भूख कहां तो मर गई थी और अब तुम्हारे हाथ का बना करैला देख भूख खुल गई।" ख़ुशदिली से ज़ाकिर ने कहा और निवाला तोड़ा।

"क्या सोच रहे हैं?"

"कुछ तो नहीं।" ज़ाकिर चौंककर बोला।

"तो ठीक से निवाला तो चबाइए। उसे मुंह में लिए बैठे हैं।" महलक़ा

हंसकर बोली और करैला उठाकर मियां की प्लेट में डालना चाहा तो ज़ाकिर ने उसे रोक दिया।

"क्या बात है?" महलक़ा ने उसकी तरफ सवालिया नज़रों से देखा और फिर सिर झुकाकर खाना खाने लगी।

जूठे बर्तन समेटते हुए उसे यक़ीन हो गया था कि ज़रूर कोई क़ानूनी अड़ंगा सलीम की कस्टडी में लग चुका है तभी ज़ाकिर इतने सुस्त और थके-थके से हैं।

किचन समेटते और सहरी के बर्तन मेज़ पर लगाते-लगाते बारह बज गए। जब वह कमरे में आई तो ज़ाकिर सो चुके थे।

'आज तरावीह में भी नहीं गए और...'

उसने बत्ती बुझाई और बिस्तर पर लेट गई। उसने भी शाम की दुआएं नहीं पढ़ी थीं। उसने तकिए के नीचे से तस्वीह निकाली और दाने घुमाने लगी।

सुबह जब गोलू ज़हूर के लिए चाय और बिस्कुट लेकर कमरे में पहुंचा तो उन्हें सोता पाया।

"दादा मियां उठो, चाय ठंडी हो रही है।" कहकर उसने खिड़की के पट खोले। नर्म हवा का झोंका गुलाबी रोशनी के साथ कमरे में फैल गया। ज़हूर आराम से कमर तक चादर ओढ़े लेटे थे।

"दादा मियां उठो...दादा मियां..." वह चाय ढककर बाहर निकला और बच्चों के लिए दूध बनाने लगा। महलक़ा जब किचन में दाख़िल हुई तो वह बोला, "दादा मियां सोए चले जा रहे...चाय रख दी है।"

"अच्छा, देखती हूं, उनकी दवा का भी वक़्त हो रहा है।" वह बच्चों के कमरे की तरफ बढ़ी। उनकी तैयारी में मदद कर उन्हें कमरे से बाहर निकाला और ससुर के कमरे की तरफ मुड़ी।

"अब्बा, उठिए...आपकी दवा का भी वक़्त हो रहा है। अब्बा...अब्बा!" महलक़ा ने घबराकर ज़हूर को पुकारा फिर उन्हें ग़ौर से देखने लगी। सांस उसे रुकी लगी तो वह बदहवास-सी ज़ाकिर के पास गई और उसे जगाकर बोली, "उठो, उठो तो, चलकर अब्बा को देखो!"

दोनों कमरे से निकले और बीच वाले कमरे में दाख़िल हुए। ज़ाकिर ने धीरे से उनका शाना हिलाया, "अब्बा!" फिर सीने पर हाथ रखा। नब्ज़ देखी, नाक के सामने हाथ लगाया और धीरे से कहा, "अब्बा नहीं रहे!"

"क्या!" महलक़ा ने अपने दोनों हाथ सीने पर रखकर कहा।

"अब्बा ने मुझे शर्मिंदगी से बचा लिया। उन्होंने सही वक़्त चुना अपने जाने का..." इतना कह ज़ाकिर ने चादर से बाप का चेहरा ढक दिया। बात-बात पर अब्बा को लेकर भर आने वाली ज़ाकिर की आंखों का सोता ख़ुश्क़ था!

महलक़ा जब अगरबत्ती जलाकर लाई तो उसने ज़ाकिर को बाप के सिरहाने पलंग की पट्‌टी पर सिर रखे बैठा पाया। उसकी आंखें भर आईं। कुछ देर वह मियां की पीठ सहलाती रही फिर कुछ सोचकर उठी। एक के बाद एक सबको फ़ोन पर इत्तला देने लगी फिर क़ुरान खोल वह ससुर के सिरहाने बैठ गई। उसकी तिलावत की आवाज़ सुन ज़ाकिर को अपनी ज़िम्मेदारी का अहसास जागा। पहले वह मस्जिद गया फिर जावेद को फ़ोन कर क़ब्रिस्तान की तरफ स्कूटर मोड़ा ताकि वहां अब्बा के आराम के लिए इंतज़ाम कर सके।

ज़ाकिर जब घर लौटा तो काफ़ी लोग पुरसा देने के लिए पहुंच गए थे, जिनमें से आधे लोग पारे पढ़ने में मसरूफ़ थे। डॉक्टर से डेथ सर्टिफिकेट लेकर उसने किसी को इत्तला देने के लिए भेजा और जावेद को शगुफ़्ता के घर भेजा। दादा-दादी और सलीम को साथ लाने को कहा।

ज़ाकिर के आंसू ख़ुश्क़ हो चुके थे। बिखरी सोच और बिखरे जज़्बात जैसे एक जगह आकर ठहर चुके थे।

अमजद को महसूस हो रहा था कि ज़हूर भाई ख़ुश और मुतमईन इस दुनिया से गए। बेटा अब कंधा देगा। पोता, नवासे भी साथ होंगे। जनाज़ा पूरी शान से उठेगा।

सारे रुसूमात पूरे हो चुके थे। नमाज़े जनाज़ा पढ़नी बाक़ी थी। ज़ाकिर की बेक़रार आंखें बार-बार आंगन की तरफ उठ रही थीं। कफ़नाने के बाद ज़्यादा इंतज़ार नहीं किया जा सकता था। सबको ताज्जुब हो रहा था कि जनाज़ा उठ क्यों नहीं रहा है!

तभी अचानक खुले दरवाज़े से जावेद सलीम की उंगली पकड़े अंदर दाख़िल हुआ और उसके पीछे शगुफ़्ता के सास-ससुर चेहरे पर अपराधियों जैसा भाव लिए नज़र आए। ज़ाकिर तेज़ी से आगे बढ़ा और सलीम के सिर पर हाथ फेरते हुए बोला, "यह आपके नाना हैं।"

बच्चे के चेहरे पर ख़ौफ़ और हैरत के साए गहरे हो गए। वह गहवारे के पास से हट दादी से लिपट गया।

वहां खड़े हुए लोग दमबाख़ुद थे। सास-ससुर भी घबराए से थे मगर ज़ाकिर

ने आगे बढ़कर कहा, "आप लोगों का इंतज़ार था। आप आए, मेरे ऊपर आपका..." बाक़ी बातें गले में घुट गईं। इतनी तरह के मुख़्तलिफ़ जज़्बात और ख़्यालात ज़ाकिर को ही नहीं, वहां मौजूद सभी लोगों को परेशान व हैरान कर रहे थे।

जनाज़ा उठा। आगे बढ़कर बाप को ज़ाकिर ने कंधा दिया तो दादा ने इशारा कर सलीम को पास बुला गोद में उठा उसका नाजुक कंधा गहवारे से छुलवाया और ज़हूर मियां को कंधा देकर घर की चौखट से बाहर तक गए। नईम पहुंच गए थे। सभी ने बारी-बारी से बदल-बदलकर कंधा दिया और जनाज़ा मस्जिद की सिमत बढ़ा।

ज़हूर मियां को गुज़रे कई दिन हो गए थे। पुरसा देने वालों का आना-जाना लगा था। ज़ाकिर की ख़ामोशी तो महलक़ा की समझ में आ रही थी मगर इतनी गहरी सोच में डूबा रहना और सलीम के नाम पर चुप रह जाना उसके पल्ले नहीं पड़ रहा था।

बेटे की रोज़ाकुशाई बिना किसी धूम-धड़ाके के ख़ामोशी से गुज़र गई। ईद भी इस बार उस तामझाम से मनाई नहीं जाएगी और अब मिलाद का तो कोई सवाल ही नहीं पैदा होता। महलक़ा को लगा इस बार का ज़ाकिर का आना उदासी और आंसुओं में बीत जाएगा।

बच्चों के साथ ज़ाकिर बैठते थे मगर बीच में गुमसुम से या तो उठ जाते या फिर आंख बंद करके लेट जाते थे। पैर का अंगूठा बराबर हिलता रहता था। जावेद के आने पर अलबत्ता उससे बातों में डूब जाते थे।

इस वक़्त भी जावेद उनके साथ बैठक में थे।

"तुम इतने पैसे बहा चुके हो, तुम्हारी बहन के साथ उन्होंने जी भरकर ज़्यादती की है और पता नहीं उस बच्चे के साथ क्या करेंगे?"

"कुछ नहीं करेंगे...वह उनका पोता है। उनके बेटे की निशानी।"

"और..."

"और मैं मामू हूं जो यहां नहीं रहता है। नाना था जो अलविदा कह गया। अब रहा मामी का, जिससे न ही वह हिला, न मिला है। मामी का सुलूक क्या होता है, मेरे तीनों बच्चों का बर्ताव उसके साथ कैसा रहता है, उसमें कितना प्यार और जलन रहती है, मैं उसके बारे में क्या कह सकता हूं और जावेद...उस बच्चे का लगाव इनसे कैसे एकाएक हो जाएगा? शायद वह हुड़क जाए, बीमार पड़

जाए तो...तो...मैं हरे-भरे पौधे को उखाड़ूं भी और वह मेरे आंगन में लग भी न पाए तो उसका मुरझायापन मैं सह नहीं पाऊंगा..."

"यह सब पहले सोचना था न?" जावेद ने उंगलियां मेज़ पर मारीं।

"तब मुझे ग़लतफहमी थी कि सलीम दौड़ता आएगा और मुझसे लिपट जाएगा मगर उस दिन देखा था? दादा-दादी से कैसा लिपट रहा था। आंखें देखी थीं, रो-रोकर बीरबहूटीं हो गई थीं। और...और दादा-दादी का चेहरा देखा था, जैसे कोई उनका कलेजा काटकर ले जा रहा है...।"

"तुम्हारा दिमाग़ अभी सही पोजीशन में नहीं है...तुम्हें आराम की सख़्त ज़रूरत है।"

"मैं पिछले सात दिनों से लगातार इस मसले पर सोच रहा हूं और काफ़ी ग़ौर-फ़िक्र के बाद मैं इस नतीजे पर पहुंचा हूं कि मैं उसे वहीं रहने दूंगा।"

"और जो सास और नंद को सज़ा हो गई तो?"

"सज़ा होने नहीं दूंगा।"

"यार ज़ाकिर, मैंने ऐसे लोग तो अपने गांव में बहुत देखे हैं जो ज़बानी क़त्ल, ग़ारतगीं का दावा ताल ठोंककर करते हैं। मगर मौक़ा पड़ने पर वे मक्खी भी नहीं मार सकते हैं। इधर तुम हो जो हमारे बिहार के अजूबा साबित हुए। जो सारी काग़ज़ी कार्यवाही करके जीत के काग़ज़ फाड़ के फेंक दे, उसे आज के दौर में पागल ही तो कहा जाएगा न?" जावेद ने झुंझलाकर सिगरेट जलाई और लंबे कश भरे।

"क़ातिल तो नहीं? तुम अभी मेरी बात नहीं समझ रहे हो। जब समझोगे तो मेरी समझदारी पर मेरी पीठ ठोंकोगे, समझे।"

"समझ गया माई-बाप। तुम हर चीज़ को जज़्बाती नज़रिए से देखते हो, खुद भी मरते हो और मुझे भी मार डालते हो। अब दिमाग़ घूम रहा है। लगता है ग्लूकोस चढ़वाना पड़ेगा।"

"उसकी ज़रूरत नहीं पड़ेगी। चलो, भाभी के हाथ का खाना खाओ और फिर मघई पान खाने चलते हैं...दो दिन की ज़िंदगी है, लड़कर करना क्या है?" ज़ाकिर ने कहा और हाथ ऊपर उठा ज़ोरदार अंगड़ाई ली।

"ठीक है।" मुस्कराकर जावेद ने कहा मगर उसके चेहरे से साफ़ पता चल रहा था कि उसे ज़ाकिर की बातें नागवार गुज़री हैं।

जब वे कमरे से निकल खाने की मेज़ पर पहुंचे तो बच्चे खाना खाकर उठ रहे थे।

"मैं अभी मेज़ साफ़ करवाती हूं।" महलक़ा ने तीनों प्लेटें समेटते हुए कहा।

"नहीं, आज तख़्त पर बैठकर खाना खाते हैं, दस्तरख़्वान बिछाओ।" पालथी मारकर ज़ाकिर तख़्त पर बैठ गया तो शरारत भरी आवाज़ में जावेद ने कहा, "छह कुर्सियां हैं मेज़ के गिर्द ज़ाकिर..."

"पता है, एक कुर्सी हमेशा उसके नाम पर ख़ाली रहेगी जो उसके आने पर मौक़े-मौक़े पर भरेगी। मेरे यार, तुम फ़िक्र मत करो। आगे का प्लान एक-दो दिन में तुम्हें बताऊंगा।"

दस्तरख़्वान पर खाना चुन दिया गया था। दोनों सिर झुकाकर खाना खाने में मशगूल हो गए।

महलक़ा को अपने बनाए खाने की तारीफ़ का इंतज़ार था मगर उसको ज़ाकिर की वाह-वाह आज सुनाई नहीं पड़ी।

27

मलकानूर जब महजबीं के घर पहुंची तो वे फ़ोन पर बात कर रही थीं। ख़ुशी से उनका चेहरा दगदगा रहा था। उन्होंने फ़ोन रखा और अमजद को फ़ोन मिलाया, "अमजद तुम फिर से नाना बन रहे हो, माजदा के पैर भारी हैं। अभी-अभी शमा बहन का फ़ोन आया था।" कहकर उन्होंने फ़ोन बंद किया तो उनकी नज़र दरवाज़े पर खड़ी मलकानूर पर पड़ी।

"अरे, तुम कब आईं?"

"सलाम अलैकुम, बहुत-बहुत मुबारक हो।"

"तुम्हें कैसे पता?"

"आप जब फ़ोन पर मशगूल थीं तो मैंने ख़ुशख़बरी सुनी।"

"सफ़र ठीक कटा? आओ बैठो। मैं ज़रा महलक़ा को फ़ोन कर लूं फिर तुमसे बातें करती हूं।"

"महलक़ा, मुबारक हो। तुम ख़ाला बनने जा रही हो, माजदा के यहां ख़ुशख़बरी है। हां, हां क्यों नहीं। ईद के बाद पटना चलते हैं, ठीक है और हां, मलकानूर अभी-अभी पहुंची है। उससे बातें कर लूं फिर तफ़सील से रात को बातें होंगी।" महजबीं ने फ़ोन बंद किया और मलकानूर का शाना थपथपाया।

"सब ख़ैरियत है न?"

"जी, वे आए थे। घर ले जाने पर ज़ोर दे रहे थे मगर मेरी कोई बात मानने को तैयार नहीं थे।"

"मतलब?"

"अपनी मजबूरी का इज़हार कर रहे थे जो अपनी जगह ठीक था मगर ख़ाला मैं क्या करूं, मेरी भी तो मजबूरी नहीं, मुसीबतें हैं।"

"तुम चाहती क्या हो?"

"तलाक़ मांगा तो इनकार कर दिया। अलग घर लेकर रहने को कहा तो अपनी माली हैसियत बताई। जाते-जाते कह गए कि आना हो तो आना वरना बच्चे के लिए मजबूरन कल नई मां अम्मां-अब्बा ले आएंगे तो शिकायत न करना।"

"तुम क्या सोच रही हो, किसी फ़ैसले पर पहुंचीं?"

"नहीं, इसीलिए आपके पास आई हूं कि मुझे राह दिखाएं।" इतना कह मलकानूर की आंखें भर आईं। महजबीं कुछ देर चुप रहीं। उनका दिल व दिमाग़ फ़िलहाल इन झगड़ों में नहीं लग रहा था, वे तो लड्डू मंगवा बंटवाने का दिल बना रही थीं।

"मैंने बेवकूफ़ी की, अगर बच्चा लेकर आती तो वे झुकते या फिर मैं जी लेती उसके बहाने मगर तब मेरी मत मारी गई थी। ख़याल था कि अपना ठिकाना नहीं तो बच्चा लेकर मैं कहां भटकूंगी। ख़ुद भूखी-प्यासी रह लेती मगर बेटे का दूध कहां से लाती?"

"अच्छा मलकानूर, चलो कुछ खा-पी लो, फिर सोचती हूं तुम्हारी मुश्किल का हल।"

"मैं रोज़ा हूं ख़ाला।"

"ठीक है, अपना बैग लेकर चलो, मैं तुम्हारे सोने की जगह दिखा दूं।"

दोनों उठकर दूसरे कमरे की तरफ बढ़ीं।

अमजद दोपहर बाद जब घर लौटे तो एक अजनबी लड़की को दालान में बिछी चौकी पर बैठा देख चौंक पड़े। तभी महजबीं कमरे से निकलीं और अमजद की तरफ ख़ुशी से लपकीं मगर अमजद के चेहरे पर सवाल देख रुकीं और बोलीं, "यह मलकानूर है। ज़ाकिर के दोस्त जावेद की चचाज़ाद बहन और ये..."

"खालू, सलामअलैकुम!" मलकानूर ने उठकर सलाम किया।

"वालेकुम सलाम, बैठी रहो।" कहकर अमजद अंदर गए और पूछ बैठे, "मगर यह हमारे घर में क्या कर रही है?"

"मदद मांगने आई है कुछ घरेलू झगड़े हैं!"

"तुमसे मदद लेने आई है, माशाअल्लाह?" अमजद ने हलके मूड में कहा।

"यह सब छोड़िए, अब यह बताइए कि आप कुछ मीठा लेकर आए हैं?"

"ऑर्डर देकर आया हूं...अरे भाई, तुमसे बिना पूछे कैसे कुछ ला सकता था? मेरी तरफ से तुम्हें मुबारक हो चौथी बार नानी बनने के लिए।" अमजद ने कहा।

"आपको भी, मुबारक हो। लड़की की गृहस्थी की जड़ें जम गईं, ऊपर वाले का शुक्र है।"

तभी फ़ोन की घंटी बज उठी।

"हलो...महलक़ा! हां पापा हैं, लो बात करो।"

"पापा! आप इनको समझाएं...मुझसे तो बात करते नहीं हैं...जावेद ने बताया कि वे सलीम को वापस दादा-दादी के पास छोड़ने का तय कर चुके हैं। आख़िर क्यों? मैंने तो उसकी परवरिश करने के लिए इनकार नहीं किया था, फिर...?"

"हां-हां, मैं समझ रहा हूं...मुझे तो ज़ाकिर ने इस बाबत कुछ कहा नहीं...मैं पूछूंगा तो वह कहीं बुरा न मान जाए?"

"वे तो आपके पास पहुंचने वाले होंगे। शायद इसी सिलसिले से आ रहे हों, मैं फ़ोन रखती हूं।"

"ठीक है...तुम इतमीनान रखो।"

"क्या हुआ?" महजबीं ने पूछा।

"चार-पांच साल से लाखों रुपया फूंककर अब ज़ाकिर सलीम को घर लाने के बजाय वहीं दादा-दादी के पास रखने का फ़ैसला ले चुका है। महलक़ा परेशान है।"

"अच्छा!"

"महजबीं, कहीं इसमें तुम्हारा हाथ तो नहीं है?" शरारत भरे लहज़े में मुस्कराकर अमजद ने महजबीं को घूरा।

"नहीं, ईमान से, इसमें पाकिस्तान का हाथ हो तो हो मगर मेरा क़तई नहीं है।" मियां का मज़ाक़ सुनकर उन्होंने भी अच्छा जवाब दिया जिस पर दोनों हंस पड़े।

"अफ़तार का इंतज़ाम कर लो, दामाद साहब पहुंच रहे होंगे।"

"उठती हूं।" इतना कह महजबीं उठीं और दिल ही दिल में कहने लगीं, 'जब से माजदा के मां बनने की ख़ुशी मिली है तब से दूसरों की उलझनों का तांता बंध गया है। लगता है माजदा का बेटा बड़ा होकर जज बनेगा।'

नदीम को शरीफ़ सिद्दीक़ी का फ़ोन मिला तो उसकी रही-सही उम्मीद भी जाती रही। सोचने लगा बिहार के पिछड़े गांव में पली-पढ़ी मलकानूर के पेट में कितनी बड़ी दाढ़ी थी? दाढ़ी नहीं चोटी...गज़ नहीं मीलों लंबी, सीवान पहुंच गई तो फिर कोर्ट-कचहरी, थाना-पुलिस तक पहुंचने में अब फ़ासला ही कितना बचा है?

पिछले दस साल से बाहर के मुल्कों में काम करने से काग़ज़ी कार्यवाही की समझ तो उसमें आ ही चुकी थी। उसने जावेद को फ़ोन किया। सारी बातें बताईं। जावेद क्या कहता, उसके चचा मुंह पीटकर पहले ही बैठ चुके थे। जब

मलकानूर ने उन्हें अपना दुखड़ा सुनाया था तो वह यह सोचकर कि अभी नादान है, मायके भागकर आने की आदत पड़ गई तो ससुराल में कभी बस नहीं पाएगी। रो-धोकर वहां जीना सीख लेगी। यहां जगह एक बार दे दी तो सास-ससुर नाराज़ और...ससुराल वाले बेटी को वापस ले भी जाएंगे या नहीं यह भी भय खाए जा रहा था इसलिए सब कुछ सोचकर उन्होंने मना कर दिया कि अब तू पराई हुई। वही तेरा घर है, वही तेरे मां-बाप। नसीहत पर वह क्या कान धरती और सख़्ती को क्या समझती। वह तो घर की चौखट लांघ गई और अब एक घर से दूसरे घर? नाक तो कटवा दी। अब इसकी दूसरी बहनों की शादी होने से रही। वह तो दूसरी ब्याह लाएंगे और उस बच्चे का क्या होगा? जावेद से वह क्या कहते और लड़की को कहां ढूंढ़ते?

बहुत सोच-विचार के बाद नदीम मां से कहने लगा, "अम्मां, अगर मलकानूर मेरे जाने के बाद घर लौटे तो भगा न देना। प्यार से रखना, सख़्ती न करना, कोई ताना दे तो मुन्ना का मुंह देख अनसुना कर देना, तुम जानती हो सगी मां का ही दिल बच्चे के लिए दुखता है। और सुनो, मैं यह मकान और खेत में मुन्ने का नाम चढ़वाने परसों शहर जाऊंगा और हमारा सारा जमाखाता, हमारे साथ तुम तीनों भी शामिल होगे। दिल छोटा न करो। बहन से पूछते हैं अगर वह कुछ दिन आकर यहां रह जाए तो...मुन्ने की देखभाल कुछ महीने ठीक से हो जाएगी।" नदीम ने कहा।

"और जो मलकानूर के मां-बाप बच्चा लेने आए तो?"

"तुम जो चाहो फ़ैसला लेना...वे शायद ही इधर आएं, आना होता तो कब के आ जाते। उधर से इतमीनान रखो।"

"हम नाना-नानी के यहां जाने पर मनाही नहीं करेंगे। बस तुम्हारी मर्ज़ी जानना चाहते थे।" मां ने ठंडी सांस भरकर कहा।

"सब्र करो अम्मां, सब ठीक हो जाएगा।" नदीम ने मां का हौसला बढ़ाया।

नदीम की छुट्टियों में हफ़्ता बचा था। नई तर्ज़ की शुरू हुई ज़िंदगी को उसे तरतीब तो देना पड़ेगा। उसके पास चारा भी क्या था।

अफ़तारी के बाद ज़ाकिर ने मौक़ा देखकर कहा, "पापा, मैं आपसे तन्हाई में कुछ ज़रूरी बातें करना चाहता हूं।"

"ज़रूर-ज़रूर, चलो बेडरूम में चलते हैं। तब तक महजबीं भी आ जाएंगी।" अमजद ने उठते हुए कहा।

"नहीं पापा, पहले आपसे फिर...आप जानते हैं औरतें मुलायम दिल की होती हैं और..."

"समझ गया। तो फिर आओ मेहमान कमरे में चलते हैं। वहीं नमाज़ अदा कर बातें कर लेंगे।"

कमरे में पहुंच पलंग पर तीनों पालथी मारकर आमने-सामने बैठ गए।

"पापा, आप शगुफ़्ता की जवान मौत के बारे में सब कुछ जानते हैं। मैंने मुजरिमों को पकड़ने में कोई कोर-कसर नहीं छोड़ी। सज़ा भी दिलवाई, जेल की हवा भी खिलवाई। फिर उन्होंने अपील की और मैं मुक़दमे को यहां तक खींचकर लाया कि आज वह बेल पर है और बेटे की कस्टडी मुझे मिल चुकी है।"

"जानता हूं, सब कुछ जानता हूं। तुम्हारी क़दर भी इस मामले में करता हूं।"

"पापा, उस दिन शगुफ़्ता के ससुराल जाकर मेरा दिल पलट गया। अब्बा रहे नहीं। अकेला मैं हूं। राजा-महाराजा या जमींदार तो हूं नहीं कि लड़ाइयां पीढ़ियों तक चलें और दुश्मनी का बीज हर जवान के सीने में बोया जाए...मैं थक चुका हूं लड़ते-लड़ते, आगे मैं लड़ाई नहीं सुलह चाहता हूं। आप भी मुझे ग़लत समझ सकते हैं। जावेद की तरह ग़ुस्सा और महलक़ा की तरह रूठ सकते हैं मगर पापा, यह ग़म मेरा है। मैं जानता हूं इसकी तपकन। इसलिए दूसरे के दिल का दर्द भी समझ सकता हूं। मानता हूं उनसे ग़लती हुई। नौशा भाई की बहन से भारी भूल हुई जिसकी चश्मदीद गवाह उनके बाप और मददगार मां रही हैं। उनको इसी दुनिया में सज़ा मिल गई है, यह कम बड़ी जीत नहीं है। मेरे दिल में ठंडक पड़ चुकी है और अब मुझे कुछ और नज़र आ रहा है। उस बच्चे की वे आंखें, उनमें तैरता ख़ौफ़ और..."

"समझ रहा हूं। उस दिन मैंने अच्छी तरह महसूस किया था उस बच्चे का अजनबीपन...अब यह बताओ तुम्हारे दिल में क्या है?" अमजद ने बड़े प्यार से पूछा।

"मैं मुक़दमा वापस लेना चाहता हूं।" ज़ाकिर के कहने पर अमजद चौंक पड़े।

"क्यों भला?"

"इसलिए कि सलीम बाक़ी ज़िंदगी सुकून से जी सके। मेरे अहसानों से दबकर शगुफ़्ता के सास-ससुर कभी कोई ग़लत क़दम नहीं उठाएंगे वरना लोगों की थू-थू वे जानते हैं, उससे गुज़र रहे हैं। मैं अपनी बहन के बच्चे को घर लाऊं

तो पता नहीं आपसी रिश्ते क्या मोड़ लें? उधर शगुफ़्ता की नंद को उम्रक़ैद हुई तो उसके तीन बच्चे बिन मां के ज़िंदगी भर उस गुनाह की मार से दबे रहेंगे जो उन मासूमों ने किया ही नहीं है। फिर पापा मेरी जीत अधूरी ही सही, पूरी जीत से अब मुझे हासिल भी क्या होना है? कौन ख़ुश होगा, कौन मेरी पीठ ठोंकेगा?"

"तुम्हारी सोच बड़ी और इनसानी है। पता नहीं वे लोग इतने बारीक़ रेशे पकड़ पाएंगे?" अमजद ने फ़िक्र में डूबते हुए कहा।

"मुझे यक़ीन नहीं।" जावेद ने दो-टूक कहा और कंधे झटके।

"तुम्हारे पास कोर्ट का फ़ैसला तो है। यह भी करके देख लो ताकि कल मलाल न रहे। अगर इधर-उधर फिर कुछ हुआ तो हम सब तुम्हारे साथ होंगे और नई एफ. आई. आर. दर्ज हो जाएगी!" अमजद ने यक़ीन दिलाने के अंदाज़ में कहा।

"जी, अगर मैं होता यहां तो बात कुछ और होती मगर अकेली महलक़ा जज़्बात का यह सैलाब संभाल नहीं पाएगी। मैं अब उस पर भी बोझ नहीं डालना चाहता हूं।"

"तुम सही कह रहे हो। वह बच्चा इस अरसे में न कभी तुम्हारे पास आकर रहा, न तुम वहां गए। बड़े होकर वह तुम सबकी लड़ाई को किस नज़रिए से देखता है यह तो अल्लाह जानता है। मगर इस फ़ैसले से तुम उसके दिल में जगह बना लोगे और रिश्ते आराम से जुड़ जाएंगे।"

"यही पापा, यही सब सोचकर मैंने अपनी हद तय कर ली है। मैं नहीं चाहता कि बड़े होकर उसके अंदर मेरे लिए या किसी के लिए ज़हर भरा हो। उसके बाप का घर है। वहां दादा-दादी के साथ ख़ुश रहे...मैं अपने इस अहसास को क़ानूनी काग़ज़ों पर लाऊंगा ताकि सनद रहे।" ज़ाकिर ने कहा और घड़ी देखी।

"अब मैं चलता हूं ताकि सारे काम निपटा सकूं।"

"अंकल, मैं अपनी बहन मलकानूर से मिल सकता हूं?"

"क्यों नहीं भाई।" अमजद ने खुले दिल से कहा और उठकर कमरे से बाहर चले गए।

"यह मसला तो हल हुआ। अब मलकानूर भी घरेलू जंग में शहीद होने की जगह सुलह कर ले तो बेहतर है।" ज़ाकिर ने ख़ुश होकर कहा।

"नदीम तो बेचारा नाक रगड़ने गया था मगर दिमाग़ तो मेरी बहन का चला

हुआ है। वह नादान लड़की। उस ज़िंदगी को हासिल करना चाहती है जिसके लिए न हम राज़ी हैं, न हमारा समाज अभी आमादा है मगर उसे जल्दबाज़ी है।"

"यार जावेद, हम तुम भी तबदीली चाहते हैं। रोज़ मरते हैं, अपने से लड़ते हैं फिर थककर सो जाते हैं, तबदीली का ख़्वाब लेकर। मगर सुबह वही क़ैद, वही घुटन, वही बेबसी...सब कुछ सहते हैं। दूसरों के चेहरों पर मुस्कराहट देखने के लिए अगर तबदीली की उम्मीद छोड़ हम हाथ पर हाथ धरकर बैठ जाएं तो काम कैसे चलेगा? अचानक एक झटके में तो तबदीली आएगी नहीं, आहिस्ता-आहिस्ता हम जैसों का ख़ून पीते हुए...यह बात मलकानूर को समझानी पड़ेगी वरना जन्नत की चाह में हाथ से दोज़ख भी निकल जाएगा और तब मौत के अंधेरे के इंतज़ार के सिवा पास में कुछ नहीं होगा..."

"हां यार, हमारी लड़ाई और जद्दोजहद रोटी-रोज़ी से आगे बढ़ ही नहीं पा रही है जो हम इनसानी सायकी, इनसानी सोच और ज़रूरतों पर ध्यान दे सकें।" जावेद ने उकताए लहजे से कहा और गहरी सांस भरी।

"अपने अंदर की आवाज़ कब तक मुनासिब मौक़े के इंतज़ार में दबाते रहेंगे?"

"तुम्हारा घर कब बस रहा है?" ज़ाकिर ने बात की दिशा बदली।

"पता नहीं। सच पूछो शादी से बड़ी घबराहट लगती है।" जावेद ने हाथ जोड़ माथे पर लगाया।

"क्यों भला? क्या ख़ुशहाल लोग तुम्हें नहीं दिखते हैं? मैं और महलक़ा ...दोनों पहिए बराबर से चलते रहे हैं?"

"भाभी और तुम्हारी बात सिर्फ़ एक इत्तफाक़ है...इस इत्तफाक़ के चलते मैं ख़तरा नहीं मोल ले सकता।" जावेद शरारत से हंसा।

"सलामअलैकुम भाई साहब।"

"वालेकुम सलाम। क्या हाल है मलकानूर?"

"ठीक हूं।"

"नदीम का जहाज़ हफ़्ता भर बाद उड़ जाएगा, कुछ सोचा तुमने?"

"सभी हमको मजबूर कर रहे हैं कि हम लौट जाएं मगर किसलिए? एक सेकंड भी हम उस कुएं में जी नहीं पाते हैं...जानते हैं हमारी जान ख़तरे में है। लेकिन जब मरना ही है हमको, तो फिर कुएं में क्यों मरें?" मलकानूर ने कहा।

"इतनी बातें तुमने कहां से सीखीं?" जावेद पूछ बैठा।

"ज़िंदगी से, उसका दर्द किसी किताब में नहीं, मेरे अंदर लिखा है भाई

साहब। आप दो बूढ़ों और एक बच्चे के साथ रहकर देखें और सोचें कि मेरी उम्र की भी कोई मांग है। क्या एक वक़्त भी खा सकते हैं बिना नमक का खाना आप? घर में अब्बा न हों तो इनकी मां नमक तक किसी से न मांगने देती हैं और न मंगवाती हैं...इस फ़ीकी ज़िंदगी को हम..." इतना कहकर वह रोने लगी। जावेद और ज़ाकिर ने एक-दूसरे को देखा।

"अब चाहती क्या हो?"

"मैं आगे पढ़ना चाहती हूं, नौकरी करूंगी और..." उसको फिर रोना आ गया। जावेद अपने को रोक नहीं पाया और बहन के सिर पर हाथ फेरा।

"अपने अब्बा के घर जाना चाहोगी? वे सब तुम्हारे लिए बहुत परेशान हैं और..."

"सब झूठ। वे परेशान हैं अपनी इज़्ज़त और बहनों की शादी के लिए...उन्हें मुझसे मुहब्बत होती तो मेरी तकलीफ़ को सुनकर वे मुझे आने के लिए मना न करते। पैदा तो मैं वहीं हुई थी। दूध तो अम्मां ने पिलाया था मगर...मेरी भटकन देखकर भी उनकी ममता जागती नहीं, उलटे मेरा हक़ उस घर पर ख़त्म कर दिया क्योंकि मैं उन पर बोझ बन जाती...आप भाईसाहब इतना करें, मेरा बेटा मुझे दिलवा दें...मैं अकेले जी लूंगी। वे बेशक दूसरा घर बसा लें।"

"अब बच्चा लाना मेरे लिए इतना आसान थोड़ी है। उठाकर लाया तो रखोगी कहां?"

"उसी की तलाश में यहां आई हूं कि महजबीं ख़ाला मुझे रास्ता दिखाएं या कोई नौकरी दिलवा दें। मैं मुक़दमा लड़ बच्चे को ले लूंगी।" उसने जिस अंदाज़ में कहा उसे सुन जावेद और ज़ाकिर सन्नाटे में आ गए और समझ गए कि यह चले रास्ते पर दोबारा चलने की ग़लती नहीं करेगी।

"यह मेरा फ़ोन नंबर रखो।" जावेद ने कहा।

"भाई साहब, उन्हें समझाओ, वे मेरा बेटा मुझे दे दें।"

"यह तो उस वक़्त सोचना था पगली, जब घर से भाग रही थी।" जावेद के मुंह से न चाहने के बावजूद यह जुमला निकल गया।

"गया वक़्त वापस भी लाया जा सकता है भाईसाइब।"

"देखो, नदीम से बात करता हूं। उसे तो पता चल गया है कि तुम यहां हो।"

"जी, शरीफ़ चचा ने फ़ोन करने को कहा था।"

"तुम पहले 'हां' और 'न' में जवाब देती थीं अब कितना बोलने लगी हो।"

जावेद ने कहा।

"मेरे अंदर बहुत गुस्सा भरा है सबके ख़िलाफ़ भाईसाहब। यह मैं नहीं, मेरा गुस्सा बोल रहा है...आख़िर मैं कब तक अपने किरदार पर कलंक लगता देख चुप रहती?" मलकानूर का चेहरा तमतमा उठा था।

"मेरे घर चलकर रहोगी...तुम्हें हर तरह की..."

"फिर वहां किसके भरोसे छोड़ेंगे? आपको भी तो वापस जाना होगा। तब मेरा क्या होगा? क्या आप मेरे लिए वहां नौकरी नहीं ढूंढ़ सकते, घरेलू काम की?" मलकानूर ने अपनी बात कह उन्हें फिर चौंकाया।

"रहो यहां, मैं ख़ैरियत लेता रहूंगा...फ़ोन है अब तुम्हारे पास?"

"हां, मिसकॉल कर दूंगी।"

"ठीक है, अब हम चलते हैं।"

दोनों उठकर बाहर निकले। उनके पीछे-पीछे मलकानूर भी।

बाहर निकलकर दोनों स्कूटर पर बैठे तो ज़ाकिर ने अपनी चुप्पी तोड़ी।

"यार जावेद, जिनके लिए हम कमाते हैं वे भी हमसे ख़ुश नहीं हैं फिर इस मेहनत और जांफिशानी का क्या मतलब है?"

"चक्की में यह ख़ूबी होती है कि रात-दिन चलने के बाद वह ऐसे सवाल नहीं पूछती कि जब भूख इनसान को मार डालती है तो मेरे आटा पीसने का क्या फ़ायदा?"

ज़ाकिर ने जावेद को घूरा ज़रूर मगर कुछ जवाब नहीं दिया।

स्कूटर स्टार्ट कर जब वह मुड़ा तो पीछे से उसे किसी के पुकारने की आवाज़ सुनाई दी या फिर ख़ुद उसे याद आया कि वह सास-ससुर से मिले बिना घर से बाहर निकल आया है। उसने स्कूटर मोड़ा।

"तुम लोग जा रहे हो, खाना खाकर जाते।" महजबीं ने उन्हें रोका।

"और नहीं तो क्या...ठहरो।" अमजद ने कहा।

"नहीं अंकल, हमें वकील के पास जाना है।"

"कामयाब हों अपने मक़सद में।" इतना कह अमजद ने दामाद को देख दिल ही दिल में कहा, 'अपने इस फ़ैसले से उसने एक हज नहीं कई हजों का सवाब एक साथ पाया है।'

"अल्लाह हाफ़िज़।" महजबीं ने कहा।

खटारा स्कूटर ज़ोर की आवाज़ करता पोर्टिको से निकला और सड़क पर दौड़ पड़ा।

28

रमज़ान को जब पता चला कि चांदनी प्रसाद को उसके ससुराल वालों ने इलाज के लिए मायके भेज दिया तो उसे बहुत ताज्जुब हुआ। जूही से पता चला था कि उसकी बड़ी बहन की बात तय हो रही है मगर फिर आगे कुछ पता नहीं चला। जूही भी अरसे से दुकान पर नहीं आई थी। चांदनी रमज़ान की बहन शाहिदा के साथ पढ़ती थी। इसलिए दोनों बहनें ईद-बक़रीद में कबाब-सेंवई खाने पहुंच जाती थीं।

शाहिदा की शादी हुई और वह उड़कर सीधे सीरिया पहुंच गई। उसका शौहर इंडियन एंबेसी में प्रेस विभाग में था। एक बार शाहिदा ने उसे बताया था कि चांदनी आगे पढ़ना चाहती थी। दिल्ली में उसका दाख़िला भी हो गया था मगर मां के अचानक बीमार पड़ने से सारा कार्यक्रम अटककर रह गया और चांदनी मां की सेवा में लग गई।

आज बहन का फ़ोन आया, चांदनी के बारे में रमज़ान ने पूछा तो वह बोली, "पता नहीं उसे क्या हो गया है!"

"मतलब?"

"उसका फ़ोन आया था। बता रही थी कि उसे हरदम छिपकलियां हर साइज़ हर रंग की हर पल नज़र आती हैं। दीवार पर चलते हुए नहीं बल्कि ज़हन में जैसे हम किसी घर या कोई कमरे को याद करते हैं तो उसका अक्स उभरता है बिलकुल उसी तरह उसे छिपकलियां नज़र आतीं। कभी उबकाई महसूस होती तो कभी खांसी। हरदम अजीब गंदा अहसास होता है जिसकी वजह से वह खाना नहीं खा पाती है। मुझे भी बात समझ में नहीं आई।"

"डॉक्टर से तो मिलना पड़ेगा। अगर उसका फ़ोन तुम्हारे पास फिर आए तो उसे राय नहीं बल्कि ज़ोर देना ताकि वह इस मुसीबत से निकले।" रमज़ान ने बहन से कहा।

"तुम क्यों इतने इमोशनल हो रहे हो चांदनी को लेकर?" बहन हंस पड़ी।

"इसलिए बाजी, कि यहां जादू-टोने का बाज़ार गर्म है। यह मामला

कुछ-कुछ वैसा ही लग रहा है।" रमज़ान ने कहा और फिर दूसरी बातों में लग गया।

रमज़ान की चचाज़ाद बहन का पैग़ाम जिन शाह साहब के घर से आया था उन्हें कोई लड़की नहीं दे रहा था। आख़िर अपने से अलग बिरादरी की लड़की लाने पर मजबूर हो गए थे। रमज़ान के चचा ने जब छानबीन की तो पता चला कि मौलवी ने दुआ-तावीज़ कर इतनी दौलत कमा ली है कि अब उसे संभालने वाला तो कोई हो। बीवी बच्चे पैदा करते-करते और पालते-पालते सेहत गंवा बैठी। बड़ा लड़का अठारह का हो गया था। दिल्ली में पढ़ रहा था। लेकिन उनसे डरने और लड़की न देने का सबब कुछ और था। बहुत पूछने और पता लगाने पर यह सच सामने आया कि उनकी बदनामी बहुत फैल गई है और अब लड़कियों की मांओं को डर है कि जो दूसरों की बहू-बेटियों को नहीं छोड़ता, वह अपनी बहू पर क्या तरस खाएगा? पता नहीं क्या खिला दे, क्या पिला दे। जिन्न की तरह उनकी बेटी को बोतल में क़ैद रखे।

चचा को जब ये ख़बरें कई जगहों से मिलीं तो उन्होंने साफ़ इनकार कर दिया और मुंह पर चांटे मार-मार कई बार तौबा की, ख़ासकर तब जब दूसरे आमिलों और मौलवियों ने इस बाबत अफ़सोस करते हुए बताया कि कुछ हज़रात इल्म का ग़लत इस्तेमाल कर रहे हैं जो महजबीं और इनसानी नज़र से दुरुस्त नहीं है मगर ज़ालिम पेट भरने के लिए तो लोग दवा के नाम पर ज़हर भी बेचते हैं। कई दिनों तक चचा समाज के बदलते चेहरे से ख़ौफ़ज़दा भी रहे और अफ़सुरदा भी मगर किसे रोकें, किसे थामें?

रमज़ान की चूंकि ज़नाना कपड़ों की दुकान थी। अकसर औरतें ख़रीदारी करते-करते अपनी परेशानियां भी बयान करती थीं। जो परेशानियां वह हल कर सकता था उसमें राय देकर उनकी मदद भी करता था।

लाला रामप्रसाद की सोने-चांदी की बड़ी पुरानी दुकान थी। चार पुश्तों से उनके यहां नगों की जड़ाई का काम होता आया था। उनकी चार लड़कियां हैं। चांदनी, कामिनी, जूही और चंपा। चारों बहनें सुंदर और सुकुमार थीं। चांदनी के बाद तीनों बहनें अभी पढ़ रही थीं। रमज़ान की दुकान पर चारों अपनी मां के साथ आती थीं। अब सिर्फ़ जूही कभी-कभी घूमती-टहलती आ जाती है।

"रमज़ान भाई, हमको पीले रंग की साड़ी पर ज़रदोज़ी का काम करवा दो।" एक दिन जूही उसकी दुकान पर आकर बोली।

"कब तक चाहिए?"

"दीदी की शादी तय हो गई है। उन्होंने यह डिज़ाइन और तस्वीर भेजी है।" जूही ने किसी शादी की तस्वीर दिखाई जिसमें विभिन्न लड़कियां नाच रही थीं। उन्हीं में एक ने पीला लिबास पहन रखा था।

"रंग यह चाहिए और फूल ये उभारने हैं।" जूही ने कहा।

"ठीक है।"

"पंद्रह दिन में साड़ी मिल जाएगी?"

"बिलकुल, कल ही कपड़ा लखनऊ भेजता हूं...यह बताइए साड़ी जार्जेट, शैफान, नायलान, सिल्क, आरगंडी किस कपड़े की चांदनी बहन पसंद करेंगी?"

"उन्होंने आप पर छोड़ा है।"

"ठीक है।" रमज़ान के चेहरे पर यह सोचकर मीठी मुस्कान फैल गई कि शाहिदा बाजी की एक गुलाबी साड़ी उसने कश्मीरी सिल्क पर ज़रदोज़ी के काम की बनवाई थी। शायद उसी को देख यह फरमाइश आई है।

"अच्छा, रमज़ान भाई, चलती हूं।"

"ठीक है, मेरा घर में सबको सलाम कहना।"

"ठीक है।" जूही दुपट्टा लहराती दुकान की सीढ़ियां उतरने लगी।

रमज़ान ने इशारे से चाय वाले लड़के को चाय लाने को कहा और खुद कपड़े के थान सलीक़े से लगाने लगा।

रमज़ान रात को जब छत पर मच्छरदानी लगाकर सोता तो तारों को देखते-देखते उसके ज़हन में कई लड़कियों और औरतों के चेहरे उभरते जो शादी से पहले दुखियारी लगतीं और शादी के बाद गेंदे के फूल की तरह शादाब भरी-भरी हंसमुख सी लगतीं और कुछ ख़ूबसूरत लड़कियां शादी के दो साल बाद सिर्फ़ हड्डियों का ढांचा बन जातीं, जिनके चेहरे उनकी दुखभरी कहानी कहते लगते थे।

'चांदनी बहन शादी के बाद कैसी लगती होंगी और इस तरह की बीमारी के बाद? उनके बाएं गाल का वह तिल कितना अच्छा लगता था।' रमज़ान बचपन की यादों में खो गया। एकाएक चांद के पास चमकते तारे ने टिमटिमाते हुए उसके ज़हन के छुपे तहख़ाने से निकलकर एक ऐसा सांवला-सलोना चेहरा सामने ला दिया कि उसकी आंखें भर आईं। ये आंखें हर रात इसी तरह भर आती हैं और दिल का ज़ख़्मी कोना तपकन से भर उठता था।

उसने आसमान से निगाहें हटाईं और हंस पड़ा जैसे खुदा का शुक्र अदा कर

रहा हो। उसने तकिया मुंह पर रखा फिर करवट बदल तकिए को सिरहाने रख आंखें बंद कर लीं और सेकंड भर बाद वह गहरी नींद में डूब गया।

रमज़ान अभी दुकान खोल ही रहा था कि सामने से जूही और कामिनी को आता देखा। रमज़ान का दिल उन दोनों को देख ख़ुश हो गया। सलाम और हालचाल पूछने के बाद पता चला कामिनी का ब्याह तय हो गया है और अब वह अपनी पसंद के कपड़े ख़रीदने निकली है।

"चांदनी बहन कैसी हैं?"

"ठीक हैं।" कामिनी ने धीमे से कहा।

"सुना बीमार थीं।"

"किससे सुना?" जूही ने ताज्जुब से पूछा।

"शाहिदा बाजी ज़िक्र कर रही थीं।" रमज़ान के मुंह से यह सुनकर दोनों बहनों के चेहरों पर संतोष उभरा।

"कुछ ग़लत कह गया?" उनके चेहरे देख रमज़ान डर गया।

"नहीं, दीदी काफ़ी दिनों से बीमार चल रही हैं। पिताजी ने काफ़ी इलाज कराया मगर पंडित जी कहते हैं कि इन पर जादू हुआ है और किसी अनजान दिशा की तरफ से।" जूही ने एक सुर में सारी बात कह डाली।

"जीजा जी...या सास...कौन ऐसा कर रहा है?" रमज़ान अपने को रोक नहीं पाया और पूछ बैठा।

"नहीं, जीजा जी उनसे बहुत स्नेह करते हैं। सास-ससुर ख़ुद परेशान थे। पहले जब जीजी कहती थीं कि अकेले कमरे में उन्हें किसी चीज़ के गिरने की आवाज़ सुनाई पड़ती है तो सास हंस देती थीं फिर उन्हें लगता कोई उनके पलंग को धक्का दे उनकी चादर खींचता या फिर कोई नेवला जैसा जानवर उछलकर उन पर आन बैठा है। रोज़-रोज़ यही सब सुनते हुए उन्होंने दीदी को घर भेज दिया ताकि दिल बहल जाए और मायके में रहकर तबीयत ठीक हो जाए मगर यह सब देखकर सास को जीजी की बातों पर विश्वास करना पड़ा और उन्होंने गंभीरता से सारी बातें समझीं फिर..." कामिनी ने इतना कह लंबी सांस ली।

"फिर?" रमज़ान पूछ बैठा।

"पता चला कि जीजा जी पर उनकी कोई क्लासमेट मरती थी। उसने जीजा से कभी कहा नहीं, न जीजा का ध्यान उधर गया। जब उनका विवाह हुआ तो उस लड़की की सहेली ने जीजा पर छींटाकशी कर, जी भरकर खरी-खोटी

उन्हें सुनाई। जीजा तो उसे डांट-डपटकर और डिग्री ले निकल आए मगर वह लड़की जीजी पर जादू करवा उनका सर्वनाश चाहने लगी ताकि जीजी के बाद वह उनसे विवाह कर सके।" कहते-कहते कामिनी रुक गई फिर बोली, "बात समझ में नहीं आई कि इसमें जीजी की क्या ग़लती थी?"

"तेज़ाब, गोली, चाकू, ज़हर यह सब कुछ प्यार-मुहब्बत की दास्तानों में सुनता आया हूं मगर यह सब, वह भी इस दौर में? मन की बात कहने की हिम्मत नहीं और इन सब रास्तों पर चलने की बहादुरी है?"

"इश्क़ और जंग में सब बजा है। मेरे साइंस प्रोफेसर ज़ुबैरी यह बात हमेशा दोहराते हैं तो ज़रूर इसमें कोई तर्क होगा।" जूही ने कहा।

"चांदनी बहन आजकल हैं कहां?"

"ससुराल में उनकी सास बड़े मन से उन पर हुए जादुओं की रोकथाम किसी पंडित से करवा रही हैं।" कामिनी ने बताया।

"पहले से जीजी की सेहत भी सुधरी है।" जूही बोली।

"चांदनी बहन को मेरा सलाम कहना।" इतना कह रमज़ान धीरे से पूछ बैठा, "तुम्हारा वह नक़ाब कहां गया?"

"जब से कॉलेज छोड़ा।"

"मतलब?"

"एक विधायक जी का लड़का हाथ धोकर पीछे पड़ गया था। सहेलियों ने तरकीब बताई तो मन को भा गई। वह बेचारा गोली का शिकार हो कॉलेज क्या दुनिया छोड़ गया तो मैंने भी नक़ाब उतार फेंका।"

"यह सारे सूट आप पैक करवा दें।" कामिनी ने पर्स खोल रुपए गिनते हुए कहा। रमज़ान ने ज़ुबैर को इशारा किया। पेमेंट काउंटर की तरफ से कामिनी लौटी और थैले काउंटर पर से उठाए।

एक साथ कई ग्राहक दुकान में घुसे और इधर-उधर उंगली के इशारे से साड़ी दिखाने और सूट के कपड़े निकलवाने लगे। रमज़ान का ध्यान दोनों बहनों से हटकर पूरी तरह ग्राहकों की मांग में उलझ गया था। उसी बीच दो बुर्क़ापोश औरतें सीढ़ियां चढ़ विंडो के पास पड़े स्टूलों पर बैठ सुस्ताने लगीं।

"क्या बताएं बहन, पेट का दर्द बेटी को मारे डाल रहा है। हकीम, वैद्य, डॉक्टर सबका इलाज करवा लिया, अब तो बस ख़ुदा का सहारा है।"

"मेरी मानो तो एक बार बूढ़ी मस्जिद के इमाम साहब को दिखाकर फुकवा लेतीं। हमारी इस दुनिया में अच्छी-बुरी रूहें भी घूमती हैं। कोई बुरी हवा लग

गई होगी।"

"मुझे इन बातों से बहुत डर लगता है। इन सब बातों का उलटा असर भी देखा है। इसलिए इन बातों से दूर रहती हूं।"

इसके बाद दोनों चुप हो गईं। भीड़ छंटी तो वे आगे बढ़ीं और तीन सूट ख़रीदकर वापस चली गईं। उनके जाने के बाद ज़ुबैर कुरैशी बोला, "रमज़ान भाई कबूतर से भी लोग जादू भेजते हैं।"

"अब बकवास मत कर, कबूतर शांति व अमन का परिंदा है, पहले क़ासिद का काम करता था। मुहब्बत का परिंदा है, उसे तो बख़्श दे।" रमज़ान हंसा।

"बाप क़सम रमज़ान भाई। मेरा सगा भाई ऐसे ही मरा है। किसने उसे भेजा था पता नहीं मगर अंधेरे के बाद वह फड़फड़ाता हुआ घर में घुसा जैसे रास्ता भटक गया हो और रात भर अलमारी के ऊपर कारनिस में छुपा रहा। जब भाई सुबह मरा पाया गया तो सबको शक गुज़रा। खिड़की-दरवाज़े बंद थे। हमने पूरा घर छान मारा। घर था भी कितना बड़ा, एक बड़ा कमरा, दो कोठरियां। एक कोठरी जो गल्ले की थी उसमें जा छुपा था। रात को उसमें हमेशा की तरह कुंडी चढ़ी थी। सुबह कबूतर वहां नहीं था।" इतना कह वह लड़का किसी गहरी सोच में डूब गया जैसे उस शाम को याद कर वह कुछ और भी समझना चाह रहा हो।

"मौत तो ख़ुदा के हाथ में है।" रमज़ान ने कहा।

"मौत तो बहाना ढूंढ़ती है, वह भी तो तक़दीर का खेल है और तक़दीर भी तो हमारी ख़ुदा लिखता है।" ज़ुबैर कुरैशी ने उदास आंखों से देखा।

"इस पढ़ने-लिखने का फिर क्या फ़ायदा?" रमज़ान ने झुंझलाकर कहा।

"फ़ायदा तो है जनाब। आप अपने बहनोई को देखें, पूरी अंसारी बिरादरी को देखें, तालीम हासिल कर कहां से कहां पहुंच गए। दूसरी क़ौमों को देखें, उनके बीच कितने लोग तरक़्क़ी कर गए हैं मगर जो ख़ुद पर वक़्त ख़र्च नहीं करते, मेहनत नहीं करते, पिछड़े और जाहिल हैं, वे अपने लिए इन पुराने इल्मों का इस्तेमाल करते हैं कि वह आगे बढ़ें बल्कि दूसरों की रुकावट में अपनी तरक़्क़ी और कामयाबी देखते हैं और ऐसी बेहूदा सोच वालों ने इस धंधे को बढ़ावा दिया है। अब इनका अपना बाज़ार भी है। यह अपने पैरों में कुल्हाड़ी मारने वाली बात है।" काउंटर पर बैठा मंजर गद्दी बोला।

"हमारे मोहल्ले में मौलवी साहब पहले अच्छे-अच्छे तावीज़ देते थे।

किसी के बच्चे की सेहत के लिए, खोई चीज़ को पाने के लिए, नौकरी के मिलने के लिए, लड़की की शादी न होने पर अच्छा वर के लिए, खुलासा यह कि हर बंद रास्ता खोलने की कोशिश में अपना इल्म ख़र्च करते थे। अब बंद करने के लिए चौगुना, बल्कि सौ गुना पैसा वही मौलवी लेते हैं। कितनों का बिजनेस बर्बाद किया है, घरों में लड़ाई-झगड़े और...और खुद ने सीवान में कोठी खड़ी कर ली है। पता नहीं इनको अल्लाह दोज़ख में भी जगह देगा या नहीं।" जुबैर ने कहा और कान पकड़ गाल पर चपतें मारीं।

रमज़ान की दुकान बाज़ार के आख़िरी छोर में जहां गली बंद होती है वहां थी। जिसके दोनों तरफ दुकानें लाइन से मील भर तक आगे चौराहे तक चली गई थीं। इस वक़्त भीड़ कम थी। रमज़ान को सारी दुकानें दूर तक नज़र आ रही थीं। हर दुकान पर टुटके के नाम पर कुछ न कुछ लटक रहा था। खुद उसकी दुकान का भी यही हाल था।

जो लोग इन बातों पर यक़ीन नहीं करें उनका जीना इस दुनिया में कितना मुश्किल है?" रमज़ान ने परेशान से लहज़े में कहा।

"हम आगे नहीं, पीछे जा रहे हैं।" मंजर गद्दी हंसा।

"अपनी हिफ़ाज़त के लिए कुछ न कुछ तो साथ रखना चाहिए।" जुबैर ने गर्दन में पड़ा तावीज़ दिखाते हुए कहा।

"बड़ी फुरसत है लोगों को..." रमज़ान बड़बड़ाया और अलमारी में रखे थानों को बराबर करने लगा फिर बोला, "इन्हें मौलवी या मुल्ला कहना मौलवियों की हतक करना है। इनका तो कोई और अलकाब होना चाहिए जैसे ओझा-अघोरी वग़ैरह-वग़ैरह।"

"कैसे नया नाम देंगे, यह भी तो मौलवियों के लिबास और मुकाम पर बैठकर ये सारे खेल मजहब की आड़ में खेलते हैं।" मंजर गद्दी हंसा।

एकाएक लड़कियों का झुंड चहकता-हंसता सामने की दुकानों से निकल अंसारी क्लाथ की सीढ़ियां चढ़ने लगा। उनकी मासूम हंसी में ऐसा कुछ था कि तीनों के मुंह का कड़वा कसैला मज़ा मिठास में बदल गया।

वे कपड़े देखतीं एक-दूसरे के कानों में फुसफुसातीं, हंसतीं, शरमातीं एक दूसरे को ठेलतीं, फिर कपड़े को कंधे पर रख अपने को शीशे में निहारतीं।

रमज़ान उनकी अदाएं देख रहा था। सारे दिन की थकन उसके बदन से इस तरह ग़ायब हो रही थी जैसे वह सुबह की सैर से लौटा हो। वह मुस्कराते हुए नए से नए डिज़ाइनों के कपड़े दिखा रहा था।

जब वह पैकेट उठाए एक-दूसरे को धक्का देती हंसती हुई दुकान से बाहर निकलीं तो रमज़ान ने किसी बुज़ुर्ग की तरह कहा, "अल्लाह इन्हें हर जादू-टोने से महफ़ूज रखना।"

"आमीन!" दोनों के मुंह से एक साथ निकला।

तीनों की आंखें आपस में टकरा गईं।

उनमें ख़ौफ़ भरे सवाल नाच रहे थे।

कुछ देर दुकान में ख़ामोशी छाई रही।

"हमारी शादी हुई तो...डर लगता है, क्या होगा हमारा?" रमज़ान ने टूटे-फूटे जुमले कहे।

"यही ख़ौफ़ तो मेरा पीछा भी नहीं छोड़ता है।" मंजर ने कहा।

"सोचो जिसे हम अपना वजूद, अपना घर, ख़ानदान सब कुछ सौंप देते हैं उस पर सुबह-शाम शक करना कि वह हमारे खाने में क्या मिलाकर हमें पालतू बना रही है या फिर हमारे बाप के लिए वक़्त से पहले क़ब्र खोद रही है। यार मंजर, उसके साथ एक पलंग पर अकेले कमरे में सोने से भी डर लगेगा?" रमज़ान ने कहा तो मंजर और ज़ुबैर हंस पड़े।

"यही डर पता नहीं किस हद तक लड़कियों को घेरे रहता होगा?" मंजर ने कुछ सोचते हुए कहा।

"लड़कियों को फ़िक्र नहीं होती। वे तो मां के कहने पर चलती हैं जो उन्हें बताती-समझाती है।"

बीस साल के ज़ुबैर की बात सुन दोनों चौंक पड़े।

"तुम्हारे पेट में तो दाढ़ी है। ऐसी बातें करनी कहां से सीखीं?" रमज़ान ने पूछा।

"बचपन से रमज़ान भाई। छोटा बच्चा, कमसिन लड़का समझकर औरतों के बीच उठता-बैठता उनकी बातें बिना समझे सुनता रहा हूं। अब वे बातें समझ में आती हैं जब कोई बहन रोते हुए मायके लौटती है और गुस्से से फुंफकारती भाभी मायके भेज दी जाती है। मौलवियों, पंडितों के घर पर मोटरसाइकिलों के पीछे बैठी नक़ाब में लिपटी औरतों को जाता देखता हूं तो सोचता हूं यहां मर्द धर्म को लेकर लड़ते हैं। औरत एकता के सूत्र में बंध अपने लाभ में पंडित हो या मौलवी दोनों को मानती है। यह बीमारी सत्ताधारियों की बेजा सत्ता-हवस से हम तक पहुंची है या फिर चमत्कारी बाबाओं ने अपना बाज़ार बना हमें तबाह व बर्बाद किया है या फिर खुदा की ताक़त तक पहुंचने की बेवकूफ़ी में अपने

इल्म को करिश्मे में बदलने के जुनून ने आम इनसानों की मासूमियत व लाइल्मी से फ़ायदा उठाया है? आख़िर क्या?" जुबैर तेज़ लहजे में कह उठा।

"सारे सवाल हम जवानों के हैं? पानी गंदा, ख़याल गंदे, दिल गंदे, कूड़े के ढेर में बदलते शहर, जिसे हमारे बुजुर्ग खुले दिल से इन सबका वारिस हमको बनाकर इस दुनिया से जा रहे हैं। उसे हम कैसे सुधारेंगे जब हम खुद उसके शिकार होते जा रहे हैं...?" मंजर ने गुस्से में कांपते स्वर में कहा।

"उससे बड़ा सवाल है, कल हम जब बाप बनेंगे तो अपने वारिसों को क्या देकर जाएंगे?" रमज़ान ने जैसे अपने से पूछा हो।

"मिलावट, बनावट और..." मंजर की बात अधूरी रह गई। सामने कई ग्राहक सीढ़ियां चढ़ते सामने आन खड़े हुए थे। उनके पीछे कुछ और आ रहे थे। रमज़ान का चेहरा बदल गया था। वहां फ़िक्र और ख़ौफ़ की जगह स्वागत का भाव था। होंठों पर मीठी मुस्कान और नर्म लहज़ा बना पूछ रहा था, "क्या दिखाऊं जनाब?"

29

ईद का चांद नज़र आ गया था।

रमज़ान क्लॉथ हाउस में काले नक़ाब वालियों की ग़ज़ब की भीड़ थी। कई तरह के सेंट, इत्र और पसीने की मिली-जुली गंध में मेहंदी की तेज़ ख़ुशबू सिर में दर्द पैदा कर रही थी। पंखे चल रहे थे मगर पसीना सूखने का नाम नहीं ले रहा था।

"रमज़ान भाई ईद के लिए मंगाए सूट दिखाओ न, यह सब तो पुराने फैशन के हैं।"

"दुपट्टे...हां उधर वाले...यही-यही दिखाइए तो ज़रा।"

"यह काला सूट...ईद में पहनोगी?"

"चलो दूसरी दुकान में भी चलकर देख लेते हैं..."

"हर दुकान पर यही मिलेगा। जो लेना है यहीं से लूंगी। यह मेरी पुरानी दुकान है।"

रमज़ान की बत्तीसी बाहर थी। हंसते, मुस्कराते उसके जबड़े दुख गए थे और होंठ ऐंठ गए थे। पिछले एक हफ़्ते से भीड़ का यही हाल था। जेनरेटर का शोर, गाना, अज़ान, मुनाजात, हॉर्न और लोगों की बातें बच्चों की चिल्ल-पों से बाज़ार गूंज रहा था।

इसी में जेब भी कट रही थी और ख़रीदा सामान भी चोरी हो रहा था। उसकी भी हायतौबा मची हुई थी।

महलक़ा ने बच्चों को समझा दिया था कि इस बार ईद नहीं मनेगी। मगर ज़ाकिर ने यह सोचकर उनका दिल नहीं तोड़ा कि वह यहां अगली ईद पर तो होगा नहीं। इसलिए बच्चों ने जो कहा वह ख़रीदा फिर सबको तैयार कर लदा-फंदा वह शगुफ़्ता के गांव की तरफ निकला। यह सब देखकर महलक़ा कुछ नहीं बोली। उसका दिल यह सोच-सोचकर बुझा-बुझा सा रहता कि बस अब ज़ाकिर के वापस जाने के दिन क़रीब आते जा रहे हैं।

जब वह शगुफ़्ता की ससुराल पहुंचे तो शगुफ़्ता के सास-ससुर बौखला गए।

ज़ाकिर को देख भयभीत सलीम कमरे में बिछे तख़्त के नीचे छुप गया। ज़ाकिर ने नए कपड़े, सेंवइयां और खिलौने का थैला ज़मीन पर रखा और साउदी से लाई जानमाज़ ससुर के हाथों में दी और सास को तस्बीह से भरा पैकेट थमाया। दोनों खुशी का इज़हार कर रहे थे मगर चेहरे फक़ थे। वे सब कमरे में बैठ गए तो ससुर बहाने से अंदर पहुंचे। बीवी की आंखों में आंसू देखे। "उनसे कहो, आज चांद रात है। आज उसे न ले जाएं, कल की सेंवई तो मेरे हाथ से खा लेता।"

"कहता हूं..." इतना कह ससुर वहीं दरवाज़े से सिर टिका फफक पड़े। उनको यूं रोता देख बड़ी बी भी आंसू न रोक पाईं और सीने पर धीरे-धीरे हाथ मारने लगीं, "हमारा सब कुछ लुट गया।"

बात उनकी सही थी। छोटा बेटा बीवी को लेकर ऐसा गया कि पलटकर आया ही नहीं।

कुछ देर बाद दोनों ने अपने को संभाला और शरबत से भरे गिलास की ट्रे लेकर कमरे में पहुंचे। दादा-दादी के पैरों को देख सलीम तख़्त के नीचे से निकला और दादी की साड़ी का आंचल पकड़कर खड़ा हो गया।

"मामू को सलाम नहीं किया?" दादा ने भर्राए स्वर से कहा।

"इधर आओ।" ज़ाकिर ने दोनों हाथ फैलाए तो वह फिर तख़्त के नीचे घुसने के लिए बढ़ा। दादा ने उसका हाथ पकड़ अपनी तरफ खींचा और गोद में बिठाकर उसके कान में धीरे-धीरे कुछ कहा। उसने ज़ाकिर को देखा फिर मुंह दादा के सीने में छुपा लिया।

"आप सबको ईद मुबारक हो, यह कुछ कपड़े और खिलौने हैं सलीम के लिए।" ज़ाकिर ने बड़ी सी कार थैले से निकाली और चलाई तो सलीम ने चेहरा घुमाया। आंखें चमकीं मगर फ़ौरन उसने अपना मुंह दादा के सीने में दोबारा छुपा लिया।

"आपसे कुछ ज़रूरी बात करनी थी। महलक़ा, तुम ज़रा बच्चों को आंगन में लेकर जातीं।" ज़ाकिर ने कहा और फाइल खोली।

"ये हमारे बीच चलने वाले मुक़दमे के काग़ज़ हैं।" यह सुनकर दोनों के चेहरे का रंग पीला पड़ गया और हाथ कांपने लगे।

"मैंने मुक़दमा वापस ले लिया है।" ज़ाकिर ने कहा तो उनकी कुछ समझ में नहीं आया। वह वैसे ही बुत बने बैठे रहे।

"आप लोग आज़ाद हैं। पुलिस और कोर्ट आपको परेशान नहीं करेंगे। आप दोनों मेरी बात समझ रहे हैं?" दोनों ने एक-दूसरे को देखा और सिर 'न' में

हिलाया तो ज़ाकिर ने दोबारा अपनी बातें दोहराईं।

"आप आज़ाद हैं, मुजरिम नहीं।" वह मुस्कराया तो वे दोनों भी मुस्कराए लेकिन चेहरे पर अभी भी चकराहट का भाव था।

"बातें ध्यान से सुनें। मेरी एक शर्त है कि आप आगे से कोई बात ग़ैरक़ानूनी नहीं करेंगे और इस बच्चे को परेशान नहीं करेंगे। इसकी परवरिश आप करेंगे मगर सरपरस्ती मेरी होगी। आपको मंजूर है?" ज़ाकिर ने पूछा। दोनों को अपने कानों पर जैसे यक़ीन नहीं आ रहा था। दोनों फटी आंखों से ज़ाकिर को घूरते रहे। शक़ व सवाल के जाले ज़ाकिर को उनकी आंखों में तैरते नज़र आ रहे थे। उसने अजीब बेबसी महसूस की, आख़िर इनको कैसे जड़ सोच से निकाला जाए?

"पोता आपके पास रहेगा, अमानत मेरी होगी।" ज़ाकिर अपनी बात फिर से कह मुस्कराया तो उन्होंने राहत की सांस ली और एक साथ ज़ाकिर के पैरों की तरफ झुके तो ज़ाकिर ने उनको रोका।

"अरे चचा, आज ख़ुशी की रात है...मुझे गुनहगार न बनाएं...जो गुज़र गया उसे भूल जाएं। कभी-कभार जब आपका दिल चाहे सलीम को लेकर मामू के घर आ जाइएगा ताकि ननिहाल से उसका नाता बना रहे...अपने भाई-बहनों से मिले। अब चलते हैं।" ज़ाकिर की आवाज़ भारी हो गई थी।

"हम कैसे और किस ज़बान से..." ससुर इतना कह अंगोछे से मुंह छुपाकर रोने लगे।

"हम तुमसे शर्मिंदा हैं।" बिना यह अल्फ़ाज़ कहे सास ने कांपते हाथ जोड़ दिए।

सलीम की आंखों में डर सा उभरा जिसे देखकर ज़ाकिर परेशान हो उठा।

"अपने को संभालें...ख़ुश रहें। कभी कोई ज़रूरत पड़े तो फ़ोन करना न भूलिएगा।" महलक़ा बच्चों के साथ कमरे में दाख़िल हुई। ज़ाकिर ने आगे बढ़ सलीम के सिर पर हाथ फेरा मगर वह उसी तरह दादा के कंधे से चिपटा रहा।

जब सब टैक्सी में बैठ गए तो सलीम ने सिर घुमा भर आंखों से उन्हें जाते देखा। सीप की तरह सफ़ेद आंखों में राहत और ख़ुशी की बारीक़ सी लाइनें खिंची थीं। दादा-दादी के चेहरे पर इतमीनान था। भरी आंखों से ज़ाकिर को दिखा जैसे नौशा भाई और शगुफ़्ता खड़े हों गोद में सलीम को लेकर। वह मुस्करा पड़ा।

कार सीवान की तरफ भाग रही थी। बच्चों की ईद नानी के घर होनी थी। महलक़ा जाने क्यों झुंझलाई सी थी। आगे बैठे ज़ाकिर की आंखों में आंसू आते

और फिर खुश्क़ हो जाते। उसकी निगाहों के सामने बहन के बचपन के चेहरे से लेकर दुलहन बने फिर छत से लटके चेहरे नाच रहे थे। दिल कभी बैठता लगता तो कभी उसकी धड़कन तेज़ हो जाती।

बच्चे पीछे बार-बार सवाल कर रहे थे।

"यह कौन थे जिनके घर हम गए थे?"

"सलीम हमारा कौन है? वह तख़्त के नीचे क्यों छुप रहा था?"

"वे दादा-दादी रो क्यों रहे थे?"

"आपने उसे खिलौने क्यों दिए?"

"मम्मी, आप चुप क्यों हैं?"

"पापा, आप बोलते क्यों नहीं हैं?"

बच्चों के सवालों से दूर दोनों अपनी-अपनी दुनिया में भटक रहे थे। महलक़ा को जाने क्यों यह सवाल दीमक बना चाट रहा था कि ज़ाकिर ने उससे ज़्यादा एतबार शगुफ़्ता के सास-ससुर पर किया वरना सलीम को वहां छोड़ने का क्या मतलब था? उधर ज़ाकिर सोच रहा था कि इस जज़्बाती ड्रामे का पर्दा गिरा उसने अच्छा ही किया। अपनी-अपनी जगह सब चैन से रहेंगे।

नदीम ने सारी काग़ज़ी कार्यवाही पूरी कर ली। बेटे को तन्हा मां के साथ छोड़कर उसका जाने का दिल नहीं चाह रहा था। बहन तो आने पर राज़ी थी मगर बहनोई ने साफ़ इनकार कर दिया था कि उस घर में तुम्हारा जाना बंद, जहां की बहू घर छोड़कर, लापता हो जाए। आख़िर हमें रहना तो यहीं है न।

नदीम के दिल में इन बातों का ज़हर जम रहा था जो मलकानूर के लिए गहरी नफ़रत की वजह बनता जा रहा था। अपने घर की बदनामी के बारे में सोच-सोचकर उसका दिमाग़ फटा जा रहा था। कल उसे सीवान की तरफ जाना था फिर गाड़ी पकड़ दिल्ली पहुंचना था। जब वह दो साल बाद लौटेगा तो बेटा बड़ा हो चुका होगा। साफ़ बोलने लगेगा।

नदीम को लगा कि उसको घुटन सी लग रही है। बेटे की नज़र बचा वह सीढ़ी चढ़ा और ऊपर जाकर गहरी-गहरी सांसें लेने लगा। बेटा नीचे खेल रहा था। नदीम झुककर बेटे को कभी देखता तो कभी टहलने लगता। उसे महसूस हो रहा था कि जैसे गैस पेट से सिर की तरफ जा रही है और उसे चक्कर आने शुरू हो गए हैं। उसे नीचे जाकर लेट जाना चाहिए। उसने क़दम उठाया ही था कि ज़ोर का चक्कर आया।

तेज़ धमाके और बच्चे की चीख़ से घबराकर जो नदीम के बाप बाहर आंगन में निकले तो उनका कलेजा मुंह को आ गया। झुटपुटे का वक़्त था। आंखें भी धोखा सा देती लगीं, तेज़ क़दम बढ़ा जो पास गए तो देखा नदीम आंगन में औंधे मुंह गिरा है और बच्चा नीचे दबा है।

पुकारना चाहा तो आवाज़ नहीं निकली। ताज़ा लाल ख़ून जब उनके पैरों से छुला तो वे फिर चीख़े, "नदीम की मां...नदीम की मां..."

अपने को घसीटती हुई नदीम की मां बाहर आईं तो समझ नहीं पाईं कि आंगन के कोने में क्या गिरा है और उनके मियां क्यों वहां खड़े हैं। पास गईं तो समझ नहीं पाईं। कुछ पल बाद दोनों ने मिलकर नदीम को सीधा किया, बच्चे को उठाना चाहा तो हाथ कांप-कांप जाते।

"मैं बुलाता हूं...मैं बुलाता हूं...शब्बर...कोई है, नंदलाल...सुनो!" अंधेरी पड़ी गली में उनकी फंसी-फंसी आवाज़ देर तक गूंजती रही और नाउम्मीद हो उन तक लौट आई।

दरअसल आवाज़ उनके मुंह से निकल ही नहीं रही थी। वे तो सिर्फ़ मुंह फाड़ रहे थे। अपनी बेबसी पर वहीं चौखट पर लड़खड़ाते बैठ गए और तभी सामने के घर में लैंप जला जिसकी फीकी रोशनी में सामने वाले घर के किसी सदस्य ने उन्हें बेहाल बैठे देखा तो घबराकर नीचे दौड़ा।

"क्या हुआ दादा...क्या हुआ?"

उन्होंने अंदर आने का इशारा किया जहां नदीम और मुन्ना पड़े थे। पास में नदीम की मां बेहोश पड़ी थीं। लड़का यह देख बाहर की तरफ भागा और चीख़कर सबको पुकारने लगा। रशीद, विमल, बल्लू, अमन...मिनट भर में भीड़ जमा हो गई।

लैंप, ढिबरी, टॉर्च एक साथ जल उठे। आंगन रोशनी से भर गया था। मुन्ने की तो हालत बुरी थी। दम घुटने से वह मर चुका था। नदीम की सांसें अटक-अटककर आ रही थीं और मां बेहोश नहीं दम तोड़ चुकी थीं।

"न अस्पताल है न डॉक्टर...क्या करें?"

"अरे, बड़ी बिपता पड़ी है...देखो कोई गाड़ी..."

सारी भीड़ बौरा सी गई थी। कोई कांप रहा था तो कोई रो रहा था। कोई फटी आंखों से सबको ताक रहा था। उनके मोहल्ले का हीरो, जवानों का सपना नदीम जिसकी अटकी सांसें भी देखते-देखते उखड़ गईं। रुलाई का तेज़ शोर उठा जिससे पास के मोहल्ले वाले भी भागे-भागे आ गए। चटाई बिछा तीनों को

बराबर से लिटा सबने उनके बदन पर चादर डाल दी।

पास के गांव में बड़े भाई थे। उन्हें इत्तला देने कोई भागा। डर और गुस्से के मारे किसी ने मलकानूर के घर वालों का नाम नहीं लिया। नदीम के अब्बा के होश ठिकाने नहीं थे। वे टिकटिकी बांधे ज़मीन पर पड़े मुर्दा जिस्मों को देख रहे थे जो घंटे भर पहले ज़िंदगी से भरपूर थे।

महजबीं के पास बैठी मलकानूर का दिल जाने क्यों घबरा रहा था। जाने कैसा-कैसा दिल हो रहा था। महजबीं उसे आगा-पीछा समझाती हुईं इस बात पर आमादा करना चाहती थीं कि वह अपनी ससुराल जाने पर राज़ी हो जाए। उनका ख़याल था कि एक बार यह राज़ी हुई तो उधर सास-ससुर से बातें कर मामला सुलझाया जा सकता है।

"ख़ाला, आप कहती तो ठीक हैं लेकिन लड़कियां क्या इनसान नहीं होतीं? बहुओं का क्या हंसने-बोलने का दिल नहीं चाहता? कोई मेरी तरफ से क्यों नहीं बोलता? सब वे बातें समझाते हैं जिनमें घुटन है, मौत की आहटें हैं।" मलकानूर ने इस तरह कहा कि महजबीं ने उसका हाथ थाम अपनी तरफ खींचा और उसे गले लगा लिया।

"मौक़ा-महल देखकर औरत को अपनी बात रखनी चाहिए। मैं भी इस उम्र में तुम्हारी तरह थी। जोश से भरी और सिर्फ़ अपने बारे में सोचने वाली मगर सिर्फ़ जोश और चाहने से ज़िंदगी नहीं बदलती बल्कि समझदारी और नेकनीयती से आहिस्ता-आहिस्ता बदलाव आता है। जो बातें नदीम ने कहीं वे झूठ हैं? या फिर तुम्हारी सास का ख़ौफ़ क्या यूं ही था? जो वे देख रही थीं, उससे तुम्हें बचाना चाहती थीं मगर उनका तरीक़ा मुनासिब न था। पुराने लोगों ने बड़ी सख़्तियां झेली हैं। वही सब वे आज के ज़माने में दोहराना चाहते हैं जो कि मुमकिन नहीं है। तुम अगर उनका दिल जीत लेतीं तो फिर वे बिलावजह तुम पर शक न करतीं। जवानी में इन बातों की तरफ हमारा ध्यान नहीं जाता और हम जल्दबाज़ी कर बैठते हैं। तुम्हें जब मियां से ऐसी कोई शिकायत नहीं, फिर क्यों उससे रूठ गईं...अगर तुम चाहो तो मैं उसे यहां बुलाकर मामला रफ़ा-दफ़ा करा सकती हूं।"

"ठीक है ख़ाला, जैसी आपकी मर्ज़ी।" आधे दिल से मलकानूर बोली।

"फ़ोन दो।" महजबीं ने फ़ोन के लिए हाथ बढ़ाया। मलकानूर ने फ़ोन ऑन कर महजबीं की तरफ बढ़ाया।

घंटी जाती रही मगर फ़ोन नहीं उठा तो महजबीं मुस्करा पड़ीं। बोलीं, "नाराज़ है न, उठा नहीं रहा है। अब मैं ज़रा अपने नंबर से करती हूं। देखती हूं उठाता है या नहीं।"

घंटी जाती रही मगर फ़ोन नहीं उठा।

"शायद नहा रहा हो या फिर कहीं गया होगा। पांच मिनट बाद फिर फ़ोन करती हूं।"

"जी ख़ाला," कहकर मलकानूर उदासी से मुस्कराई, "मुन्ना बहुत याद आता है। ख़ाला, मुझे कोई नौकरी दिलवा दो।"

"तुम तो मुन्ने के बग़ैर इतने दिन रह लीं, मैं तो कभी अपने बच्चे ख़ुद से अलग न कर पाती, सेकंड भर को भी नहीं।" महजबीं ने जानबूझकर इस लहजे से कहा ताकि मलकानूर की ममता में उबाल आ जाए और वह घर लौट जाए। "नौकरी तो मिल जाएगी पहले बच्चा तो मिले।"

"मत मारी गई थी मेरी ख़ाला।" बुझे लहजे में मलकानूर बोली।

"फ़ोन लगाती हूं।" कहकर महजबीं ने बटन दबाया।

घंटी जाती रही फिर किसी ने कहा, "हैलो!"

"नदीम, नदीम बोल रहे हैं?" महजबीं ने पूछा। जवाब देने की जगह महजबीं को सुनाई पड़ा, "कोई महरारू बोल रही है, पूछती है नदीम है?"

"पूछो नाम।"

"क्या नाम है?"

"महजबीं...सीवान से..." महजबीं ने ख़ुश होते हुए कहा। महजबीं को सुनाई पड़ा, "कह दो नहीं रहे।"

"सुनती हैं, वह नहीं रहे।"

"नहीं रहे मतलब?"

"फौत कर गए, मर गए।"

"क्या बदतमीज़ी है, इस बकवास का मतलब?" फ़ोन तभी कट गया।

"क्या हुआ ख़ाला?" मलकानूर ने पूछा।

"कह रहा है...मर गए, ख़ुदा न करे, ऐसे कोई जवाब देता है जाहिल।" महजबीं का पारा चढ़ गया था।

"उधर की बोली बड़ी अक्खड़ है। न चाहने पर भी गुस्सा आ जाता है।" थकी आवाज़ में मलकानूर बोली।

"चलो, कल देखते हैं।"

"ख़ाला, मेरा दिल पता नहीं क्यों उचट रहा है। मैं जाकर थोड़ी देर लेटती हूं।" घबराई सी मलकानूर उठी और मेहमानख़ाने की तरफ बढ़ी।

महजबीं ने फ़ोन फिर मिलाया। उनका दिल चाह रहा था कि इस बदतमीज़ आदमी से...'हलो' तभी फ़ोन से आवाज़ आई।

"नदीम है?" डपटते हुए बड़े सख़्त लहजे में महजबीं ने पूछा।

"नदीम भाई, उनका बेटा और उनकी अम्मां अब इस दुनिया में नहीं रहे। तदफ़ीन तो सुबह होगी।" किसी ने बड़े साफ़ लहजे में बताया।

महजबीं के मुंह से बेसाख़्ता निकला, "कब?"

"शाम के क़रीब...कल शाम, फ़ोन रखते हैं।" कहकर फ़ोन कट गया। महजबीं को इस ख़बर से चक्कर सा आ गया। घर में अमजद थे नहीं। कुछ न सूझा तो उन्होंने ज़ाकिर को फ़ोन कर दिया। ख़बर सुन ज़ाकिर ने सिर थाम लिया। यह अंजाम क़िस्मत ने लिखा था और वह बाग़ी लड़की अपनी ज़िंदगी का कोई नया आसमान खोज रही थी। होश जब बजा हुए तो उसने जावेद को फ़ोन किया और कहा अगर वह आ सकता है तो ठीक वरना ज़ाकिर उसके घर पहुंच रहा है। पंद्रह मिनट बाद जावेद ज़ाकिर के घर मौजूद था।

ज़ाकिर ने उसे सारे हादसे से आगाह किया। जावेद सब कुछ सुनकर गहरे सदमे में चला गया फिर धीरे से बोला, "मैं मलकानूर का यह अंजाम सोच-सोचकर डरता था। ऐसी हरकत के बाद बाक़ी लोगों के जीने के लिए मलकानूर का ज़िंदा रहना मुश्किल था। कई तरह की मौतें उसके इंतज़ार में मुझे अकसर रातों को डराती थीं मगर यार ज़ाकिर, अपना नदीम तो बहुत भला लड़का था। यह सब क्या हो गया? वह हमें छोड़कर ऐसे कैसे जा सकता है?"

"नदीम के साथ उसका बेटा और मां भी..." धीरे से ज़ाकिर ने कहा तो जावेद का चेहरा पीला पड़ गया। कुछ कहने के लिए मुंह खोला मगर हकलाकर रह गया। उसकी हैरत से फटी आंखें ज़ाकिर के चेहरे पर जमी थीं।

"पूरा क़िस्सा तो पता नहीं चल पाया, वहां जाकर ही मालूम किया जा सकता है, चलना चाहो तो चलो, मलकानूर को भी बताना पड़ेगा।" ज़ाकिर ने उसके कंधे पर हाथ रखा।

"मलकानूर!"

"उठोगे तभी तो हम पहुंचेंगे?" ज़ाकिर ने उसे झिंझोड़ने वाली आवाज़ में कहा।

"ज़ाकिर, ये सारी बातें एक तरफ...हक़ीक़त तो यह है कि मलकानूर की जान ख़तरे में है...नहीं छोड़ेंगे उसे नदीम के चचा और...जितनी जल्दी हो हमें मलकानूर को वहां से हटाना होगा वरना..."

"ठीक है, समझ गया।" उसको हाथ मलते देख ज़ाकिर कह उठा।

"महलक़ा, मैं चलता हूं।"

"जी।" महलक़ा का चेहरा धुआं-धुआं हो रहा था। उसे ज़ाकिर की कही बात याद आ रही थी कि अब उधर मत जाना, मुझे तो अंजाम कुछ और नज़र आ रहा है।

महजबीं के घर जब जावेद और ज़ाकिर पहुंचे तो मलकानूर नहा के निकली थी। चेहरा साफ़ धुला हुआ और भीगे बालों से बूंदें टपकती हुईं। उन्हें देखकर उसने सलाम किया और हलके से मुस्कराई। ज़ाकिर तेज़ी से घर के अंदर जाकर सास को सारी बातें बताने लगा।

"मलकानूर, बहन, तुम हमेशा के लिए आज़ाद हो गईं। हमेशा के लिए।" जावेद ने उसे अपने से लिपटाकर कहा।

"मैं समझी नहीं भाई साहब?" मलकानूर हैरान थी।

"ये चूड़ियां तोड़ डालो, नदीम...नदीम..."

"क्या हुआ उन्हें?" मलकानूर ने तड़पकर पूछा।

"गया, हमें छोड़कर चला गया। साथ में मुन्ना और अपनी अम्मां को भी ले गया।"

"झूठ बोल रहे हैं आप...ऐसे कैसे हो सकता है?" वह सकते में आ गई।

उसका सारा बदन थरथरा रहा था, "मुझे मुन्ना के पास जाना है। वह मुझे छोड़कर नहीं जा सकता है।" इतना कहते-कहते वह बेहोश हो गई।

"पूरी बात का पता कैसे लगे?" एकाएक अमजद कह उठे।

"फ़ोन करता हूं नदीम के मोबाइल पर।" कहकर ज़ाकिर ने फ़ोन मिलाया। एक-दो घंटी के बाद फ़ोन उठा तो ज़ाकिर फ़ौरन बोल उठा, "हलो, मैं नदीम का दोस्त बोल रहा हूं..."

"नदीम...नदीम तो...वे छत पर से नीचे मुन्ना पर गिरे। उनकी हालत देख चची का हार्टफेल हो गया।"

"पता चला लेकिन वे ऊपर से गिरे कैसे?"

"डॉक्टर का तो कहना था कि इनको हाई ब्लडप्रेशर होगा। चकराकर गिरे

होंगे। छत पर मुंडेर तो थी नहीं। मगर बड़के चाचा ने मलका भाभी की शिकायत थाने में लिखवा दी है कि वह भाई को धक्का देकर घर से भाग गई है। पुलिस आई है, मुआयना कर पूछताछ कर रही है।"

"या खुदा!" घबराकर ज़ाकिर ने फ़ोन रख दिया।

"जावेद, तुम्हारा अंदेशा ठीक निकला है। पुलिस वाले मलकानूर को ढूंढ़ रहे हैं।"

"मगर क्यों?" अमजद चीख़े।

ज़ाकिर ने सारी कहानी सबको बता दी और फ़िक्रमंद लहजे में कहने लगा, "पुलिस शरीफ़ सिद्दीक़ी के घर जाएगी और फिर यहां...कभी भी पहुंच सकती है।" ज़ाकिर की बात सुन माहौल में दहशत सी भर गई।

"कुछ करो अमजद। पुलिस-वुलिस...इस मोहल्ले में..." महजबीं घबरा उठीं।

"मलकानूर को यहां से फ़ौरन हटाना होगा मगर कहां?" जावेद ने अपनी पेशानी रगड़ी।

इस सवाल को सुनकर सब सन्नाटे में आ गए। किसी का दिमाग़ नहीं चल रहा था। मलक़ानूर अभी बेहोश थी। एकाएक ज़ाकिर के मुंह से निकला, "पटना? अगर आप मुनासिब समझें तो मैं नईम से पूछकर देखूं...?"

कोई कुछ बोला नहीं। अमजद और महजबीं सिर झुकाकर सोच में पड़ गए।

जावेद कुछ सोच नहीं पा रहा था, परेशानी में बड़बड़ा उठा, "मैं अपने घर में भी तो छुपा नहीं सकता, तलाशी तो वहां की भी ली जाएगी।"

"देखो, अगर ड्राइवर हो तो उसे बुलाओ, सलमा के साथ मलकानूर को फ़ौरन पटना की तरफ रवाना कर दो। मैं शमा बहन से बात करता हूं...हमें देर नहीं करनी चाहिए वरना नदीम का चचा बड़ी छीछालेदर कर देगा।" अमजद ने फ़ैस्लाकुन आवाज़ में कहा तो ज़ाकिर कह उठा, "पापा, सलमा की जगह हमारा जाना मुनासिब रहेगा। रात तक हम लौट आएंगे।"

"बेहतर है...अब देर न करो।"

नीम बेहोश कराहती मलकानूर को पिछली सीट पर लिटाकर ज़ाकिर ड्राइवर-सीट पर और जावेद उसके पास वाली सीट पर बैठ गया। महजबीं के चेहरे का रंग उड़ा हुआ था। कार गेट से बाहर निकली तो अमजद ने इतमीनान की सांस ली।

30

नदीम और मुन्ना की लाशें पोस्टमार्टम के लिए जा चुकी थीं। नदीम के बाप को पैरालेटिक अटैक हुआ था। वे सीवान के अस्पताल में थे। घर में ताला झूल रहा था और पुलिस अपनी तफ़तीश में लगी हुई थी। चचा का दिमाग़ भाई के घर का हाल देख पूरी तरह फिर चुका था। उनके दिल में ग़म और ग़ुस्से का अलाव मलकानूर के नाम से जल रहा था। उसके नाम का वारेंट निकलवाकर भी उन्हें चैन नहीं मिला था।

"पुलिस वाले अगर कुछ न कर पाए और पैसा डकारकर बैठ गए तो बड़के चचा?"

"उ डाइन के पूरा सीवान जिला व कउनों गांव में बिना खोजले न छोड़ल जाई।"

"ज़िंदगी भर जेल में अगर न सड़वाया तो समझो हम असली मां-बाप के नहीं।"

गांव की रातें इसी तरह की बातों में गुज़र जाती थीं।

मलकानूर को शमा ने रहम खाकर रख तो लिया था मगर जब उस पर जज़्बाती दौरे पड़ते और वह घर से भागने की कोशिश करती तो उस वक़्त शमा पछताने लगतीं कि पराई आग में उन्होंने हाथ क्यों डाला? छोटी बहू को इन दिनों ख़ुशगवार माहौल चाहिए तो उसे मलकानूर का बिलखना और रातों को उठकर मुन्ना-मुन्ना पुकारना दहशत में ला देता था। दोनों बहुएं भी परेशान थीं उसकी रात-दिन की चौकीदारी से। अपने मियां से अकेले में कहतीं कि इस लड़की का कोई और इंतज़ाम करो, कहीं हम नेकी के चलते किसी आफ़त में न फंस जाएं।

जावेद और ज़ाकिर ने हफ़्ता-पंद्रह दिन छुट्टी बढ़ाने की अर्ज़ी और साथ में बीमारी का डॉक्टरी सर्टिफिकेट कंपनी को भेजा था। जावेद के घर वालों का हाल ख़राब था। ख़ासकर मलकानूर के वालिद का जिनके पास तीन-तीन जवान

होती लड़कियों की ज़िम्मेदारियां थीं। जावेद के दो भाई अभी बहुत छोटे थे। ख़ानदान में जावेद ही एक पढ़ा-लिखा लड़का था। बाक़ी सब अंगूठा-टेक थे। लोहा अभी गर्म था। कुछ भी बुरा या अच्छा घट सकता था इसलिए जावेद का रुकना ज़रूरी था।

"इस बार तय करके आया था कि यहां मैं कोई छोटा-मोटा काम जमाने की कोशिश करूंगा मगर पूरी छुट्टियां घरेलू परेशानियों में गुज़र गईं। कुछ अपनी, कुछ पराई।"

"हमारा नाइटमेयर कभी ख़त्म नहीं होने वाला है, बस जगह बदल जाती है।" जावेद ने तल्ख़ी से कहा।

"हां, हम लगातार ख़ुशियां तलाश करते हैं और दुःख बिना दस्तक दिए हमारी ज़िंदगी में अचानक दाख़िल हो जाते हैं।"

"तभी तो हम हरदम सरचार्ज रहते हैं। ज़रा सी बात पर सूखी लकड़ी की तरह सुलग उठते हैं और अपनी राख पर सिर पटकते हैं। दुःख-सुख तो आता-जाता है मगर हादसे, हादसों पर हादसे, कैसा इनसानी निज़ाम हो गया है कि हम लगातार नौहा पढ़ते रहते हैं।"

"सवालों के जंगल और भटकते हम।"

जावेद और ज़ाकिर सिगरेट के हलके-हलके कश लेते अपने अंदर के धुएं को बाहर निकाल रहे थे।

"कई दिनों के अख़बार जमा हैं। अगर पढ़िएगा तो रखूं वरना रद्दी में डालती हूं।" महलक़ा ने अख़बार जमा करते हुए पूछा।

"लाओ, हैडिंग देखकर ध्यान बंटाते हैं।" ज़ाकिर ने जम्हाई लेकर कहा।

जावेद सफ़हे पलटने लगा और फिर चौंक पड़ा, "यह क्या?"

"क्या हुआ?"

"मलकानूर की तस्वीर अपील में छपी है।" जावेद ने ज़ाकिर की तरफ अख़बार सरकाया।

"यह औरत जिसका नाम मलकानूर है, उम्र बीस साल, अपने शौहर को छत पर से धक्का देकर पच्चीस जुलाई से लापता है। किसी को इस औरत का पता चले या औरत की शिनाख़्त करता है तो नीचे लिखे फ़ोन पर फ़ौरन इत्तला दें। थाना सीवान...यह तो बड़ा बुरा हुआ?"

"अब...क्या कहूं, ज़ाकिर?"

"हमारे यहां सामाजिक जकड़न बड़ी ज़बर्दस्त है जिसने उसे तोड़ने की

कोशिश की वह गया काम से।"

"अब क्या होगा?"

"शमा चची को और पापा को यह ख़बर देनी तो होगी ताकि मलकानूर बाहर कहीं न निकले वरना..."

"तुम्हीं फ़ोन कर दो ज़ाकिर। मैं तो किसी से आंख मिलाने के भी क़ाबिल नहीं रहा।"

"ऐसा सोचकर दिल छोटा न करो। ऐसे हादसों की ज़िम्मेदारी किसी एक शख़्स पर नहीं डाली जा सकती। इसमें हम सब शामिल हैं।"

ज़ाकिर ने कुछ देर ठहरकर ससुर को फ़ोन किया और अख़बार में छपी तस्वीर के बारे में बताया तो उन्होंने लंबी गहरी सांस ली और कहा, "मैं तुम्हें फ़ोन करने ही वाला था।"

"कोई ख़ास बात?"

"हां, मलकानूर तो वहां से कल रात भाग गई है। सुबह शमा बहन का फ़ोन आया था।"

"यह तो बड़ी बुरी ख़बर है!"

"हां, हालात का बहाव जाने कहां जाकर मलकानूर को खड़ा करे।" इतना कह अमजद ने फ़ोन रख दिया।

"कैसी ख़बर?"

"मलकानूर घर से भाग गई।"

"ग़ज़ब...वह इधर आएगी और पकड़ी जाएगी। अब हम कुछ नहीं कर सकते।" कुछ हारे लहजे में जावेद ने कहा।

कमरे में दमघोंट ख़ामोशी छा गई। दोनों के ज़हन मलकानूर को लेकर तरह-तरह की अनहोनी सोचने लगे। उनकी छटपटाहट उनकी आंखों से बेचारगी बनकर फूट रही थी।

"जब हालात का सिरा हाथ से छूट जाए तो..." ज़ाकिर ने धीरे से कहा तो चौंककर बीच में जावेद बोल पड़ा, "उसे खुदा के हवाले कर दो, कातिबे तक़दीर वही है, हम तो सिर्फ़ खिलौने हैं।" जावेद ने ऐसे मौक़ों पर बारहा कहे जुमले को पूरा कर दिया।

जावेद ने चंद सेकंड बाद कंधे उचकाए और सिगरेट का पैकेट उठाते हुए बोला, "इसमें दो बाक़ी हैं तुम्हारे लिए...मैं चला।"

"कहां?"

"चलकर सोऊंगा या फिर रोऊंगा...हफ़्ते भर से रतजगा ही तो कर रहा हूं।" जावेद ने फीकी मुस्कराहट के साथ कहा।

मलकानूर रात के अंधेरे में बंगले से निकलने में कामयाब तो हो गई थी मगर स्टेशन तक पहुंचने के लिए उसे पैदल ही चलना पड़ा। सड़क सुनसान थी। आसमान पर तेज़ घटा छाई थी। उसके मुंह से एक ही बोल फूट रहे थे, "हमरा के मुनवा के कबरवा पर जाइका बा...फातिहा पढ़े के बा...हमरे कलेजा के टुकड़ा हमरे के छोड़ का चल गई लन...हमरे के दूध माफ़ करे के बा...हमरे के केहू भी रोक नइखे सकत।"

पागलों जैसी कैफ़ियत में जब वह स्टेशन पहुंची तो गाड़ी खड़ी थी। ख़ाली डिब्बा देख वह बैठ गई। उसका सिर दुख रहा था। प्यास लगी थी। पास में नल था। वह डिब्बे से उतरी और चुल्लू लगा पानी पीने लगी। दो घूंट अभी पिए थे कि नल की धार रुक गई। वह थके क़दमों से डिब्बे की तरफ लौटी तो देखा उसका हैंडबैग ग़ायब था। टिकट, कपड़े, मोबाइल, पैसे एक साथ चले गए। वह औरत भी ग़ायब थी जिसे वह बैग ताकने को कह गई थी। कुछ देर परेशान रही फिर उसका दिमाग़ इस फ़िक्र में डूब गया कि वह कैसे जल्दी पहुंचे? सीवान...सीवान से फिर गांव...फिर घर, नहीं-नहीं...घर नहीं क़ब्रिस्तान... क़ब्रिस्तान।

सीवान स्टेशन पर जब वह बिना टिकट सफ़र करके डरी-सहमी उतरी तो उसे कोई पहचान नहीं सकता था। उसके बाल उलझे, कपड़े गंदे और चेहरे पर पसीने के साथ धूल के धब्बे। पपोटे सूजे थे। आंखें लाल अंगारा। होंठों पर पपड़ी जमी थी। कभी दिमाग़ पर घुप अंधेरा छा जाता तो कभी रोशनी जल सब कुछ साफ़-साफ़ नज़र आने लगता था...नदीम...मुन्ना...घर और...

उसको पता था कि कौन सी बस शरीफ़ सिद्दीक़ी के घर ले जाएगी और कौन सी उसके गांव। वह बस पर चढ़ने लगी तो टिकट मांगा गया।

"के हू हमरा के हमार गांव के टिकट दिलवा दी, हमरा के हमार मुन्ना के कबरवा पर जाइके बा..." वह कई मुसाफ़िरों से कह चुकी थी। किसी ने भी उसकी बात पर ध्यान नहीं दिया।

बस रेंगी तो वह दौड़ी। पता नहीं कंडक्टर के दिल में क्या समाई जो दौड़ती मलकानूर से बोला, "चढ़, चढ़ जू पगलीया।"

"भड़वा के दी, रोज एसन-एसन लोग आवत रहला।" ड्राइवर हंसा।

"हम भरब आधा भड़वा, नीचे ही बइठ के चली जाई।" कंडक्टर ने मस्तमौला आवाज़ में कहा।

गाने की तेज़ आवाज़ के साथ बस उछलती-कूदती अपनी रफ़्तार पकड़ चुकी थी।

रात सांय-सांय कर रही थी। झींगुर की आवाज़ ख़ामोशी को बार-बार तोड़ रही थी। मलकानूर जब छोटे से टीले पर फैले क़ब्रिस्तान पर चढ़ी तो अंधेरे में नई बनी क़ब्र को तलाश नहीं कर पाई। टूटी मस्जिद की दीवार से पीठ लगा वह बैठ गई।

उसे सुबह का इंतज़ार था। सूरज के उगते ही वह मुन्ना को अपनी छाती से लगा लेगी और फिर कभी उसे छोड़कर नहीं जाएगी...कभी नहीं।

उसको एक-दो बार झपकी लगी तो किसी ने जैसे शाना पकड़ झिंझोड़ा हो, वह घबराकर आंखें खोलती मगर सामने सिवाय अंधेरे के कोई नज़र नहीं आया। एक-दो बार वह चौंकी भी जैसे नदीम उसे पुकार रहा हो...मलका... मलकानूर...मुन्ना रोब ता।

वह हड़बड़ाती फिर सिर दीवार पर टिका देती। जाने कब उसकी आंख लग गई। पानी की बौछार से जो आंख खुली तो देखा मूसलाधार बारिश हो रही है। बिजली की कड़क और चमक से पूरा क़ब्रिस्तान रोशन हो जाता फिर अंधेरे में डूब जाता।

उसने अंदर मस्जिद में जाकर बारिश से पनाह ली मगर तेज़ बौछारों से बच नहीं सकी। हवा उसके बदन से टकरा रही थी। जाड़े से उसका बदन कांप रहा था।

सुबह को जब बारिश रुकी तो मलकानूर ने अपने कपड़े निचोड़े और क़ब्रों की तरफ बढ़ी ताकि मुन्ने की क़ब्र पहचानकर उस पर फातिहा पढ़े मगर वहां तो सारी क़ब्रें एक सी थीं। सबकी मिट्टी बह चुकी थी। कुछ में गड्ढे बन चुके थे। कुछ तक़रीबन ज़मीन के बराबर हो चुकी थीं। उसकी बेचैन नज़रें इधर-उधर तेज़ी से घूम रही थीं। बेचारगी, बेबसी और ग़म से निढाल हो वह अपनी पूरी ताक़त से चीख़ पड़ी, "हमार मुनवा! हमार मुनवा!"

वह देर तक घुटनों पर सिर रख रोती रही।

सूरज का फीका चेहरा नमूदार हुआ और उसी के साथ चंद लोग टीले पर चढ़ते नज़र आए।

"हम कहले रहनी के उ भतारिन एक दिन जरूर आई, देखा साली आ गईल आज।" फुसफुसाहट उभरी।

"बड़ी कमीनी बिया...एही जा गाड़ल जाओ।" कहता हुआ एक आदमी आगे बढ़ा और उसके पीछे तीन-चार और आदमी दबे पांव कीचड़ से बचते आगे बढ़े और मलकानूर पर झपट पड़े।

"कुलच्छनी, एतना दिन से कहां रहलुहा, बताओ?"

"छोड़ लोग हमरा का।"

"हमनीके छोड़हीं खातिर पंदरा दिन से तोहरा पहरा देतनी हां संग? उठा ले चल साली के।"

"हमरे के मुनवा के कबरवा बताव लोग...एक बेर...बस एक बेर कबरिया दिखाव लोग...हम ओकर माईं हवीं...दूध माफ करे के बा...फातिहा..." उसने इल्तजा की।

"चुप!" मनकानूर ने जिसके हाथ में दांत काटा वह चीख़ा।

"फातिहा तहार हम पढ़ेब सन...चुड़ैल पूरा घर के खा गइलू।"

पांच-छह हट्टे-कट्टे मर्दों के सामने मलकानूर की नहीं चल पाई। सहमी कबूतरी की तरह वह दुबक गई। उसके मुंह में कपड़ा ठूंस, उसके हाथ-पैर बांध, उस पर चादर डाल, सबसे लंबे-तगड़े आदमी ने उसे अपने कंधे पर किसी अंगोछे की तरह डाल लिया।

"ए चाचा! बड़की खिलाड़िन मिल गइल बिया...इहे क़बरस्तान में...ऐहे जा लियावल जाओ? फिर आवतनी।" इतना कह उसने मोबाइल बंद कर जेब में डाला।

"मुनवा से मिलवा द..." यह आवाज़ भी मुंह में कपड़ा ठूंसने से बंद हो गई।

पिछले दो-तीन दिन सन्नाटे में गुज़र गए। कहीं से कोई ख़बर नहीं मिली। जावेद और ज़ाकिर की अटैचियां कस चुकी थीं। कल उन्हें पटना की तरफ निकलना था।

महलका ने आज सबको खाने पर बुलाया था। सलीम अपने दादा-दादी के साथ आया था। महजबीं और अमजद भी पहुंच चुके थे। बड़े बातों में मशगूल

थे और बच्चे खेल में। सलीम आंगन में पड़े मोढ़े पर बैठा उनको खेलते देख रहा था। सबके बुलाने पर वह उठता फिर आधे रास्ते से लौट जाता था। उसके चेहरे पद दबी-दबी मुस्कान उभरती और जब गोलू उसका हाथ पकड़ता तो वह भागकर दादी के पास चला जाता।

ज़ाकिर के चेहरे पर ख़ुशी नाच रही थी। जावेद भी पूरे परिवार के संग आया था। सब उसकी शादी को लेकर चुटकियां ले रहे थे। वह शर्मीली मुस्कान के साथ चुपचाप बैठा था।

देर रात तक बैठक जमी रही फिर सबने एक-एक करके विदाई ली। ढलती रात को जब सब कुछ समेटकर महलक़ा बेडरूम में आई तो देखा ज़ाकिर उसके इंतज़ार में जाग रहे हैं।

"हमारी मिलन-बेला की यह आख़िरी रात है...कल फिर वही तन्हाई, वही सहरा होगा और यह ऊंट।" ज़ाकिर ने महलक़ा का हाथ पकड़ उसकी चूड़ियां छूते हुए कहा, "तुम्हारे हाथों पर यह लाल हरा रंग बहुत खिलता है।" उसने महलक़ा का हाथ चूमा तो महलक़ा के दिल में कुछ टूटा जैसे कहना चाह रही हो, मत जाइए, हमें छोड़कर मत जाइए...यह आराम और शान किस काम की जब करवटें बदलते रात गुज़रे मगर वह कुछ कह नहीं पाई।

"यह महकता जिस्म मुझे तन्हा रातों में याद बन थपकियां देकर सुलाएगा।" ज़ाकिर ने उसके कंधे पर अपना सिर रख उसे अपनी बांहों में भर लिया। दो महीने में यह पहली रात थी जब बिना किसी तनाव और उलझन के वे एक-दूसरे के क़रीब आए थे।

सीवान स्टेशन पर गाड़ी की तरफ बढ़ते हुए ज़ाकिर ने कहा, "दो माह पहले हम तीन इस स्टेशन पर उतरे थे। उम्मीदों से भरे घर लौटने की ख़ुशी से सरशार। और आज हम सिर्फ़ दो हैं।"

"कल शायद तुम अकेले हो?"

"हो सकता है, मैं न रहूं और तुम अकेले हो।"

दोनों अपना सामान लगा सीट पर बैठ गए।

"इस बार वापस लौटते हुए जाने क्यों दिल बुझा-बुझा सा है। शायद बढ़ती ज़िम्मेदारियां और अनहोनी बातें हमें थकाने लगी हैं।"

"शायद। या शायद नहीं। कहीं कुछ ठहरे, रुके तो अपनी राय दूं।" जावेद ने अपने चेहरे पर हाथ फेरते हुए कहा।

"एक्सक्यूज़ मी...यह थरटी फाइव मेरी सीट है।" एक नाजुक सी फैशनेबल हसीना पूछ रही थी।

"जी होगी ज़रूर...हमारी तो नीचे की है।" ज़ाकिर ने कहा।

"ओह!" उसने गॉगल्स उतारे और पर्स में रखा।

"अब ठीक से दिखेगा।" जावेद ने आवाज़ दबाकर कहा।

"जी?"

"कुछ नहीं, आराम से बैठिए। पटना तक ही तो जाना है।" जावेद बोला, फिर शरारत भरी नज़रों से ज़ाकिर को देखा।

"चलो, सफ़र तो दिलचस्प कटेगा।" दोनों हलके से हंसे और शरबत की नलकी मुंह में लगा फल का रस पीने लगे।

बड़के चचा ने ओझा को बुला रखा था। इंतज़ाम पूरा था। इल्ज़ाम था कि यह औरत छोटे बच्चों को मुन्ना-मुन्ना कहकर चुराती है फिर उनकी गर्दन दबा देती है।

मोहल्ले-टोले वाले धीरे-धीरे करके खुले मैदान में जमा हो रहे थे जहां डायन को झाड़ भगाना था।

मिर्च की धांस फैली थी। उस आग के सामने मलकानूर बिखरे बालों के साथ बैठी थी। बदन के कपड़े गंदे और जगह-जगह से फट चुके थे। बदन पसीने और चेहरा आंसुओं से तर था। इतनी मार पड़ने के बावजूद उसके मुंह से एक ही बात फूट रही थी, "हमार मुनवा...हमार धन।"

"तू छोड़कर जाएगी नहीं न?" झाड़ू ज़ोर से पड़ी।

सारी रात यह तमाशा चलता रहा।

सुबह अधमरी मलकानूर को चचा ने दूसरे गांव के बहते नाले में ले जाकर डलवा दिया।

उनका फ़र्ज़ पूरा हुआ। अब पुलिस जाने और उसकी ड्यूटी।

जब जावेद और ज़ाकिर साउदी के चमचमाते एयरपोर्ट पर उतरे तो उनके ज़हन में सिर्फ़ ड्यूटी थी। गांव ज़हन से कट चुका था। वह नाला भी जहां मलकानूर की बहती लाश मछलियों से कुतरी जाकर किनारे लगी थी और अब जिस पर गिद्धों का झुंड मंडरा रहा था।

□□